Sarah Dreher
Stoner McTavish 3
Grauer Zauber

Aus dem Amerikanischen von
Monika Brinkmann und Else Laudan

Ariadne Krimi 1043
Argument

Titel der amerikanischen Originalausgabe: Gray Magic
© 1987 by Sarah Dreher

Deutsche Erstausgabe
Zweite Auflage 1994
Alle Rechte vorbehalten
© Argument Verlag 1993
Rentzelstraße 1, 20146 Hamburg
Telefon 040 / 45 36 80 — Telefax 040 / 44 51 89
Titelgraphik: Johannes Nawrath
Signet: Martin Grundmann
Texterfassung durch die Übersetzerinnen
Fotosatz: Mößner und Steinhardt oHG, Berlin
Druck: Clausen & Bosse, Leck
ISBN 3-88619-543-8

Für Kaye Alleman

Indianische Worte und Bezeichnungen

Anasazi: Navajo-Wort für die Vorfahren der Hopi und anderer Pueblo-Völker; bedeutet wörtlich: die Alten

Anglos: weiße, englischsprachige AmerikanerInnen

Chindi: der böse Geist, der, wenn ein Mensch stirbt, noch in der Nähe des Körpers bleibt, nachdem der gute Geist diesen schon verlassen hat.

Dineh: Navajo-Name für das Volk der Navajo

Graue Krankheit: Die Bezeichnung der Navajo für die Radongas-Verstrahlung, der sie selbst durch Uranförderung in der Gemeinde Red Rock (Arizona), dem größten Navajo-Bevölkerungszentrum, zum Opfer gefallen sind. Bis Ende der sechziger Jahre wurde dort Uran abgebaut. Was blieb, waren eine hochradioaktive Aufbereitungsanlage und verseuchte Navajo-Bergleute. Einige Anaconda Uranzechen vor allem in den Pueblo-Regionen sind heute noch in Betrieb.

Hisatsinom: der Name, den die Hopi selbst für ihre Vorfahren verwenden, die ganz frühen Pueblo-Indianer (von den Navajo Anasazi genannt).

hogan: traditionelles Wohnhaus der Navajo, bestehend aus einem Raum mit achteckigem Grundriß. Im Gegensatz zur Siedlungsweise der Hopi, die herkömmlicherweise mit mehreren Familien in Pueblos wohnten, stehen die hogans einzeln für sich.

Hohokam: indianischer Stamm, der zu den Athapaskenvölkern gehörte.

Hopi: Stammesbezeichnung; eigentliche Bedeutung des Wortes: Menschen, die den friedlichen Weg gewählt haben.

Hosteen: eine Art Titel für eine Person, die zauberkundig ist.

hozro: das Gleichgewicht (oder die Harmonie) zwischen Einzelwesen, Gruppen, Natur und Welt.

istaqa: Kojotenmensch; ein Gestaltwechsler, der mal als menschliche Person, mal als Kojote erscheint.

ka-hopi: nicht-Hopi. Der Name oder das Wort Hopi bedeutet friedliche Menschen, also kann ka-hopi sowohl nicht-friedesuchend als auch einfach nicht-Hopi-Art bedeuten.

kachinas: Maskenpuppen, die Bestandteile der Navajo-Zeremonien und -Riten sind. Einige kachinas symbolisieren bestimmte Mächte.

kataimatoqve: Bezeichnung der Fähigkeit, Ideen, Gedanken und Absichten wie Impulse wahrzunehmen; ein Sinn, der über die übliche Sinneswahrnehmung hinausgeht, und der sich nur durch Erkenntnisse und Erfahrung aneignen läßt.

kiva: unterirdische Zeremonienkammer der Hopi

kopavi: geistiges Gespür; Intuition für das, was richtig oder falsch ist.

Maricopa: indianischer Stamm, der in der Salt River Indianerreservation lebt.

Masau (auch Massau'u oder Maasau): männliche mythologische Gestalt, die über Zeugung und Tod wacht, die das Zusammenleben der verschiedenen ErdbewohnerInnen (Planzen, Tiere, Menschen) ordnet.

Mesa: Tafelberg

ngakuyi: Medizin-Wasser

Niman kachina: Fest der Navajo

nukpana: das Schlechte

pahana: weiße Person

Peyote (oder auch Peyotl): aztekisches Wort für den getrockneten, in Scheiben geschnittenen, oberirdischen Teil des mexikanischen Kaktus Lophophora williamsii. Peyote enthält Meskalin und andere berauschende Alkaloide.

piki: eine Art Maisfladen, der ähnlich wie das französische Crêpe gebacken, dann zu einem Kegel gerollt wird und eine knackige Konsistenz wie Kartoffelchips erhält.

Pima: ein einst sehr kriegerischer Indianerstamm, der in der Salt River Indianerreservation lebt.

powaqa: zauberkundige Menschen, die gut (HeilerIn) oder schlecht (HexenmeisterIn) sein können.

Pueblo: eine alte Form indianischer Siedlung aus Sandsteinblöcken und/oder Lehmziegeln, in der zwischen einer Handvoll und ein paar hundert Menschen leben können. Ein Pueblo besteht aus ein- bis fünfstöckigen Wohnbauten, meist konzentrisch angeordnet und oft über eine Leiter von oben zugänglich, mit rechteckigen Wohn- und Arbeitsräumen.

Sinagua: indianischer Stamm, der zu den Athapaskenvölkern gehörte.

Skinwalker: Gestaltwechsler (kommt von engl. skin: Haut oder Fell, und to walk: gehen oder wandern), auch Zwei-Herz, da diese Person ein menschliches und ein tierisches Herz haben soll. Nicht zu verwechseln mit »geteilten Herzens sein«, einem Ausdruck der Weißen.

taiowa: die Schöpfungskraft. In der indianischen Mythologie ist sie weiblich.

tipi: Dakota-Wort für Zelt/Haus

tuhikya: HeilerIn

Way-Zeremonien: Navajo-Kultfeste, bei denen Gesänge (chants) abgehalten und Bilder aus gefärbtem Sand ausgestreut werden. Beides folgt genau festgelegten Regeln und dient vordergründig der Heilung von Kranken, letztendlich aber dazu, ein umfassendes Gleichgewicht wiederherzustellen, dessen Gefährdung sich in Symptomen wie Krankheit und Naturzerstörung nur äußert. Der »Große Sterngesang« (Big Star Chant) gehört dazu.

Ya-Ya: eine von vielen Hopi-Bruderschaften; die Ya-Ya glauben, ihre Macht aus der Tierwelt zu beziehen.

1. Kapitel

Talavai, der Geist der Morgendämmerung, schüttete Quecksilber über die schlafende Wüste. Es wirbelte um die Mesas herum, plätscherte über die buckligen Hügel von Bergformationen, die die Form von Brotlaiben hatten, strömte wie die Flut die flachen, ausgedörrten Flußbetten hinunter, liebkoste den Fuß der Heiligen Berge. Die Luft war kühl, still. Einer nach dem anderen zog sich das Sternenvolk ins Zwielicht des Morgens zurück.

Die Silhouette des verfallenen Pueblos zeichnete sich gegen das samtige Purpur ab, ein Durcheinander von Sandstein- und Lehmwänden, aus Erde geformt, zur Erde zurückkehrend. Vögel nisteten auf kahlen Fichtenbalken. Wüstenmäuse versteckten Getreidekörner und Piniensamen zwischen uralten Tonscherben. Tür- und Fensteröffnungen starrten blind auf die Plaza, Schlangen bauten ihre Nester in der verlassenen Kiva.

Die alte Frau, die sich nun Siyamtiwa nannte, rieb sich die Kälte aus den schmerzenden Fingern und blickte mit zusammengekniffenen Augen in Richtung Süden. Die ersten Sonnenstrahlen glitten pfeilgleich zwischen den beiden Gipfeln des Tewa Mountain hindurch und erreichten die Long Mesa, die unter ihr in der Ferne lag. Von der Spirit Wells Handelsstation stieg der Rauch des Frühstücksfeuers wie eine fedrige Säule in die Höhe. Ein verbeulter, rostiger Lieferwagen tuckerte die unbefestigte Straße entlang, die sich durch die Navajo-Reservation schlängelte, und brachte die Post zum Hopi-Kulturzentrum.

Ein ganz gewöhnlicher Augustmorgen.
Nur daß leise Winde die Luft in Aufruhr versetzten, hin- und herwirbelten und unbehaglich wisperten von *Etwas,* das die Harmonie störte. Von Kräften, die sich sammelten, stärker wurden, gerade so, wie sie es schon den ganzen, langen Sommer über getan hatten. Kräfte, die sich jetzt sehr bald zusammenfinden würden ...
Um ein weiteres Mal die Schlacht zu führen, die schon so viele Male geführt worden war.
So viele Male.
Siyamtiwa seufzte, trank einen kleinen Schluck Wasser und kaute auf einem Streifen *piki* herum, um den metallenen Nachgeschmack des Schlafes zu vertreiben.
Sie wußte, daß die eine Person aus dem Süden kommen würde, die andere von Osten. Der Wanderer aus dem Süden ist ka-Hopi, soviel hatten die Geister ihr verraten. Kein Frieden, keine Schönheit, keine Harmonie in diesem. Und die andere Person — die andere war eine Fremde, die noch viel zu lernen hatte. Zu viel vielleicht in zu kurzer Zeit.
Zwei Fremde, von jenseits der Mauern.
Siyamtiwa schürzte mißbilligend die Lippen. Die Geister suchten sich neuerdings schöne Krieger aus für ihre Schlachten. Oder vielleicht gab es ja auch keine Krieger mehr. Vielleicht war es an der Zeit, dem Lied des Buckligen Flötenspielers zu lauschen, der mit seiner Musik den Fünften Aufstieg heraufbeschwor.
Oder vielleicht mußte es mit dieser müden, alten Welt noch schlimmer kommen, ehe die Riesenpilze aufblühten und alles endete.
In der Zwischenzeit würde sie tun, was getan werden mußte.
Aus den Falten ihrer Decke zog sie das Schnitzmesser und die unfertige Holzpuppe hervor, das Abbild der grünäugigen *pahana.*

»Ich werd's ihr sagen«, sagte Gwen.

Stoner blickte von dem Topf mit den Afrikanischen Veilchen auf, die sie soeben auf Blattläuse untersucht hatte. »Wem was sagen?«

»Meiner Großmutter. Das mit uns.«

Stoner schluckte hörbar, setzte den Topf ab, und stöberte ungehalten in dem Schrank unter der Spüle. »Wo ist deine Blumenspritze?«

Gwen gab sie ihr. »Du hältst es für einen Fehler.«

»Das habe ich nicht gesagt.« Sie füllte die Sprühflasche mit warmem Wasser und fügte ein paar Tropfen Spülmittel hinzu. »Du hast übrigens Läuse.«

»Wenn du so tust, als ob du mich nicht hörst, dann bist du eindeutig nicht einverstanden.«

»Ich hab' eigentlich nicht direkt was dagegen ...« Sie attackierte die Pflanze wie ein Macho-Polizist mit Wasserwerfer bei einer Anti-Atomkraft-Demo. »Ich denke nur, es ist vielleicht einfach kein günstiger Zeitpunkt.«

»Warum?«

»Weil wir die heißeste Nacht dieses Sommers haben, weil deine Klimaanlage den Geist aufgegeben hat und weil Tante Hermione und ich euch beide gerade dreimal gnadenlos beim Bridge über den Tisch gezogen haben.«

Gwen zuckte mit den Achseln. »Das macht mir nichts aus.«

»Schön, aber ihr macht es was aus. Junge, und wie ihr das was ausmacht.« Sie stellte die Veilchen auf die Fensterbank und starrte hinaus auf die im Dunst erstickende Bostoner Skyline.

Gwen fuhr mit dem Finger über den Rand ihres Glases Bourbon mit Ginger Ale. »Ich muß es tun, Stoner. Hier zu leben, ohne daß sie es weiß ... Ich halte diese Heimlichtuerei nicht mehr aus.«

Sie konnte Gwen nicht anschauen. Sie wußte, wie sie aussehen würde, ihre Augen dunkel und sanft und furchtsam. Sie wußte, wenn sie sie anschaute, wäre alle Vernunft dahin. Sie

drehte ihr den Rücken zu und zielte auf den Philodendron —
und besprühte die Pflanze, die Fensterbank, das Fliegengitter
und die rückwärtige Veranda der Parterrewohnung. »Wenn
ich so ein Händchen für Pflanzen hätte wie deine Großmutter«, sagte sie, »würde ich mein Talent nicht an einen
Philodendron verschwenden.«

»Ich kann warten, bis ihr weg seid ...«

Sie fühlte sich in die Enge getrieben. Sie hob den Efeu hoch
und setzte die Unterseite der Blätter unter Wasser. »Nein, das
machst du nicht alleine durch.«

»Vielleicht nimmt sie es ja gut auf.«

Stoner lachte freudlos. »Ich kenne Eleanor Burton. Es wird
schrecklich werden.«

Sie brach ein verwelktes Blatt ab.

»Tante Hermione hat ein Tarot gelegt. Die Ergebniskarte
war der Gehängte.«

»Das ist doch gut, oder? Bewußtseinswandel?«

»Er lag verkehrt herum. Arroganz, Dominanz des Egos,
vergebliche Anstrengung ...«

»Deine Tante glaubt nicht an Umkehrungen«, sagte Gwen.

»Ich aber.«

»Du glaubst nicht ans Tarot.«

»Wenn ich es aber täte, würde ich an Umkehrungen glauben.«
Sie stellte den Efeu auf seinen Untersatz zurück.

»Wenn du an meiner Stelle wärst«, beharrte Gwen, »würdest
du es ihr sagen wollen, oder?«

»Sie sagt, sie zieht nach Florida«, warf Stoner hoffnungsvoll
ein. »Du könntest warten und ihr dann einen Brief schreiben
oder so.«

»Sie zieht nicht nach Florida«, sagte Gwen. »Sie redet jedes
Jahr davon, aber sie wird es nie tun.«

»Vielleicht hat sie es diesmal ernst gemeint.«

Gwen seufzte. »Hat sie nicht. Sie haßt den Süden. Sie konnte
Georgia nicht ausstehen. Nach dem Begräbnis meiner Eltern
hat sie mich so schnell aus Jefferson weggeschafft, daß man

meinen konnte, die Sieben Ägyptischen Plagen kämen mit dem 2 Uhr 49 Zug an.«

»Tjaa.« Stoner griff nach ihrem Manhattan. »Das Problem ist, in ihren Augen sind Lesben eine der Sieben Ägyptischen Plagen.«

»Sie haßt dich nicht.«

»Sie duldet mich. Das muß sie ja wohl. Ich hab' dir das Leben gerettet.«

Mit gerunzelter Stirn blickte Gwen in ihr Glas. »Ich dachte, du sagst immer, sich zu verstecken tötet die Seele.«

»Das hier ist was anderes.«

»Warum ist es was anderes?«

»Weil es um dich geht, Gwen. Weil ich dich liebe«, und weil sie dir wehtun wird und ich es nicht ertragen kann ... »Ich hab' bloß ein komisches Gefühl, das ist alles.«

»Stoner ...«

Sie drehte mit einem Ruck den Wasserhahn auf und schrubbte sich wie wild die Hände. »Hast du eine Ahnung, wie schlimm das werden kann?«

»Aber was soll ich machen?« fragte Gwen. »Lügen? So tun, als ob ich mit jedem Mann flirte, der in meine Richtung schaut? Mich herumdrücken, als ob wir etwas Schmutziges tun? Ich liebe dich, Stoner. Ich will, daß die ganze Welt das weiß.«

Sie blickte sich nach einem Geschirrtuch um, fand keins und wischte sich die Hände an ihrer Jeans ab. »Ich hab' mehr als ein Coming-out erlebt. Es ist nicht immer furchtbar, aber es macht selten Spaß.« Sie warf dem Afrikanischen Veilchen einen finsteren Blick zu. »Ich glaub', du hast Spinnmilben.«

Gwen knallte ihren Drink auf den Tisch, marschierte zum Kühlschrank und zerrte an den Eiswürfelbehältern.

»Du solltest das Ding mal abtauen«, sagte Stoner.

»Kann ich nicht. Mein Fön ist kaputt.«

»Himmeldonner. Du hast Blattläuse und Spinnmilben, deine ganzen Haushaltsgeräte fallen auseinander, und du denkst, dies ist der angemessene Zeitpunkt, um deiner Groß-mutter zu sagen, daß du lesbisch bist?«

»Okay«, sagte Gwen verärgert, »vergiß es. Ich mach' es, wenn du nicht hier bist. Aber ich werde es tun, Stoner, ob es dir gefällt oder nicht.«

Stoner streckte ihre Hände aus. »Bitte, Gwen, laß uns nicht streiten.«

»Ich streite mich nicht. Du streitest.«

Sie fuhr sich mit der Hand durch die Haare. »Schau, es tut mir leid. Ich weiß, daß du recht hast, aber ...«

»Du hast Angst«, sagte Gwen mit leisem Staunen.

»Da kannst du drauf wetten.«

»Ich glaub' es nicht. Du hast Angst.«

»Ich hab' Angst.«

Gwen schüttelte den Kopf. »Stoner, du hast meinen Mann getötet. Du hast ganz allein ein Nest von Betrügern in einer spukenden Nervenheilanstalt hochgehen lassen. Und du hast Angst vor meiner Großmutter?«

»Deine Großmutter«, sagte Stoner, »ist eine Klasse für sich.«

»Sie ist immer sehr höflich zu dir.«

»Sicher doch. Höflich. Weißt du, wie ich mich bei dieser Art von Höflichkeit fühle? Wie Bill Cosby, während er die Tischrede auf dem Jahrestreffen des Ku-Klux-Clan hält.«

Gwen lachte. »Schon gut, ich verstehe, was du meinst.« Sie schaffte es, einen Eiswürfelbehälter von der Kühlschrank-wand zu lösen, und trug ihn zum Waschbecken. »Was würdest du also an meiner Stelle tun?«

Stoner dachte ernsthaft darüber nach. »Es ihr sagen. Aber vorher packen.«

Gwen drehte sich um, legte ihre Arme auf Stoners Schul-tern und sah ihr feierlich in die Augen. »Ich liebe dich, Stoner McTavish.«

Schmetterlinge flatterten durch ihren Magen und ihre Knie wurden zu Götterspeise. Diese Frau liebt mich, dachte sie und fühlte, wie die Erde um ihre Achse schwankte. Sie schüttelte den Kopf in hilfloser Resignation. »Okay, wenn du es nicht schaffst, die heißeste Nacht des Jahres zu überstehen, ohne deine Großmutter in eine rasende Furie zu verwandeln ... packen wir's an.«

»Schick schonmal ein Stoßgebet ab.« Als sie sich wegdrehte, steckte Gwen ihr einen Eiswürfel in den Kragen.

✳ ✳ ✳

Tante Hermione und Eleanor Burton saßen nebeneinander auf dem chintzbezogenen Polstersofa, ein großes Fotoalbum aus Florentinerleder vor sich auf den Knien.

Na Klasse, dachte Stoner trocken. Der ideale Zeitpunkt, um sich in Nostalgie zu suhlen.

Mrs. Burton schaute auf. »Stoner, haben Sie dieses anbetungswürdige Bild von Gwyneth und ihrem Bruder schon gesehen?« Sie linste mit zusammengekniffenen, kurzsichtigen Augen auf die Seite. »Das war am Kentucky Lake. Das Tennessee Valley Projekt?«

»Sie hat es schon gesehen, Großmutter. Wir ...«

»War das nicht der Ausflug zum Kentucky Lake?« brabbelte Mrs. Burton weiter. »Damals, als Donnie aus dem Boot fiel und du hinterher gesprungen bist?« Sie neigte sich Tante Hermione zu. »Er wollte die Steine auf dem Grund berühren, stellen Sie sich das mal vor, und hat sich dabei völlig übernommen.«

Tante Hermione, die Familienalben verabscheute, lächelte und unterdrückte ein Gähnen.

Stoner fragte sich, ob der Eiswürfel, der an ihrer Taille hängengeblieben war, verdunsten würde, bevor er ihr Bein herunterlaufen und sie blamieren konnte. Sie bezweifelte es.

»Die kleine Gwyneth flog geradezu aus dem Boot hinter ihm her«, sprudelte Mrs. Burton. »Nicht mal die Tatsache,

daß er schwimmen konnte und sie nicht, vermochte sie auf-
zuhalten. Ist das nicht niedlich?«

Stoner konnte sich an dieses spezielle Bild nicht erinnern.
Neugierig geworden ging sie hinter das Sofa und schaute
Tante Hermione über die Schulter.

Es war ein typisches, unscharfes Familienfoto, lange vor der
Erfindung der automatischen Kamera geschossen. Gwen mit
langen Armen und Beinen und einem gezwungenen,
schmerzlichen Lächeln. Ihr Bruder mit einer Grimasse im
Gesicht, sich blöd stellend.

»Sie hatten so viel Spaß auf diesem Ausflug«, gurrte Mrs.
Burton.

Stoner zuckte zusammen. Sie hatte alles über diesen Urlaub
gehört, über die panische Angst, in einem fahrenden Auto zu
sitzen, weit weg von zuhause, mit einem Vater, dessen einzige
Antwort auf den Frust ein paar Schläge ins Gesicht waren,
und einem Bruder, der auf Spannung mit Provokationen
reagierte. Ein ganz durchschnittlicher, spaßiger, richtig ame-
rikanischer Urlaub mit der ganzen Familie.

»Großmutter«, sagte Gwen, »du solltest dir die nicht ohne
deine Brille anschauen.«

»Ach je.« Mrs. Burton schreckte hoch, ihre Augen schossen
durch den Raum, als hätte ihr gerade jemand gesagt, daß ein
bengalischer Tiger in der Küche herumschlich. »Ich weiß
genau, daß ich sie beim Kartenspiel noch hatte. Schau doch
mal, ob du sie finden kannst, Gwyneth, Liebes.«

Stoner nahm die Brille vom Spieltisch und gab sie Mrs.
Burton.

»Gute Güte«, sagte Mrs. Burton. »Die ganze Zeit hat sie da
gelegen! Wie töricht von mir. Ich bin so vergeßlich.«

»Ein einfaches 'Danke' würde völlig ausreichen, Eleanor«,
sagte Tante Hermione.

Mrs. Burton zog die Brillenbügel über ihre Ohren und
blickte wieder auf das Album. »Aber das ist ja gar nicht am
Kentucky Lake. Es sieht aus wie ... ja, es sieht aus wie der

Ausflug nach North Carolina, in dem Sommer bevor deine Eltern starben. Oder war das zwei Sommer vorher?«

»Das macht keinen Unterschied«, sagte Gwen. »Sie waren sowieso alle gleich.«

Stoner blickte Mrs. Burton an und ihr wurde klar, daß sie sie nicht mehr besonders gut leiden konnte. Der Gedanke überraschte sie. Als sie sie letztes Jahr kennengelernt hatte, hatte sie sie gemocht — zumindest Mitgefühl für sie empfunden. Aber wenn sie sich jetzt in ihrer Nähe aufhielt, fühlte sie sich wie eine Katze in einem elektrisch aufgeladenen Raum. Vage Befürchtungen umschwirrten diese Frau wie Mücken. Der kleinste unerwartete Laut ließ sie vor lauter dunklen Vorahnungen fast aufjaulen. Sie hörte Geräusche, die sonst niemand wahrnahm. Wenn ein Streichholz im Aschenbecher vor sich hinschwelte, dann war sie der festen Überzeugung, daß ganz Cambridge — oder zumindest ihr Haus — kurz davor stand, sich in ein flammendes Inferno zu verwandeln. Wenn sie einen Luftzug spürte, dann kletterte gerade jemand, der Übles im Sinn hatte, durch das Schlafzimmerfenster. Öffentliche Verkehrsmittel konnte sie nicht mehr benutzen, denn man wußte ja schließlich nie, was alles unter der Erde passieren konnte. Saß sie in einem Auto, dann klammerte sie sich am Türgriff fest und stemmte den Fuß auf den Boden, wenn die Fahrerin die Bremse auch nur berührte. Sie weigerte sich, das Haus nach Sonnenuntergang oder während eines Regenschauers zu verlassen. Wenn Gwen nach elf noch unterwegs war, brannte im Schlafzimmer ihrer Großmutter so lange Licht, bis sie zurückkam. Wenn Gwen bei Stoner übernachtete, mußte sie vor dem Schlafengehen anrufen und Bescheid sagen. Und so, wie Mrs. Burton sich dann aufführte, war es oft leichter, nach Hause zu gehen.

Es konnte natürlich an ihrem Alter liegen, wie sie behauptete. Aber Tante Hermione, die zwei Jahre älter war, sagte, es wäre weniger das Alter als vielmehr die Einstellung.

Gwen sagte, es sei bloß Abhängigkeit, und wenn sie erstmal

wieder unterrichtete und Mrs. Burton allein zurechtkommen mußte, dann würde sie die Kurve schon wieder kriegen.

Vielleicht.

Stoner war schon gelegentlich der Gedanke durch den Kopf gegangen — einmal, als sie übers Wochenende nach Hampton Beach fahren wollten, um im Kitsch zu schwelgen, und ihre Pläne hatten aufgeben müssen, weil Mrs. Burton von einer undefinierbaren Sommer-Unpäßlichkeit befallen worden war — und einmal, als Gwen und sie die Wohnung verlassen und sie sich plötzlich umgedreht und auf Mrs. Burtons Gesicht einen Schimmer von etwas erhascht hatte, das ganz entschieden nach Eifersucht aussah ...

Ihr war der Gedanke durch den Kopf gegangen, daß Mrs. Burton sich womöglich über das, was wirklich hinter ihrer sorgfältig errichteten »einfach-gute-Freundinnen«-Fassade vor sich ging, gar nicht so im unklaren war. Und daß sie wohl nicht gerade beglückt darüber war.

Ihr war auch durch den Kopf gegangen, daß hier ein kleiner, unfreundlicher Konkurrenzkampf im Gange war und daß Mrs. Burton erkannt hatte, daß in diesem Fall Schwäche vielleicht Stärke war. Und damit konnte sie durchaus richtig liegen.

Was auch immer davon der Wahrheit entsprechen mochte, es schien Stoner, als bewegten sie sich auf eine ernste Schlechtwetterfront zu.

»Großmutter«, sagte Gwen vorsichtig.

Mrs. Burton legte einen Finger zwischen die Seiten und schloß das Album. »Ja, Liebes?«

»Da ist etwas, das wir ... das ich dir sagen muß.«

»Es sind Blattläuse, nicht wahr?« sagte Eleanor Burton mit einem Seufzer. »Ich habe dem Blumenhändler gesagt, daß das Veilchen ungesund aussieht, aber du weißt ja, wie die sind. Lassen sich von niemandem was sagen. Genau wie im Eisenwarenladen. Wenn die nicht haben, was man braucht, behaupten sie einfach, so etwas gäbe es gar nicht oder daß man sowieso nicht wüßte, wovon man spricht. Das ist wirklich eine Unverschämtheit.«

Gwen räusperte sich. »Das ist jetzt nicht wichtig. Ich muß ...«

»Natürlich ist das wichtig«, unterbrach Mrs. Burton sie. »Komm erstmal in mein Alter, dann wirst du schon begreifen, was es heißt, mit einem winzigen Körnchen Respekt behandelt zu werden.«

»Genau darum geht es«, sagte Gwen. »Ich ... Wir respektieren dich, und deshalb möchten wir, daß du weißt ...«

»Kann das nicht warten, Liebes?« Mrs. Burton fächelte sich mit ihrem Taschentuch hektisch Luft zu. »Es ist eine furchtbar heiße Nacht, und du siehst so ernst aus.«

»Es ist ernst«, sagte Gwen. Sie sah hilflos zu Stoner.

Stoner durchquerte den Raum und nahm Gwens Hand. Gwen drückte ihre Finger. Ihr Spiegelbild im Fenster gegenüber sah aus wie die Figuren auf einer Hochzeitstorte.

Gwen holte tief Luft und versuchte es nochmal. »Ich weiß nicht, wie du es aufnehmen wirst, aber mich macht es sehr glücklich.«

»Das ist alles, was ich will, Liebes«, sagte ihre Großmutter. »Dein Glück.« Ihre Augen glitten hinunter zu ihren ineinander verschlungenen Fingern.

»Stoner und ich ...« Gwen hielt Stoners Hand noch fester. »Wir ... ähm ... wir ...«

»Was sie gerade zu sagen versucht«, schaltete sich Tante Hermione ein, während sie in ihrer riesigen, bunten Tasche herumwühlte und ein Wollknäuel und eine Häkelnadel hervorzog, »ist, daß Ihre Enkelin und meine Nichte ein Liebespaar sind.«

Mrs. Burton schaute Gwen an.

Gwen sah zu Boden.

Mrs. Burton schaute Stoner an.

Stoner erwiderte ihren Blick.

Mrs. Burton sah wieder auf ihre verschlungenen Hände. Sie

nahm ihre Brille ab, schlug den Saum ihres Kleides zurück, und putzte die Gläser mit ihrem Unterrock.

»So, so«, sagte sie. »Hat noch jemand Lust auf eine letzte Partie Bridge?«

»Großmutter«, begann Gwen.

»Warum machst du uns nicht ein wenig Eistee, Gwyneth? Sonst werden wir alle noch vergehen in dieser Hitze.«

»Mrs. Burton ...«, sagte Stoner.

Mrs. Burton lachte. »Aber das ist natürlich nichts im Vergleich zu den Sommern in Georgia.«

Tante Hermione legte ihre Häkelarbeit nieder. »Ich weiß, daß Gwen deswegen mehr als eine Nacht wachgelegen hat, Eleanor. Bringen Sie doch wenigstens den Anstand auf, zu bestätigen, daß Sie es vernommen haben.«

Eleanor Burton wandte sich ihr zu. »Vielleicht, Hermione, können Sie mir ja erklären«, sagte sie im perfekten Konversationston, »warum meine Enkelin versucht, mich umzubringen.«

»Oh Scheiße«, flüsterte Gwen.

»Ich weiß, daß ich nicht vollkommen bin«, fuhr Mrs. Burton fort, »aber ich habe weiß Gott versucht, sie gut zu behandeln, so weit es meine begrenzten Kräfte zuließen. Ich kann mir beim besten Willen nicht vorstellen, was ich getan habe, daß sie mir einen solch grausamen, grausamen Streich spielt.«

»Das ist kein Streich«, sagte Gwen.

Mrs. Burton faltete die Hände im Schoß zusammen. »Zu meiner Zeit«, sagte sie zu Tante Hermione, »haben Damen über so etwas nicht gesprochen.«

»Das vielleicht nicht«, sagte Tante Hermione, »aber sie haben es getan.«

Mrs. Burtons Rücken versteifte sich. Die Haut an ihrem Hals spannte sich an. Sie öffnete das Fotoalbum und begann, die Seiten schnell und wahllos umzublättern. »Sehen Sie sich das nur an«, sagte sie zu niemand Bestimmten. »Sehen Sie nur, was für ein schönes Kind sie war. Alle sagten, daß sie ein schönes Kind war.«

»Allerliebst«, sagte Tante Hermione. »Obwohl, was das mit irgend etwas zu tun hat, ist mir schleierhaft.«

»Wer würde jemals auf die Idee kommen, bei diesem süßen Kindergesicht ...«

Tante Hermione begann wieder zu häkeln. »Eleanor, nun seien Sie keine Idiotin.«

»Großmutter ...« begann Gwen. Sie schien vergessen zu haben, daß sie Stoners Hand hielt. Ihre Haut fühlte sich wie kaltes Wachs an, so als ob alles Leben in ihr zu einem kleinen, harten Klumpen irgendwo tief in ihrem Innersten zusammengeschrumpft wäre.

»Ich gebe ja zu, daß sie von Männern nicht gut behandelt worden ist«, fuhr Mrs. Burton ernsthaft fort. »Gute Güte, wer ist das schon? Erst ihr Vater, dann diese grauenhafte Kreatur Bryan Oxnard, den sie unbedingt heiraten mußte. Aber das ist doch kein Grund, sie völlig aufzugeben.«

»Hört sich für mich wie ein sehr guter Grund an«, sagte Tante Hermione und überprüfte ihr Muster.

»Es hat überhaupt nichts mit Männern zu tun«, sagte Gwen. »Ich liebe Stoner.« Ihre Stimme war klar und kräftig. Ihre Hand zitterte.

Mrs. Burton schaute vage in ihre Richtung. »Du stehst in ihrer Schuld, natürlich. Wir beide tun das. Aber diese alberne Vernarrtheit wird sich geben.«

»Großmutter.«

»Ihre Enkelin ist lesbisch«, sagte Tante Hermione gelassen. »Sie können sich ebensogut daran gewöhnen.«

Mrs. Burton schnaubte. »Wir würden niemals«, sagte sie mit leicht erhobener Stimme, »jemanden von ... von diesen Leuten in meiner Familie dulden.«

»Warum nicht?« Tante Hermione blinzelte auf ihr Häkelzeug hinunter. »Kindesmißhandler haben Sie doch schon.«

»Und hätte ich die Wahl, würde ich Kindesmißhandler vorziehen.«

Tante Hermione seufzte. »Eleanor, machen Sie sich nicht noch mehr zur Närrin, als Sie es schon getan haben.«

»Nun«, sagte Mrs Burton, während sie ein wenig wacklig aufstand, »in meinem Haus werde ich das nicht dulden.«

»Gut«, sagte Gwen, »in einer halben Stunde kann ich fertig gepackt haben.«

Stoner schaute sie an. Gwens Gesicht war grau, ihre Augen brannten. Sie bricht gleich zusammen, dachte sie und legte ihr stützend einen Arm um die Schultern.

»Würden Sie freundlicherweise«, sagte Mrs. Burton mit vor Entrüstung zitternder Stimme, »Ihre dreckigen Hände von ihr nehmen?«

Bestürzt trat Stoner unbewußt einen Schritt zurück. »Was?«

»Was Sie bei sich zuhause tun, ist Ihre Sache. Darüber will ich gar nichts wissen. Aber solange Sie in diesem Haus sind ...«

»Einen Moment mal«, sagte Gwen, »ich bezahle die Hälfte der Miete.«

Mrs. Burton wandte sich ihr zu. »Das gibt dir nicht das Recht, deinen Abschaum hierher zu bringen.«

»Verdammt nochmal«, sagte Gwen scharf. »Stoner hat mir das Leben gerettet. Wenn sie nicht gewesen wäre, hätte Bryan mich umgebracht.«

Das Gesicht der alten Frau war steinhart. »Ich wünschte, er hätte es getan.«

»Bei Gott«, sagte Tante Hermione in die schockierte Stille. »Ich habe in den letzten fünf Minuten genug Albernheiten für den Rest meines Lebens gehört.«

Mrs Burton drehte sich ihr zu. »Ihre Meinung ist nicht gefragt, Hermione. Sie und Ihr Haus voller Perverser.«

»Haus voller Perverser?« Tante Hermione zog eine Augenbraue hoch. »Stoner, hast du irgend etwas vor, von dem du mir noch nichts erzählt hast?«

Sie zwang sich, den Kopf zu schütteln.

»Zu schade«, sagte Tante Hermione und wandte sich wieder ihrem Häkelzeug zu. »Wär' vielleicht was Einträgliches gewesen.«

»Ich vermute«, sagte Mrs. Burton zu Tante Hermione, »Sie denken gerne darüber nach, wie Ihre Nichte andere Frauen befummelt.«

»Ich habe anderes im Kopf, Eleanor, und das sollten Sie auch. Wenn Sie Ihre Phantasie nicht beherrschen können ...«

Mrs. Burton wandte sich wieder an Gwen. »Versprich mir, daß du sie nie wiedersiehst, und wir vergessen das alles.«

»Ich beabsichtige sehr wohl, sie wiederzusehen«, sagte Gwen mit tödlicher Stimme, »und ich werde nichts hiervon vergessen.«

Wir machen das ganz falsch, dachte Stoner. Wir sollten uns hinsetzen und in Ruhe darüber sprechen. Jede bekommt fünf Minuten Redezeit, um zu sagen, wie ihr zumute ist, keine Beschimpfungen, beim Thema bleiben, keine Drohungen, und wenn wir nicht weiterkommen, gibt es eine Abkühlrunde. Nicht die leichteste Sache der Welt, aber kein Chaos. Das hier ist ein Chaos.

»Seht mal«, sagte sie, »vielleicht, wenn wir alle ... ich meine, schauen wir uns das doch mal an ... und, na ja, was will eigentlich jede hier?«

»Ich werde Ihnen sagen, was ich will«, kreischte Mrs. Burton. »Ich will, daß Sie aus dem Leben meiner Enkelin verschwinden.«

»Das ist das Letzte, was du kriegen wirst«, sagte Gwen kalt. »Wo ich hingehe, da geht auch Stoner hin.«

»Es scheint mir fast, Eleanor«, warf Tante Hermione ein, »als hätten Sie hier das meiste zu verlieren.«

Das schien Mrs. Burton den Schwung zu nehmen. Sie lehnte sich zurück und zupfte an ihren Ärmeln. Sie sah alt aus, und müde.

»Du mußt das verstehen«, sagte sie schließlich. »So wie ich

erzogen wurde ... wir hätten nie ...« Sie schaute hilflos zu Gwen auf.

»So wie ich erzogen wurde«, unterbrach Tante Hermione, »würden wir nie einen anderen Menschen grausam behandeln. Sie sollten Ihren glücklichen Sternen danken, daß Gwen sich in Stoner verliebt hat. Wenigstens hat sie bei Frauen einen besseren Geschmack als bei Männern.«

Mrs. Burton wandte sich ihr zu. »Ich habe ihr ein anständiges Leben geboten. Das mindeste, das sie tun kann, ist ein anständiger Mensch zu sein.«

»Sie ist ein anständiger Mensch«, sagte Tante Hermione, »haushoch über allem, was Stoner früher so nach Hause gebracht hat.«

»Tante Hermione ...«

»Ist schon gut, Liebes. Du entwickelst dich weiter, wie wir alle.«

»Nun«, sagte Mrs. Burton, »Sie können sich geradewegs aus meinem Haus hinausentwickeln.« Sie wandte sich an Gwen. »Was dich betrifft, dich würde ich lieber tot sehen.«

»Gwen«, sagte Stoner leise, »möchtest du, daß ich jetzt gehe?«

Gwen schüttelte den Kopf. »Großmutter, ich will erklären ...«

»Erklären?« Mrs. Burton stieß ein rauhes Lachen aus. »Diese ... diese Krankheit erklären?«

Es ist immer dasselbe, dachte Stoner müde, als sie zum Fenster ging und sich gegen die Fensterbank lehnte. Vorwürfe, Wut, Beschimpfungen, Schuld, Zurückweisung — das alles, weil wir die falschen Menschen lieben. Die falschen Menschen lieben. In einer Welt, in der Schulspeisungen zugunsten von Nuklear-Sprengköpfen abgeschafft werden und man von der Luft Lungenembolien bekommt, und vom Wasser Krebs. In der das Gesundheitsamt eine »zulässige Höchstmenge von Rattenfäkalien« pro Dose Thunfisch festsetzt. In der Vergewaltiger frei herumlaufen, entlassen auf Bewährung, und in der man eine Münze in einen Schlitz werfen kann, um einen Film zu sehen, in dem eine lebensechte Frau lebensecht zu Tode geprügelt wird, nur um des Nervenkitzels und des Profits willen. In der wir endlich eine Frau als Vizepräsidentin nominiert hatten, das harmloseste Amt des Landes, und all die Frauenhasser unter ihren Steinen hervorgekrochen kamen, um auf ihrem Sarg zu tanzen, und manche der Frauenhasser waren Frauen, und was sagt uns das darüber, wie wir gelehrt werden, uns selbst zu sehen? Es hätte das Signal sein sollen, die Revolution zu beginnen, aber wir hatten die Revolution vergessen, und jetzt haben wir Yuppie-Lesben in Designer-Klamotten, die einen Magistergrad im Versteckspielen erwerben, und ehe wir uns versehen, ist es wieder 1950 und uns ist nichts geblieben als *Der Quell der Einsamkeit* und *Infam**, und wir werden eines Morgens aufwachen und glauben, das Beste, was du tun kannst, wenn du lesbisch bist, ist, dich umzubringen.

»Was machen wir hier eigentlich?« hörte sie sich selbst in die Stille hinein sagen, die sich zog wie ein Gummiband. »Wir sollten auf der Straße sein und uns die Lunge aus dem Leib schreien.«

Alle sahen sie an.

»Stoner ist ganz außer sich seit der Wahl von '84«, erklärte Tante Hermione. »Sie denkt, es wäre alles anders ausgegangen, wenn sie nur etwas getan hätte, aber sie hat noch nicht herausbekommen, was dieses Etwas ist.«

---

* *Der Quell der Einsamkeit (The Well Of Loneliness*, 1928) ist ein berühmter Lesbenroman von Radclyffe Hall, in dem die Heldin als leidende Kreatur dargestellt wird, die ihre »Andersartigkeit« wie eine Märtyrerin erträgt. *Infam (The Children's Hour)* ist ein Theaterstück von Lillian Hellmann über zwei Lehrerinnen in den 50ern, denen nachgesagt wird, lesbisch zu sein, und von denen die eine sich das Leben nimmt, als sie erkennt, daß sie ihre Freundin wirklich liebt. Das Stück wurde 1961 mit Audrey Hepburn und Shirley MacLaine verfilmt. (Anm. d. Übers.)

»Ich meine nur«, sagte Stoner, »es gibt wichtigere Dinge, über die man sich aufregen sollte.«

Mrs. Burton schniefte. »Natürlich sagen Sie das.«

»Großmutter«, sagte Gwen leise.

Mrs. Burton wandte den Kopf ab.

Tante Hermiones Augen trafen Stoners, und sie zuckte mit den Schultern. »Da werd' einer schlau draus.«

Gwen stand vor ihrer Großmutter, die Fäuste geballt, ihr Gesicht kurz davor, sich aufzulösen. »Bitte«, sagte sie, »ich liebe sie, und ich liebe dich. Bitte versuch doch zu ...«

Mrs Burtons Augen waren wie glühende Kohlen. »Liebe? Du nennst das Liebe? Diese abstoßende ... widerwärtige ... Besessenheit?«

Stoner fühlte, wie etwas in ihr zerbrach. »Gott verdammt nochmal«, bellte sie. »Das reicht!«

Mrs. Burton drehte ihr den Rücken zu. »Ich bin an nichts interessiert, was Sie zu sagen haben.«

»Das ist mir scheißegal!« Die Worte platzten aus ihr heraus. »Sie sind eine unwissende, selbstgefällige Frau. Haben Sie irgendeine Ahnung, was es heißt, lesbisch zu sein?«

»Das habe ich nicht«, sagte Mrs. Burton. »Und ich will es auch gar nicht.«

Stoner ging mit großen Schritten quer durch das Zimmer. »Wir machen die Dreckarbeit in dieser Welt. Wir gründen Frauenhäuser, um euch rechtschaffene, verklemmte, 'normale' Frauen vor euren prügelnden Ehemännern zu schützen. Wir kämpfen für eure Krankenversicherung und Sozialhilfe. Wir schieben eure Rollstühle und wischen euren Urin auf, wenn ihr zu alt und schwach seid, um es selbst zu tun. Wir machen all die Arbeit, für die ihr zu 'damenhaft' seid. Und dafür werden wir beschimpft und aus Jobs gefeuert, die keiner will. Wenn wir in öffentliche Toiletten gehen, sehen wir Haß auf den Wänden, hingeschmiert von Leuten, die zu ungebildet sind, um unsere Namen richtig zu schreiben, die sich aber das Recht herausnehmen, über uns zu urteilen. Wenn wir eine

Zeitung aufschlagen, sehen wir Briefe von bibelzitierenden Schwachköpfen, die uns sagen, daß unsere schwulen Brüder an AIDS sterben, weil Gott uns verabscheut für das, was wir sind. Aber wir leben weiter, Mrs. Burton, weil wir uns das Recht dazu verdienen. Wir leben in einer Welt des Hasses, und doch schaffen wir es zu lieben. Sie leben in einer Welt der Liebe, aber Sie hassen. Ich verstehe das nicht. Ich versteh' es einfach nicht.«

Mrs. Burton funkelte sie an. »Wie können Sie es wagen, so mit mir zu sprechen?«

»Ich liebe Gwen. Ich würde mein Leben für sie geben. Wenn sie mich verlassen würde für einen dieser 'reizenden jungen Männer', auf die Sie so große Stücke halten, würde ich sie immer noch lieben. Wenn er grausam zu ihr wäre, würde ich sie aufnehmen und sie trösten und mein möglichstes versuchen, um sie zu beschützen. Wenn sie zu ihm zurückgehen würde, würde ich sie weiterlieben. Und ich würde niemals, niemals so etwas zu ihr sagen wie Sie heute abend. Wenn das Ihre Vorstellung von Liebe ist, dann will ich nichts damit zu tun haben.«

Sie zwang sich, abzubrechen, und ging zum Fenster. Die Straße war grau und leer. Alte Zeitungen lagen schlaff im Rinnstein. Die Luft über der Stadt war von öligem Gelb. Ihr war schlecht.

Die Stille hinter ihr wog schwer. Sie versuchte sich vorzustellen, was sie dachten, aber schaffte es nicht.

Ich hoffe, Gwen versteht es. Ich hoffe, ich habe ihr nicht alles kaputtgemacht.

Sie fühlte eine Hand an ihrem Gesicht.

»He«, sagte Gwen.

»Tut mir leid, Gwen. Ich konnte mich nicht mehr ...«

»Ist schon gut. Ich liebe dich.«

»Nun gut«, sagte Tante Hermione, während sie ihr Garn aufrollte. »Ich denke, wir haben so ungefähr alles abgehandelt. Es war ein unterhaltsamer und erhellender Abend, aber ich habe eine frühe Sitzung mit einer Jungfrau, und ihr wißt ja, wie die sind. Kommst du, Stoner?«

»Ich lasse Gwen nicht allein«, sagte sie.

Mrs. Burtons Gesicht war weiß vor Wut.

Stoner wich nicht zurück.

»Ich gehe mit euch«, sagte Gwen. »Ich fühle mich hier nicht willkommen.«

»Wenn du dieses Haus heute abend verläßt«, schnappte Mrs. Burton, »komm nicht zurück.«

Gwen wandte sich ihr zu. »Ich bin einunddreißig Jahre alt, Großmutter. Ich möchte gern, daß du verstehst, was Stoner mir bedeutet, aber ich habe nicht vor, darum zu betteln.«

Eleanor Burton war steif vor rechtschaffener Empörung. »Das wirst du bereuen, Gwyneth.«

»Wahrscheinlich werde ich das. Aber wenn ich bleibe, werde ich das auch bereuen. Also kann ich ebensogut dorthin gehen, wo ich erwünscht bin. Es tut mir leid, daß es so sein muß, aber ich werde lieben, wen ich liebe, und ich beabsichtige nicht, mich deswegen schuldig zu fühlen.«

»Nun, erwarte aber nicht, daß ich ...«

»Ich erwarte überhaupt nichts«, sagte Gwen. »Sobald ich eine Wohnung finde, lasse ich dich wissen, wo ich bin. Wenn du mich erreichen mußt, kannst du das über Marylou im Reisebüro.«

»An deiner Stelle würde ich nicht darauf warten«, sagte Mrs. Burton.

Gwen verließ wortlos den Raum.

»Eleanor, Eleanor«, gluckste Tante Hermione, als sie sich ihre Tasche über die Schulter hängte, »an Ihrer Stelle würde ich mal ernsthaft in mich gehen und nachdenken.« Sie schüttelte liebevoll Mrs. Burtons Handgelenk. »Ich weiß ja, daß Sie Löwe sind, aber versuchen Sie doch mal, nicht auch noch ein Esel zu sein.«

Die Tür knallte hinter ihnen zu.

»Das Ärgerliche an bigotten Menschen«, murmelte Tante Hermione auf ihrem Weg durchs Treppenhaus, »ist, daß sie so unoriginell sind. Ich frage mich, ob Freud etwas zu dem Thema zu sagen hatte.«

Stoner konnte nicht antworten.

»Ich hatte schon immer den Verdacht«, fuhr Tante Hermione fort, »daß es klug von dir war, dich mitten in der Nacht von deiner Familie wegzuschleichen, anstatt das hier durchzumachen. Der heutige Abend hat mich davon überzeugt, daß ich richtig lag.«

Der Boden fühlte sich an, als wäre er übersät von zerbrochenen Dingen. Zerbrochenem Vertrauen, zerbrochener Liebe, zerbrochenem ...

Gwen saß zusammengesunken am Fuß der Treppe, die Arme um die Knie geschlungen. Eine weiße Linie umrahmte ihre Lippen. Ihre mahagonifarbenen Augen waren grau. Ihr Haar war von einer pudrigen Stumpfheit.

Sie sieht aus, dachte Stoner überflüssigerweise, als hätte man sie gebleicht. Sie kniete sich neben sie. »Bist du in Ordnung?«

Gwen sah auf. »Oh Gott, Stoner. Was werde ich bloß machen?«

2. Kapitel

Den letzten Zahlen nach waren achthundertneunundfünfzig Reisende auf dem Sky Harbor-Flughafen von Phoenix in Arizona Mitte August um zwölf Uhr mittags ohne Sonnenbrille aus einer *Trans-Continental Airlines*-Maschine gestiegen. Noch niemandem ist das zweimal passiert.

Mitte August um zwölf Uhr mittags läßt die Wüstensonne einen Schauer silberner Nadeln herunterregnen. Der Himmel brennt weiß. Die Gebirge, die die Stadt umgeben — Maricopas, White Tanks, Superstitions — werden zu flachen, staubigen, zweidimensionalen Hügeln. Wüstenpflanzen erbleichen. Alle kriechenden, krabbelnden und sich ringelnden Geschöpfe kapitulieren vor der Hitze, verbergen sich. Die Luft flimmert am Horizont und fließt in trägen Schwaden über den Asphalt des Flughafens. Reifen werden weich. Der Geruch von schmelzendem Teer liegt schwer über dem Boden. Glitzersterne aus Licht prallen von beweglichen Glas- und Chromoberflächen. Die Bewohner von Phoenix drängen sich in ihren Wohnungen um die Klimaanlage und warten auf die Zeit der langen Schatten.

Der Sky Harbor-Flughafen von Phoenix in Arizona ist Mitte August um zwölf Uhr mittags eine weißglühende Hölle.

Stoner zuckte zurück. Die Muskeln rund um ihre Augen verkrampften sich. Ihre Pupillen schmerzten. Sie tastete sich stolpernd zu einem Sessel in der Wartehalle und setzte sich. Rings um sie ergoß sich ein stetiger Strom von beweglichen dunklen Umrissen. Ich bin blind, dachte sie. Geblendet. Blinded by the Light, hallelujah.

Na ja, auch wenn sie selbst nichts sehen konnte, Stell würde sie sehen. Aber niemand trat aus den Schatten hervor. Stoner kaute nervös auf ihrer Unterlippe.

Vielleicht will sie uns gar nicht hier haben.

Vielleicht haben wir den falschen Tag erwischt.

Oder den falschen Flughafen.

Was ist, wenn sie sich gar nicht blicken läßt?

Oder wenn sie draußen wartet?

Nein, sie sagte drinnen. Drinnen, im TCA-Warteraum. Ich bin sicher, daß sie das gesagt hat.

Vielleicht hat TCA zwei Warteräume.

Blödsinn, Fluglinien haben keine zwei Warteräume.

Fluglinien haben *Dutzende* von Warteräumen.

Habe ich ihr die richtige Flugnummer gegeben?

Sei nicht albern, wenn sie mich verpaßt, läßt sie mich eben ausrufen.

Vielleicht sollte ich *sie* ausrufen lassen.

Sie machte sich daran aufzustehen.

Aber ich müßte ein Telefon finden, um sie ausrufen zu lassen, und in der Zwischenzeit könnte sie auftauchen und denken, daß sie sich geirrt hat, und weggehen.

Sie setzte sich wieder hin.

Ich hätte alles selbst organisieren sollen. Ich hätte es nicht Marylou überlassen sollen. Ich *hasse* es, wenn andere Leute meine Reise organisieren. Ich meine, woher soll ich wissen, ob sie keinen Mist gebaut haben? Wenn *ich* Mist baue, habe ich wenigstens eine ungefähre Ahnung davon, an welchem Punkt Mist passiert ist. Ich bringe Daten und Zeiten durcheinander. Verbindungen und Zielorte bringe ich nicht durcheinander. Wenn ich alles selbst reserviert hätte, und Stell sich nicht blicken ließe, würde ich wissen, daß ich den falschen Tag oder die falsche Zeit erwischt habe, aber am richtigen Ort bin. Was mehr ist, als ich jetzt weiß.

Marylou sagt, wenn Reiseveranstalterinnen ihre eigenen Reisen buchen, ist das, wie wenn Psychotherapeuten Familienmitglieder und enge Freunde behandeln. Oder wie wenn Rechtsanwälte sich in einem Prozeß vor der Anwaltskammer selbst vertreten. Marylou sagt, ...

Marylou verreist nie. Marylou haßt reisen.

Offensichtlich verfügt Marylou über eine Erkenntnis, die ich nicht habe und die ich mir partout auf die harte Tour aneignen muß.

»Hol's der Teufel«, sagte eine vertraute Stimme, »du hast besorgt ausgesehen, als ich dich das letzte Mal sah, und du siehst *immer noch* besorgt aus.«

Sie blinzelte in das gleißende Licht. »Stell?«

»Jedenfalls nicht Dale Evans.« Ein langer, dünner Schatten pflanzte sich vor ihr auf, die Hände in den Hüften, und lachte. »Ich könnte wetten, du hast allen Ernstes geglaubt, ohne Sonnenbrille durchzukommen.«

»Ja«, sagte Stoner mit einem schiefen Grinsen, »hab' ich.«

»Schön, läßt du dich jetzt endlich umarmen? Oder willst du da sitzenbleiben und mir das Herz brechen?«

Zu ihrer großen Verlegenheit fühlte sie, wie ihr die Tränen kamen. »Gott, ich hab' dich so vermißt«, sagte sie und warf ihre Arme um die ältere Frau.

»Ich dich auch, Kleines.« Stell drückte sie an sich. »Hab' schon gedacht, ihr kommt nie an.«

Stoner legte den Kopf an ihre Schulter. »Du duftest immer noch nach frischem Brot.«

»Das sollte ich wohl. Ich backe es schließlich.« Sie hielt Stoner ein Stück von sich weg und besah sie sich von oben bis unten. »Du bist so ziemlich die alte geblieben. Wo ist deine Liebste?«

»Sammelt die Koffer ein. Sie kommt dann nach draußen.«

Stell griff nach Stoners Handgepäck. »Dann können wir uns ja Zeit lassen. Was du an Reisezeit einsparst, verlierst du wieder, wenn du auf dein verstreutes Gepäck wartest.« Sie ging voran, Richtung Ausgang. »Hoffe, du hattest dich nicht zu sehr auf Timberline gefreut. Diesen Sommer geht alles ein bißchen drunter und drüber.«

»Mir macht das nichts. Ich war noch nie in der Wüste.«

»Ich muß zugeben«, sagte Stell, während sie mit langen Schritten weiterging, »es gab in den letzten vier Wochen Augenblicke, in denen ich meinen rechten Arm für eine Lungenfüllung Wyoming-Luft gegeben hätte. Aber Familie ist Familie, und du tust, was du mußt.« Sie trat zurück, um Stoner als erste durch die Tür gehen zu lassen. »Vorsicht. Diese Sonne ist mörderisch.«

Ein Schwall sengender Luft warf sie fast um. »Himmel!«

»Heiß genug, um Farbe zum Kochen zu bringen«, sagte Stell. »Bleib dicht bei mir, bis ich den Wagen gefunden habe. Wenn du auf dem Parkplatz verlorengehst, bist du in zehn Minuten krankenhausreif.«

Die Hitze des Pflasters brannte sich durch die Sohlen ihrer Schuhe. Sie blinzelte in die Sonne und schnappte nach Luft. »Das ist ja unfaßbar.«

»Man gewöhnt sich dran.« Stell schlängelte sich durch die parkenden Autos hindurch. »In Spirit Wells hilft die Höhe. Tagsüber läßt du dir das Gehirn backen, aber du hast wenigstens die Garantie, dir nachts den Hintern abzufrieren.«

»Spirit Wells? Ich dachte, die Handelsstation wäre in Beale.«

»Beale ist das nächste Postamt. Spirit Wells war vor rund hundert Jahren irgendeine Art von Siedlung, und niemand weiß, warum sie es Geisterbrunnen nannten. Vielleicht ist das auch nur ein Gerücht. Ich jedenfalls hab' bisher keine Spur von Städten oder Geistern oder Brunnen gesehen.« Sie blieb neben einem hellbraunen, rostigen, staubüberzogenen Chevy-Lieferwagen stehen, der schon bessere Tage gesehen hatte, allerdings vor sehr langer Zeit.

Stoner faßte nach dem Türgriff.

»Moment!« Stell schob schnell ihre Hand weg. Sie nahm ein großes Taschentuch aus ihrer Hosentasche. »Nimm das. Metall wird verdammt heiß hier draußen.«

»Alles ist heiß hier draußen.« Sie zog mit einem Ruck die Tür auf und ließ die stehende Luft herausfallen.

Stell schwang sich hoch auf den Fahrersitz und kramte im Handschuhfach herum. »Nimm die«, sagte sie, und drückte ihr eine zerkratzte, angeschlagene Sonnenbrille in die Hand. »Sie ist nicht gerade schick, aber sie wird dir die Netzhaut retten.«

Stoner setzte die Brille auf und seufzte vor Erleichterung. »Wie geht's deiner Cousine?«

»Scheint etwas besser zu sein«, sagte Stell, während sie den Motor anließ. »Sie wissen immer noch nicht, was mit ihr los ist. Fürchterliche Sache, sie schien von einem Tag auf den anderen auszutrocknen. Wär' ja auch kein Wunder, bei dem Klima. Bis auf den Umstand, daß Claudine und Gil die Handelsstation seit über dreißig Jahren haben, und Claudines Familie schon vorher. Die Sommer in Arizona sind nicht gerade was Neues für sie.«

Sie prügelte den Rückwärtsgang rein, setzte zurück, wobei sie nur knapp einen gelben Mercedes verfehlte, und fuhr langsam auf die Rampe zu.

»Es gibt Gerüchte, daß oben im Norden der Reservation die gleiche Sorte Krankheit umgeht, was irgendeine Art Strahlung vermuten läßt. Vor allem, weil Anaconda und Kerr-McGee die Uranschlacke aus den Minen unter freiem Himmel abladen. Aber sie haben Claudine daraufhin untersucht und nichts gefunden. Tatsache ist, sie haben von Leukämie bis Extrauterinschwangerschaft absolut alles getestet — wobei letzteres in ihrem Alter ein mittleres Wunder wäre.«

»Vielleicht ist es das Wasser«, überlegte Stoner. »Oder sogar das frische Gemüse. Wenn in dem Boden hier draußen irgendwas fehlt ...«

»Nicht sehr wahrscheinlich. Gil zeigt keine Symptome. Jedenfalls haben sie sie zur Beobachtung dabehalten. Eine ziemlich hochgestochene Art zu sagen, daß die Ärzte nicht weiter wissen und einen schon mal bezahlen lassen, während sie's rausfinden.«

Sie schnitt einem Flughafentaxi den Weg ab und blieb im Parkverbot stehen.

»Wer kümmert sich um Timberline?« fragte Stoner.

»Ted junior und sein Schatz.« Stell lachte. »Ich bin sehr gespannt, wie gewisse Stammgäste damit klarkommen. Na ja, es dürfte die Spreu vom Weizen trennen.«

»Öh ... magst du seinen Schatz?«

»Bis jetzt schon. Rick scheint ein netter junger Mann zu sein.« Sie warf Stoner einen wissenden Blick zu. »Hör auf, das Terrain zu sondieren. Du weißt genau, daß ich das völlig in Ordnung finde.«

»Tut mir leid. Wir hatten in letzter Zeit unsere Probleme.«

»Klar.« Stell tauchte auf dem Boden hinter dem Sitz nach einem Cowboyhut und setzte ihn auf. »Und, wie steht's inzwischen?«

Stoner zuckte die Schultern. »Geht so. Gwen scheint nicht zu wissen, was ihr nächster Zug sein sollte. Ich glaube, sie hofft auf eine Versöhnung, aber bis jetzt hat sie noch nichts von ihrer Großmutter gehört. Es muß sie scheußlich bedrücken, aber das ist bei ihr manchmal schwer zu sagen. Sie ist besser im Verdrängen als ich.«

»Wahrscheinlich ganz gut, daß sie mal rauskommt. Hilft ihr vielleicht, die Dingen in neuem Licht zu sehen.« Sie trommelte mit den Fingern aufs Lenkrad. »Wieviel weiß ich offiziell? Ich will mich nicht gleich ins Fettnäpfchen setzen.«

»Sie weiß, daß ich's dir erzählt hab'. Das geht in Ordnung.«

»Ich könnte den unwiderstehlichen Drang haben, meine Meinung zu äußern.«

Stoner lächelte. »Deine Meinung ist immer willkommen.«

»Sag das mal meinem ewigliebenden Gatten. Er darf meine Meinung schon seit fünfunddreißig Jahren über sich ergehen lassen.«

Wenn Gwen nicht bald auftaucht, dachte sie, ist von uns nichts mehr übrig als Fett und Knochen. Das Führerhaus des Lastwagens fühlte sich an wie ein Hochofen.

»Macht es dir Spaß, hier den Laden zu schmeißen?« fragte sie.

»Es ist eine Herausforderung.« Stell öffnete ihre Tür und streckte ein Bein auf dem Trittbrett aus. In dieser Pose sah sie ein bißchen wie eine in die Jahre gekommene Rodeo-Queen aus. »Die meisten Indianer vertrauen uns genug, um weiterhin dort zu kaufen, schließlich sind wir mit Gil und Claudine verwandt, und Verwandtschaft zählt viel bei ihnen. Aber es ist schwer zu vergessen, daß wir sichtbare Vertreter einer Rasse sind, die sie seit 400 Jahren fürchterlich bescheißt. Das macht einen wohl übervorsichtig und übersensibel.« Sie warf Stoner einen Blick zu. »Warum erklär' ich Idiotin dir das eigentlich? Du weißt, wie es ist, gehaßt zu werden, ohne daß du was dafür kannst.«

»Ach, Stell, ich bin froh, daß wir uns entschlossen haben zu kommen. Es wird Gwen gut tun, mit dir zusammenzusein.«

Stell johlte. »Das ist das erste Mal, daß mir jemand einen guten Einfluß auf die Jugend zutraut.« Sie lugte unter der Krempe ihres Hutes hervor und wedelte mit dem Daumen in Richtung des Schalters. »Dreh dich nicht um. Jetzt gehen die Ferien richtig los.«

Gwen kam rückwärts durch die Tür, schwankend unter dem Gewicht ihres Gepäcks.

Stoner hechtete aus dem Wagen.

»Himmel!« rief Stell. »Muß wohl Liebe sein.«

Gwen ließ einen Koffer fallen und hielt sich die Hand über die Augen. »Die wollen uns umbringen!« keuchte sie. »Hallo, Stell.«

»Selber hallo. Komm, quetsch dich neben mich. Eng, aber besser als hinten in der Sonne zu sitzen.«

Stoner warf die Koffer auf die Ladefläche. »Soll ich die festbinden?«

»Allerdings. Wir haben noch ein ordentliches Geholper vor uns bis Spirit Wells.«

Stoner sicherte die Koffer und kletterte auf den Sitz neben

Gwen. Gwen langte rüber und wackelte an ihrer Sonnenbrille. »Ganz schön kerlig.«

»Laß das«, sagte Stoner und gab ihr einen Klaps auf die Hand.

Stell knallte ihre Tür zu, drehte die Klimaanlage voll auf und brachte den Motor auf Touren. »Haltet euch an euren BH-Trägern fest, Mädels. Es geht los.«

»Wie weit ist es?« fragte Gwen, als Stell über die Rampe hinausholperte.

»Ungefähr 350 Kilometer Luftlinie. Wir sind am späten Nachmittag zu Hause.«

Stoner rechnete. »350 Kilometer — das sind fast vier Stunden.«

»Mehr oder weniger. Wir haben hier draußen eine gesunde Respektlosigkeit gegenüber Geschwindigkeitsbegrenzungen. Ich muß in Beale noch schnell was einkaufen. Dauert nur 'ne Minute.«

»Toll«, sagte Gwen, »dann werd' ich mir noch einen niveaulosen Schmöker besorgen. Ich kann mir nicht vorstellen, daß es sowas bei euch gibt.«

»Auf keinen Fall. Wir lesen hier draußen nur die Großen Werke der Westlichen Welt.«

Wolkenkratzer, Monolithe aus Beton und Glas, säumten die Straße in häßlicher Nüchternheit. Familienkutschen und Taxis wälzten sich zentimeterweise auf die Ampeln zu, die Motoren knurrten Drohungen, die Fahrer tauschten finstere, feindselige Blicke. Fußgänger liefen im Zickzack hindurch. Teenager jagten mit wilder und lebensgefährlicher Hingabe auf Skateboards vorbei. Busse verpesteten die Luft. Nur gelegentlich unterbrach ein Fleckchen Rasen, ein Stück Kolonialstil- oder viktorianische Architektur die Eintönigkeit und ließ einen Hauch von Atmosphäre aufblitzen.

»Was ist euer erster Eindruck?« fragte Stell.

»Es ist sehr sauber«, sagte Stoner höflich.

Stell lachte. »Ich werd' euch Phoenix erläutern: Fünf von den sechs höchsten Gebäuden in der Stadt sind Banken. Das sechste ist die Hyatt-Residenz.«

»Das ist alles, was du weißt?« fragte Gwen.

»Das ist alles, was ich wissen *muß*.« Sie bremste vor einer roten Ampel und kurbelte rasch das Fenster herunter, um die sich trotz der Klimaanlage sofort stauende Hitze herauszulassen.

Das ist also Arizona. Puebloland. Viehland. Goldland. Indianerland. Kaktusland.

Die einzigen Pueblos, die sie sehen konnte, waren fünfzehnstöckige Wohnhäuser. Es gab kein Vieh, das zum Markt getrieben wurde, nur teure Autos mit angeberischen Spezialnummernschildern. Die einzigen Indianer waren zwei kleine Kinder in Faschingsmontur. Und anstelle von Kakteen gab es Palmen, die so künstlich aussahen wie Requisiten für ein Zwanziger-Jahre-Musical.

Sie beobachtete die Leute, die vor dem Lieferwagen die Straße überquerten. Sie waren genau wie beliebige Leute in einer beliebigen Stadt — ein bißchen abgestumpft, als ob sie lieber nicht zuviel sehen oder hören oder denken wollten. Als ob sie es irgendwie geschafft hätten, sich selbst zu löschen. Auf einer Typische-Großstadt-Skala von eins bis zehn würde sie Phoenix eine Sieben geben.

Das ist provinziell, wies sie sich zurecht. Es gibt Tausende, vielleicht Millionen von Menschen, die Großstädte wirklich mögen. Die es genießen, oder zumindest nichts dagegen haben, Schlange zu stehen. Die in Lärm und Hektik aufblühen. Deren Vorstellung von der Hölle ein kleines Kaff ohne 24-Stunden-Supermärkte ist.

»Stoner«, sagte Gwen, »du knirschst mit den Zähnen.«

»'tschuldigung.«

»Wird dir schlecht?«

»Ich hoffe nicht.«

»Willst du noch ein Dramamin?«

Sie schüttelte den Kopf. Zu wenig Schlaf, sie konnte kaum noch klar denken. Zum Teufel mit Marylou. Kein normaler Mensch würde freiwillig um vier aus dem Bett stolpern, sich um fünf mit dem Logan Airport anlegen, dann den halben Kontinent und drei Zeitzonen überfliegen, um sich mit Flugzeugmahlzeiten beleidigen zu lassen und von der Mittagsstunde in Phoenix attackiert zu werden — und dabei noch versuchen, die Landschaft zu genießen. 'Nimm den Tag noch mit', also wirklich. Wenn mal wieder ein Tag mitzunehmen war, konnte Marylou Kesselbaum ihn gerne selbst aufsammeln.

»Was gibt's Neues in Boston?« fragte Stell, als sie durch einen Vorort Richtung Norden fuhren. Spanische Adobeziegelhäuser mit roten Dächern, rasensprengergrünen Vorgärten, wartenden Grillstellen und Kühlschränken voll eiskaltem Weißwein.

»Tante Hermione ist in die Hexenrunde aufgenommen worden. Sie haben ihr den Nachweis in Kräuterheilkunde schließlich erlassen. Ich weiß nicht warum, aber irgendwie schafft sie es nicht, die Kräuter auseinanderzuhalten.«

»Sie hat aber niemanden vergiftet, oder?«

»Noch nicht«, sagte Gwen.

»Na, das ist doch mal 'ne gute Nachricht.«

»Im Reisebüro herrscht Saure-Gurken-Zeit. Marylou ist jetzt in einer Selbsthilfegruppe gegen Diskriminierung von Dicken.«

»Marylou ist eine Inspiration für uns alle«, sagte Stell.

»Jetzt führen wir eine Liste von Unterkünften, in denen Dicke diskriminiert werden, und buchen dort prinzipiell nicht mehr.« Sie lachte. »Mit Marylous und meinen politischen Überzeugungen zusammengenommen katapultieren wir uns irgendwann einfach aus dem Geschäft.«

»Also«, sagte Stell, »solltest du feststellen, daß ich in Timberline irgendwas falsch mache, wäre ich dankbar für einen Hinweis.«

»Glaub mir«, sagte Stoner, »an deiner Küche ist nichts Unterdrückerisches.«

»Bis auf den Salat«, sagte Gwen, »du dürftest wohl den jämmerlichsten Salat der Welt servieren.«

Stell brummte. »Sag das unserem Lieferanten. Ich versuche seit Jahren, ihn zu fassen zu kriegen. Ich werde den Verdacht nicht los, daß sie das Zeug in Laramie auf ein Nebengleis schieben und ein, zwei Wochen rumliegen lassen. Hab' schon daran gedacht, selbst welchen anzubauen, aber irgendwie liegt mir Gärtnern nicht.«

Sie überquerten ein trockenes Flußbett und waren plötzlich in der Wüste. Hier und da klammerte sich etwas Grünholz oder ein Kreosotbusch am steinigen Boden fest. Saguaro-Kakteen ragten hoch wie dornige Telefonmasten. Gelblich-braune Felsblöcke, verwittert vom Wind und bar jeder Vegetation, reckten sich einem endlosen Himmel entgegen.

»Dies ist die Salt River Indianerreservation«, sagte Stell. »Pima und Maricopa. Die Pima waren ein wilder Stamm. Jetzt leben sie Tür an Tür mit dem reichen weißen Gesindel, und es gibt kein bißchen Ärger. Das zeigt, wie man ihnen den Schneid abgekauft hat.« Sie wies auf das trockene Flußbett. »Dieser verdorrte Schutt hier war mal der Salt River, bevor die Anglos ihn gestaut haben. Wenn hier irgendwann doch mal 'ne Revolte losgeht, sollten sie als erstes die Dämme in die Luft jagen. Das Wasser hier in der Gegend hat Befreiung echt nötig.«

Sie blickte zu ihnen rüber. »Hört euch das an, ich leg' schon wieder damit los. Jedes Mal, wenn ich nach Phoenix komme, gehe ich durch die Decke. Es macht mich so verdammt wütend, und ich schäme mich. Aber ich sollte nicht wütend werden, jetzt wo ich meine Mädchen wieder bei mir habe.«

»Danke, Stell«, sagte Gwen ernsthaft, »mir wird rundherum warm, wenn du das sagst.«

»Das letzte Mal, als *mir* rundherum warm wurde«, sagte Stell, »war es ein Hitzestoß.« Sie schob sich mit dem Zeigefinger den Hut hoch. »Mist, ich weiß auch nicht, warum es mir so schwerfällt, zu sagen, was ich sagen will. Ihr zwei habt mir gefehlt, und das ist 'ne Tatsache. Auch wenn ihr mich letzten Sommer fast umgebracht habt vor Sorge.«

»Das tut mir wirklich leid«, sagte Gwen. »Ich ...«

Stell unterbrach sie. »Ich will gar keine Entschuldigungen. Hoffe nur, daß ihr nicht vorhabt, mich dieses Jahr wieder solche Ängste ausstehen zu lassen.«

»Ich werd' versuchen, Schwierigkeiten aus dem Weg zu gehen«, sagte Gwen.

»Um dich bin ich gar nicht so besorgt.«

Stoner sah sie an. »Ich?«

»Ja, du.«

»In was für Schwierigkeiten könnte ich hier draußen schon kommen?«

Stell schüttelte den Kopf. »Du wirst schon was finden. Ich traue dir viel zu.«

Das Land stieg sanft an. In der Ferne schmiegte sich eine Bergkette dicht an die Erde. Kleine, graugrüne Büsche standen verstreut wie grasende Schafe. Der Himmel war von einem blassen, verwaschenen Blau.

Es ist schön, dachte Stoner.

Schön und grausam.

✻ ✻ ✻

Großmutter Adlerin schwebte hoch über dem Colorado-Plateau und ließ sich vom Wind tragen. Ihre Zeit war nah. Seit Tagen schon hörte sie Masaus sanfte Stimme, die sie zu ihren Ahnen heimrief. Die Sonne tat ihren müden Knochen gut, diesen Knochen, in denen die Winterkälte saß und sie selbst an brüllendheißen Sommertagen nicht verließ. Sie hatte ihr letztes Niman Kachina erlebt, mit den Tänzen, den Zeremonien und der Heimkehr der Hopi-Geister zu den Heiligen Bergen. Bald würde auch sie sich zur Ruhe legen und wieder mit den Geistern ihrer abgeschlachteten Jungen vereint sein. Ihre Knochen würden zu Pfeifen werden, auf denen ein Dineh-Kind spielen würde. Ihre Federn, ihre langen, schönen Federn, die das Lied des Windes sangen, würde man sammeln für Gebetsstäbe, um die Bitten des Stammes über die Regenbogenbrücke zu den Ohren der Geister zu tragen. Der Gedanke gefiel ihr.

Nun nahm sie Abschied. Abschied von den weiten Schluchten und Hügeln und Mesas ihrer irdischen Heimat. Abschied von den tiefen Felseinschnitten, in denen während der Frühlingsregenfälle schokoladenbraune Wassermassen schäumten. Abschied von den hohen Sandsteingipfeln, den windumbrausten Bergen, in denen sie ihre Nester gebaut und ihre Jungen aufgezogen und sich mit ihrem faulen, übellaunigen Gefährten gezankt hatte.

Sie lächelte vor sich hin, als sie an den Alten Adler dachte, ihre Streitigkeiten und ihre Paarungen, ihre Jagdflüge, das Leuchten des Sonnenlichts zwischen seinen Flügelspitzen, seine starke Gegenwart in den Stunden der Dunkelheit. Aber sie erinnerte sich auch an das weißblaue Aufblitzen aus dem Gewehr des Wilderers, das den schönen Körper zerschmetterte, und daran, wie seine Federn durch die stille Luft zu Boden sanken, an das Echo des Schusses, der ihr Herz zerspringen ließ, an die langen, schweigenden Jahre, die folgten.

Sie würde ihn bald sehen, ihren Alten, und sie würden wieder zur Sonne aufsteigen, emporgehoben von den Geistern der Winde, um zwischen den Wolkenleuten zu spielen. Wieder würden sie sich paaren und streiten. Sie hatte die Paarungen vermißt, aber die Streitereien hatten ihr noch mehr gefehlt.

Der Wind-Fluß trug sie über dem Indianerland dahin, über zusammengedrängten Lehmhütten und kleinen, aus zwei Räumen bestehenden Farmhäusern, über Wohnwagen-Abstellplätzen und etwas abseits stehenden *hogans*, über uralten Ruinen. Er trug sie über Pfirsichpflanzungen und dunkelgrüne Reihen von Hopimais. Über die mißhandelten Windungen des San Juan River, die scharfen Biegungen und tief eingeschnittenen Schluchten des Colorado. Über die Abraumhalden der Uranminen, die die furchtbare Graue Krankheit brachten. Über die schwarzgefiederten Kernkraftwerke, die die heiligen Vier Ecken entweihten.

Ihr Herz fühlte ein Ziehen, und sie wandte ihre Aufmerksamkeit nach Süden. Neugierig flog sie langsam über das Dorf-das-seinen-Namen-vergessen-hat, vorbei an dem rauhen Schiefer der Long Mesa, vorbei an der Dineh-Rinne und am Big Tewa, über dem die Sonne aufgeht. Die Handelsstation von Spirit Wells lag noch in der Nachmittagshitze. Ihre empfindlichen Ohren nahmen den grölenden Fernseher aus Larch Begays Texaco-Tankstelle wahr.

Alles schien wie immer.

Sie zog einen Bogen nach Westen über die Farbige Wüste, auf der Suche nach ... sie war nicht sicher, wonach. Ihre Augen nahmen eine schwache Bewegung im Schatten eines Felsens wahr. Klapperschlange. Eine Delikatesse, aber sie hatte nicht mehr oft Hunger. Glück gehabt, Bruder Schlange, wohl unvorsichtig geworden in der Hitze. Sie stieß einen Schrei aus, um ihn in seine Grenzen zu weisen, und zog einen noch größeren Kreis.

Als sie wieder die alte Stadt überflog, erspähte sie etwas, das ihr vorher entgangen war. Ein Zweibein, eine alte Indianerin. Sie hatte noch nie eine so alte Frau gesehen. Älter als die Zedern. Älter als die verfallene Stadt. Vielleicht sogar älter als die Long Mesa.

Zweibein schaute nach Süden, wartete.

Adlerin glitt etwas näher heran. Vorsicht, es könnte eine Falle sein, warnte ihre Erfahrung. Vielleicht ist das alte Zweibein auf der Jagd nach schönen, frischen Federn für ihre Gebetsstäbe.

Ein leichtes Schaudern durchfuhr sie. In einer Zeremonie geopfert zu werden mag eine Ehre sein, ein Vergnügen ist es jedenfalls nicht.

Die Neugier nagte an ihrem Mißtrauen. Sie kreiste noch einmal.

Zweibein sah auf. Ihre Blicke trafen sich.

»Ya-ta-hey, Großmutter Kwahu.« Zweibein sandte ihr Gedanken zu.

»Ya-ta-hey, Großmutter.« Adlerin erwiderte den Navajo-Gruß, hielt aber sicheren Abstand.

»Etwas wird hier geschehen«, sandte Zweibein. »Fühlst du es?«

»Alles, was ich dieser Tage fühle, ist der Winter in meinen Knochen. Ich halte einen Zwiegesang mit Masau seit der Zeit des Saatmondes.«

Zweibein brummte Zustimmung. »Dies hier wird mein letzter Kampf und meine Heimkehr.«

»Kampf?« Großmutter Kwahu schwebte in die Höhe und ließ sich auf einem Windstoß wieder hinabgleiten. »Alte Frau, dein Verstand ist schon heimgekehrt. Ein Sack voll morscher Knochen, wie du es bist, gibt einen armseligen Speer zum Kampf.«

»So oder so«, sagte Zweibein, »vielleicht hat diese alte Welt doch noch eine Überraschung für dich auf Lager.«

»Oder noch eine Enttäuschung für dich.« Adlerin wandte sich zum Aufbruch.

Die alte Frau hob eine Hand zum Abschied. »Wenn du deinen Freund Masau siehst, sag ihm, daß Siyamtiwa zu ihm kommen wird, wenn das hier vorbei ist.«

Sie schnaubte entrüstet. »Der Wächter der Unterwelt nimmt von abgerissenen Indianerinnen keine Anordnungen entgegen.«

»Der Wächter der Unterwelt ist Siyamtiwa noch nicht begegnet.«

Großmutter Adlerin schlug mit ihren arthritischen Flügeln und zog eine Schau ab, indem sie an einem Sonnenstrahl hochflog.

Der Austausch von Beleidigungen hatte sie verjüngt. Vielleicht läßt mich Masau doch noch ein Weilchen länger bleiben, dachte sie und schlug einen Salto. Ich würde gerne noch einen letzten Kampf erleben.

In ihrer Aufregung übersah sie beinahe den Lieferwagen, der in einer Staubwolke die Reservationsgrenze überquerte.

Sie spürte es ungefähr von dem Moment an, als sie an dem von Kugeln durchlöcherten Schild vorbeifuhren, das den Rand der Navajo-Reservation kennzeichnete:

>KEIN ALKOHOL
>KEINE SCHUSSWAFFEN
>HIER GILT STAMMESGESETZ
>ANWEISUNGEN DER STAMMESPOLIZEI SIND ZU BEFOLGEN

Eine merkwürdige, gebündelte Ruhelosigkeit, als ob all ihre Nervenimpulse sich in ihrem Magen sammelten.

Es war wahrscheinlich eine verspätete Reaktion auf den Flug, sieben Stunden 'Sardine spezial', eingezwängt in einen Sitz, der offenbar für Schoßtiere konstruiert war.

Oder es lag an der Luft, ausgedörrt wie in einem Wäschetrockner.

Oder am Licht, das jetzt durch die schrägstehende Abendsonne aufdringlich golden war.

Oder an der Art, wie der Wind den Staub aufwirbelte und tanzen ließ.

Oder vielleicht an der Landschaft, der endlose Leere, dem Boden, der sich auf beiden Seiten der Straße erstreckte, so kahl, als ob eine Flutwelle darübergefegt wäre und das Land freigeschrubbt hätte von Salbeigestrüpp und Bäumen und Büschen und allen anderen Lebensformen, die hier noch zu existieren versuchten.

Nach Westen hin erstreckten sich niedrige Hügel aus gepreßtem Ton und Schiefer, voll purpurner Schatten, aufgefaltet, von tiefen Rinnen durchschnitten, dabei weich wie

Schlagsahne. Im Osten Berge. Im Norden die Silhouetten von Mesas, die sich vor dem Himmel abzeichneten.

Ein kleines Blockhaus, achteckig, mit dem Eingang nach Osten, stand im Schatten eines einzelnen Felsens. Ein Blechschornstein ragte aus dem Lehmdach. Eine ausgefranste Decke hing über der Tür. In der Nähe pickte ein Rabe nach etwas Unsichtbarem.

»*Hogan*«, erklärte Stell, »ein Navajo-Haus. Wahrscheinlich leer. Sie gehen im Sommer mit den Schafen in die Canyons. Navajo machen herrliche Teppiche, wißt ihr. Sie weben und färben die Wolle selbst. Nördlich und westlich von hier, entlang der Straße zum Grand Canyon, könnt ihr sie an der Fahrbahn sitzen und weben sehen. Stellen ihre Webstühle mitten in die knallende Sonne, Bäume gibt's da ja kaum. Von Zeit zu Zeit baut mal einer der Männer seiner Frau einen Schirm, der die Sonne abhält, aber solche Männer sind selten. Was beweist, daß die Völker sich ähnlicher sind als wir oft denken.«

Sie waren jetzt tief in der Wüste, hatten die asphaltierte Straße längst hinter sich gelassen, runter von der Navajo Route 15, auf festgefahrenen Sand und Erde. Der Himmel dehnte sich über ihnen und um sie herum, nahm kein Ende. In weiter Entfernung stand eine Windmühle, reglos. Ein Wolkenfetzen hing in der blauen Luft wie ein verschmierter Fingerabdruck. Weit und breit kein Zeichen von Leben.

»Wir haben euch in der Baracke untergebracht«, sagte Stell, »es ist eng und nichts Tolles, aber ich dachte mir, eure Ruhe ist euch lieber als irgendwelche anderen Vorzüge. Wenn's euch nicht gefällt, könnt ihr gerne ins Gästezimmer umziehen.«

»Es ist sicher genau richtig«, sagte Gwen.

Stell warf ihr einen Blick zu. »Eine Sache möchte ich noch klarstellen, bevor ein Problem daraus wird. Stoner ist für mich wie Familie, und damit bist du auch Familie. Lassen wir also unnötige Höflichkeitsformen weg.«

»Sie kann nichts dafür«, sagte Stoner, »sie ist in Georgia erzogen.«

Gwen schwieg und schaute auf ihre Hände herunter.

»Hab' ich was Falsches gesagt?« fragte Stoner.

Gwen schüttelte den Kopf. »Ich dachte gerade an meine Großmutter. *Sie* würde mich in die Baracke stecken und Stoner ins Gästezimmer. Oder umgekehrt.«

»Ich werde nie verstehen«, sagte Stell und drückte Gwens Handgelenk, »wie erpicht manche Leute darauf sind, um alles ein Riesengetue zu machen. Verflixt, ich hab' doch wohl genug damit zu tun, meinen Tag auf die Reihe zu kriegen.«

»Tja«, sagte Gwen, »du bist aber die Ausnahme.«

Links von ihnen tauchte ein heruntergekommenes Durcheinander von Gebäuden auf. Eine Hütte aus Kiefernlatten, direkt daneben eine Doppelgarage mit einem Blechdach, das über die Straße ragte und ungefähr einen halben Meter Schatten bot. Geweihe und Kuhschädel und andere Souvenirs des Todes hingen zwischen den Dachrinnen. Ein Fuchsfell war an die Garagenwand genagelt. Draußen rosteten zwei Texaco-Zapfsäulen ihrem Ende entgegen. Ein handgeschriebenes Schild, das an der Hüttenwand lehnte, verkündete 'Begays Texaco, Reifenreparatur'. Verstreute Reifen und Felgen legten davon Zeugnis ab, daß bei Begay jedenfalls irgendwas mit alten Reifen passierte.

Stell sauste in einer Staubwolke und mit einem freundlichen Hupen vorbei. »Mr. Begay ist eine ziemliche Schande, aber wir versuchen, miteinander auszukommen, weil dieser Müllhaufen und die Handelsstation das ganze Dorf Spirit Wells bilden. Und er hat das einzige Benzin zwischen hier und Beale.« Sie lachte. »Wo wir gerade von Getue sprachen ...«

»Es gibt für alles Grenzen«, sagte Stoner. Die abgerissene Gittertür, die zu der Hütte führte, war schwarz von Fliegen gewesen.

Ein langes, niedriges Gebäude erschien in der Ferne, eng an den Fuß einer Mesa geschmiegt. Die Sonne schimmerte kupferfarben in den Fenstern. Eine lange Veranda säumte die Westseite. Als sie näherkamen, konnte sie dort Bänke und Schaukelstühle erkennen, eine Tür, die nach innen offenstand, und ein verwittertes Schild. *Spirit Wells Handelsstation. Gegr. 1873. Inh. Gil und Claudine Robinson.* Eine Rauchfahne stieg kerzengerade aus dem steinernen Schornstein hoch.

»Da wären wir«, sagte Stell. Sie rümpfte die Nase. »Der Rauch da gefällt mir gar nicht.«

Gwen blinzelte durch die staubige Windschutzscheibe. »Glaubst du, irgendwas stimmt nicht?«

»Schlimmer. Ted macht dieses Feuer immer nur dann vor der Dunkelheit an, wenn er irgendwas brät, das ihm die Indianer als Bezahlung gegeben haben. Das könnte so ziemlich alles sein.«

»Wild?« fragte Stoner, in der Hoffnung auf die eßbarste einer ganzen Reihe von Möglichkeiten.

»Wild, Kaninchen, Klapperschlange. Schwer zu sagen.«

»Ich hab schon *sushi* gegessen«, sagte Gwen mit schwacher Stimme, »aber nur einmal.«

Sie bogen von der staubigen Straße in die staubige Einfahrt, die kaum von dem staubigen Hof zu unterscheiden war. Flammend blühender Salbei füllte die Blumenkästen. Rote Paprikaschoten hingen an einer Schnur aufgereiht zum Trocknen an der Wand. Die Temperatur fiel im Schatten um fünfzehn Grad.

Die Ruhelosigkeit, die Stoner in ihrem Magen gespürt hatte, zog sich zu einer Art weichen Kugel zusammen, die warm in ihre Schultern und Arme ausstrahlte. Sie hoffte, daß sie sich nichts eingefangen hatte.

Stell hielt vor einer groben Scheune, die gleichzeitig als Garage diente. Neben der Scheune war ein umzäuntes Viehgehege. Es enthielt Pferde.

Sehr große Pferde.

Große, braune, energisch aussehende Pferde.

Stell bemerkte den Ausdruck von Entsetzen in ihrem

Gesicht und lachte. »Das sind Maude und Bill. Du brauchst sie nicht zu reiten. Betrachte sie einfach als Teil der Landschaft.«

»Sie lassen sich nicht reiten?« fragte Gwen.

»Du kannst sie reiten«, sagte Stell, »und ich kann sie reiten. *Sie* kann sie nicht reiten.«

»Macht euch keine Sorgen um mich«, sagte Stoner, »mir geht's wirklich prima zu Fuß.«

»Aber«, sagte Stell, als sie aus dem Wagen stieg, »ich wette, wir haben etwas hier, das du mögen wirst.« Sie steckte zwei Finger in den Mund und ließ einen ohrenbetäubenden Pfiff los.

Der größte Hund der Welt, mit dem riesigsten, kantigsten Kopf der Welt, wühlte sich unter der Scheune hervor und warf sich in Stells ungefähre Richtung. Sein Fell war kurz und scheckig. Ein Ohr stand spitz hoch, das andere lag schlaff über seiner Stirn.

»Das hier«, sagte Stell, während der Hund ihr die Vorderpfoten auf die Schultern legte und ihr Ohr ableckte, »ist mein Freund Tom Drooley, halb Deutsche Dogge, halb Bernhardiner, und ganz Schoßhund.«

»Ich trau' mich kaum zu fragen«, sagte Gwen, »aber warum heißt er Tom *Drooley**?«

Stell schob den Hund mit dem Knie auf den Boden zurück und wischte sich das Ohr an ihrem Hemdenärmel ab. »Dreimal darfst du raten.«

Tom Drooley trottete um den Wagen herum und begann eine sorgfältige Schnüffelinspektion von Stoners Hosenbeinen. Zufriedengestellt setzte er sich hin, fegte zweimal mit dem Schwanz über den Boden, sah ihr in die Augen und sagte: »Wuff.«

»Er mag dich«, sagte Stell.

Stoner nahm den Kopf des großen Hundes zwischen ihre Hände und schüttelte ihn vor und zurück. »Ich liebe ihn.«

---

* Wortspiel: *Tom Dooley* ist ein bekanntes Lied, *to drool* bedeutet 'sabbern'.

Tom Drooley gab tiefe, kehlige, sinnliche Laute von sich.

Gwen sah leicht erstaunt aus. »Ich mag Hunde ja durchaus gern. Aber bitte sag mir, daß er nicht in der Baracke schlafen darf.«

»Er schläft in unserem Schlafzimmer«, sagte Stell. »Ehrlich gesagt glaube ich, er fürchtet sich im Dunkeln.« Sie zog gefüllte Einkaufstaschen von der Laderampe des Wagens und drückte sie ihnen in die Hand. »Jetzt werdet ihr gleich meinen Herzallerliebsten kennenlernen. Hoffe, ihr seid nicht enttäuscht. Gary Cooper ist er nicht gerade.«

Die Küche war groß und roch nach Linoleum und der Asche des Kaminfeuers. Sonnenlicht strömte durch die Westfenster. Über der Spüle gaben karierte Gardinen den Blick auf Salbeibüsche, die Mesa, die kleine Baracke und einen von Kalkfelsen gesäumten Fußweg frei. Auf den Fensterbänken wuchsen Kräuter in Tontöpfen. An der Rückwand knisterte das Feuer in einem alten Holzofen. Darauf stand ein gußeiserner Kochtopf, unter dessen Deckel hervor ringsum Dampfschwaden entwichen. In der Mitte des Zimmers war ein langer Massivholztisch zum Essen gedeckt.

Jenseits des Tisches, abgetrennt durch einen bogenförmigen Durchgang, wurde der Raum zum Wohnzimmer. Es war dunkel und sah kühl aus, möbliert mit Polstersesseln, Bücherregalen und Tischlampen. Ein prächtiger Navajoteppich in Grau- und Blautönen lag auf dem rohen Holzfußboden. Die Kiefernholzwände waren übersät mit bräunlichen Fotos in handgefertigten Rahmen. Ein Wandschrank beherbergte einen Stapel von Büchern, Spielkarten, einen Flickkorb und — wie in letzter Minute noch dazugestellt — einen winzigen Fernseher.

Ein mit einer Decke verhängter Durchgang führte zum eigentlichen Laden.

Hinter einer der drei Türen in der Ostwand der Küche waren Hammerschläge zu hören.

»Ted«, brüllte Stell, um den Lärm zu übertönen, »die Mädels sind hier.«

Er war vielleicht nicht gerade Gary Cooper, aber es fehlte nicht viel. Ted Perkins schlenderte ins Zimmer, groß, muskulös, langsam grau werdend, mit dem rauhen Charme und dem blauäugigen Zwinkern eines Mannes, der draußen arbeitet und das hart. Er hielt in der einen Hand einen Hammer, in der anderen eine Blechtasse voll Wasser. »Ha«, sagte Stell, als sie ihre Tüte auf dem Tisch absetzte. »Sobald ich dir den Rücken zudrehe, fängst du an, Blödsinn zu machen.«

Ted brummte und nickte Gwen und Stoner einen Gruß zu.

Stell stellte sie vor. Er setzte die Tasse ab und gab ihnen die Hand. »Schon viel von euch gehört«, sagte er. »Stimmt das alles?«

»Wahrscheinlich schon.«

Er wandte sich an Gwen. »Tut mir leid wegen deinem Mann, diesem Schweinehund.«

»Ja«, sagte Gwen, »das war er.«

»Was hast du Grauenvolles in dem Topf da?« fragte Stell.

»Kesselfleisch. Das ist doch ein Kessel, oder nicht?«

»Zu der Ausstattung hier gehört eigentlich ein Gasherd, wie du weißt. Oder versuchst du, die Frischlinge zu beeindrucken?«

»Dich versuch' ich zu beeindrucken, Stell.«

Sie küßte ihn auf die Wange. »Mein Alter, du beeindruckst mich seit über fünfunddreißig Jahren.«

Gwen schlich sich an Stoner heran. »Meinst du, das ist unser Zeichen, uns diskret zu verziehen?«

»Noch nicht«, sagte Stell, »aber wenn wir anfangen, unanständige Sachen zu sagen ...«

Ted wandte seine Aufmerksamkeit der Einkaufstüte zu, fand eine Apfelsine und fing an, sie zu schälen. »Hast du Claudine heute morgen noch besucht?«

»Ziemlich unverändert«, sagte Stell. »Ich wünschte, Gil würde irgendwas tun. Er sitzt nur da wie ein Stein.«

»Ach komm, Gil hat es schon vor Jahren aufgegeben, zu

Wort kommen zu wollen. Wie es mir wohl eines Tages auch ergehen wird.«

Stell funkelte ihn an. »Ich hätte damals was wesentlich Besseres nehmen können als dich. Warum hab' ich's bloß nicht getan?«

Er strich mit der Hand an ihrer Hüfte hinunter. Stell gab ihm einen Klaps.

»Na ja, mag sein, daß sie heute morgen noch unverändert schien, aber heute nachmittag ist sie aufgestanden und hat das Krankenhaus verlassen.«

»Sie hat was?«

»Das Krankenhaus verlassen«, sagte Ted. »Behauptete, sie fühlte sich plötzlich wieder prima, und sie würden dort sowieso nichts Sinnvolles mit ihr anstellen.«

Stell lehnte sich gegen das Waschbecken. »Ich glaub' es nicht. Du weißt, wie sie letzte Woche aussah. Heute morgen war es fast genauso schlimm.«

Ted zuckte bedeutungsschwer mit den Schultern. »Was immer sie hatte, es hat sich einfach wieder verzogen. So urplötzlich wie es über sie kam.« Er warf die Apfelsinenschalen in den Müll und verteilte die Frucht an alle. »Sie wollen nach Taos rüberfahren und ihre Kinder für eine Weile besuchen, wenn wir nichts dagegen haben, noch hierzubleiben. Ist dir das recht?«

»Klar. Zu Hause ist ja alles unter Kontrolle.« Sie schüttelte den Kopf. »Ich kann es immer noch nicht glauben.«

»Tja, das ist nicht überraschend, bei deinem halsstarrigen Temperament. Sie ruft dich heute abend noch an.«

Sie erwischte ihn dabei, wie er nach einer Handvoll Weintrauben griff. »Laß das Zeug in Ruhe.«

Ted gab einen riesigen Seufzer von sich. »Du bist eine harte Frau, Stell. Hast du dran gedacht, diese Flachkopfschrauben zu besorgen, um die ich dich schon seit mindestens drei Wochen bitte?«

»Ich hab' sie mitgebracht.«

Er lümmelte sich gegen die Wand. »Wird Zeit, die Kartoffeln aufzusetzen, oder muß ich das auch noch machen?«

Stell warf einen Blick ins Waschbecken. »Du hast sie noch nicht mal geschält.«

»Wollte nicht die ganzen Vitamine runterkratzen.«

»Was haben der Herr denn mit seiner ganzen Zeit angefangen, hm?«

Er klaute sich eine Traube, als Stell ihm den Rücken zudrehte. »Die jungen Lomahongvas kamen vorbei, um ein Pfund Kaffee und weißes Garn zu holen. Sagten, der Großmutter geht's schlechter. Tomás ist der Meinung, daß sie an demselben Übel leidet wie Claudine.«

»Und das wäre?«

»Zauberei.«

Stell blitzte ihn ungeduldig an.

»Sie sind Traditionalisten«, erläuterte Ted. »Könnte sogar was dran sein.«

»Vielleicht bei der Lomahongva-Frau, aber Claudine ist so weiß wie frisch gefallener Schnee.« Sie drehte sich wieder zum Waschbecken um.

Ted stibitzte noch eine Traube. »Mr. Larch Begay hat mir die Ehre eines Besuchs erwiesen.«

»War er nüchtern?«

»Nicht so, daß man es bemerkt hätte.«

Gwen griff nach dem Kartoffelschäler. »Laß mich das machen, Stell.«

»Vorsichtig«, sagte Ted. »Du willst doch nicht die Vitamine wegschälen.«

Stell drehte sich gerade rechtzeitig um, um ihn beim Griff nach einer weiteren Weintraube zu erwischen. »Du weißt, daß ich das hasse, Perkins. Wenn du so verflixt ruhelos bist, trag' doch das Gepäck der beiden in die Baracke.«

Er schlurfte auf die Tür zu. »Übrigens, ich hab' die quietschende Bettfeder repariert. Vielleicht können wir heute nacht ein bißchen Spaß haben, ohne die gesamte Navajo-

Nation davon in Kenntnis zu setzen.« Er ließ die Fliegengittertür hinter sich zuknallen.

»Männer«, rief Stell. »Weiß nicht, warum ich bei ihm bleibe, außer daß er so einen süßen Hintern hat.«

Stoner griff in die Einkaufstasche und gab Stell eine Schachtel Pfeffer herüber. »Eins muß man dir zugute halten, Stell. Du ziehst wirklich nette Männer an.«

»Na ja, ich hab's auf die schwere Art gelernt, wie alle anderen auch. Hab' schon eine ganze Menge Frösche geküßt früher.« Sie schüttelte den Kopf. »Zauberei, ach du heiliger Strohsack.«

»Worum ging es da?« fragte Stoner.

»Es ist eins von diesen Gerüchten, die von Zeit zu Zeit hochkommen. Die meisten der Leute hier glauben nicht mehr daran. Als ich als Kind hierher zu Besuch kam, gab es immer eine Menge Gerede darüber. Ich frag' mich, was das jetzt wieder losgetreten hat.«

Gwen ließ die Kartoffeln in den Kochtopf fallen. »Da seid ihr jetzt, vitaminlos.« Sie trug eine Tasche mit Einkäufen zum Kühlschrank und fing an, sie wegzuräumen.

Mit den Händen in den Hüften marschierte Stell zu ihr herüber. »Was machst du da, Owens?«

Gwen sah hoch. »Ich helfe.«

»Laß das.« Stell nahm ihr die Tasche weg. »Du wirst es sowieso falsch machen.«

Stoner schloß die Hand um die Oregano-Dose, die sie gerade aufs Regal stellen wollte, und ließ sie auf den Tisch zurückgleiten.

Stell ertappte sie dabei. »Mein Gott, wenn ich zu Hause in Timberline diese Art von Anarchie hätte, wär' ich schon bankrott.«

»Du bist ganz schön gereizt«, sagte Gwen.

»Tut mir leid.« Stell gab ihr die Tasche zurück. »Von diesem Zauber-Gerede könnt' ich Zustände kriegen. Beleidigt meinen Sinn für Ordnung.«

Gwen räumte den Inhalt des Kühlschranks um. »Ich verstehe nicht, wie du von Ordnung reden kannst. In diesem Eisfach herrscht völliges Chaos.«

»Das reicht jetzt!« rief Stell. »Raus. Alle beide.« Sie wedelte mit den Armen. »Raus, raus, raus!«

»Laß mich das hier nur noch entwirren«, sagte Gwen. »Es dauert keine Minute ...«

Stell schnappte sie am Kragen und zog sie vom Kühlschrank weg. »Raus! Bevor mein Temperament mit mir durchgeht.«

»Komm schon«, sagte Stoner und zupfte sie am Ärmel. »Sie meint es ernst.«

Stell scheuchte sie zur Tür hinaus. »Und kommt nicht wieder, bevor ich euch rufe, habt ihr gehört?«

»Ja, Chef«, sagte Gwen und salutierte.

Tom Drooley kroch unter der Scheune hervor, folgte ihnen bis zur Baracke und ging zurück unter die Scheune.

»Hey«, sagte Gwen. Sie sah sich in der Baracke um. »Das ist ja süß.«

Es war ein einziger großer Raum mit einem dickbäuchigen, gußeisernen Ofen und Sackleinen-Vorhängen vor den Wandschränken. Ein Fenster ging nach Westen und eins nach Osten. Der Boden bestand aus abgetretenem Linoleum über groben Holzlatten. Die ursprünglichen Wandkojen waren entfernt und durch ein Doppel- und ein Einzelbett ersetzt worden. Das Doppelbett war bezogen.

Gwen zog die Tagesdecke zurück. »Sehr subtil. Sie geht offensichtlich davon aus, daß wir im Doppelbett schlafen.«

»Natürlich tut sie das.«

Gwen seufzte. »Meinst du, wir könnten für immer hierbleiben?«

Stoner schaute sich zu ihr um. »Geht's dir sehr an die Nieren?«

»Zwischendurch immer mal.« Sie hob ihren Koffer aufs Bett. »Wenigstens brauche ich hier draußen nicht darüber nachzudenken, was ich dagegen *tun* soll.«

53

Das Licht der untergehenden Sonne fiel auf ihre sonnengebräunten Arme und sanften Hände und vergoldete die Spitzen ihrer Wimpern. Stoner verliebte sich in diesem Moment noch einmal von neuem. Sie nahm sie in die Arme. Auf Gwens Haut lag der salzige, verbrannte Geruch des Sommers. »Oh Himmel«, sagte sie rauh, »ich liebe dich.«

Gwen hielt sie ganz fest. »Egal, was passiert, mich wirst du nicht mehr los, höchstens indem du mich wegschickst.«

»Was ungeheuer wahrscheinlich ist.«

Gwen fuhr mit den Händen unter Stoners Hemd und ihren nackten Rücken hinauf. »Du bist angespannt. Stimmt irgendwas nicht?«

»Ich fühl’ mich ein bißchen seltsam. Vielleicht ist es die Höhe.«

Die Berührung von Gwens Händen, das Gefühl ihrer Arme erweckte einige schlafende Bedürfnisse wieder zum Leben. Sie streckte die Hand aus, um Gwens Gesicht zu streicheln.

Ein Energiestoß übertrug sich zwischen ihnen.

»He!« sagte Gwen. »Was war das?«

»Wahrscheinlich statische Elektrizität.«

Gwen schüttelte den Kopf. »Statische Elektrizität fühlt sich anders an.«

»Ehrlich gesagt, es erinnert mich an das Gefühl, das ich bekomme, wenn ich plötzlich hochschaue und dich sehe.«

Gwens Augen wurden ganz dunkel. »Das ist eins der nettesten Dinge, die mir je ein Mensch gesagt hat.«

Stoner spielte mit Gwens Gürtelschnalle. »Na ja«, sagte sie verlegen, »es stimmt eben.«

Sie fühlte, wie Gwen ihr Haar berührte. »Laß uns was futtern gehen und dann ganz schnell hierher zurückkommen.«

»Also ehrlich«, lachte Stoner. »Du bist schamlos.«

Gwen fing an, Hemden aus ihrem Koffer zu ziehen und sie in die Schubladen der Kommode zu stopfen. »Ich hoffe nur«, sagte sie, »wir können ein bißchen Spaß haben, ohne die gesamte Navajo-Nation davon in Kenntnis zu setzen.«

3. Kapitel

Irgend etwas hatte sie mit seinem Ruf geweckt. Sie starrte in die Dunkelheit und lauschte. Noch nie hatte sie eine solche Stille gehört, eine so samtige, absolute Stille. Eigentlich sollten kleine Geräusche zu hören sein — das Scharren von Nachtgeschöpfen, das leise Knacken von Holz, während die Hütte abkühlte, das flatternde Keuchen eines erlöschenden Holzscheits im Kamin.

Aber da war nichts. Nur Gwens tiefes, langsames Atmen im Schlaf.

Allmählich konnte sie die verschiedenen Dunkelheiten auseinanderhalten. Undurchdringlich dort, wo das Dach am höchsten war, indigofarben jenseits des Fensters. Die Dunkelheit der Dinge und die Dunkelheit der Räume.

Der Ruf wiederholte sich. Keine Stimme, aber das Gefühl großer Dringlichkeit.

Vorsichtig setzte sie sich auf und glitt aus dem Bett.

Gwen murmelte etwas, gerade jenseits der Grenze zum Erwachen.

»Ich bin draußen vor der Tür«, flüsterte Stoner, »mach dir keine Sorgen.«

Sie schlüpfte aus der Baracke und schloß lautlos die Tür hinter sich.

Der Himmel war übersät mit Sternen, kalte Nadelöhre von Licht in der endlosen Schwärze. Im Westen ruhte das Sternbild der Jungfrau über den San Francisco Mountains. Ein daumennagelgroßer Mondsplitter, blaß wie eine Honigmelone, hing zwischen den Tewa-Gipfeln. Der Boden unter ihren Füßen hatte die Hitze des Tages verloren. Der Sonnenaufgang war noch Stunden entfernt.

Der Energieknoten in ihrer Magengrube schien zu pochen, zu wachsen, im Rhythmus ihres Herzschlags zu pulsieren.

Die Stille vibrierte wie eine gezupfte Gitarrensaite.

Zwischen den Felsen am Fuß der Long Mesa nahm sie plötzlich eine Bewegung wahr. Ein Schatten oder der Schatten eines Schattens. Er bewegte sich, hielt inne, schlich langsam auf sie zu.

Das Wesen wurde vom Mondlicht erfaßt und glänzte silbrig.

Gegen ihren Willen entfuhr ihr ein Laut, ein scharfes Einatmen. Das Wesen erstarrte. Seine Augen waren flach und rund wie Geldstücke.

Sie starrten einander lange an.

Etwas übertrug sich zwischen ihnen. Ein Wissen um etwas. Sie konnte es nicht deuten.

Das Tier brach die Verbindung zuerst. Ein Kojote, schemenhaft gegen die graue Erde. Er sprang in langen Sätzen davon, ohne Eile. Sein silbernes Fell floß dahin wie Wasser. Er hielt einmal inne, sah zurück und verschwand in der Nacht.

Hinter ihr quietschte die Tür. »Stoner?« Gwen spähte um den Türrahmen herum.

»Ich habe etwas gesehen«, sagte Stoner. »Einen Kojoten, glaube ich.«

»Ich sehe ihn nicht.«

»Er ist weg. Er hat mich angesehen.«

»Wunderbar«, sagte Gwen und erschauderte leicht. »Wir haben keine fünf Grad, und du gehst raus, um mit der Natur Zwiesprache zu halten.«

»Mir ist nicht kalt.«

»Glaub mir einfach. Es ist kalt.« Sie berührte Stoners Schulter. »Komm zurück ins Bett.«

»Er hat mich angesehen, Gwen. So als ob er mich kennt.«

»Von mir aus könnt ihr bei Bier und Brezeln zusammenge-
sessen haben. Komm zurück ins Bett.« Sie schaute hinunter.
»Wo sind deine Schuhe? Hast du eine Vorstellung davon, was
hier draußen alles rumkrabbeln könnte?«

»Nein. Du?«

»Ich will es lieber gar nicht wissen. Mach schon, Stoner. In
genau diesem Moment könnte alles Mögliche an deinem Bein
hochklettern.«

Stoner lachte. »Hier draußen ist nichts.«

»Und hinter was war der Kojote dann her?«

»Ich glaube«, sagte sie langsam, »daß er hinter mir her war.«

»Stoner McTavish, wenn du mir hier jetzt ausrastest, nehme
ich das nächste Flugzeug zurück nach Boston.«

Sie folgte Gwen in die Baracke und setzte sich auf die Bettkante. »Bist du jemals irgendwohin gegangen und hattest das
Gefühl, du wärst da schon mal da gewesen, aber warst es nicht?«

»Ja«, sagte Gwen, warf ein paar Holzstücke in den Kamin
und streute kerosingetränkte Sägespäne aus einer Maxwell-
Kaffeedose darüber. »Es heißt *déjà vu* und wird entweder als
völlig normales Phänomen angesehen oder als Symptom
einer beginnenden Psychose, je nach Standpunkt.«

»Sowas habe ich gerade da draußen gefühlt. Aber es war
mehr als das. Es war, als ob etwas versuchte, mir etwas in Erinnerung zu rufen.«

»Es ist ein weitverbreitetes Vorkommnis, Stoner«, beharrte
Gwen. Sie entzündete ein Streichholz und warf es in den
Kamin. Ein Auflodern orangefarbenen Lichts erhellte ihr
Gesicht. »So weitverbreitet, daß es im Wörterbuch steht.«

»Ich weiß nicht ...«

»Sieh mal, das hier ist ein seltsamer Ort. Wir könnten ebensogut auf dem Mond sein. Du bist durcheinander, das ist
alles.« Sie legte sich ins Bett und zog Stoner zu sich hinunter.
»Schlaf ein bißchen. Ehe wir uns versehen, wird die Dämmerung da sein, und irgend etwas sagt mir, daß der Morgen hier
wie mit einem Donnerschlag heraufzieht.«

Stoner kuschelte sich an sie. »Ich habe einfach ein komisches Gefühl.«

»Du bist Steinbock«, murmelte Gwen. »Alles fühlt sich komisch an für einen Steinbock.«

Hoch oben auf der Long Mesa beobachtete der Kojote die Fenster der Baracke und wartete auf den Tag.

Sie überließ Stell und Gwen ihrem Geplauder am Frühstückstisch und schlenderte hinaus, der Mesa entgegen. Dort, wo die Nacht die letzten Reste der gestrigen Hitze mit sich genommen hatte und die morgendlichen Schatten in schiefergrauen Pfützen lagen, war der Boden noch kühl. Die niedrigen, wellenförmigen Wüstenhügel mit ihren Schichten von Gelb und Violett und Braun, die in dem klaren Licht vibrierten, lagen aufgestapelt wie unglasierte Tonschüsseln, die man zum Trocknen umgedreht hat. Ferne Berge zeichneten sich scharf ab, Wolkenschleier wie Spitzensäume umflogen ihre Gipfel. Am Horizont verschmolz die Erde mit dem Himmel, als wären beide in Wasserfarben getaucht. Ein Hauch von morgendlichem Tau hatte den Staub gebunden. Die Luft war klar und frisch wie Staudensellerie.

Am Fuß der Mesa suchte sie zwischen herabgefallenen Felsen nach Hinweisen auf den Besucher der letzten Nacht. »Kojoten!« hatte Stell gespottet. »Sie verlieren ihren Reiz im Nullkommanichts, wenn sie dich erstmal drei Nächte hintereinander mit ihrem infernalischen Geheule und Gejaule wachgehalten haben.«

Aber dieser hier war kein gewöhnlicher Kojote. Dieser Kojote hatte ihr in die Augen geblickt. Dieser Kojote wußte etwas.

Und was wirst du tun, wenn du ihn findest? Dich zu einem kleinen Schwatz niederlassen über seine Vettern im Osten, die — genau in diesem Moment, wo wir darüber reden —

gejagt, vergiftet und abgeknallt werden, tut mir echt leid, aber du weißt ja, wie das ist, so sind Jungs eben?

Was ist, wenn er dich zum Essen einlädt? Bist du bereit, im Interesse des artenübergreifenden guten Willens zusammen eine Wüstenratte zu verdrücken? Würde eine Weigerung als Beleidigung aufgefaßt werden? Wie weit bist du im Interesse des Weltfriedens willens zu gehen?

Sie kniete sich hin, um eine winzige Unregelmäßigkeit im Sand zu untersuchen. Fährten von Insekten und kleinen Nagern. Unterbrochene Linien dort, wo ein Klumpen entwurzelten Gebüschs vom Wind vorangetrieben worden war. Eine Reihe fein gezeichneter, hundeähnlicher Fußabdrücke.

Er hatte die Straße überquert. Sie folgte der Spur, rutschte einen Hügel aus erstarrtem Lehm hinunter, ging für eine Weile eine ausgetrocknete Wasserrinne entlang, suchte sich ihren Weg durch eine Talsenke. Die Spuren führten sie um einen gedrungenen Berg herum und in die Wüste hinein.

Das ist absurd, sagte sie sich. Er ist mittlerweile schon meilenweit entfernt.

Aber die Spuren zogen sie weiter. Über ein weiteres trockenes Flußbett. Um den nächsten Hügel herum, und den nächsten, und den ...

Ich sollte das nicht tun, sagte sie sich. Ich werde mich verirren.

Verirren? Hier draußen? Wo die Luft so klar war, daß man mit einem billigen Fernglas Los Angeles sehen konnte?

Selbstüberschätzung, sagte sie sich, ist der Wanderleut' größter Feind. Sie ging weiter.

Etwas fiel ihr ins Auge. Etwas Rosafarbenes, das zusammengeknüllt im Schatten eines Felsens lag. Ein alter Kniestrumpf vielleicht, oder ein abgelegter Gürtel. Ein kaputter Turnschuh? Müll, sogar hier draußen. Geblendet von dem grellen Licht, kniff sie die Augen zusammen und griff danach.

Die Schlange hob den Kopf. Ihr Körper war eng zusammengerollt und so reglos wie ein Stein. Die Zunge schnellte hinaus und hinein, nahm ihre Witterung auf. An der Spitze ihres Schwanzes erbebte eine Pyramide von Rasseln.

Verdammt.

Sie versuchte, ihre Länge abzuschätzen. Dann die Entfernung zu ihrem rechten Knöchel. Sie kamen ungefähr auf dasselbe heraus, mit einem leichten Vorteil für die Schlange.

Toll. Und was jetzt?

Sie fühlte das Kitzeln ihres Schweißes, schmeckte den rostigen Geschmack der Angst. Sah vor ihrem inneren Auge das Notversorgungspäckchen gegen Schlangenbisse, das Stell ihr gegeben hatte, und das jetzt neu und nutzlos auf dem Tisch in der Baracke lag.

Zehn Minuten von der Zivilisation entfernt, und schon sitze ich in der Klemme. Keine Stiefel, kein Schlangenbiß-Versorgungspäckchen, keine Verteidigungsmöglichkeit. Und niemand wird mich suchen kommen, weil ich niemanden gesagt habe, wo ich hingehe.

Willkommen in der Wüste, McTavish.

Sie zwinkerte der Schlange zu. Die Schlange zwinkerte nicht zurück.

Sei ganz locker. Keine bedrohlichen Bewegungen.

Sie zwang die Anspannung aus ihren Armen heraus, bog sachte ihren Körper zu einer Pose der puren Lässigkeit zurecht und hoffte, daß Bruder Schlange ihre Absichten besser lesen konnte als sie die seinen. Weil, wenn er das nämlich nicht konnte, würde Gwens homophobe Großmutter das kleinste ihrer Probleme sein.

Schöner Morgen, sagte sie lautlos. Wie geschaffen für einen Spaziergang.

Die Schlange senkte ihren Kopf um den Bruchteil eines Zentimeters.

Sieht aus, als würde es noch verdammt heiß. Wenn ich du wäre, würde ich genau hier mitten auf diesem schattigen Fleckchen herumliegen und mich nicht zu sehr verausgaben. Wenn du weißt, was ich meine.

Sie kämpfte gegen den Zwang an, sich zu räuspern, weil sie genau wußte, daß es wie getrocknete Bohnen in einer Blechdose klingen und als feindseliges Signal gedeutet werden würde.

Hör mal, ich bin neu hier in der Gegend. Das, was ihr Einheimischen ein 'Greenhorn' nennt. Kenn' die Sitten noch nicht, und wollte auch ganz bestimmt nicht stören ...

Sie ging versuchsweise einen Schritt zurück.

Die Schlange rührte sich nicht.

Hab' die Regeln noch nicht gelernt, kannst du das nachvollziehen? Aber ich bin echt lernwillig, ja, wirklich.

Sie machte noch einen Schritt.

Wir haben nicht viele Schlangen zu Hause im Osten. Zumindest keine so schönen, wohlgeformten Exemplare wie dich. Hatten wir früher mal, aber sie wurden alle ausgerott... Tschuldigung, so hab' ich das nicht gemeint, ich ...

Die Schlange schien tief Luft zu holen. Um zu sprechen? Oder um vorzuschnellen?

Was ich zu sagen versuche ist, ich habe noch nie in meinem Leben ein so elegantes Reptil gesehen.

Der Schwanz der Schlange zuckte einmal.

Ich weiß, ich weiß, 'Reptil' ist ein häßliches Wort. Aber es ist nur ein Wort, vollkommen wertfrei. Wir Menschen haben so einen Zwang, Dinge zu benennen. Obwohl unsere Sprache wirklich nicht immer ästhetisch erfreulich ist. Also, meine Liebste — Gwen — sie war verheiratet mit einem Mann namens Oxnard. Wie würde es dir gefallen, Oxnard zu heißen? Neben Oxnard ist 'Reptil' doch reine Poesie. Aber sie hat ihn geheiratet, was dir beweist, daß wir wirklich nicht viel auf Namen geben.

Sie riskierte einen weiteren Schritt.

Natürlich, er hat versucht, sie zu töten. Aber ich glaube nicht, daß das irgendwas mit seinem Namen zu tun hatte. Ich meine, wer würde wegen eines Namens töten? Hast du je in deinem Leben so was Blödes gehört? Ha, ha?

Die Schlange warf ihr einen Blick zu, der nach Abscheu aussah, und glitt durch einen Spalt im Boden davon.

Worauf sie sich umschaute und bemerkte, daß sie sich verirrt hatte.

Die Landschaft war ihr vollkommen unbekannt, alle Wegweiser verschwunden, die Handelsstation außer Sicht hinter einem Hügel.

Welchem Hügel?

Nur keinen Streß. Dreh dich um und folge dieser alten Kojotenfährte denselben Weg zurück, den du gekommen bist.

Nur daß die Kojotenfährte weg war. Ihre eigene auch.

Sie suchte den Boden ab, kniete nieder und schaute aus einem Dutzend verschiedener Winkel nach. Nichts.

Es muß der Wind gewesen sein, er hat den Sand verweht und alles zugedeckt ...

Es hatte sich überhaupt kein Wind geregt.

Okay, okay, jetzt nur nicht in Panik geraten. Der Big Tewa liegt östlich von der Straße. Der Big Tewa war hinter mir, als ich losging. Es ist Morgen, die Sonne steht im Osten.

Die Grundlagen, Orientierung für Anfänger und Idioten.

Sie ließ den Boden nicht aus den Augen und entfernte sich von ihrem Schatten. Die Sonne war jetzt heißer und schien von überallher gleichzeitig zu brennen. Ihre Lippen fühlten sich trocken an. Ein zartes, weißes Puder schimmerte auf ihren Handrücken. Sie leckte daran. Salz.

Ein Gefühl wie Klaustrophobie fegte über sie hinweg.

Klaustrophobie? Mitten im Nirgendwo?

Mitten in der größten Ausdehnung von Nirgendwo, die sie je in ihrem Leben gesehen hatte?

Sie war wie gelähmt. Überall, wo sie hinsah, war nichts als Sand und Himmel und Gestrüpp und ...

»*Pahana.*«

Sie wirbelte herum. Auf einer kleinen Bodenerhebung ein paar Meter entfernt saß eine alte Frau.

Eine sehr alte Frau.

Eine sehr alte indianische Frau, die dort vor fünfzehn Sekunden noch nicht gewesen war.

Sie war beängstigend dünn, ihre Haut war dunkel und zerfurcht wie Zedernrinde, ihr beinah weißes Haar fiel auf ihre Schultern. Ihre Hände, knotig vom Alter, lagen ruhig in ihrem Schoß. Sie trug ein über die Jahre verschlissenes Kleid aus violettem Samt, das bis zu ausgetretenen blauen Turnschuhen hinunterreichte.

Sie hob einen Arm und winkte Stoner zu sich heran. »*Pahana*«, wiederholte sie.

»Oh, hallo«, sagte Stoner. »Ich heiße Stoner McTavish, und ich habe mich verirrt.«

Die Frau blickte sie an.

»Ich meine, ich wohne bei Stell und Ted Perkins in der Spirit Wells Handelsstation, und ich bin spazierengegangen und kann den Weg zurück nicht finden ...«

Sie kam sich albern vor und verstummte.

Die Augen der alten Frau waren schwarz und hart wie Kohle.

Wahrscheinlich spricht sie kein Englisch. »Es tut mir leid, daß ich Sie gestört habe. Ich gehe sofort weiter, sobald ich herausgefunden habe, in welche Richtung ...«

Die Frau schwieg mit ausdrucksloser Miene.

Stoner zögerte einen Moment, trat von einem Fuß auf den anderen. »Tut mir leid«, murmelte sie und wandte sich ab.

»*PAHANA!*« Das Wort hallte wider wie ein Donnerschlag.

Stoner drehte sich wieder um. »Ich verstehe nicht ...«

»Bedeutet Weiße Person.«

»Oh.« Sie strich nervös ihr Haar zur Seite. »Verstehe.«

Die alte Frau winkte wieder. »Komm. Sitz.«

Stoner kletterte den kleinen Hügel hinauf und setzte sich. Die Frau starrte sie an.

»Mein Name ist Stoner McTavish«, wiederholte sie.

»Das ist schon okay.« Die Frau starrte weiter.

»Wie ist ... ich meine ... haben Sie einen Namen?«

»Haufenweise.«

»Das ist nett. Haufenweise. Das ist ein netter Name ...«

Die alte Frau knurrte. »Ich habe haufenweise Namen.«

»Oh. Nun ... ähm ... wie möchten Sie gerufen werden?«

»Warum du willst mich rufen? Ich bin hier.«

»Ich meine ...«

»Wenn du beim ersten Mal sagst, was du meinst, mußt du nicht so viel erklären.«

»Ich ...«

»Vielleicht macht Erklären dir ja Spaß, hm?«

Stoner ballte die Fäuste. »Können Sie mir einfach Ihren Namen sagen? Okay?«

»Okay.« Die alte Frau beugte sich vor und schrieb etwas mit dem Finger in den Staub.

»Siyam*ti*wa?« las Stoner.

»Si*yam*tiwa.«

»Und das ist Ihr Name?«

»So werde ich genannt.«

»Er ist hübsch«, sagte Stoner und fühlte sich, als ob sie gerade eine riesige Hürde genommen hatte. »Ist das Navajo?«

»Hopi.« Die Frau hielt ihr die Hand hin. Stoner nahm sie. Siyamtiwa hielt ihre Hand fest, ohne sie zu drücken oder zu schütteln, für einen langen Augenblick. Stoner hatte das Gefühl, durchleuchtet zu werden.

»Was bedeutet Ihr Name auf Englisch?« fragte sie.

»Etwas-das-sich-über-Blumen-hinweg-entfernt. Was bedeutet dein Name?«

»Nichts. Ich meine, ich wurde nach Lucy B. Stone benannt, aber er bedeutet nichts.«

»Großmutter Stone war eine große Frau«, sagte Siyamtiwa mißbilligend. »Wenn ihr Name dir nichts bedeutet, entehrst du ihr Andenken.«

»Tut mir leid. Ich dachte nicht, daß Sie ...« Sie hielt inne. »Tut mir leid.«

Die Falten in den Augenwinkeln der alten Frau vertieften

sich. »Du sagst oft 'tut mir leid'. Vielleicht hast du etwas ziemlich Schlimmes getan, daß dir alles so leid tut. Vielleicht sollte sich Großmutter Stone ihren Namen zurückholen.«

»Ich habe ihn ihr nicht weggenommen«, sagte Stoner. Sie fühlte sich wie eine Idiotin. »Meine Tante Hermione hat ihn mir gegeben.« Ein Kiesel schnitt in ihren Knöchel. Sie bewegte den Fuß. »Sie liest Handlinien. In Boston. Das ist in Massachusetts.«

»Ich kenne Boston«, sagte Siyamtiwa.

»Klar.« Sie fragte sich, was für eine Blödsinnigkeit ihr als nächstes entfahren würde. »Sehen Sie, ich bin ein bißchen nervös. Ich bin noch nie einer Ureinwohnerin Amerikas begegnet.«

»Nennen sie uns jetzt so? Bißchen schwer, da noch mitzukommen.«

»Ich werde Sie bei jedem Namen nennen, den Sie am liebsten haben«, sagte Stoner eifrig.

»Wir nennen uns Das Volk.«

»Okay.«

Die alte Frau gluckste in sich hinein. »Okay. Wenn wir das Volk sind, was seid ihr dann?«

Stoner merkte, daß sie reingefallen war. Sie seufzte. »Wissen Sie, das hier ist ein bißchen frustrierend.«

»Also wirst du jetzt ein Gewehr hervorziehen und mich tausend Kilometer vor dir hertreiben, bis ich an einem fremden Ort sterbe.«

»Was?«

»Das ist es doch, was *pahana* mit Indianern machen, die sie verärgern.«

»Ich weiß«, sagte Stoner, »das war schrecklich. Tut mir leid.«

Die alte Frau bedeckte ihren Kopf mit den Armen. »Wirst du mich jetzt erschießen?«

»Ich werde Sie nicht erschießen.«

Siyamtiwa zuckte mit den Schultern. »Mein Großonkel

wurde von einem weißen Mann erschossen, der ihm auf den Fuß getreten war. Das ist eure Art, euch zu entschuldigen.«

Stoner schwieg.

»Natürlich«, fuhr die alte Frau fort, »war ich nicht dabei, deshalb weiß ich nicht, ob es wahr ist. Aber mein Großvater hat es mir erzählt, also stimmt es wahrscheinlich.« Sie blickte Stoner an. »Du siehst aus wie eine Regenwolke.«

»Sie sind nicht fair«, sagte Stoner. »Ich weiß nicht einmal, was hier gerade passiert.«

Siyamtiwa tätschelte ihren Arm. »Ich prüfe dich. Um zu sehen, ob du Sinn für Humor hast.«

»Nicht besonders.«

»Na, das ist schon in Ordnung.« Die alte Frau saß eine Weile schweigend da. »Hast du irgendwas zu essen?«

Stoner fühlte in ihren Taschen nach. »Ich fürchte nein, aber ich kann etwas holen. Falls ich mich jemals ent-irren kann.«

»Schau da hinaus«, sagte die alte Frau und wies mit dem Kinn auf die endlose Wüste. »Meinst du, die kannst du durchqueren?«

Stoner lachte. »Nein.«

»Hmpf.« Siyamtiwa sah sie von der Seite her an. »Ich hab' es getan. Aber das ist lange her. Viele Leute haben das getan, damals.«

»Es muß beängstigend gewesen sein.«

»Nicht beängstigend. Heiß. Massen von Sand. Einige Tiere. Nichts Schlimmes.« Sie betrachtete die Wüste nachdenklich. »Jetzt hast du also eine echte, wahrhaftige Indianerin getroffen. Was wirst du damit anfangen?«

Stoner sah sie an. »Ich weiß nicht, was Sie meinen.«

»Willst du, daß ich dich in eine Zeremonie hineinschmuggle, die Weiße nicht sehen dürfen?«

»Natürlich nicht. Das wäre nicht richtig.«

»Willst du ein paar Teppiche und Schmuckstücke billiger bekommen? Willst du für ein paar Pfennige ein Foto von mir machen?«

Stoner schüttelte den Kopf.

»Nun gut«, sagte Siyamtiwa. Sie verschränkte die Arme und starrte zum Horizont. »Ich muß darüber nachdenken.«

Stoner wartete. Sie versuchte, sich in die Wüste hinaus zu versetzen, zurück in die Zeit, als die Planwagen sie durchquert hatten. Sie konnte die Sonne fühlen und die festgebackene Erde unter ihren Füßen. Konnte das versengte Land rundherum sehen, die durch nichts unterbrochenen, wasserlosen Weiten. Konnte die Mineralsalze schmecken, die die Felsen wie weiße Schnurrbarthaare bedeckten. Konnte den Tod hören, wie er hinter ihr her schlich ...

Sie schüttelte den Kopf, um das Bild loszuwerden, und sah, wie Siyamtiwa sie aufmerksam betrachtete.

»Nun denn«, sagte die alte Frau.

»Nun denn was?«

»Du fühlst Masaus Atem in deinem Nacken.«

»Masau?«

»Was ihr Tod nennt.«

Stoner fühlte, wie ihre Haut kribbelte. »Woher wußten Sie ...?«

»Ein Trick«, sagte Siyamtiwa. »Ich wette, deine Hermione, die, die in Boston, Massachusetts, Handlinien liest, kann das auch.«

»Ja«, gab Stoner zu, »kann sie. Es macht einen ganz schön nervös.«

»Vielleicht kann ich diese Hermione irgendwann mal treffen. Vielleicht machen wir einen Wettstreit, finden heraus, wer das meiste *kataimatoqve* hat.« Sie hob die Hand, bevor Stoner fragen konnte. »*Kataimatoqve* bedeutet geistiges Auge. Was ihr 'übersinnliche Begabung' nennt.«

»Das würde ihr gefallen«, sagte Stoner eifrig.

»Vielleicht kann ich ihr bei den Medizinpflanzen helfen, he?«

Davon habe ich ihr nichts erzählt, dachte sie unbehaglich. Ich bin mir ganz sicher.

»Vielleicht hat sie einiges von mir zu lernen«, fuhr Siyamtiwa fort. »Vielleicht habe ich einiges von ihr zu lernen. Bring uns zusammen, ergibt viel Macht, he?« Sie wiegte sich einen langen, schweigenden Moment lang und grübelte über einen Gedanken nach. »Dieser Kojote, nach dem du suchst, du wirst ihn nicht finden. Hosteen Kojote wird dich finden, wenn er es wünscht. Das ist so mit ihm.«

»Woher wußten Sie ...?«

Siyamtiwa schnitt ihr mit einer ungeduldigen Geste das Wort ab. »Zu viele Fragen. Wie kannst du Antworten hören, wenn dein Kopf vollgestopft ist mit Fragen?«

»Tut mir leid«, sagte Stoner.

»Was hast du Schreckliches getan?« fragte Siyamtiwa scharf.

»Nichts, glaube ich.«

»Warum befehlen deine Geister dir dann, jeden, den du triffst, um Verzeihung anzuflehen?«

»Es ist ... eine Angewohnheit.«

»Vielleicht passiert mir noch etwas nicht so Gutes, wenn ich mit jemanden rede, dem soviel leidtut.« Die alte Frau blickte sie intensiv an, ihre Augen schimmerten hell und tief. »Dieser Hosteen Kojote ist gefährlich. Ich glaube, du solltest dich besser von ihm fernhalten, bis du mehr weißt.« Sie schaute weg. »Ich denke, er könnte *istaqa* sein, der Kojotenmann. Manchmal Mann, manchmal Kojote.« Sie runzelte die Stirn. »Es ist lange her, seit ich einen Kojoten-Mann gesehen habe. Ich dachte, sie wären alle weggegangen. Die Sache gefällt mir nicht.« Siyamtiwas Mundwinkel zogen sich in einem gedankenverlorenen Schmollen nach unten. »Wenn das wahr ist, wenn wir es hier mit Zauberei zu tun haben ... du weißt, was ein Hexenmeister ist?«

Stoner nickte. »Ich weiß, was ein Hexenmeister ist.«

»Deine Hermione ist eine Hexenmeisterin?«

»Na ja, in gewisser Weise.« Sie zögerte, überlegte, wie sie es erklären sollte. »Sie tut magische Dinge. Ich meine, sie könnte zum Beispiel einen Zauber aussprechen, aber nur, um etwas

Gutes zu bewirken ... wie wenn jemand einen Job braucht oder so. Aber sie sagt, Schwarze Magie fällt dreifach auf einen zurück. Sie glaubt an Karma.«

»Ich kenne Karma«, sagte Siyamtiwa.

»Manchmal redet sie mit Geistern.«

»Alle reden mit Geistern. Meistens wissen sie's bloß nicht.« Sie sah Stoner fest an. »Ist sie aus dem Clan deiner Mutter oder deines Vaters?«

»Dem meiner Mutter.«

»Gut.« Sie zog einen Gegenstand aus der Tiefe ihrer Rockfalten. »Ich glaube, das hier ist für dich.«

Es war eine Puppe, grob geschnitzt aus Pappelholz. Das Haar, ein Tierfell, war kastanienbraun. Die Augen waren grün.

Es gab ihr ein seltsames Gefühl.

»Sie sieht ein bißchen aus wie ich.«

Siyamtiwa zuckte mit den Schultern. »Alle Weißen sehen gleich aus.«

»Mit grünen Augen?«

»Vielleicht sehen alle Weißen aus wie Shirley MacLaine.«

Stoner lachte. »Danke für das Kompliment.« Sie hielt die Puppe hoch. »Und dafür. Ich werde sie gut aufheben.«

»Sie bringt Glück. Vielleicht wirst du welches brauchen.« Die alte Frau brachte tief aus ihrer Kehle einen leisen Ton hervor, den Laut, den ein Hund von sich gibt, wenn er meint, daß er etwas hört, sich aber nicht lächerlich machen will, indem er das Nichts anbellt. Sie sah Stoner an. »Dieser Klang läßt böse Dinge verschwinden. Will keine bösen Dinge an deiner Puppe. Besuchst du die neue Stationsinhaberin?«

»Ja.«

»Die alte, wie geht es ihr?«

»Viel besser. Sie hat das Krankenhaus verlassen.«

»Gut. Das ist ein schlechter Ort. Sie nehmen dir etwas. Keine Harmonie an diesem Ort.«

»Es geht ihr besser«, erklärte Stoner. »Sie müssen ihr wohl geholfen haben.«

»Vielleicht hat ihr etwas anderes geholfen. Vielleicht kam etwas vorbei.«

»Etwas?«

Siyamtiwa ignorierte ihre Frage. »Hast du Macht?«

»Übersinnliche Macht? Ich fürchte nein.«

»Der Hosteen Kojote glaubt, daß du Macht hast. Deshalb beobachtet er dich in der Nacht.«

Stoner mußte lachen. »Dann fürchte ich, daß er irgendwas falsch verstanden hat. Worin er auch verwickelt sein mag, es hat nichts mit mir zu tun.«

»So so«, sagte Siyamtiwa.

Stoner kratzte eine Handvoll Kiesel zusammen und spielte mit ihnen herum. »Ich muß noch eine Frage stellen.«

»Tja«, sagte Siyamtiwa, »so ist das eben mit dir.«

»Woher wußten Sie das? Über den Kojoten, der mich beobachtet?«

»Ich weiß, wie er denkt.« Plötzlich umklammerte sie Stoners Handgelenk. »Du bist zu arglos, Grünauge«, zischte sie. »Hier gibt es Dinge, die du fürchten solltest.«

»Aber ich bin doch bloß ...«

»Du hast dich bereits in der Wüste verirrt.«

»Ich bin einer Fährte gefolgt ...«

»Die dieser Kojote zurückgelassen hat«, vollendete Siyamtiwa ihren Satz. »Machst du das immer so an fremden Orten? Einfach losmarschieren? Niemandem sagen, wohin du gehst?«

»Woher wissen ...?«

Siyamtiwa schüttelte sie grob am Arm. »Ist das deine Art?«

»Natürlich nicht. Ich bin normalerweise sehr vorsichtig.«

Die alte Frau nahm sie bei den Schultern und sah ihr tief in die Augen. »Jetzt hörst du mir mal zu, *pahana*. Irgend etwas wird hier geschehen. Du mußt bereit sein.«

»Klar«, sagte Stoner.

Siyamtiwa ließ sie los. »Jetzt hätte ich gerne Wasser.«

»Ich hol' Ihnen welches«, sagte Stoner und rappelte sich auf die Beine. »Wenn Sie mir helfen können, die Handelsstation zu finden.«

»Du hast Augen. Benutze sie.«

Sie schaute über den Kopf der alten Frau hinweg. Die Straße war nur ein paar Schritte entfernt. Sie konnte die Schrift auf dem Schild vor der Handelsstation lesen.

Sie wußte, daß das alles nicht da gewesen war, als sie sich hingesetzt hatte.

Siyamtiwa gab ihr einen Schubs. »Geh.«

»Ich komm' wieder«, sagte sie und stapfte auf die Straße zu.

An der Küchentür warf Stoner einen Blick zurück. Siyamtiwa stand da und beobachtete sie, fest wie ein Baumstamm und reglos wie ein Stein.

Entweder sind die kulturellen Unterschiede doch größer als mir bisher bewußt war, oder hier ist etwas sehr Seltsames im Gange.

Ihre Nackenhaare sträubten sich wie die eines Hundes.

✻ ✻ ✻

Großmutter Adlerin glitt an einem Sonnenstrahl herab und ließ sich auf dem Boden neben der alten Frau nieder. »Was hast du vor, Uralte?«

»Medizin.«

Adlerin breitete ihre Flügel aus und flatterte verärgert mit ihnen. »Du machst Medizin mit einem weißem Mädchen? Das Alter hat dir die Sinne geraubt.«

Siyamtiwa zuckte die Schultern. »Ich denke, sie wird in Ordnung sein.«

»Weiße bringen nichts als Ärger«, sagte Kwahu, »so ist es immer gewesen.«

Siyamtiwa warf ihr einen Blick zu. »Deine Navajo bringen auch Ärger. Das war schon immer so.«

»Hopi sind Narren«, grummelte Adlerin.

»Navajo sind Diebe.«

»Ihr denkt, daß ihr mit euren Tänzen die Sonne aufgehen laßt.«

»Stehlen unsere Pferde, stehlen unser Land, stehlen unser Wasser ...«

»Die Anglos stehlen euer Land«, unterbrach Adlerin. »Stehlen eure Traditionen, stehlen die Gedanken eurer Kinder. Und ihr sitzt die ganze Zeit auf euren Mesas und wartet darauf, daß der Verlorene Weiße Bruder kommt und euch rettet.«

Siyamtiwa zuckte die Schultern. »Du denkst wie eine Navajo, alte Kwahu. Du verstehst Symbolismus nicht.«

»Träumerin«, sagte die Adlerin und scharrte im Staub herum. »Maskenbemalerin.«

»Silberklopferin, Teppichweberin.«

Die Adlerin trat Kieselsteine durch die Gegend.

»Tut gut, zu streiten«, sagte Siyamtiwa. »Es wärmt die Knochen.«

»Hör mir zu, Großmutter. Dieses Mädchen ...«, sie gestikulierte mit ihrem Schnabel, »... dieses Grünauge ist nicht der Verlorene Weiße Bruder. Dieses Grünauge wird keine Harmonie bringen.«

»Harmonie!« Siyamtiwa warf den Kopf zurück und lachte. »Ich suche nach Harmonie schon seit mehr Jahren als die Pollenkörner auf der Maismutter. Das hier ist eine andere Angelegenheit. Ich denke, es hat vielleicht was mit Ya-Ya zu tun.«

Die Adlerin ging im Kreis herum. »Du verbringst also deine letzten Tage damit, über Ya-Ya-Schwachsinn zu reden? Die Ya-Ya sind weg, alte Frau.«

»Das ist Legende. Ich bin da nicht so sicher. Der Kojote spürt diesem Grünauge nach. Vielleicht weiß er etwas. Dieser Kojote ist nicht, was er zu sein scheint.«

»Wenn du recht hast«, sagte Kwahu, »dann kann dieses Mädchen deinen Kampf nicht führen. Sie hat keine Macht.«

»Ich glaube, da irrst du dich vielleicht. Und vielleicht weiß der Kojote das. Wenn es wahr ist, wird sie darin verwickelt werden, ob ich es will oder nicht.«

»Ich billige das nicht«, sagte die Adlerin.

Siyamtiwa lächelte. »Wann hättest du jemals etwas gebilligt? Mein ganzes Leben lang habe ich Adler-Mißbilligung erfahren. Wenn ich die Andere Welt erreiche, werde ich wahrscheinlich von deiner Mißbilligung begrüßt.«

»Es würde mir das größte Vergnügen bereiten«, sagte die Adlerin.

Siyamtiwa scheuchte sie weg. »Dann gib mir Frieden in dieser Welt, Mäusefresserin. Da sind Dinge, über die ich nachdenken muß.«

✳ ✳ ✳

Sie ließ die Tür hinter sich zuknallen. »Stell!«

Stell zuckte zusammen und sah von ihrem Rechnungsbuch auf. »Jesses, ich hatte ganz vergessen, was das Getrappel kleiner Füße mit deinen Nerven machen kann.«

»Ich habe draußen in der Wüste eine alte Indianerin getroffen. Sie braucht Wasser.«

Stell schob ihren Stuhl zurück und stand auf. »Stirbt sie?«

»Nein, aber ich weiß nicht, warum nicht. Sie ist ungefähr hundertfünfzig Jahre alt. Siyamtiwa. Kennst du sie?«

»Kann ich nicht behaupten. Kann aber sein, daß ich ihr schon mal begegnet bin. Sie verraten ihre Namen nicht so schnell.« Sie nahm ein Glas aus dem Schrank, stellte es als zu klein wieder zurück und fand ein Ein-Liter-Einmachglas unter der Spüle.

»Sie wußte von dem Kojoten«, sagte Stoner, »findest du das nicht seltsam?«

»Diese Leute wissen Dinge, die wir nicht wissen. Nehme an, das liegt daran, daß sie das Leben anders betrachten als wir.« Sie ließ kaltes Wasser ins Waschbecken laufen. »In den ersten paar Wochen hier habe ich mir die Füße wundgerannt

73

bei dem Versuch, rauszukriegen, was irgendwas bedeutet. Hör auf meinen Rat, schwimm mit dem Strom, wie mein Sohn sagen würde.«

Stoner hielt ihr die Puppe hin. »Sie hat mir das hier gegeben.«

Stell drehte sie in ihren Händen hin und her. »Sieht aus wie du.«

»Das fand ich auch.« Sie nahm die Puppe zurück und lehnte sich gegen das Waschbecken. »Wir hatten eine sehr merkwürdige Unterhaltung. Über Hexenmeister — *powaqa* nannte sie sie. Sie sagte, der Kojote wäre halb Mensch und daß er mein Herz kennen würde.«

Stell schüttelte den Kopf. »Die Reservation summt dieser Tage vor lauter Aberglauben. Muß wohl der Einfluß der Missionare sein.«

»Glaubst du daran?«

»Ich würde darauf nicht mit ja oder nein antworten«, sagte Stell. »Aber es würde vor einem Anglo-Gerichtshof nicht durchkommen.« Sie lachte. »Du legst dir solchen Dingen gegenüber eine überlegene Haltung zu, und bei der nächsten Gelegenheit wachst du mitten in der Nacht auf und siehst, daß dein Bett zwei Meter über dem Boden schwebt.«

Stoner nahm das Wasserglas. »Ist es in Ordnung, wenn wir nach Beale fahren?«

»Ihr braucht dafür doch nicht meine Erlaubnis.«

»Wir brauchen dein Auto.«

»Nehmt es.« Stell scheuchte sie weg. »Wir müssen nirgendwohin, wofür wir nicht die Pferde nehmen können. Wenn es euch nichts ausmacht, ein paar Besorgungen zu erledigen, auf dem Tisch liegt eine Liste von Sachen, die ich noch vergessen hatte.« Sie nahm eine Dose Tomaten herunter. »Nimm die der alten Frau mit. Aber mach keine große Sache draus. Das ist ihnen peinlich. Stell sie einfach auf den Boden und laß sie zurück, als ob du sie übersehen hättest. Sie wird deine Absichten verstehen.«

»Danke. Wo ist Gwen?«

»Das letzte Mal, als ich sie sah, war sie unten bei der Scheune, zusammen mit Ted. Er sagte, er würde ihr beibringen, Holzscheite zu spalten. Du schreitest besser ein, bevor er sie zu einer solchen Arbeitssüchtigen macht wie er selbst einer ist. Sie sind praktisch, aber es macht nicht viel Spaß, mit ihnen zu leben.«

Sie folgte den hämmernden Geräuschen.

Mit dem Rücken zu ihr stand Gwen vor einem großen Holzblock. Sie hob einen unbehauenen Klotz auf, stellte ihn hochkant, trat zurück und ließ krachend die Axt niedersausen. Die gespaltenen Hälften flogen zur Seite. Tom Drooley entknotete seine Beine, sammelte würdevoll die Stücke auf und ließ sie vor Gwens Füßen fallen. Sie griff nach einem weiteren Klotz.

»Hey!« rief Stoner. »Wenn du dich jemals entschließt, die Schule sein zu lassen und dir einen richtigen Job zu suchen, dann könntet ihr beide in einem Holzfäller-Camp arbeiten.«

Gwen drehte sich um. »Mist«, sagte sie, und wischte sich mit dem Hemdsärmel den Schweiß vom Gesicht. »Wo wir gerade so gut in Schwung waren.«

Stoner hob einen frisch gespaltenen Scheit auf und schnüffelte daran. Der scharfe, harzige Geruch brannte in ihrer Nase. »Riecht toll. Was ist das?«

»Mesquite. Hart wie Nägel. Wenn du es nicht genau richtig triffst, kann es dir jeden Knochen in deinen Armen zerschmettern.« Sie schwang die Axt auf den Hackklotz hinunter und versenkte die Schneide tief im Holz. »Hast du eine Vorstellung davon, was die Yuppies zu Hause für diesen Stapel bezahlen würden?«

»Könnt ihr eine Pause einlegen? Da ist jemand, den ich dir vorstellen möchte, und ich dachte, wir könnten mal nach Beale fahren.«

»Sehe ich anständig aus?«

In ihren Haaren hingen kleine Holzspäne. Ihre Ärmel

waren hochgekrempelt. Staub bedeckte ihre Stiefel und den unteren Teil ihrer Jeans. »Du siehst hinreißend aus.«

»Schmeichlerin. Wie sehe ich wirklich aus?«

»Deine Haare könnten einen Kamm vertragen.«

Während sie auf die Baracke zugingen, entdeckte Gwen die Dose Tomaten und das Glas Wasser. »Ich hoffe nicht, daß das unser Mittagessen ist.«

»Es ist ein Geschenk für Siyamtiwa.«

»Siyamti-wer?«

»Siyamtiwa. Eine alte Hopi-Frau. Es bedeutet ›Etwas-das-sich-über-Blumen-hinweg-entfernt‹«.

Gwen fuhr sich mit einem Kamm durch die Haare und nahm ihre Schultertasche. »Hast du das Gefühl, du bist mitten in einem John Ford-Epos?«

»Nein. In einem Stephen King-Epos. Komplett mit Werwölfen.«

»Dieser Ort ist sonderbar«, sagte Gwen. Sie pfiff nach Tom Drooley. Der große Hund kroch, ein Bein nach dem anderen, auf die Ladefläche des Lieferwagens und rollte sich auf einer alten Decke zusammen.

»Meinst du, es ist in Ordnung, ihn mitzunehmen?«

»Ted sagt, er fährt dauernd mit in die Stadt. Er wird einfach da hinten rumliegen. Er stellt schon nichts an.«

»Das glaube ich ohne weiteres«, sagte Stoner. Sie schwang sich hinter das Lenkrad und drehte den Zündschlüssel herum. »Also, los geht's.«

$$* \quad * \quad *$$

»Ich weiß, daß ich sie hier war, als ich wegging.« Die Wüste war leer. Der Boden war uneben und zertreten.

»Genug Durcheinander habt ihr ja angerichtet«, sagte Gwen.

»Sie muß hier irgendwo sein.«

»Vielleicht wurde ihr das Warten zu lang.«

»Selbst dann könnte sie nicht weit gekommen sein.« Sie wandte sich in alle Richtungen. »Ich hoffe, es ist nichts passiert.«

»Vielleicht hat sie Schatten gesucht oder sich von jemanden mitnehmen lassen.«

»Du verstehst nicht. Diese Frau ist *uralt*.«

»Na ja, sie hat es fertiggebracht, bis hierher zu kommen, oder? Ich wette, sie findet sich in der Wüste besser zurecht als du.«

Stoner beschloß, darauf nicht einzugehen. Ihre morgendlichen Erfahrungen waren nichts zum Angeben.

Sie rutschte zum Fuß des Hügels herunter und schaute sich um. Nichts. Kein Körper, keine Spuren, kein Abfall. Nur eine kleine graue Spinne, die nicht ganz richtig im Kopf sein konnte, sponn ein Netz zwischen zwei Felsen.

»Willst du warten?« fragte Gwen.

Sie schüttelte den Kopf. Sie hatte so ein Gefühl, daß Siyamtiwa nicht kommen würde.

»Ich sag dir was«, sagte Gwen. »Wir stecken das Wasser und die Tomaten in irgendeine Ritze, und vielleicht wird sie sie finden.« Sie gab Stoner die Dose und das Glas. »Vorsicht damit. Wenn du es verschüttest, könnten wir die ganze Ökologie verändern.«

Stoner lachte.

»Ich meine es ernst«, sagte Gwen. »Hier draußen gibt es Samen, die Hunderte von Jahren hindurch im Sand liegen und auf eine ganz bestimmte Kombination von Regen und Temperatur warten, um schlagartig zum Leben zu erwachen. Vielleicht würdest du gerne die Wüste zum Blühen bringen, aber ich will diese Verantwortung nicht.«

Was jetzt?

Adlerin schnellte von ihrem Aussichtspunkt hoch auf dem Tewa Mountain hinunter, als der Lieferwagen der Handelsstation aus der Einfahrt herauskam.

Verrückte Weiße, nörgelte sie. Immer in Bewegung. Haben Angst, daß Masau sie holt, wenn sie stillsitzen. Sie kreiste hoch oben und beobachtete, wie der Lieferwagen nach Süden auf die Asphaltstraße abbog.

Mittag, und die Sonne heiß wie glühende Kohlen.

Verrückt, verrückt, verrückt.

GEHT NACH HAUSE! kreischte sie. Setzt euch in den Schatten. Zählt euer Geld. Glotzt in eure Geisterkästen. Denkt euch neue Arten aus, euch gegenseitig umzubringen. Aber laßt mich in Frieden, um *taiowas* willen.

Kein Zweifel, sie hatte die Zweibeine immer gehaßt, vor allem die weißen. Ihr Alter hatte sie deshalb eine Rassistin genannt, aber seht doch, wohin ihn all seine Aufgeschlossenheit gebracht hat. Ein toleranter toter Adler ist genauso tot wie ein intoleranter.

Sie konnte es noch sehen, im schwindenden, überlieferten Gedächtnis ihrer Ahnen, wie es damals war in der alten Zeit. Die ununterbrochenen Weiten des Landes, die sich vom Ort der Morgendämmerung zum Ort des Abends ausdehnten. Das Büffelgras und die Pinienwälder, Fichte und Mesquite und Kreosotbusch und Kaktus. Stille Schluchten und schnelle Flüsse. Die spätnachmittägliche Parade des Wolkenvolks, das Regen brachte. Lange, kalte, schweigende Winter unter dem weichen Schnee. Die leichte Jagd, das schnelle Töten. Und die Dineh, ihre Dineh, die die Weißen Navajo nannten, mit ihren Schafen und Hunden, ihre Sommerunterkünfte in den kühlen, grünen Canyons, der würzige Rauch der Winterfeuer, der von ihren *hogans* aufstieg. Und überall Harmonie, überall *hozro*.

Im Rückblick konnte sie sogar einen freundlichen Gedanken für die Hopi aufbringen, diese breitnasigen Fanatiker.

Sie hatte sie genossen, die vieltägigen Zeremonien, die Mysterienspiele, die die Schöpfungsgeschichten erzählten, die *kachina*-Tänzer mit ihren grell bemalten Masken, die Glöckchen und Rasseln, die Opfer der Mais-Mutter. Mehr als einmal hatte sie ein köstliches Mahl eingenommen, wenn das Nagetier-Volk kam, um die Körner- und Samenlinien aufzufressen, die den Weg markierten, dem die *kachinas* folgen würden. Ja, selbst die Hopi hatten ihre guten Seiten.

Aber die Weißen ...

Weiße standen für Gewehre und Zäune und Pony-Soldaten und Kämpfe. Weiße standen für Stoßen und Schreien, Menschen hierhin und dorthin gestoßen, ein paar starben immer. Weiße standen für die eisernen Gleise mit ihren rauch-atmenden Wagen, die harten, schwarzen Straßen und die Blechpferde, die Viel-Räder, die Tag und Nacht über das Land dröhnten und das Rehvolk überfuhren und niemals anhielten. Weiße standen für die Riesenpilze, die giftigen Regen brachten, die großen *hogans*, die schwarzen Qualm ausspieen. Weiße standen für Maschinen, die mit Zähnen und Klauen die Berge zerrissen und weiterzogen, während das Land hinter ihnen starb.

Das Leben war gut gewesen in der alten Zeit, solange man sich von der Schwarzen Mesa fernhielt, wo die Zweibeiner Adlerfedern für ihre Gebetsstäbe sammeln. Man konnte die Nachmittage auf einer felsigen Klippe verbringen und ein Schwätzchen mit dem Wind halten. Das Adlervolk war zahlreich, und auch wenn sie sich nicht besonders viel aus Nachbarn machte — nicht wie die Hopi, die einer im Schatten des anderen lebten — war es doch beruhigend, zu wissen, daß es sie gab. Nun war auch das Adlervolk beinahe verschwunden, ihre Nistplätze zerstört, die Futtertiere vergiftet. In ihrem letzten Gelege waren die Eier steril gewesen, die Schalen zerbrechlich wie feines Gewebe. Danach, obwohl die Paarung gut gewesen war, gab es keine Eier mehr, und sie hatte über dem leeren Nest geweint.

Und die Zweibeiner hatten sich verändert. Der dunkle Wind wehte durch sie hindurch. Gezänk, Gemeinheit, Kämpfe zwischen der alten Art und der neuen, unter den Klans, innerhalb der Klans, jeder sah seinen Nachbarn schief an.

Und hier kam nun die alte Großmutter, die vielleicht die älteste Indianerin war, die sie je gesehen hatte, vielleicht älter als die älteste, vielleicht noch etwas ganz anderes. Die alte Großmutter, die von Schlachten sprach und sich an die grünäugige *pahana* ranmachte.

Es ermüdete sie, daran zu denken.

Der Lieferwagen bog nach Osten ab, in Richtung Beale. Nicht viel, was du da durcheinanderbringen kannst, Grünauge.

Sie stieß tief hinab, kreischte eine Beleidigung und flog zurück zum Großen Tewa-Gipfel.

4. Kapitel

Niemand hat Beale in Arizona je 'das Juwel der Wüste' genannt. Gegründet von Lieutenant Ed Beale während seines Kameltrecks zur Erkundung des Südwestens im Jahre 1857, liegt es zu beiden Seiten der alten Bahnlinie zwischen Atchinson, Topeka und Santa Fe an der Route 66. Die Züge halten nicht mehr dort, und die alte R 66 zerfällt langsam zu Kies, während die Touristen auf der A 40 vorbeidröhnen. Aber Fetzen von gewachstem Einwickelpapier und alte Zeitungen und plattgedrückte Blechdosen türmen sich noch immer vor dem Kettenzaun, der die Gleise absperrt, und das macht Beale zu einer Bahnhofsstadt.

Außenstehende, die im allgemeinen aus dem Osten kommen und keine Ahnung haben, behaupten, die A 40 hätte Beale links liegen gelassen. Die Wahrheit ist, daß Beale die A 40 geflissentlich ignoriert. Die Hauptstraße kann sich noch immer der alten schwarz-weißen '66'-Schilder rühmen. Jedes andere Straßenschild in einem Umkreis von 30 Kilometern mag von Kugeln durchlöchert sein bis zum Gehtnichtmehr, aber niemand — egal wie rastlos, gelangweilt, heranwachsend oder abgefüllt — würde auf diese Wegmarken zielen. Der ursprüngliche Betonbelag wird jeden Frühling in einer Art kommunalem Fruchtbarkeitsritual liebevoll geflickt. Dabei lassen die Männer ihren Bart wachsen und die Frauen putzen sich in handgenähten Kleidern aus der Pionierzeit heraus, und alle essen Brathähnchen und Kartoffelsalat unter der knallenden Sonne und zwischen Schwärmen von Schmeißfliegen, und wenn der Tag vorüber ist, fragen sich alle insgeheim, warum die einzigen, die es zu genießen scheinen, die Schmeißfliegen sind, aber niemand wagt das laut zu sagen.

Die Straße verläuft schnurgerade von Osten nach Westen. Am östlichen Ende stehen sich die Jesus-Christus-Kirche der Heiligen des Jüngsten Tages und die St. James-Episkopalkirche der Südwest-Mission gegenüber wie zwei Revolverhelden, von denen jeder darauf wartet, daß der andere sich als erster rührt. Von da an geht es stetig bergab. Die Gebäude entlang der Hauptstraße sind aus staubigem Stuck und tragen die Namen der Erstbesitzer. Die Stockman Spar- und Darlehenskasse ist seit über hundert Jahren die Stockman Spar- und Darlehenskasse. Die goldene Schrift auf den Bleiglasscheiben des Waldorf-Cafés ist abgeblättert, aber lesbar. McMahons Haushalts- und Eisenwarenhandlung verkauft noch immer Zapfhähne und Stacheldraht und Stoffe vom laufenden Meter. Niemand kann sich erinnern, wann der letzte Inhaber von 'Smiths Saatgut, Futtermittel und Landwirtschaftsbedarf' Smith hieß, aber es ist noch immer Smiths Saatgut, Futtermittel und Landwirtschaftsbedarf. Dem Schild über dem Roxy-Filmtheater nach läuft dort noch immer *Zähl bis drei und bete*, aber die Türen sind mit Brettern vernagelt und die von Sprüngen durchzogenen Fenster des Kartenschalters mit mumifiziertem Tesafilm verstärkt.

Beales modernere Attraktionen umfassen eine Westen-Autovertretung (ca. 1949), den Supermarkt ('53), Buds 'Ausgemusterte Armee- und Marinebestände' ('55), und den Texaco-Service, der noch immer das Motto trägt: 'Haben Sie Ihren Wagen gern, vertrau'n Sie dem Mann mit dem Stern'. Während des patriotischen Wahns von '76 hatten die Einwohner mal flüchtig daran gedacht, Beale zum historischen Nationaldenkmal erklären zu lassen und es zu restaurieren. Aber, wie irgendwer erläuterte, warum sollte man die Regierung einladen, ihre Nase in alle möglichen Angelegenheiten zu stecken, wenn Beale schon in tadellosem Zustand war?

Beale steckt außerdem bis zum Gürtel in der amerikanischen Geschichte. Westlich der Stadt gibt es ein verfallendes Kavallerie-Fort, von dem ein gutes Dutzend Indianermassaker ausgingen, und das nur im Winter zu sehen ist, wenn die Präriegräser verwelken. Zwei der einheimischen Jungen kämpften im Zweiten Weltkrieg im Südpazifik. Einer kehrte nach Hause zurück, der andere blieb in San Diego. Nach hitziger Auseinandersetzung einigte man sich darauf, daß jeder, der Kalifornien Beale vorzog, im Krieg verrückt geworden sein mußte, und sein Name erscheint jetzt auf der Gedenktafel im Rathaus, das zugleich Postamt, Polizeirevier und Herrenfriseursalon ist.

Im Jahre '47 erwischte der Bürgermeister seine Frau mit einem Vertreter (Badezimmerarmaturen) im Bett, erschoß beide und führte vom Bezirksgefängnis aus zwei erfolgreiche Wiederwahlkampagnen. Eine Familie mit dem Namen Clark besaß einmal eine Farm ganz in der Nähe, die unter mysteriösen Umständen niederbrannte. Die 1958er Basketballmannschaft der Oberschule erreichte das Viertelfinale der Landesmeisterschaften und schaffte es, gegen die Mannschaft aus Holbrook, ein paar Kilometer die Straße runter, 12 Punkte zu erzielen. Ethel Boyds rote Rhode-Island-Henne legte einmal ein Ei mit drei Dottern. In den späten Sechzigern kampierte eine Gruppe von Hippies eine Zeitlang am Rand der Stadt — aber es war einfach nichts los, Mann, und sie zogen weiter.

Heutzutage tut sich eine Menge in Beale. Man kann ein anständiges Essen im Waldorf-Café bekommen oder ein schnelles Sandwich an der Theke im Drugstore. Die Episkopalkirche veranstaltet von Zeit zu Zeit eine Bingo-Nacht, was die Mormonen veranlaßt, sie der 'Hinwendung nach Rom' zu beschuldigen. Ein paar Immobilienmakler sind zugezogen, aber niemand weiß warum. Man kann zum Bezirksgericht gehen und zusehen, wie die ortsansässigen Rechtsanwälte gegeneinander prozessieren, um nicht aus der Übung zu kommen.

Von Zeit zu Zeit behauptet jemand, er hätte von jemanden gehört, der draußen in der Prärie einen Nachfahren von Beales Kamelen entdeckt hätte. Da diese Geschichte für gewöhnlich weit nach elf Uhr nachts in der Kneipe 'Zum Schäfer' erzählt wird, bleibt das ein unbestätigtes Gerücht.

Jeden Nachmittag gegen vier erhebt sich der trockene Wind und weht die Wachspapierfetzen ein bißchen herum.

Stoner fuhr auf den Parkplatz vor dem Supermarkt und stellte den Motor aus. »Willst du direkt einladen, oder sollten wir uns die Sehenswürdigkeiten anschauen?«

»So wie's aussieht«, sagte Gwen, »können wir uns die Sehenswürdigkeiten anschauen, ohne den Parkplatz zu verlassen. Ein entzückender kleiner Ort.«

»Eine weitere Station auf unserer endlosen Liste von Kleinstädten«, sagte Stoner, während sie ausstieg. »Es kann nicht schlimmer sein als Castleton in Maine, oder?«

»Wenn du mal sehen willst, wie es wirklich in einer Kleinstadt zugeht«, sagte Gwen, »werde ich eines Tages mit dir nach Jefferson fahren und dich dem Volk an der Eisbude vorführen. Alle Mädchen, mit denen ich aufgewachsen bin, werden vor Neid sterben.«

»Oder am Schock.« Stoner füllte Tom Drooleys Wassernapf aus der Reserve-Feldflasche und weckte ihn lang genug, um ihm zu sagen, »Bleib! Paß auf!«, was er wahrscheinlich nicht verstand. Er blieb mit herunterhängenden Beinen auf der Ladefläche liegen. Sie schloß die Fahrerkabine ab und steckte die Schlüssel in die Hosentasche.

»Bist du sicher, daß du das tun willst?« fragte Gwen. »Die Einheimischen könnten beleidigt sein, wenn du abschließt.«

»Wenn ich ein Teenager wäre«, sagte Stoner, »und in dieser Stadt lebte, dann würde ich diesen Wagen stehlen.«

»Mit Tom Drooley?«

»*Mit* Tom Drooley.«

Sie trat auf den Bürgersteig und schaute die Straße rauf und runter. Auf der anderen Seite zog jemand in einer Wohnung im zweiten Stock ein dunkelgrünes Rollo hoch und spähte hinaus. Gwen winkte. Eine Gestalt in grauem Baumwoll-Bademantel und rosa Schaumgunmmi-Lockenwicklern winkte zurück.

Stoner kniff die Augen in dem hellen Licht zusammen, fühlte, wie der leichte Wind durch ihre Haare streifte, roch Staub und Teer. Ein Stück weiter die Straße hinunter stand eine Ansammlung von Männern in geflickten Levis vor dem 'Schäfer' und warf Kiesel an eine Parkuhr. Eine schwarzbraune, knochendürre Promenadenmischung durchsuchte den Müll im Rinnstein, bis einer der Männer ihm einen Stein nachwarf und er unter finsteren Blicken davonschlich.

Gwen blieb stehen, um sich eine Auslage von prämierten Steppdecken und Schürzen im Schaufenster der Bank anzusehen.

»Schau dir diesen Himmel an«, sagte Stoner. »Ich frage mich, wie es wäre, sich unter diesem Himmel zu lieben.«

»Geräumig, nehme ich an«, sagte Gwen. »Und heiß.«

»Ich meinte *nachts*.« Sie fuhr mit der Hand an der sonnenwarmen Stuckmauer entlang. »Dieser Ort ist wie etwas aus einem Film, findest du nicht?«

»Du meinst den, wo der Junge nach New York gehen und Kunst studieren will, aber sein Vater will, daß er zu Hause bleibt und das Saatgut- und Futtermittel-Geschäft übernimmt, und seine Mutter ist mit einem nichtsnutzigen Cowboy abgehauen und führt jetzt ein Leben voll Schwangerschaft und Unterdrückung in Mexiko, während der Cowboy sich zu Tode säuft. Dann taucht die brandneue, blonde, magersüchtige Lehrerin auf ...«

»Nein«, sagte Stoner. »Den, wo fünf Mörder aus dem Gefängnis ausbrechen und die Stadt terrorisieren, bis diese Halbwüchsige — die eigentlich Physikerin werden will, es sich aber nicht leisten kann, zur Uni zu gehen — diese Laser-Spezialeffekte aus alten Telefondrähten und Strohhalmen aufbaut, und Knallkörper, die eigentlich alle Schnellkochtöpfe der

Stadt sind, die sie so manipuliert hat, daß sie alle gleichzeitig trocken kochen und in die Luft gehen, so daß die Mörder denken, sie sind umzingelt.«

»Woran ich *eigentlich* dachte«, sagte Gwen, »war der über die Lehrerin, die sich wegen der Frau, die sie liebt, mit ihrer Familie überwirft und nach Arizona wegläuft ...« Ihre Stimme versagte.

Stoner berührte sie. »Gwen, es ... es wird schon ...«

»In Ordnung kommen?« Gwen lachte bitter. »Wenn du voraussagen kannst, wie das hier ausgeht, kannst du ins Wahrsage-Geschäft überwechseln.« Sie lehnte ihren Kopf an Stoners Schulter. »Können wir eine Limo trinken gehen?«

Stoner küßte sie sanft aufs Haar. »Goodnights Drugstore ist auf Stells Einkaufsliste. Sollen wir uns den mal ansehen?«

Das Innere des Ladens war kühl und roch nach Marmor und Kirschsirup.

Ein Getränke-Ausschank zog sich an der einen Wand entlang, Regale voller rezeptfreier Arzneimittel und Zeitschriften an der anderen. Ein Ventilator drehte sich träge an der Decke. Im hinteren Teil markierte ein Paar riesiger brauner Gläser — eins mit rotem, eins mit gelbem Wasser gefüllt — die Reviergrenze des Apothekers. Ein dünner junger Mann in einer fleckigen, weißen Uniform lümmelte sich gegen die Getränketheke und las in einem Comic-Heft. Er sah desinteressiert hoch, warf einen Blick auf Gwen und erwachte ruckartig zum Leben.

»Was darf's sein?«

»Eistee«, sagte Stoner, während sie sich auf dem Barhocker niederließ.

»Limonade«, sagte Gwen. »Nicht zuviel Zucker.«

»Sie sind nicht hier aus der Gegend«, sagte er, als er ihre Gläser hinstellte.

»Stimmt«, Stoner nahm sich einen Strohhalm aus einem Edelstahlbehälter.

»Auf der Durchreise?«

»Wir sind bei den Perkins zu Besuch«, sagte Gwen. »In der Handelsstation in Spirit Wells.«

»Mrs. Perkins is' ne Klassefrau«, sagte er und warf sich eine dunkelblonde Locke aus der Stirn. »Aber die Res ist echt tot. Sie sollten sich den Grand Canyon ansehen gehen.«

»Ich bin sicher, das werden wir noch«, sagte Gwen.

»Ich mein's ernst. Die Res ist der toteste Ort, den ich je gesehen habe.«

Im Gegensatz zu Beale, dachte Stoner. Welches ein richtiger Rummelplatz ist.

»Es ist mal eine Abwechslung«, sagte Gwen. »Wir haben noch nie eine Reservation gesehen, ob tot oder lebendig.«

»Nichts als Wind und Staub und Indianer.«

»Ich finde es hübsch, auf eine merkwürdige Art. Ich wußte vorher gar nicht, daß Staub so viele verschiedene Farben haben kann.«

»Es ist so ziemlich das, was wir erwartet haben«, fügte Stoner hinzu. »Was macht ihr hier in der Stadt so, um euch zu amüsieren?«

»Nicht viel«, sagte der Junge. »Aber wenigstens haben wir Fernsehen.«

»Kabel?«

»Nee.« Er zog einen Flunsch. »Wir versuchen es immer wieder, aber niemand will die Kosten. Zu dünn besiedelt hier draußen.«

»Ja«, sagte Stoner, »ich sehe das Problem.«

»Fernsehen«, warf Gwen ein, »läßt dein Gehirn verfaulen und erstickt deine Phantasie.«

Der Junge warf ihr einen finsteren Blick zu. »Himmel, Sie hören sich an wie 'ne Lehrerin.«

»Ich bin eine.«

»Wo denn?«

»Boston.«

Sein Gesicht hellte sich auf. »Mensch, Boston. Die haben massenhaft Verbrechen dort, stimmt's? Mafia und so?«

Das passiert also mit Kindern in Kleinstädten, dachte Stoner. Sie wachsen auf mit dem Wunsch, der Pate zu sein. Gut, daß ich von zu Hause weggelaufen bin. In Rhode Island hätte mich leicht etwas Ähnliches erwischen können.

»Hören Sie«, sagte der Junge, »wie ist der Ozean? Ich hab' noch nie 'nen Ozean gesehen.«

»Er sieht der Wüste sehr ähnlich«, sagte Gwen. »Groß, Unmengen von Himmel, nur nasser.«

»Wette, Sie gehen dauernd schwimmen, hm?«

»Nicht so oft. Der Atlantik ist ziemlich kalt.«

»Die Wüste wird kälter als das Auge einer Hure«, sagte der Junge. »Aber man kann nicht drin schwimmen. Die haben ein Schwimmbecken drüben in Winslow. Und in einigen der Motels. Aber sie lassen einen nicht drin schwimmen, wenn man nicht von da ist. Manche von den Jungs arbeiten in den Motels, bloß damit sie schwimmen gehen können. Würd' ich auch machen, wenn meine Leute mich hier nicht brauchten. Wetten, ich wäre gut. Im Schwimmen. Wenn ich wüßte, wie's geht, wetten, ich wär' echt gut.« Er schaufelte Eis in einen Pappbecher und zapfte sich ein Malzbier. »Sie müssen sich echt den Grand Canyon ansehen. Der ist echt groß.«

»Das habe ich auch gehört«, sagte Gwen.

»Nein, Sie haben bestimmt nicht gehört, wie groß er ist, weil er sogar zu groß ist, um es zu sagen. So groß, daß Sie nicht mal wissen, daß er groß ist. Sie gehen am Rand entlang, einfach so, und haben das Gefühl, Sie schlendern die Hauptstraße runter, und Sie denken nicht mal drüber nach, und wenn Sie ausrutschen oder so, fallen Sie fast zwei Kilometer tief. Zwei ganze Kilometer. Das ist nicht übertrieben. Sie haben es nachgemessen. Ich hab's im *National Geographic* gelesen.«

»Siehst du?« sagte Gwen. »Wenn Ihr Kabelfernsehen hättet, hättest du den Artikel nie gelesen.«

Er sah sie an, als sei sie verrückt. »Ich hab' ihn in der Schule gelesen, Lady. Meine Güte.« Er verteilte einen Klecks Eiersalat auf einem Kräcker und verschlang ihn. »Kleine Kinder rennen bis direkt an die Kante ran und lassen sich runter-hängen. Das ist, weil sie nicht verstehen, wie *groß* er ist.«

»Hört sich gefährlich an«, sagte Stoner.

»Teufel, und wie gefährlich das ist. Ich würd' mich nie an die Kante von irgendwas hängen, das so groß ist.« Er nahm sich noch einen Kräcker und garnierte ihn mit Frischkäse und Oliven. »Damit Sie 'ne Vorstellung davon bekommen, wie groß er ist, Sie können vor dem El Tovar — dem Hotel — stehen und auf ein Gewitter *runter*gucken. Haben Sie schon mal auf ein Gewitter runtergeguckt?«

»Nein«, sagte Gwen, »das hab' ich mir irgendwie entgehen lassen.«

Er bestrich einen weiteren Kräcker mit Fleischsalat. »Sie sollten's mal versuchen. Wird Sie bewegen. Wie lange sind Sie noch hier?«

»Ungefähr zwei Wochen«, sagte Stoner.

»Mann, in der Zeit könnten Sie den Grand Canyon zwei, vielleicht sogar dreimal sehen. Obwohl, nicht ganz. Ich wette, niemand hat ihn jemals ganz gesehen, weil er so ...«

»Groß ist?« schlug Stoner vor.

»Ja, stimmt, groß.« Er lehnte sich über die Theke und senkte die Stimme. »Da gibt's diesen Ort, unten im Canyon. Einen geheimen Ort, versteh'n Sie? Wo die Indianer glauben, daß sie aus diesem Loch im Boden rausgekommen sind. Darum ist es ein heiliger Ort, sozusagen, und sie gehen da hin und machen Zeremonien und so'n Zeug und lassen Sachen da für ihre Geister. Geschenke und so'n Zeug. Mr. Begay fährt da irgend-wann mal mit mir raus.«

»Wenn es geheim ist«, fragte Stoner, »woher weiß Mr. Begay dann, wo es ist?«

»Mr. Begay weiß alles, besonders über die Indianer. Da ist diese andere Stelle, die wir finden werden, oben auf der Res, aber er will mir nicht sagen, wo. Vor langer Zeit haben die Indianer da einen Riesenhaufen Zeugs vergraben. Gold und so'n Zeug. Wir werden es finden und dann hilft er mir, für immer aus Beale rauszukommen. Mein Dad sagt, das ist 'ne Ladung Bockmist, aber er kann Mr. Begay nicht leiden, und Mr. Begay sagt sowieso, hör nicht auf ihn, er versucht nämlich, mich zurückzuhalten, und das hier ist'n freies Land, ich hab' ein Recht drauf, zu versuchen, mir das Leben aufzubauen, das ich für mich selbst will.« Er grinste schüchtern. »Obwohl, Mr. Begay sagt das ein bißchen anders. Wissen Sie, wie Mr. Begay es sagt?«

»Gib mir einen Tip«, sagte Gwen.

»Scheiß auf die Ärsche. So sagt es Mr. Begay.«

»Na ja«, sagte Gwen. »Das ist zweifellos ausdrucksstark.«

»Und poetisch«, setzte Stoner hinzu. »Ist das der Begay, der die Texaco-Tankstelle draußen in Spirit Wells hat?«

Der Junge strahlte. »Genau der. Kennen Sie ihn?«

»Wir hatten noch nicht das Vergnügen«, sagte Gwen. »Aber ich frage mich, wenn er *dich* aus Beale rausholen kann, warum hat er sich selbst nicht rausgeholt?«

»Keine Ahnung«, sagte der Junge nachdenklich. »Vielleicht gefällt's ihm hier. Wo er doch zum Teil Navajo ist und so.«

Gwen sah zu Stoner herüber. »Klingt, als ob er seiner Rasse wirklich Ehre macht. Wir sollten Stells Bestellung mitnehmen.«

»Stimmt.« Stoner wandte sich an den Jungen. »Hat Mrs. Perkins eine Bestellung durchgegeben?«

»Klar hat sie das. Ich hab' schon alles fertig gemacht.« Er griff unter die Theke und wuchtete einen Karton hoch. »Wenn Sie Mrs. Perkins sehen, sagen Sie ihr, Jimmy Goodnight läßt sie grüßen. Sie ist echt 'ne Klassefrau, stimmt's?«

»Auf jeden Fall«, sagte Stoner.

Er musterte sie. »Sie sollten hier draußen 'ne Sonnenbrille tragen. Und sich eincremen. Seh'n Sie sich das an, Sie bekommen jetzt schon 'nen Sonnenbrand. Schätze, Sie haben nicht viel Sonne drüben im Osten.«

»Nicht so wie ihr hier.«

»Wir haben ein paar gute Brillen da an der Theke. Nicht zu teuer. In manchen Läden versuchen sie, Ihnen echt teures Zeug anzudrehen, Sie auszunehmen. Dabei gibt's gar keine großen Unterschiede, außer Sie wollen in echt hochklassigen französischen Kram einsteigen. Aber wir haben 'ne schöne Auswahl. Sie können wählen zwischen braun, grün, gelb, Metallgestell oder Plastik. Ich würd' Plastik nehmen. Sie sollten auch 'ne Tube Sonnencreme mitnehmen. Bei Ihrem Typ ...«, er betrachtete sie ernst und prüfend, »... würd' ich sagen, Lichtschutzfaktor 15, das allerhöchste. Werden Sie viel draußen in der Wüste sein?«

»Es scheint nicht besonders viele Alternativen zu geben«, sagte Gwen, »außer wir bleiben drinnen und legen Patiencen.«

Jimmy Goodnight lehnte sich ernst zu ihnen herüber. »Ich will Ihnen keine Angst einjagen«, sagte er mit offensichtlicher Wonne, »aber hier draußen gibt's 'ne Menge Schlangen um diese Jahreszeit. Klapperschlangen und so. Taranteln. Skorpione. Wissen Sie, wie Sie in der Wüste auf sich aufpassen?«

»Wahrscheinlich nicht«, sagte Stoner.

Er griff unter einen Stapel Comics und zog ein fotokopiertes Blatt Papier hervor. »Hier steht drauf, was Sie wissen müssen. Das Wichtigste ist, achten Sie unbedingt darauf, daß jemand weiß, wo Sie hingehen.«

»Ich weiß«, sagte Stoner.

»Sie sollten einen Spiegel und Streichhölzer mitnehmen«, fuhr er fort, »zusammen mit Ihrer Trinkflasche. Damit Sie Signale geben können, wenn Sie Hilfe brauchen.« Er gab ihr das Blatt. »Sie können das behalten. Gehört zum Service. Also, wenn Sie sich verirren, laufen Sie nicht ziellos herum. Bleiben Sie, wo Sie sind, bis die sie finden. Setzen Sie sich nicht auf den Boden und ziehen Sie sich nicht aus.«

»Mich ausziehen?« sagte Stoner bestürzt. »Warum sollte ich das tun wollen?«

»Manche Leute denken, daß ihnen davon kühler wird.

Natürlich, manche Leute sind ziemlich blöde. Sie würden wahrscheinlich nicht sowas Blödes tun.«

»Nicht sowas«, sagte Stoner.

»Nicht inmitten von Schlangen und Taranteln«, murmelte Gwen.

»Ein brennender Reifen ergibt ein gutes Signalfeuer«, sagte Jimmy Goodnight.

»Vorausgesetzt, ich rolle gerade zufällig einen neben mir her.«

»Also, wenn Sie jetzt kein Wasser finden können, können Sie immer noch eine Solar-Destillieranlage bauen. Nehmen Sie eine Plastikplane von ungefähr zwei Meter Durchmesser ...«

»Die ich in meinen rollenden Reifen gesteckt habe?«

»... und einen Eimer und einen Trinkschlauch — der sollte knapp zwei Meter lang sein — und einen Spaten ...«

Stoner hob die Hand. »Jimmy, wir wollen uns nur ein bißchen umsehen, nicht in die Fremdenlegion eintreten.«

Er raufte sich sein dunkelblondes Haar. »Na gut, aber versprechen Sie mir, daß Sie sich das durchlesen, bis Sie es ganz verstehen, okay? Nicht nur überfliegen. Es könnte Ihnen das Leben retten.«

»Wird gemacht, Sir.« sagte Stoner lächelnd. »Ich weiß deine Sorge zu schätzen.«

»Hey, Sie sind Freunde von Mrs. Perkins, also sind Sie Freunde von mir.« Er grinste Gwen an. »Auch wenn Sie 'ne Lehrerin sind.«

»Dasselbe gilt für mich«, sagte Gwen, »auch wenn du ein Fatzke bist.«

Er wurde rot. »Ich wette, Mrs. Perkins ist echt froh, daß Sie hier sind. Es hat ihr irre gefehlt, Gesellschaft zu haben.«

»Jimmy Goodnight«, sagte Gwen, als sie draußen auf der Straße waren, »ist wahrscheinlich der einsamste Mensch, den ich je getroffen habe.«

Stoner balancierte den Karton auf einer Hüfte, setzte ihre neue Sonnenbrille auf und schaute in den Himmel.

Durch die braungetönten Gläser glich er einem schlechten Sonnenuntergang. Sie nahm die Brille von der Nase und klemmte sie sich auf den Kopf.

»Goodnight. Glaubst du, das ist ein indianischer Name? Er sieht nicht indianisch aus.«

»Die Goodnights waren damals in der Zeit der großen Rinderherden Viehzüchter hier draußen«, sagte Gwen.

»Was weißt du über die Begays?«

»Der Name taucht in ein paar von Tony Hillermans Romanen auf«, sagte Gwen. »Mehr hab’ ich darüber noch nie gehört.«

»Wenn ich die Goodnights wäre«, sagte Stoner, »wäre ich wohl nicht besonders froh darüber, daß mein Sohn mit ihm herumhängt.«

»Tja, du bist nicht die Goodnights, meine liebe Freundin, und nach allem, was wir wissen, ist Larch Begay vielleicht noch eine ganze Stufe besser als der sonstige Pöbel.«

Stoner hob den Karton über die Laderampe des Lieferwagens. Tom Drooley kroch unter einem silbernen Windstream-Wohnmobil hervor.

»Armer alter Hund«, sagte Stoner und rubbelte seinen Kopf mit den Knöcheln. »Ich wette, dir ist heiß.«

»Das«, sagte Gwen zu Tom Drooley, »heißt im Klartext, daß du vorne bei der Klimaanlage mitfährst.«

✳ ✳ ✳

Die Nachmittagsluft war spröde. Ihre Handrücken kribbelten, als ob winzige, unsichtbare Kreaturen über ihre Haut liefen. Statische Aufladung. Sie fragte sich, ob es Regen bedeutete.

Gwen hielt an einer der beiden verrosteten Zapfsäulen von Begays Texaco-Station und schaltete den Motor aus.

Die geteerte Pappe des Schuppendachs war gerissen und abgeblättert. Die Fliegentür hing schief und wie betrunken an einer einzigen Türangel. Alte Reifen und verbeulte Felgen lagen auf dem Boden herum und ein verschrotteter 64er Nash Rambler versank langsam im Sand. In der Garage stand ein Vehikel von unbekanntem Fabrikat und Zweck bedrohlich schief auf einem Wagenheber, umgeben von dreckverkrusteten Werkzeugen und öligen Lappen. Durch die fliegenverklebten Fenster eines Raumes, der als 'Büro' ausgewiesen war, konnten sie das schwache Flimmern eines Schwarzweißfernsehers erkennen.

»Stell muß verrückt sein, bei diesem Subjekt ihren Sprit zu kaufen«, sagte Gwen. »In dem Benzin könnte alles *Mögliche* rumschwimmen.«

»Mag sein, aber es ist die einzige Tankstelle weit und breit«, Stoner stieg aus und dehnte ihre Beine.

Gwen kletterte aus der Fahrerkabine und stellte sich neben sie. »Er scheint nicht gerade scharf aufs Geschäft zu sein.«

Tom Drooley drückte seine Nase an die Windschutzscheibe und nieste.

»Vielleicht haben wir ihn gerade mitten in seiner Lieblingsserie erwischt«, meinte Stoner.

»Oder er hat uns nicht gehört.« Sie dachte einen Moment nach. »Ich frage mich, was die einheimischen Sitten in solchen Situationen vorsehen. Damals in Georgia haben wir immer auf die Hupe gedrückt.«

»Versuch's.«

Sie versuchte es. Nichts passierte.

Die Brise wurde allmählich kräftiger. Die Luft nahm den Geruch von Ozon an.

»Nun denn«, sagte Gwen, »wir können nicht einfach hier rumstehen wie die Idioten.« Sie ging die beiden bröckelnden Stufen hinauf und pochte an den Türrahmen.

Von drinnen ertönte eine Serie von Krachen, Stöhnen und leisem Fluchen. »Scheiß dir nicht ins Hemd«, knurrte eine Männerstimme. »Ich komm' ja schon.«

Gwen sprang zurück, als er sich durch die Tür schob.

Der Mann war von durchschnittlicher Größe und gebaut wie ein Bär, stämmig, kurzgliedrig und zu Übergewicht neigend. Seine dunklen Haare waren schulterlang und fettig. Die Haut in seinem Gesicht — das wenige, was von ihr sichtbar war unter einem ungepflegten, stacheligen Bart — glich einer Mondlandschaft von Pockennarben. Ein unförmiger Bierbauch ragte über seinen Gürtel, die angelaufene Messingschnalle drückte sich tief ins Fleisch. Er trug Cowboystiefel mit abgetretenen Absätzen, ein schmutziges Unterhemd und von einer dunklen, steifen und mysteriösen Substanz verkrustete Jeans. Die Haare auf seiner Brust waren verfilzt und sahen naß aus. Seine Augen waren winzig, rotumrändert und unnatürlich hell, die Augenbrauen gewaltig. Ein Tropfen Speichel oder Bier war in seinem Bart hängengeblieben. Er roch wie der Umkleideraum der Celtics nach dem Landespokalfinale.

Begay musterte sie, einzeln und langsam. Er wandte seinen struppigen Kopf um und schaute den Lieferwagen an. Er schaute Tom Drooley an. Er schaute wieder sie an, und wieder den Wagen, und erzeugte langsam einen Gedanken. »Das der Wagen von der Handelsstation?«

»Ja«, sagte Stoner. Sie verspürte Brechreiz.

»Was ist das Problem?«

»Kein Problem. Wir brauchen Benzin.«

»Das alles?«

»Soweit ich weiß«, sagte Stoner.

»Hättense sich selber nehm’ können.«

»Tut mir leid. Das wußte ich nicht.«

Begay schlurfte auf die Pumpe zu, schlug teilnahmslos nach einer Fliege, die versuchte, auf seinem Kopf Fuß zu fassen. Er saugte an einer Dose Billigpils und schraubte den Tankdeckel ab. »Schon irgendwas von Claudine gehört?«

»Sie ist aus dem Krankenhaus raus«, sagte Stoner.

Er machte ihr ein Zeichen, die Pumpe zu betätigen. Sie tat es.

»Verfluchte Sache«, sagte Begay, »was sie da erwischt hat. Bringt einen zum Nachdenken, woll?«

Stoner bezweifelte, daß er mit dieser speziellen Form der Leibesertüchtigung viel Erfahrung hatte. »Auf jeden Fall«, sagte sie.

»Die Rothäute quatschen von Ya-Ya-Krankheit.« Er nahm einen kräftigen Schluck Bier und beobachtete den Zähler der Zapfsäule. »Verfluchte Arschlöcher.«

»Was ist die Ya-Ya-Krankheit?« fragte Gwen.

Er zuckte schwerfällig mit den Schultern. »Was macht ihr Mädels hier draußen?«

Stoner setzte an, »Frauen« zu sagen, um ihn zu korrigieren, aber überlegte es sich anders. »Urlaub.«

Er warf ihr einen Blick zu. »Müßt verrückt sein, zu dieser Hämorrhoide am Rektum des Universums zu kommen.«

»Wir haben Freunde hier«, erläuterte Gwen. »Die Perkins.«

»Na, wenn das nicht einfach süß ist.« Begay rülpste und spuckte in den Staub. »Wo komm' Sie'n her?«

»Boston«, sagte Stoner.

»War ich noch nie.«

»Haben Sie immer hier in der Gegend gelebt?« fragte Gwen.

»Bin auf der Res geboren. Mein Alter war 'n Halbblut. Daher hab' ich diesen Scheiß-Navajo-Namen.«

»Wenn Sie hier unglücklich sind«, schlug Stoner vor, »warum ziehen Sie nicht weg?«

»Zuviel Aufwand.«

Sie war geneigt, ihm zu glauben.

»Außerdem, wer würde dieses Scheißhaus hier kaufen?« Er wies in Richtung des Büros und der Garage. »Das macht neun neunzig. Wollen Sie, daß ich's anschreibe?«

»Ich würde lieber bezahlen.« Stoner gab ihm einen Zwanziger.

»Glauben Sie, daß ich das wechseln kann? Süße, Sie sind sich nicht im Klaren über die nackten Tatsachen hier draußen.«

Sie stopfte das Geld in ihre Hosentasche zurück. »Ich schätze, dann müssen Sie's auf die Rechnung setzen.«

Begay wandte seine Aufmerksamkeit dem Hund zu. »Hey, alter Tom. Ich seh' du hast dir 'n paar hübsche Mädels zum Herumfahren geangelt. Du willst mir nicht dein Geheimnis verraten, oder?«

Tom Drooley nieste.

»Riechste den Sturm?« Begay schaute wieder zu Stoner. »Der Hund hier hat 'ne gute Nase für Stürme. Obwohl, das is' schon so ziemlich alles.«

Stoner lächelte unverbindlich.

»Nun gut«, sagte Gwen, »wir müssen dann mal wieder.« Sie wollte wieder in den Lieferwagen steigen.

»Immer langsam, Süße«, sagte Begay. »Sie müssen für das Benzin noch unterschreiben.«

»Oh«, sagte Stoner. »In Ordnung.«

»Kommen Sie mit rein.«

Es war die Sorte von Einladung, vor der verantwortungsbewußte Eltern warnen. Sie zögerte.

Begay grinste und entblößte dabei eine Reihe abgebrochener und gelb gewordener Zähne, die aussah wie ein verwüsteter Friedhof. »Ich beiß' schon nicht.«

Gwen ging auf das Büro zu. Stoner lief, um sie einzuholen. Die beschützerische Geste blieb nicht unbemerkt. Begay zwinkerte ihr vielsagend zu. Es lief ihr kalt den Rücken herunter.

Während der Mann umständlich nach seinem Rechnungsbuch suchte, schaute sie sich um. Das Innere des Schuppens vollbrachte die unmögliche Leistung, noch schlimmer zu sein als das Äußere. Ein kaputter Sessel mit durchgesessenen Federn und abgewetzten groben Polstern stand direkt vor dem Fernseher. Ein Müllhaufen von Bierdosen, Zigarettenkippen und leeren Chipstüten ließ ahnen, daß dies der Platz war, wo man Larch Begay an jedem beliebigen Tag mit allergrößter Wahrscheinlichkeit finden würde. In der Ecke stand eine ungemachte Liege ohne Bettbezüge, die Decken zerwühlt, das Kopfkissen voller Fettflecke. Auf einem Klapptisch standen eine Kochplatte, mehrere leere Konservendosen und ein Stapel mit Essensresten verkrustetes Geschirr. Hinter der Registrierkasse enthielt ein Regal diverse unidentifizierbare Gegenstände und eine sehr identifizierbare Pistole mit einer Schachtel Patronen.

Sie zwang sich, ihre Blicke einigermaßen beiläufig und desinteressiert umherschweifen zu lassen.

Ihr Brustkorb fühlte sich eng an. Es war schwer, tief einzuatmen. Sie versuchte, ihre Schultern zu entspannen und ihre Lungen zu öffnen, aber alles, was sie fertigbrachte, war ein schnelles, flaches Luftholen.

»Der Wagen könnt' mal wieder 'n Ölwechsel brauchen«, sagte Begay.

»Ich werd's Ted sagen«, sagte Gwen, während sie im Rechnungsbuch unterschrieb.

Begay verschränkte die Arme und lehnte sich gegen die Theke. »Diese Stell sieht verflixt gut aus. Sind Sie schon lange befreundet?«

»Ungefähr ein Jahr«, sagte Gwen. Sie schaute zu Stoner hinüber. »Bist du in Ordnung?«

»Klar.«

»Du bist kreidebleich.«

Begay sah sie scharf an, seine Augen verengten sich.

Stoner zwang sich zu einem Lächeln. »Mir geht's gut. Wirklich.« Sie holte tief Luft und hatte das Gefühl, gegen eine Tür zu knallen. Etwas schlang sich um ihren Brustkorb wie eine Riesenanakonda und drückte die Luft aus ihren Lungen heraus.

»Das nehm' ich zurück«, keuchte sie. »Wir gehen besser raus.«

Sie versuchte sich zu bewegen. Ihre Beine waren wie gelähmt.

Sie versuchte zu sprechen, aber es kamen keine Worte.

»Ihre Freundin ist von meiner Haushaltsführung beleidigt«, sagte Begay lachend.

»Stoner?«

Sie wollte ihre Hände nach Gwen ausstrecken, aber die Wände wichen zurück, zerflossen. Sie war im Freien, umgeben von Dunkelheit. Graue Wolken türmten sich über ihr auf. Sie fiel hinab, überschlug sich ...

Gwen fing sie auf. »Immer mit der Ruhe«, sagte sie und führte sie in Richtung des Sessels.

Das Gefühl ging vorüber.

»Wollen Sie 'n Schluck Wasser?« fragte Begay.

Stoner schüttelte den Kopf. Sie fühlte sich wieder völlig bei sich. Was auch immer sie umklammert hatte, hatte genauso plötzlich wieder losgelassen. Sie lachte gezwungen. »Das ist meine Strafe dafür, zu lange in der Sonne zu sein.«

»Bist du sicher, daß du in Ordnung bist?« fragte Gwen.

»Vollkommen.«

Begay zerrte einen Klappstuhl hinter der Theke hervor. »Hier, Sie sollten sich besser 'ne Minute hinsetzen.« Er drückte sie grob auf den Sitz hinunter. »Ich werd' Ihnen was zeigen, während Sie sich ausruhen.«

Sie mußte zugeben, es war ein gutes Gefühl, zu sitzen. Sie war so müde ...

Begay öffnete einen Glasschrank neben der Tür und fegte eine ganze Armladung voller Gegenstände heraus, die er dann auf der Theke ausbreitete.

Schmuck. Silberschmuck mit Einlegearbeiten aus Türkis und Korallen. Gürtel, Halsketten, Armbänder, Ringe, Krawattennadeln. Alle ganz offensichtlich handgearbeitet. Sogar mit ihrer Patina aus Staub und Verwitterung waren sie atemberaubend schön.

Begay faltete die Hände über dem Bauch. »Echt Navajo.«

»Sie müssen wertvoll sein«, sagte Gwen, die mit einer Hand Stoners Schulter streichelte.

»Hab' ich in Zahlung genommen. Touristen sind ganz wild

drauf.« Er griff in den Schrank und zog ein mit Türkisen und Korallen besetztes Hutband heraus. »Seh'n Sie sich das hier an. Hab' ich von 'nem Jungen oben im Coal Mine Canyon. Hab' 25 Eier dafür bezahlt. Bringt mir leicht 350.«

»Wenn es so viel wert ist«, fragte Gwen, »warum hat er es Ihnen für so wenig verkauft?«

»Hatte was, was er wollte und nirgendwo sonst kriegen konnte.« Er grinste hinterhältig. »Whiskey.«

»Ich dachte, Alkohol wäre auf der Reservation verboten«, sagte Stoner.

Begay lachte in sich hinein und bewunderte das Hutband. »Wirkt sich zu meinem Vorteil aus, stimmt's?«

Gwen drückte warnend ihre Schulter.

»Ja«, sagte sie und versuchte, den Sarkasmus aus ihrer Stimme herauszuhalten, »das kann ich mir denken.«

Er wandte sich ihr wieder zu. »Eines Tages hab' ich genug, um aus diesem Scheißloch hier rauszukommen.«

»Ich hoffe wirklich, daß das für Sie klappt«, sagte Gwen.

»Das wird es.« Er zwinkerte Stoner vielsagend zu. »Irgendwas sagt mir, daß es jetzt nicht mehr lange dauern wird. Gar nicht mehr lange.« Er sah sie fest und bedeutungsschwer an, als ob sie ein Geheimnis miteinander teilten.

Sie konnte sich nicht vorstellen, worauf er hinauswollte.

Begay legte das Hutband in den Schrank zurück und schneuzte sich in ein unaussprechliches Baumwolltaschentuch. »Wenn Sie irgendwelche Souvenirs wollen«, sagte er, »kommen Sie zu mir. Ich mach' Ihnen 'nen echt guten Preis.« Er leckte sich die Lippen. »Wo Sie doch Freunde von den Perkins sind.«

»Das ist sehr großzügig von Ihnen«, sagte Gwen. »Wir werden dran denken. Stoner, bist du so weit?«

Begay drehte sich zu ihr um. »Das Ihr Name? Stoner?«

»Genau.«

»Interessanter Name. Würd' man nicht so schnell vergessen, so'n Namen.«

»Stimmt«, sagte Stoner. »Ich hab' ihn noch nie vergessen.« Sie schaffte es, auf die Füße zu kommen und aus dem Haus zu stolpern.

Sobald sie auf die frische Luft traf, ließ ihre Müdigkeit nach.

Tom Drooley war aus dem Fenster des Führerhäuschens gesprungen und zum Schlafen unter den Lieferwagen gekrochen. Gwen lockte ihn hervor.

»Daß du mir ja auf diese hübschen Mädels aufpaßt, alter Tom«, sagte Begay. »Das Land hier kann mächtig rauh werden.«

Nicht solange ich meinen Autoreifen und zwei Meter Plastikplane habe, dachte Stoner. Sie brachte es fertig, Tom Drooley zwischen sich und das Beifahrerfenster zu schieben.

Gwen kletterte hinters Steuer und ließ den Motor an.

Begay lehnte sich an die Tür des Wagens.

»Wie heißt'n Ihre Freundin, Stoner?«

»Oxnard«, sagte sie schnell. »Mrs. Bryan Oxnard.«

»Tatsache?« Larch Begay grinste. »Tja, ich bin sehr erfreut, Mrs. Oxnard kennenzulernen.«

»Meinerseits«, murmelte Gwen. Sie legte den Gang ein und fuhr in einer riesigen Staubwolke davon. »Was war das da gerade mit dem Namen?« fragte sie.

»Ich wollte einfach nicht, daß er zu viel weiß.«

»Wie meine Mutter zu sagen pflegte«, sagte Gwen, »Mr. Larch Begay ist ein äußerst unappetitliches Individuum, das dringend des zivilisatorischen Einflusses einer Frau bedarf.« Sie legte die Hand auf Stoners Knie. »Was ist da drinnen mit dir passiert?«

»Ich weiß nicht. Ich hab' mich plötzlich ganz komisch gefühlt.«

»Ich dachte, du würdest in Ohnmacht fallen.«

»Ich auch.«

»Na gut«, sagte Gwen, »wenn sich das Klima auf dich so auswirkt, verschwinden wir von hier. Du hast mich halb zu Tode erschreckt.«

»Vielleicht ist es das Klima, aber ich bezweifle es. Wahrscheinlich Jimmy Goodnights Eistee. Tee bekommt mir nie besonders gut.«

Sie wünschte, sie würde es glauben. Irgendetwas sagte ihr, daß das, was wirklich geschehen war, um einiges merkwürdiger — und furchterregender — als Eistee war.

Über den San Francisco Mountains, weit im Westen hatte sich eine Säule dunkelroter Wolken zu sammeln begonnen. Der Wind nahm zu und schleuderte Vorhänge aus Staub über die Straße. Die Wolken ballten sich und zogen schneller. Hinter ihnen fiel Regen wie dünne Schleier. Die sinkende Sonne tauchte die Oberseiten der Wolken in Gold.

Gwen blickte unbehaglich in Richtung des Unwetters. »Glaubst du, es wird uns erreichen?«

Stoner zuckte die Schultern. »Gwen, ich glaube, wir sollten uns von Larch Begay fernhalten.«

»Zugegeben, er ist der schlimmste Alptraum, den eine Frau haben könnte, aber gibt es irgendeinen speziellen Grund?«

Es gab einen, aber sie konnte ihn nicht in Worte fassen. Etwas in der Art, wie er sie ansah. Etwas in der Art, wie er ihren Namen aussprach. Etwas, das ihr sagte, daß Larch Begay hinter den Dingen steckte, die in der Tankstelle mit ihr passiert waren. Sie wußte nicht wie oder warum, aber ... »Nur so ein Gefühl, schätze ich.«

Gwen lächelte. »Mach dir keine Sorgen. Es reizt mich nicht, seine Gesellschaft zu suchen.«

Stoner legte ihren Arm um den Hund. »Komisch, Tom Drooley scheint nichts gegen ihn zu haben.«

»Ich fürchte, Tom Drooley bleibt ein bißchen hinter dem Anspruch zurück, der schlauste Hund der Welt zu sein«, sagte Gwen.

Tom Drooley streckte sich über Stoners Schoß hinweg und leckte Gwens Gesicht.

»Kommt mir ganz intelligent vor«, sagte Stoner.

Gwen würgte und wischte sich das Gesicht am Ärmel ab.

»Hast du Begays Augen bemerkt? Ich weiß nicht, was mit ihm los ist, aber ich hoffe, es ist nicht ansteckend. Das einzige Mal, daß ich so schlimme Augen gesehen habe, war als einer von unseren Hunden Bindehautentzündung hatte.«

»Na«, sagte Stoner, »dann sollten wir lieber auf Tom Drooley aufpassen.«

Die Wolken rückten heran, Wogen von rauchigem Schwarz, finster und schäumend. Einzelne Blitze flimmerten über den Himmel wie Sonden, die nach einer Stelle suchten, sich in die Erde zu bohren. Im Süden, wo die Sonne noch schien, glühte das Land.

Tom Drooleys Ohren begannen zu zucken.

»Ich bin froh, daß wir fast zu Hause sind«, sagte Gwen. »Ich würde fürchterlich ungern da drin steckenbleiben.«

»Mach dir keine Sorgen. Wenn es hart auf hart kommt, brauchen wir nur einen Reifen zu verbrennen.«

»Armer Jimmy Goodnight.« Gwen schüttelte mitfühlend den Kopf. »Wenn Larch Begay der beste Held ist, den er finden kann ...«

Die Handelsstation kam hinter dem wirbelnden Staub in Sicht. In den Fenstern spiegelte sich Licht wie dicke Pinselstriche oranger Farbe. Stell stand in der Küchentür.

»Stellt den Wagen in die Scheune«, brüllte sie gegen den Wind an. »Und macht dann da zu. Die Pferde sind völlig verängstigt.«

Der Wind erfaßte die Beifahrertür, als Stoner sie öffnete, und riß sie nach vorn. Die Angeln gaben ein krachendes, kreischendes Geräusch von sich. Sie streckte sich nach dem Türgriff, als der erste Donnerschlag ertönte. Tom Drooley schoß über ihren Arm hinweg und ins Haus hinein.

Im Kampf gegen den Wind öffnete sie das Scheunentor und ließ den Lieferwagen hinein.

»Geh schon zum Haus«, sagte Gwen. »Ich beruhige die Pferde und komme dann nach.«

Sie schaffte es, durch das wild hin- und herschlagende Tor

103

zu schlüpfen, und ging auf die Küchentür zu. Staub scheuerte in ihrer Nase und ihren Augen. Sand wurde ihr in den Mund geblasen. Der Wind brüllte in ihre Ohren.

Stell knallte Fenster zu. »Ich hab' in der Baracke alles dicht gemacht«, sagte sie, während Stoner sich Sand aus den Haaren schüttelte. »Bin froh, daß ihr noch rechtzeitig zurück seid. Diese Stürme sind plötzlich und ziemlich grimmig.«

»Wo ist Tom Drooley?« fragte Stoner, als sie den Wasserhahn aufdrehte und sich den Staub aus dem Mund spülte.

»Unterm Bett.«

»Mist. Ich hab' vergessen, deine Einkäufe reinzubringen.«

»Die liegen ganz gut in der Scheune, bis es vorbei ist«, sagte Stell. »Wirf lieber mal 'n Blick aus dem Fenster, ob Gwen Hilfe braucht.«

Der Wind hatte gedreht und an Geschwindigkeit zugelegt. Die Scheune war vor lauter umherfliegendem Sand kaum noch zu erkennen. Das Tor schlug wie wild in seinen Angeln vor und zurück. Gwen jagte ihm nach, erwischte es, hing sekundenlang daran, bis es ihr wieder aus den Händen gerissen wurde.

»Ich geh' besser raus«, sagte Stoner.

»Wenn ihr es nicht schafft, laßt es bleiben. Der Wagen ist nicht wert, sich dafür umbringen zu lassen.«

Ihre Gegenwart schien den Wind in Wut zu versetzen. Er schlug ihr in den Rücken wie eine Faust und ließ sie nach vorne stolpern.

»Geh wieder rein!« Gwen winkte sie fort.

Sie wich dem schwingenden Tor aus und schlüpfte in die Scheune. Die Pferde waren nervös, stampften heftig auf dem Boden auf, traten gegen die Stalltüren. Sie lehnte sich an die Wand, um wieder zu Atem zu kommen.

»Stell sagt ... laß es«, keuchte sie.

»Verdammt, Stoner, ich war gerade dabei, mich zu amüsieren.«

»Du warst was?«

»Ich hab' Spaß gehabt.«

»Das ist bescheuert.«

»Ist es nicht.«

Stoner wischte sich Sandkörner aus den Augenwinkeln. »Könntest du irgendein anderes Mal Spaß daran haben? Ich hab' mir Sorgen um dich gemacht.«

»Zum Teufel!« Gwen trat wütend gegen die Scheunenwand. »Ich hab' es *satt*, daß jemand sich Sorgen um mich macht. Du bist so schlimm wie meine Großmutter.«

»*Gwen* ...«

»Ich kann auf mich selbst aufpassen, Stoner.«

»Ich hab' nicht gesagt, daß du das nicht kannst.«

»Dann hör auf, mich wie ein Kind zu behandeln.«

Sie fühlte sich verloren, nichts als schwere, graue Verwirrung. »Gwen ...«

»Du bist so verdammt überbeschützerisch. Ich *brauche* keine, die mich beschützt.«

»Ich verstehe das nicht«, sagte Stoner. »Vor fünf Minuten war noch alles in Ordnung.«

Gwen ließ die Hand auf die Motorhaube knallen. »Vor fünf Minuten warst du auch noch nicht hier rausgestürmt, um dir *Sorgen* um mich zu machen.«

Stoner warf entmutigt die Arme hoch. »Okay. Prima. Ich werd' mir keine Sorgen um dich machen. Soll der verdammte Wind das verdammte Tor bis nach Louisiana pusten, und dich mit. Göttin bewahre, daß ich mir Sorgen mache. Göttin bewahre, daß du mir etwa wichtig wärst. Göttin bewahre, daß ich dich *liebe*.«

»Dann *lieb* mich nicht«, schrie Gwen sie an. »Ich will nicht, daß du mich liebst. Ich will nicht, daß *irgend*wer mich liebt, nie wieder.«

»Gwen ...«

»Leute sagen, sie lieben dich, aber es ist ein Witz. Eine Falle. Mach nur einmal etwas anders ... nur ein einziges Mal ... dann findest du raus, wie toll diese *Liebe* ist.«

Stoner packte sie bei den Schultern und schüttelte sie. »Zum Teufel, Gwen, ich bin nicht deine Großmutter.«

Gwen funkelte sie an.

»Hör zu, sie ist ein Ekel. Ich nehm' dir nicht übel, daß du verletzt bist, aber *laß es nicht an mir aus.*«

»Ich weiß noch was Besseres«, sagte Stell vom Eingang her. »Kommt ins Haus und hört beide auf, es an den Pferden auszulassen. Sie sind schon durcheinander genug.«

Gwen schaute zu Stell, dann wieder zu Stoner. »Oh Gott, Stoner«, murmelte sie. »Es tut mir so leid.«

»Vom Leidtun geht das Tor nicht zu«, sagte Stell.

Gwen brachte ein kleines, reumütiges Lächeln zustande. »Du hast recht.«

»Ich hab' immer recht«, sagte Stell und griff nach dem Tor. »Jetzt legt mal 'n Zahn zu.«

Es gelang ihnen, das Tor zu schließen und den Riegel vorzuschieben, und sie waren schon auf halbem Weg über den Hof, als der Hagel einsetzte. Eiskörner so groß wie Mottenkugeln hämmerten auf den Boden und klapperten wie eine Kindertrommel auf dem Blechdach der Scheune. Stell schälte sich aus ihrem Regenmantel und hielt ihn über ihre Köpfe. Als sie endlich die Veranda erreichten, kamen Golfbälle herunter. Der Wind kreischte. Staub wirbelte überall, schmirgelte die Holzwände des Hauses und wehte ihnen in die Augen. Der Regen kam aus allen Richtungen zugleich. Er donnerte gegen die Fenster und fegte unter der Tür hindurch. Er schlug gegen die Wände und trieb unter dem Dach der Veranda entlang.

Stell scheuchte sie hinein. Die Temperatur stürzte ab. Sie waren naß und durchgefroren, und dann fiel der Strom aus.

Stell und Stoner zündeten die Sturmlaternen an. Gwen stand in der Ecke und sah hundeelend aus.

»Komm mal her«, sagte Stell und streckte die Hand nach ihr aus.

Gwen ging zögernd zu ihr. »Es tut mir leid. Ich wollte nicht ...«

»Ach, zum Teufel«, sagte Stell. Sie schnappte sich ein Handtuch von der Badezimmertür und rubbelte Gwens Haare. »Wir drehen alle ein bißchen durch bei diesen Stürmen. Ich mag gar nicht darüber nachdenken, was die Pferde sagen würden, wenn sie reden könnten.« Sie struwwelte Gwen ein letztes Mal mit dem Handtuch durch die Haare und zupfte sie dann mit den Fingern zurecht. »Aber es hat auch was Gutes, es stößt dich nämlich geradewegs darauf, wo's wehtut.« Sie setzte sich auf die Bank am Küchentisch und klopfte auf den Platz neben sich. »So, und während Stoner uns jetzt ein Feuer macht — wobei ich nicht weiß, warum sie das nicht längst getan hat — wie wär's, wenn du dir diesen speziellen Schmerz ein bißchen von der Seele redest?«

Stoner griff nach einer Ladung Holz und Papier und machte sich an die Arbeit.

»Es ist nur meine Großmutter«, sagte Gwen. »Ich versuche, nicht darüber nachzudenken.«

»Manche Dinge«, sagte Stell entschieden, »erfordern ein gewisses Maß an Drübernachdenken. Du kannst es gleich tun, du kannst es auch verschieben. Aber bevor du nicht alle Gedanken gedacht hast, wird es dich nicht loslassen.«

»Ich will dich nicht damit behelligen«, sagte Gwen.

»Je nun«, sagte Stell und legte den Arm um sie. »Wir haben hier einen netten kleinen Sturm, der Strom ist weg, Tom Drooley liegt unterm Bett, und Ted ist oben auf der First Mesa und geht irgendwelchen mysteriösen Geschäften nach. Sieht mir nach der idealen Gelegenheit für dich aus, von meinen jahrelangen Erfahrungen zu profitieren.«

Gwen saß kläglich in Stells Arm. »Ich weiß nicht, was ich sagen soll.«

»Gut! Du kannst zuhören.«

Stoner bekam das Feuer in Gang und lehnte sich neben dem Ofen an die Wand. Die Hitze zog das Wasser aus ihren Kleidern und verwandelte es in Dampf. Blitze liefen von Fenster zu Fenster. Der Sturm krachte gegen das Dach und schleuderte

Wasser gegen die Scheiben. Im Licht der Kerosinlampen schimmerte das Grau in Stells Haaren wie Messing.

»Mir kommt's so vor«, sagte die ältere Frau, »als ob manche Leute auf der Welt es einfacher finden zu lieben als zu hassen. Ted ist so, ich hoffentlich ebenfalls — auch wenn abgeklärtere Leute vielleicht finden, wir sind einfach Spinner —, und ich nehme an, du fällst auch in diese Kategorie. Und dann gibt es Leute — ich will nicht gleich sagen, daß sie lieber hassen als lieben, aber auf jeden Fall sind sie höllisch viel damit beschäftigt, die Dinge und auch Menschen so und nicht anders haben zu wollen. Paßt das auf deine Großmutter?«

»Ja«, sagte Gwen. »Das tut es.«

»Das Problem ist nicht, wie *du* bist, sondern wie *sie* ist. Und ich könnte wetten, daß sie an *jedem* Menschen etwas auszusetzen hätte, den du zu lieben beschließt.«

»Das hat sie«, sagte Gwen. »Aber mit Bryan lag sie richtig.«

»Na klar. Dafür hat uns die Natur in zwei Gestalten gemacht — damit einige von uns in der Hälfte der Fälle richtig liegen können und der Rest in den anderen Fällen. Das Problem ist, ihre spezielle Art von Bigotterie findet dieser Tage viel Beifall.« Sie zog Gwen an sich und nahm ihre Hand. »Ich hoffe nur, daß du in dem ganzen Schlamassel eins nicht aus den Augen verlierst, nämlich daß *sie* diesmal falsch liegt und nicht du. Mach dich nicht fertig dafür, daß du liebst. In dieser Welt wird viel gelitten und viel gehaßt, und ich denke, es wird Zeit, daß diejenigen, die das Hassen erledigen, damit anfangen, ihren Anteil am Leid zu tragen.«

Gwen fing an zu weinen.

»Vielleicht kommt der Zeitpunkt«, sagte Stell, während sie ihren Kopf streichelte, »an dem du das Gefühl hast, sie aufgeben zu wollen. Du solltest dich nicht schuldig fühlen, wenn das geschieht. Deine Aufgabe ist, für dich selbst zu sorgen und für Stoner und all die anderen, die du liebst. Es ist schön, wenn du deine Großmutter liebst, aber setz dir eine Grenze. Denn wenn sie deine Liebe nicht will, gibt's immer noch einen Haufen Leute, die sie wollen, und es wäre eine Schande, sie an jemanden zu verschwenden, der sie nur wegwerfen wird.«

Gwen legte den Arm um Stells Hals.

»Ich weiß, es ist furchtbar schwer«, sagte Stell und wiegte sie sanft, »die Gefühle zu ändern, die du für jemanden hast, mit dessen Liebe du groß geworden bist. Aber auch das ist ein Teil des Großwerdens. Hunde und Babys lieben immer weiter, auch Leute, die sie gemein behandeln, weil sie nicht anders können. Aber wenn du älter wirst, lernst du, ein bißchen wählerischer zu sein.« Sie küßte Gwen auf die Wange. »Und das sind jetzt genug weise Ratschläge für eine Nacht. Stoner, hol mir mal 'ne Papierserviette, bevor sie sich an meinem Hemd die Nase putzt.«

Gwen lachte und schaute auf. »Du glaubst, ich würde sowas Fieses tun?«

»Wäre möglich.«

Stoner gab ihr eine Serviette.

Gwen wischte sich die Nase und die Augen ab. »Stell, ich bin dir wirklich sehr ...«

»Schenk's dir«, sagte Stell. »Ich will das nicht hören, es ist mir unbehaglich.«

»Ich weiß, aber ...«

»Wenn du mir deine ewige Dankbarkeit ausdrücken willst, geh unter die Dusche und hilf mir mit dem Abendessen.« Sie zupfte an ihrem feuchten Hemd. »Jesses, nasse kleine Lesben sind genauso schlimm wie nasse kleine Hunde.«

»Stell!« sagte Stoner und ließ sich lachend gegen die Wand fallen.

Stell funkelte sie an. »Du würdest auch nicht gerade einen Modewettbewerb gewinnen, junge Dame. Du gehst auch unter die Dusche. Am besten geht ihr zwei zusammen.«

»Wie können wir duschen?« fragte Stoner. »Es ist kein Strom da.«

»Wollt ihr euch säubern oder elektrisch grillen?« fragte Stell.

Gwen verdrehte entsetzt die Augen.

Der Sturm zog nach Osten davon und ließ eine purpurne Dämmerung zurück. Der Regen hatte nachgelassen, war nur noch ein dichtes Nieseln.

»Ich hol' uns saubere Sachen«, sagte Gwen und ging zur Tür.

»Paß auf die Dineh-Rinne auf«, rief Stell ihr nach. »Die wird mächtig tückisch nach einem Sturm.« Sie zog ein paar Messer aus der Besteckschublade und warf Stoner einen Kohlkopf zu.

»Danke, Stell«, sagte Stoner, »Gwen hat das wirklich ...«

»Ich hab' euch gesagt, ich will das nicht hören«, schnitt Stell ihr das Wort ab. »Ist das Messer scharf genug?«

Stoner berührte die Klinge. »Scharf genug für Gehirnchirurgie.«

»Ich hab' ganz vergessen, dir zu erzählen«, sagte Stell, als sie unter der Spüle ein paar Zwiebeln hervorzog, »Smokey Flanagan hat angerufen, als ihr weg wart. Hat gesagt, ich soll dir ausrichten, es tut ihm leid, daß er dich verpaßt hat, aber er versucht es nächste Woche nochmal.«

»Wie geht's ihm?« fragte Stoner, während sie versuchte, den Kohl in ganz dünne Streifen zu schneiden.

»Du kennst ja Smokey. Alles, was er zu seinem Glück braucht, ist ein Kreuzzug.«

Stoner lächelte. »Was ist es diesmal?«

»Büffel. Scheint, daß der Forstdienst und die Regierung eine ernste Meinungsverschiedenheit haben, was mit den Yellowstone-Büffeln passieren soll. Er ist zum Park raufgefahren und versucht, die Parkaufsicht auf seine Seite zu bringen.« Sie kratzte ihre gehackte Zwiebel in eine Schüssel und nahm sich eine neue. »Wenn es nach ihm ginge, würde er die Touristen rausschmeißen und Teton und Yellowstone wieder zur Wildnis werden lassen.«

»Das würde *deinem* Geschäft nicht besonders guttun, oder?« fragte Stoner.

»Na ja, wahrscheinlich nicht. Aber ich habe in letzter Zeit gemischte Gefühle bei der ganzen Sache. Sieht so aus, als ob die Menschen nur immer gemeiner und selbstsüchtiger werden.«

Stoner warf ihr einen Blick zu. »Es macht mir angst, dich so reden zu hören, Stell. Du bist normalerweise so optimistisch.«

»Ach«, sagte Stell mit einem Schulterzucken, »es ist wahrscheinlich nur eine flüchtige Laune. Verflixt, ich hab' alles, was ich je wollte, und mehr als ich je gedacht hätte. Aber von Zeit zu Zeit denke ich daran zurück, wie ich als Kind war — schüchtern und linkisch und meistens einsam, hatte Angst vor Menschen, kam mit niemanden klar außer mit Tieren ... Machst du jetzt diesen Kohl fertig, oder stehst du nur mit offenem Mund in der Gegend rum?«

»Tut mir leid«, sagte Stoner und machte sich wieder an die Arbeit. »Ich hab' dich nie so eingeschätzt.«

»Tja, ich war ganz schön lange so.«

»Was hat sich dann geändert?«

»Das Leben. Das Alter. Es verändert sich alles. Ich ertappe mich manchmal dabei, daß ich vergesse, daß ich erwachsen bin, fühl' mich wieder wie sechzehn. Heiliger Strohsack, war das eine jämmerliche Zeit. Und das Schlimmste daran ist, wenn es erstmal vorbei ist, ist es zu spät, um was dran zu ändern.« Sie schaute auf und griff nach einer weiteren Zwiebel. »Nicht daß mir was leid tun würde, Gott bewahre. Trotzdem, ich hab' wirklich Mitleid mit dem Kind, das ich war.«

Stoner nickte. »Ich weiß, was du meinst.«

»Von Zeit zu Zeit, wenn mir irgendwas Gutes passiert, denke ich mir so ... warum konnte es nicht damals passieren, als ich es wirklich brauchte? Klingt das für dich nach Selbstmitleid?«

»Nein.«

»Das würd' ich nämlich nicht wollen. Es ist einfach das Leben. Es hebt die guten Dinge bis zum Schluß auf. Ziemlich verdrehte Art, seinen Job zu erledigen, wenn du mich fragst.«

»Ich wünschte, ich hätte dich damals gekannt«, sagte Stoner.

Stell schob sich mit dem Handrücken die Haare aus der Stirn. »Mensch, du hättest mir eine Todesangst eingejagt. Jeder hat mir eine Todesangst eingejagt.«

»Mir auch.«

»Dann tut's mir leid, daß es nicht dazu kam. Vielleicht beim nächsten Mal.«

»Vielleicht.«

»Aber ich warne dich vor«, sagte Stell. »Ich komme nicht auf diesen Planeten zurück, ehe die Leute Manieren gelernt haben.«

✳ ✳ ✳

Stoner hämmerte gegen die Badezimmertür.

»Was ist los?« rief Gwen.

»Bleibst du die ganze Nacht da drin?«

»Schon möglich.«

»Dann komme ich rein«, sie stieß die Tür auf. Dampfschwaden kamen ihr entgegen. Die Dusche hatte einen durchsichtigen Vorhang, und auf dem Waschtisch stand eine Kerosinlampe. Stoner starrte offen und bewundernd auf Gwens nackten Körper. »Stell sagt, ich rieche wie ein Maultier.«

»Ich weiß nicht, was ich deiner Meinung nach dagegen tun soll«, antwortete Gwen.

Stoner grinste. »Bleib, wo du bist«, sagte sie, während sie ihre Sachen abstreifte. »Hier kommt Pig Pen*.«

Gwen griff nach der Seife, schäumte ihre Hände ein und rieb über Stoners Gesicht, ihre Haare, ihren Körper. Ihre Hände waren warm und schlüpfrig.

---

* Ein Junge aus den Charly Brown-Comics, der immer eine Dreckwolke um sich hat.

112

Stoner nahm die Seife und fuhr damit über Gwens Leib, dann drängte sie ihre Körper aneinander, weiche Brüste an weichen Brüsten, weiche Oberschenkel an weichen Oberschenkeln. Sie streichelte ihren Rücken, ihre Hüften. Sie beugte sich hinab und streichelte ihre Beine.

Dann richtete sie sich auf, lehnte sich an die Wand der Dusche und zog Gwen an sich, zog Gwens Rücken an ihre eigenen Brüste, fühlte ihren Hintern zwischen Beinen und Bauch. Sie seifte sich noch einmal die Hände ein und ließ sie über Gwens Brüste und darunter gleiten.

Gwen seufzte und lehnte sich fest gegen sie.

Sie streichelte sie lange, während das Wasser über sie hinweg und um sie herumströmte.

Sie fühlte Gwens Atem schneller werden, fühlte, wie Gwens Hände nach ihr tasteten. Sie legte einen Arm um Gwens Taille und fand mit ihrer freien Hand den warmen Flausch zwischen Gwens Beinen, kreiselte und berührte und streichelte und lockte, bis Gwens Körper sich spannte, und sie keuchte und Stoners Arm umklammerte.

»Hör auf«, sagte Gwen ohne Überzeugung. »Was wenn ... jemand kommt ...«

»Jemand kommt gerade«, flüsterte Stoner und streichelte heftiger.

»Ich meine ... wenn wir erwischt werden ...«

»Wir werden nicht erwischt. Stell steht Schmiere.«

»*Stell!*«

Stell war in der Küche, direkt auf der anderen Seite der Tür. Sie sang aus voller Kehle.

»Oh, Gott«, sagte Gwen. Sie zitterte, ihre Knie gaben nach.

Stoner hielt sie fest. »Gott?« neckte sie mit Worten, während ihre Hand etwas anderes neckte. »Ist das irgendwie eine Art religiöse Erfahrung?«

»Oh Gott, Stoner, ich fahre gleich aus der *Haut!*«

»Das glaube ich nicht«, sagte Stoner und berührte sie fester, dann sanfter, streichelnd, lockend.

Gwens Rücken wölbte sich. Sie stöhnte leise, ihre Finger gruben sich in Stoners Arm, als Wallung um Wallung sie durchfuhr. Stoner fühlte ihren eigenen Körper antworten. Sie preßte ihren Rücken gegen die Wand und drückte die Knie durch, um nicht zu fallen, und dann plötzlich explodierte ihr Körper in warmem, feuchtem Prickeln.

Sie fühlte ihre Muskeln erschlaffen, fühlte, wie Gwen sich matt gegen sie sinken ließ, wurde sich wieder des Geräuschs des Wassers bewußt, das auf den Boden der Dusche hämmerte und gurgelnd den Abfluß hinunterwirbelte.

Jenseits der Tür grölte Stell das Kirchenlied 'Rock of Ages'.

»Hey, Mrs. Perkins«, brüllte Gwen, »hat Ihnen schon mal jemand gesagt, daß Sie 'ne fabelhafte Stimme haben?«

»Nee.«

»Das leuchtet mir ein.«

Stell lachte und ging zu 'The Streets of Laredo' über.

»Wie wär's mit 'ner zweiten Runde?« frage Stoner. »Das Lied hat ungefähr zwanzig Strophen.«

Gwen berührte ihr Gesicht. »Stoner, Liebste, ist dir schon in den Sinn gekommen, daß uns früher oder später das heiße Wasser ausgeht, und wir da rausgehen und ihr ins Gesicht sehen müssen?«

Stoner zuckte die Schultern. »Na und? Es ist zappenduster da draußen.«

Natürlich ging genau in diesem Augenblick der Strom wieder an.

✳ ✳ ✳

Um Mitternacht war der Sturm weit nach Osten abgezogen. Wasser tropfte noch in unregelmäßigen Abständen vom Dach der Baracke, wurde von der immerdurstigen Erde aufgefangen und geschluckt. Die Dineh-Rinne toste und schleuderte klappernd die glatten, runden Steine umher, die ihren Rand säumten. Der Himmel klarte auf. Die Choochokan, die Plejaden, glitzerten hoch oben.

Siyamtiwa rollte den fast vergessenen Geschmack von Tomaten auf ihrer Zunge herum, leckte sich den süß-herb-salzigen Saft von den Fingern und wunderte sich über die Wege von Geistern, die eine grünäugige *pahana* aussandten, um gegen einen Skinwalker in den Kampf zu ziehen.

Der Hosteen Kojote schlich am Fuß der Long Mesa entlang. Seine Augen glommen silbern.

5. Kapitel

Der Morgen funkelte wie frisch gewaschene Wäsche auf der Leine. Der Himmel war sauber, die Luft süß, der Staub durchgespült und gebunden. Die verstreuten Wüstenpflanzen erstrahlten in leuchtendem Grün. Die stumpfen Bergkuppen und die Mesas zeichneten sich als scharfe Reliefs ab und wärmten sich in der Sonne.

Stoner rannte. Rannte, weil es sich gut anfühlte, weil die Wüste schön war, weil sie glücklich war, weil sie wußte, daß sie Siyamtiwa wiedersehen würde.

Ein Adler schwebte hoch über ihr, als sie die Straße entlangtrabte, eine Papiertüte mit frischen süßen Brötchen und einer Flasche Wasser und eine Thermoskanne mit Kaffee an sich gedrückt. Die Schatten lagen tief im Rinnstein. Der Regen hatte die Straße abgewaschen. In dem Staub waren keinerlei Fußspuren außer den ihren. Sie fühlte, wie ihre Füße auf den harten Untergrund traten, atmete die reine, leichte Luft, spürte den gleichmäßigen Schlag ihres Herzens, das Ziehen der Muskeln in ihren Beinen und dachte, daß sie für immer so weiterlaufen könnte.

Die leichte Brise zerzauste ihre Haare. Die Wüstenfarben flossen an ihr vorbei. Der Adler ließ sich träge treiben, blieb auf gleicher Höhe mit ihr. Ihr Rhythmus hob sie aus ihrem Körper hinaus und in die Luft empor, höher und höher, bis sie fühlte, wie sie sich dem Wind entgegenstreckte, wie ihre Seele sich mit der Seele des Windes verband, mit der Seele des Adlers, mit der Seele des Staubes und des Regens und der heiligen Berge. Klänge stiegen in ihrer Kehle auf, singende Vokale. Sie ließ sie zu und bot sie dem Morgen als Opfergabe dar.

Plötzlich verlegen geworden, blieb sie stehen und war still. Von irgendwo in der Nähe kam das Echo desselben rhythmischen Gesangs und der Klang langsamen Trommelns. Sie sah sich um und erkannte, daß sie an der Stelle angekommen war, wo sie gestern Siyamtiwa gesehen hatte. Wo sie schon mit dem ersten Gedanken des Morgens gewußt hatte, daß sie sie heute sehen würde.

Niemand war hier. Es ist ja nicht so, als ob wir eine Verabredung hätten, erinnerte sie sich, um die Enttäuschung abzumildern.

Aber ich habe Kaffee und Frühstück mitgebracht. Ich war mir so sicher ...

Sie setzte sich auf den Boden und goß sich einen Becher aus der Thermosflasche ein, brach ein Stück von einem süßen Brötchen ab.

Sie denkt wahrscheinlich, ich bin ihre Zeit nicht wert. Sie hat wahrscheinlich Wichtigeres zu tun.

Sie trank einen kleinen Schluck Kaffee und beobachtete eine Eidechse, die sie beobachtete.

Ihr Schatten wurde kürzer. Sie sah zu, wie er über einen Kiesel hinwegglitt, dann über den nächsten und den nächsten ...

Ein Gedanke nahm in ihrem Bewußtsein Gestalt an. Wenn hier niemand außer mir ist, wer hat dann getrommelt? Wer hat mit mir gesungen?

Vielleicht meine Einbildung.

Eine Elster beäugte sie von einem niedrigen, stacheligen Busch aus. Sie warf ihr ein Stück Brötchen zu. Der Vogel dachte einige Minuten darüber nach, hüpfte dann zu Boden, schnappte sich das Bröckchen und flog davon.

Tja, alte Freundin, man hat dich wohl versetzt.

Es machte sie traurig, und sie fühlte sich ein wenig leer. Sie stand auf und klopfte sich den Staub von den Jeans.

»Na, Grünauge.«

Ein Grinsen machte sich auf ihrem Gesicht breit.

Die alte Frau stand am Fuß des Hügels, die Arme unter einer leichten, bunten Decke verschränkt. Ihr weißes Haar war in der Mitte geteilt und zu zwei langen Zöpfen geflochten, von denen der eine auf ihren Rücken herunterhing, der andere über ihre Schulter und quer über ihre Brust. »Und«, sagte Siyamtiwa lachend, »was meinst du? Sehe ich dir genug wie eine Hollywood-Indianerin aus?«

»Sie sehen toll aus.«

Die alte Frau hielt einen Fuß hoch. »Du findest nicht, daß die Turnschuhe es verderben?«

»Ist mir egal. Ich bin froh, Sie zu sehen. Ich dachte schon, Sie kommen nicht mehr.«

Siyamtiwa zuckte die Achseln. »Du kennst doch die Indianer. Kein Zeitgefühl.«

Stoner hielt ihr die Hand hin. Siyamtiwa ergriff sie mit beiden Händen und zog sich auf den Hügel hoch.

Sie ist so leicht, dachte Stoner. Ihre Knochen müssen hohl sein.

Sie nahm die Decke, die die alte Frau ihr reichte, und breitete sie auf dem Boden aus.

»Was hast du da in der Tüte?« fragte Siyamtiwa, während sie es sich bequem machte.

»Kaffee und süße Brötchen.« Sie kniete sich hin und reichte sie hinüber.

Siyamtiwa betrachtete sie sorgfältig. »Ich brauch' was Weiches«, sagte sie. »Hab' nur noch ein paar Zähne übrig.« Sie suchte sich eins aus und zupfte es in kleine Stücke. »Ich hab' süße Sachen immer gern gehabt. Die Leute haben mich damit geneckt, als ich ein kleines Mädchen war.«

»Brauchen Sie noch irgend etwas anderes?« fragte Stoner.

»Du machst dir zu viele Sorgen, Grünauge.« Sie nahm einen langen Schluck Kaffee aus Stoners Becher und schmatzte genüßlich.

»Ich habe einen zweiten Becher mitgebracht, falls Sie diesen hier nicht mit mir teilen wollen.«

»Indianer sind daran gewöhnt, Dinge zu teilen«, sagte Siyamtiwa. »Die Weißen haben uns nie genug für alle übriggelassen.«

»Tut mir leid.«

Siyamtiwa brummte. Ein Lächeln spielte in ihren Augenwinkeln.

»Haben Sie das gesagt, damit ich mich wieder entschuldige?«

Die alte Frau gluckste und stieß Stoner mit ihrem knochigen Ellbogen an.

Stoner lachte.

»Du hast ein nettes Lachen, *pahana*.«

Sie fühlte, wie sie rot wurde. »Danke.«

Siyamtiwa kaute eine Weile nachdenklich vor sich hin. »Was hast du gestern erlebt?«

Stoner zögerte, glaubte für einen Augenblick, daß etwas Wichtiges geschehen war, von dem Siyamtiwa wußte, aber das sie selbst vergessen hatte ... und erkannte dann, daß das nur tiefsitzende Angst und Schuldgefühle waren, freundliche Grüße aus einer Kindheit mit Eltern, die Fallen legten, um sie beim Lügen zu erwischen. »Nicht viel«, sagte sie. »Wir haben in Beale ein paar Besorgungen gemacht, und dann kam ein Sturm auf — aber das wissen Sie wahrscheinlich.«

Siyamtiwa nickte. »Diese Freundin, die du besuchst ... du hast sie gern, hm?«

»Sehr gern.«

Die alte Frau schien eine lange Zeit darüber nachzudenken. »Und Hosteen Kojote, ist er wiedergekommen?«

»Nicht daß ich wüßte.«

»Nun, das ist gut.«

»Siyamtiwa, sind Sie schon mal einem Mann namens Larch Begay begegnet?«

Die alte Frau schien ihr Gedächtnis zu durchsuchen, dann schüttelte sie den Kopf. »Haufen Begays hier in der Gegend. Diesen kenne ich nicht.«

»Er hat die Tankstelle.«

»Na, die brauche ich nicht besonders oft.« Sie kaute auf einem Stück Brötchen herum.

»Ich dachte ... wenn Sie hier aus der Gegend sind, könnten Sie vielleicht gehört haben ...«

»Ich war fort. Lange Zeit. Dinge verändern sich. Schwer zu erklären. Was ist mit diesem Begay?«

»Ich bekomme eine Gänsehaut in seiner Nähe«, sagte Stoner. Sie schaute herüber. »Wissen Sie, was das ist, eine Gänsehaut?«

Siyamtiwa nickte gewichtig. »Ich kenne Gänsehaut.«

»Er hat uns einige Schmuckstücke gezeigt, die er von den Navajo dafür bekommen hat, daß er ihnen Whisky verkauft hat. Meinen Sie, ich sollte ihn melden?«

»Laß die Finger davon, *pahana*. Wenn das Volk davon genug hat, werden sie es auf ihre eigene Art regeln. Sie werden es dir nicht danken, wenn du dich einmischst.«

»Ja«, sagte Stoner, »das hab' ich mir schon gedacht, aber es macht mich wütend.«

»Die Geister haben ihre Gründe. Vielleicht haben sie mit diesem Begay noch etwas vor.« Sie zuckte die Schultern und zog die leere Tomatendose aus den Falten ihres Rocks. »Willst du die zurück?«

»Nein, danke. Da ist kein Pfand drauf.«

Die alte Frau drehte die Dose wieder und wieder in ihren Händen herum und betrachtete sie von allen Seiten. »Vielleicht werde ich Dinge darin aufbewahren. Vielleicht mach' ich einen kleinen Ofen draus.«

»Einen Ofen?«

»Sicher.« Mit dem Fingernagel zog sie ein Rechteck entlang des oberen Randes. »Schneid hier eine Tür raus, stech ein paar Löcher in den Boden.« Sie stellte sie verkehrt herum hin. »Jetzt hast du einen kleinen Ofen. Mach ein Feuer drunter, koch vielleicht Bohnen oder mach Kaffee drauf.«

Stoner hob sie hoch und betrachtete sie fasziniert. »Das ist wirklich schlau.«

»Völlig in Ordnung, die Dose, macht keinen Sinn, sie wegzuwerfen.«

Stoner seufzte. »Das ist einfach nicht richtig. Wir werfen so
vieles weg ...«

»Nun«, sagte Siyamtiwa, »wir haben alle so unsere Gewohn-
heiten.« Sie berührte Stoners Hand. »Jetzt heb aber nicht alle
deine alten Dosen und Flaschen auf, um sie dieser alten Großmutter hier vor die Tür zu schmeißen. Ich brauche keine
hundert kleinen Öfen.«

Stoner lachte. »Das würde ich nie tun.«

»Jesus-Ist-Der-Weg-Leute machen sowas. Du bist nicht Jesus-
Ist-Der-Weg?«

»Ich wurde als Kongregationalistin erzogen, bin aber sozusagen davon abgefallen.«

»Warum bist du abgefallen?«

»Ich weiß nicht. Ich nehme an, ihr Gott hatte mir zuviele
Fußangeln.«

Siyamtiwa nickte. »Diese Großmutter Hermione ... folgst
du ihrem Weg?«

»Sie ist nicht meine Großmutter«, erklärte Stoner. »Sie ist
meine Tante.«

Siyamtiwa brummte. »'Großmutter' ist eine Redensart, ein
Ausdruck von Respekt. Benutzt ihr das Wort nicht so?«

»Ich glaube nicht.«

Siyamtiwa brummte wieder vielsagend.

»Ich könnte Sie Großmutter Siyamtiwa nennen, wenn Sie
möchten.«

Die alte Frau schüttelte den Kopf. »Lieber nicht, das könnte
den ganzen Tag dauern. Wie kommt's«, wechselte sie abrupt
das Thema, »daß dieser Begay dir eine Gänsehaut macht?«

»Da war etwas ...« Stoner runzelte die Stirn. »Ich bin mir
nicht sicher, aber als er mich ansah, hatte ich das Gefühl, er
liest meine Gedanken. Oder versuchte, etwas in sie hineinzu-
legen. Ich nehme an, das klingt verrückt ...«

»Nicht verrückt.«

»Und als ich in seinem Haus war, konnte ich nicht atmen. Es fühlte sich an, als würde ich verdampfen. Und ich wurde so müde ...«

»Halt dich fern von diesem Begay«, sagte Siyamtiwa scharf.

»Warum?«

»Ich glaube, er ist gefährlich für dich. Mir gefällt nicht, was ich hier sehe.«

Stoner schüttelte den Kopf. »Ich verstehe nicht.«

»Die Dinge, die du bemerkst, vielleicht bedeuten sie etwas.« Sie saß für einen Moment still da und saugte an ihrer Wange. »Ich würde diesen Begay gerne mal sehen.«

»Ich könnte Sie vorstellen.«

Die alte Frau hob die Hand. »Es gibt noch eine andere Art von sehen.«

»So wie seine Aura zu lesen?«

»Was ist Aura?«

»Es ist ... es ist sowas wie die Energie, die jemand ausstrahlt. Manchmal kann man erkennen, wie ein Mensch so ist, wissen Sie, auf einer spirituellen ...«

Siyamtiwa schnitt ihr ungeduldig das Wort ab. »Hast du die Aura von diesem Begay gelesen?«

»Das brauchte ich eigentlich gar nicht. Ich meine, sie überfällt einen sozusagen, ganz dick und teerig.« Sie füllte den Kaffeebecher nach. »Aber ich bin nicht besonders gut in diesen Dingen.«

»Ich denke, das ist mein Glück. Ich denke, vielleicht würdest du meine Geist-Energie lesen und sie nicht mögen.«

»Oh nein«, sagte Stoner schnell. »Ich weiß, daß ich sie mögen würde.«

»Kein teerig?«

»Überhaupt nicht.«

Die alte Frau stand unvermittelt auf. »Zeit für dich, zu gehen. Deine Freundin wartet auf dich. Sie will mit dir zu den Ruinen von Wupatki fahren. Ich denke, das ist eine gute Idee.

Vielleicht geschieht dort etwas. In der Zwischenzeit werde ich versuchen, diesen Begay zu enträtseln.«

»Moment mal«, sagte Stoner, während sie sich aufrappelte. »Woher wußten Sie ...«

Siyamtiwa nahm eine Kette von ihrem Hals und legte sie Stoner um. »Nimm dies.«

Sie hielt sie in ihrer Handfläche hoch. Die Kette war aus kleinen, geschälten Samen, durchsetzt mit groben, schwarzen Perlen.

»Was ist das?« fragte sie.

Siyamtiwa zuckte die Schultern. »Plunder, etwas für Touristen. Bringt dir vielleicht Glück.« Sie wandte sich ab. »Vielleicht wirst du Glück brauchen.«

»Ich verstehe nicht«, sagte Stoner. Sie starrte fasziniert auf die Kette. »Warum sollte ich Glück brauchen?«

»Alle *pahana* brauchen Glück. Ihre Geister sind nicht freundlich.«

»Aber warum ich?«

Die alte Frau packte die Thermosflasche mit Kaffee und die übriggebliebenen süßen Brötchen in die Papiertüte. »Fragen. Vielleicht sollte ich dich nicht Grünauge nennen. Vielleicht sollte ich dich Viele-Fragen nennen.«

»Es ist nur ... ich will Dinge wissen.«

»Glaubst Du, jede dahergelaufene Person, die du in der Wüste triffst, weiß mehr als du? Alles, was du zu wissen brauchst, Grünauge, kommt durch das *kopavi*.« Sie tätschelte Stoners Scheitel. »Dies. Die offene Tür, durch die die Geister hereinkommen. Wenn du das *kopavi* offenhältst, brauchst du niemanden, der dir Dinge erklärt. Wenn du es zugehen läßt, wird nichts, das du hörst, dir nützen.« Sie klemmte sich die Papiertüte unter den Arm. »Denk darüber nach. Vielleicht wirst du was wissen, wenn ich dich das nächste Mal sehe, he?«

»Werde ich Sie wiedersehen?«

»Wenn Masau mich nicht vorher erwischt, und ich glaube nicht, daß das passieren wird.« Sie hielt die Papiertüte hoch.

»Ich muß dir das doch zurückbringen, sonst fährst du nach Hause und sagst, alle Indianer sind Diebe.«

»So etwas würde ich nie sagen«, sagte Stoner entrüstet.

»Du beschämst deine Rasse«, sagte Siyamtiwa. »Kein Wunder, daß du von zu Hause weggelaufen bist.«

Es fühlte sich an, als hätte ihr jemand einen Schlag in die Magengrube versetzt. »Woher wissen Sie ...?«

Die alte Frau ignorierte sie. »Wupatki wird dir gefallen.« Sie drehte sich um und ging weg, ihre Tennisschuhe hinterließen dabei kaum eine Spur im Staub.

»Danke für die Kette«, rief Stoner ihr hinterher.

Die alte Frau winkte, ohne sich umzudrehen.

Nach wenigen Minuten war sie nicht mehr zu sehen.

✳ ✳ ✳

»Ich kapier' das nicht«, sagte Stoner. »Sie wußte, daß du das tun wolltest. Woher konnte sie das wissen?«

»Es ist wahrscheinlich eine beliebte Touristenattraktion«, sagte Gwen.

»Dieser Ort hier?« Sie sah sich auf dem beinahe verlassenen Parkplatz um.

Gwen streckte sich und dehnte ihren Rücken. »Ich fühle mich, als hätte mich ein voller Kartoffelsack überrollt. Wir müssen aufhören, auf den Nebenstraßen zu fahren.«

»Es ist keine beliebte Touristenattraktion«, beharrte Stoner.

Gwen schaute sich um. »Du hast recht.«

»Wie konnte sie also wissen, daß wir hierherkommen würden?«

»Es ist eben ein Rätsel.« Sie nahm den Cowboyhut ab, den sie sich von Stell geborgt hatte, und setzte ihn Stoner auf den Kopf. »Wenn du dich schon weigerst, eine Sonnenbrille zu tragen, dann bedeck dir wenigstens den Kopf.«

Stoner rückte den Hut zurecht. »Also, wie konnte sie?«

»Ich habe eine Menge Orte erwähnt, Stoner. Wupatki, den

Sunset Crater, den Versteinerten Wald, den Meteoritenkrater
— alles, was nicht weiter als eine Halbtagesfahrt von Spirit
Wells entfernt liegt. Du warst diejenige, die Wupatki ausgesucht hat.«

»Es war das erste, das du genannt hast.«

Gwen sah sie an und schüttelte lächelnd den Kopf. »Liebste,
ich glaube, dir entgleitet alles ein bißchen.«

»Fühlst du es nicht?«

»Fühl' ich was nicht?«

Unsicher, verwirrt blickte sie sich um. Da war nur die
Wüste, fremd und vertraut zugleich. Wie ein Ort, den man in
Träumen besucht hat. Wie ein Ort, den man gesehen und
wieder vergessen hat. Wie ein Ort, den sie kannte, irgendwo
tief drinnen, wo es keine Worte gab. Wie ... zu Hause.

Es fühlte sich wie etwas an, das unter ihrer Haut krabbelte.

»Laß uns mal rumgucken«, sagte sie schnell.

»Stoner, bist du in Ordnung?«

Sie zwang sich zu einem Lächeln. »Klar.« Sie begann, den
Fußweg zum Besucherzentrum entlangzugehen. »Besorgst du
uns bitte eine Karte?«

Sie beobachtete, wie Gwen an der Ladentheke stand und ein
paar Worte mit der Parkaufsicht wechselte, so wie sie immer
ein paar Worte mit Leuten wechselte, mit Kassiererinnen, Ver-
käuferinnen, Politessen, Postbeamten und Parkplatzaufsehern.
Wupatki lag hinter ihr, nicht zu sehen, solange sie sich nicht
umdrehte. Sie hatte Angst, sich umzudrehen.

Es ist eine Ruine, sagte sie sich. Ein Haufen eingestürzter,
unbewohnter Gebäude. Wahrscheinlich nicht einmal beson-
ders interessant, außer für Archäologen und solche Leute.
Ruinen sind die sichersten Orte der Welt. Vor allem nette,
sonnige, zum Nationalpark erklärte Ruinen wie Wupatki.
Du willst dich fürchten? Geh nach New York. Nach Boston.
Selbst nach Providence, Rhode Island. Nicht nach Wupatki,
Arizona.

»Fertig?« fragte Gwen.

»Was hast du rausgefunden?«

»Sie ist aus Nevada. Das ist ihr erstes Jahr hier. Letzten Sommer war sie in Cedar Breaks. Sie wird den Winter über hierbleiben, und sie freut sich nicht darauf, aber es wird ihr Zeit geben, darüber nachzudenken, ob sie Michael heiraten will. Ich habe davon abgeraten.«

Stoner grinste. »Über Wupatki.«

»Es ist ein Nationaldenkmal, kein Nationalpark. Für unsere Zwecke ist die Unterscheidung belanglos. Es wurde von 1120 bis 1210 vor Christus von den Sinagua-Indianern bewohnt, und niemand ist sicher, warum sie es verlassen haben. Was sich unheilvoll anhört. Das Denkmal umfaßt ungefähr 800 Ruinen — einige Sinagua, andere Anasazi. Die Gebäude sind aus Blöcken von Moencopi-Sandstein. Es scheint eine Stadt von einiger Bedeutung gewesen zu sein, da sie sowohl ein Amphitheater als auch ein Spielfeld hat. Das New York seiner Zeit.« Sie hielt die Tür auf. »Wollen wir?«

Wupatki sah auf den ersten Blick wie ein Haufen riesiger Legosteine aus, umgeben von Sandsteinstaub und schuppigen Felssplittern. Der Rand des Lavastroms vom Sunset Crater lag direkt dahinter, getupft mit Salzbüschen und Mormonentee. Die Ruine selbst hatte keine Dächer, einige Mauern waren eingefallen, ein Durcheinander von Eingängen und Winkeln. Die Zimmer waren winzig, mit niedrigen Decken und praktisch fensterlos.

»Laut Führer«, sagte Gwen, »lebten in der Blütezeit 250 bis 300 Menschen hier. Ich frage mich, ob sie einen Mietspiegel hatten.«

Das Licht, dachte Stoner. Wie haben sie das Licht ausgehalten? Es war überall, bleichte den Himmel, hämmerte aus allen Richtungen auf sie ein. Sie fühlte einen Druck hinter den Augen und über der Nase. Wie der Beginn eines Migräne-Anfalls. Bloß daß sie nie Migräne hatte.

Die Angst ließ kleine Mottenflügel gegen ihre Fingerspitzen flattern.

»Was denkst du?« fragte Gwen gerade.

Denken? Kannst du das hier wirklich in Gedanken fassen? Wie kannst du Licht und Himmel und ...

Eine große, flache Scheibe löste sich von der Sonne und schoß auf sie zu. Ein Gesicht. Horizontale Linien für Augen und Mund. Vertikale Linien wie Tränen unter den Augen. Helle, blendende Farben — rot und weiß und schwarz und gelb ...

Sie bedeckte ihr Gesicht mit den Händen, fühlte einen elektrischen Schlag, als das Objekt sie durchdrang.

»Stoner?«

»Hast du das gesehen?« fragte Stoner.

»Was gesehen?«

»Dieses ... Ding.«

»Ich habe nichts gesehen.« Gwen berührte ihren Arm. »Bist du sicher, daß du in Ordnung bist?«

Stoner nickte. »Es muß eine optische Täuschung gewesen sein. Die Sonne.«

»Willst du einen Schluck Wasser?«

»Mir geht's gut. Es ist weg.« Aber es war nicht weg. Das Gefühl davon war nicht weg. Das Gefühl davon war überall. Im Himmel, im Boden, im zerbröckelnden Sandstein ...

Einmal, als sie noch klein war, war sie am Heiligabend lange wachgeblieben. Lange nachdem das Haus still war, lange nachdem ihre Eltern schliefen, lange nachdem sich auf den schneebedeckten Straßen kein Verkehr mehr rührte ...

Es war eine solche Stille eingetreten, solche Ruhe, das Gefühl, auf etwas Wunderbares zu warten ... als ob das Universum innegehalten hätte, um zu lauschen, um den Klang der Schöpfung zu hören.

Sie konnte ihn auch jetzt beinahe hören. Im Himmel, im Boden, im zerbröckelnden Sandstein ...

»Das hier ist ein heiliger Ort«, sagte sie flüsternd.

Gwen kniete in der Mitte des Raumes und untersuchte eine Feuerstelle. »In dem Fall kann es nicht New York sein.«

»Ich meine es ernst«, sagte Stoner, »ich glaube nicht, daß wir hier sein sollten.«

Gwen schaute zu ihr hoch. »Willst du gehen?«

»Nein, aber ...« Etwas wollte nicht, daß sie ging. Da war etwas, das sie tun mußte. »Spürst du es nicht?«

»Ich bin nicht empfänglich für diese Dinge«, sagte Gwen, während sie sich den roten Staub von den Knien klopfte. »Ich wünschte, ich wär's, aber die Geister scheinen mich irgendwie unzulänglich zu finden.«

»Machst du Witze?«

»Ich bin völlig ernst.«

»Nun, ich wünschte, sie würden mich unzulänglich finden.«

»Ich würde annehmen, daß sie das tun«, sagte Gwen, »wo du doch nicht mal an sie glaubst.«

»Ich glaube ...«

»Wenn du wirklich an Geister glaubtest«, sagte Gwen mit einem sanften Lachen, »würdest du nicht jedesmal so verlegen aussehen, wenn es um das Thema geht.«

Von der anderen Seite eines Hügels, der schräg neben ihnen lag, schallte eine Explosion heiserer Stimmen herüber. Stoner sah ruckartig hoch. »Was ist da drüben?«

Gwen schaute auf der Karte nach. »Hiernach ein Spielfeld.«

»Softball?«

»Steht nicht dabei, nur, daß die Spiele eine religiöse Bedeutung hatten.«

»Oh Mann«, sagte sie, »ein Lesben-Softball-Feld.«

Gwen lachte. »Wo ich mich jetzt bekannt habe, muß ich da Softball spielen?«

»Der Drang kann eine praktisch jeden Moment überko...«

DAS IST KEIN SPIELFELD! Der Gedanke drang mit einem Knall in ihr Bewußtsein. ES IST EIN HEILIGER ORT. SIE ENTWEIHEN EINEN HEILIGEN ORT.

Ein weiterer Ausbruch mädchenhaften Kreischens und jungenhaften Fluchens erreichte sie.

»Hören sich an wie Heavy-Metal-Fans«, sagte Gwen.

Man muß sie aufhalten. Bevor es wieder passiert.

»Stoner?« sagte Gwen.

Das letzte Mal, als es passierte ...

»Stoner.«

Beim letzten Mal starb der Regen, und es starb das Land, und es starb das Volk, und die Welt ging zuende. Beim letzten Mal ...

Sie rannte los, den Weg hinunter.

Als sie die Ecke umrundete, sah sie es. Zwei hüfthohe Mauern, wie gewölbte Hände, an beiden Seiten offen. Sie starrte sie an, fasziniert, und wußte, daß das, was hier geschah, falsch war.

Grauenvoll ...

Eine Schändung heiliger Dinge.

Dies war kein Ort für Spiele. Es war ein Ort der Rätsel und der Geheimnisse, der Opfer und schweigenden Gebete. Hier lebten Geister tagsüber unter der Erde, um sich mit dem Mond zu erheben und das Gleichgewicht wiederherzustellen, das der Mensch gestört hatte. Hier traf sich das Volk. Das ganze Volk. Die Alten und die Neuen. Die Stämme, die schon dahingegangen waren, und die Stämme, die noch kommen würden. Alles bewegte sich in einer Spirale auf diesen Ort zu ...

... diesen Ort, an dem Weiße spielten.

»*Stoner!*« rief Gwen scharf.

Sie blieb stehen.

»Liebste, was glaubst du, was du hier tust?«

Stoner wies auf das Feld. »Ich muß dem ein Ende machen.«

»Ich glaube nicht, daß das eine gute Idee ist«, sagte Gwen. »Sie sind in der Überzahl.«

Stoner schüttelte sie ab.

Als sie den höchsten Punkt der Anhöhe erreichte, sah sie sie. Eine Familie von sechs Personen, die sich alle bemerkenswert ähnlich sahen, im Alter von 25 bis 40. Zueinandergehörige Ehegatten. Eine Mutter, die an der Seite saß, einen großen, geflochtenen Picknickkorb bewachte und gerade etwas aus einer Thermosflasche trank. Der Vater hatte die Truppen zu einem ausgelassenen Völkerballspiel versammelt, Familie gegen Angeheiratete. Sie sprangen auf dem Feld herum und warfen sich dabei einen sichtlich teuren, giftgrünen Lederball zu. Wahrscheinlich verließen sie das Haus nie ohne ihn. Gondelten ihn wahrscheinlich auf der Hutablage mit sich durch die Gegend wie einen Plastik-Jesus. Wenn er irgendwo vergessen wurde, fuhren sie wahrscheinlich zurück, egal wie weit.

»Gottverdammtnochmal!« brüllte sie von dem Hügel herunter. »Hören Sie damit auf!«

Das Spiel kam bremsenquietschend zum Stillstand. Alle blickten sie an.

»Das hier ist nicht die Bundesliga. Es ist Heiliger Boden.«

»Ach, echt?« Eine der Frauen trat vor. Sie war klein, stämmig, verschwitzt und offensichtlich verärgert. »Sind Sie 'ne Aufsicht?«

»Nein.«

»Dann verkrümeln Sie sich.«

Ihre Wut explodierte. »Die Welt wurde nicht zu Ihrem privaten Vergnügen geschaffen!«

»Das is'n freies Land«, sagte Stämmig-schwitzig.

»Da würd' ich nicht drauf wetten.« Sie ging auf das Spielfeld zu.

Gwen sprang sie von hinten an. »Laß das die Aufsicht regeln, Stoner.«

Stoner schüttelte sie ab. »Warum müssen sie sich alles nehmen?«

»Beruhige dich.«

Wut durchströmte sie wie Feuer. »Es hört nie auf. Töten. Stehlen. Zerstören ...«

Gwen hielt sie bei den Schultern. »Du kannst nichts dagegen tun, Stoner.«

»Es muß aufhören. Jetzt sofort. Es muß aufhören!«

»In Ordnung«, sagte Gwen. »Wir gehen jetzt jemanden von der Aufsicht holen ...«

»Du verstehst nicht.«

»Doch. Wirklich. Aber du kannst nicht ...«

»Es ist schon seit dreihundert Jahren so. Seit dreihundert Jahren.«

»Ich weiß. Bitte laß es für jetzt auf sich beruhen. Wir finden jemanden von der Aufsicht ...«

Sie versuchte sich loszumachen.

»Stoner«, sagte Gwen entschieden. »Da unten sind mindestens zwölf von denen. Du bist nur eine. Laß es jetzt auf sich beruhen.«

Sie holte tief Luft, zwang ihre Fäuste auseinander, zwang ihren Herzschlag, sich zu verlangsamen, zwang ihre Wut, nachzulassen. Sie schaute auf das Spielfeld hinunter und schickte ein paar böse Gedanken in ihre Richtung.

»Bist du okay?« fragte Gwen.

Stoner nickte. »Ich hab' sie mit dem McTavish-Fluch verflucht.«

»Und was ist das?«

»Bringt plötzliche und vollständige Erleuchtung. Der McTavish-Fluch hat schon Menschen an den Rand des Selbstmords getrieben.«

Gwen lächelte und strich Stoner die Haare aus der Stirn. »Sollen wir verschwinden?«

Das Spiel schien zu enden. Eine der Frauen — eine Angeheiratete, nahm sie an — hatte beschlossen aufzuhören. Von allen Seiten wurde sie unter Druck gesetzt. Die Frau hielt an ihrem Entschluß fest — beziehungsweise, sie hielt sich den Magen — und deutete Krämpfe an. Die Familie fügte sich höchst widerwillig und stand mit hängenden Armen herum.

Stämmig-schwitzig hatte einen plötzlichen Geistesblitz. »Sie!« brüllte sie in Stoners Richtung. »Spielt eine von Ihnen Völkerball?«

Stoner starrte auf sie hinunter, ihr Kopf füllte sich mit weißem Rauschen.

»Laden Sie uns ernsthaft ein, mitzuspielen?« rief Gwen.

»Klar, warum nicht?«

»Weil wir gerade auf dem Weg sind, Sie der Parkaufsicht zu melden.«

Stämmig-schwitzig zuckte die Schultern. »Dann spielen Sie doch lieber mit Völkerball.«

Gwen schnappte sich Stoners Handgelenk und zog sie mit sich den Fußweg entlang. »Bring mich hier weg, bevor ich ernstlichen Schaden anrichte.«

✳ ✳ ✳

Die Straße zur Ruine von Lomaki war beinahe vollkommen verlassen, die letzten zwei Kilometer bestanden aus unbefestigter Erde. Sie beschlossen, das Stück zu Fuß zu gehen.

»Wir sind ganz schön verwundbar hier draußen«, sagte Gwen. »Ich hoffe, die Monster-Familie erwischt uns nicht.«

»Mach dir keine Sorgen«, sagte Stoner. »Ich hab' sie lahmgelegt.«

Gwen blieb stehen und schaute sie an. »Du hast was?«

»Sie aufgehalten.«

»Wie?«

»Ist doch egal. Ich hab' sie einfach aufgehalten.«

»Stoner McTavish«, sagte Gwen drohend, »was hast du gemacht?«

»Nicht viel. Ich habe nur den Auspuff von ihrem Wagen verbogen. Sie müßten eigentlich etwa in diesem Moment liegenbleiben.«

Gwens Augen weiteten sich. »Du hast was getan?«

»Den Auspuff verbogen.« Sie zuckte die Schultern. »Nur ein bißchen.«

»Woher weißt du, daß es ihr Wagen war? Er könnte doch allen möglichen Leuten gehört haben?«

»Machst du Witze? Das Ding war vollgestopft mit Sportzubehör und leeren Bierdosen. Sie hatten sogar Reserve-

Lederbälle. Und hinten drauf Aufkleber mit 'Nieder mit Jane Fonda' und 'Ein Herz für Kampfhunde'.« Sie lachte. »Wenn die's nicht waren, war es jemand, der es genauso verdient hat.«

Gwen schüttelte den Kopf. »Eines Tages bringst du uns noch in ernste Schwierigkeiten.«

»Ich arbeite daran.«

Staub hatte sich in der Luft zu sammeln begonnen. Er ließ die Ränder der fernen Berge weicher erscheinen. Der Boden unter ihren Füßen war schwarz von vulkanischer Asche. Die Sonne strahlte, die Schatten waren undurchdringlich. Alles war reglos. Und still.

Die verfallene Mauer war warm und hart. Von der leichten Erhebung aus, auf der sie stand, konnte sie das Tal meilenweit überblicken. Grüne Farbkleckse markierten die Stellen, wo sich kostbarer Regen sammelte oder Grundwasser an die Oberfläche drang. Die Ruinen kleinerer Pueblos lagen verstreut umher. Einen Tagesmarsch entfernt, schienen sie doch nah genug, um sie zu berühren. Einige Meter hinter der Ruine war ein Spalt in der Erdoberfläche. Gwen entfernte sich, um ihn näher zu untersuchen.

Stoner saß auf der Erde und lehnte sich gegen die Sandsteinmauer. Sie schloß die Augen. Die Geräusche längst vergangenen Lebens kamen zu ihr — das Kratzen von Mühlsteinen, die getrocknete Maiskörner zerdrückten, leise redende Stimmen, das Plätschern von Wasser in einem irdenen Gefäß, trockenes Rascheln von Schilfrohren, die zu Matten verwoben wurden, das Klappern von Grabstöcken auf dem kiesigen Boden.

Sie fühlte die unbarmherzige Hitze des Sommers, den bitteren Wind, der den Schnee über unberührte Wüstenböden hinwegblies. Den eisigen Fall silbernen Regens. Das Kratzen grober Wolldecken. Fühlte das Staunen über helle Papageienfedern, die Händler aus dem Süden hergebracht hatten. Die harten vulkanischen Pfeilspitzen, schwarz wie der Tod. Den Duft von Salbeigestrüpp nach dem Regen. Den scharfen, krustigen Geruch der Erde während der Jahre, in denen die

Regen nie fielen. Hörte das Klimpern von Tonscherben, die auf den Abfallhaufen geworfen wurden.

Sie begruben die toten Kinder unter den Fußböden der Häuser, damit ihre Seelen in die Körper noch ungeborener Babys einziehen konnten.

Aber das Volk mußte weiterziehen, und die heimatlosen Seelen blieben zurück.

Sie konnte sie jetzt spüren, wie sie in den Eingängen wisperten, durch die Schatten huschten. Sie spielten auf Luftzügen und machten Staubteufel, um auf ihnen durch die Wüste zu reiten. Neugierig, aber scheu kamen sie nah zu ihr heran und berührten ihr Haar und ihre Arme. Sie versuchte, sehr still zu sitzen, atmete kaum, wollte die kleinen Heimatlosen nicht ängstigen. Kichernd spielten sie »Guck-Guck« zwischen den Büschen und Felsen. Einige der Tapfereren tanzten an sie heran, während sie tat, als ob sie schliefe. Sie öffnete die Augen, und sie stoben lachend davon wie Spatzen. Ein Baby mit brauner Haut und schwarzen Augen krabbelte zwischen ihre Knie und starrte zu ihr hoch, den Daumen im Mund. Sie zwinkerte ihm zu, und sie lachten zusammen.

Sie spürte, wie die Alten sie beobachteten. Warteten.

Warteten auf ... was?

Sie wollen etwas von mir, dachte sie.

Unbewußt griff sie hoch, berührte Siyamtiwas Halskette.

Die Alten rückten näher.

Sie schaute auf die Perlen hinab. Sie hatte die Schnitzereien vorher gar nicht bemerkt. Jede anders. Bären- und Dachskrallen. Wolken, aus denen es regnete. Maiskolben. Schlangen und Vögel und Spiralen und hundeähnliche Tiere. Pfeile, Regenbogen und bucklige Flötenspieler. Winzige, aufwendige Schnitzereien. Zu klein, so schien es, um von menschlicher Hand gemacht zu sein.

Dies sind die Zeichen des Volkes, hörte sie die Alten sagen. Das Volk braucht deine Hilfe.

Mich?

Wenn die Zeit kommt, wirst du wissen, was getan werden muß.

Aber ...

»Hey.« Es war Gwen. »Wach auf. Du bekommst sonst einen Sonnenstich.«

Sie öffnete die Augen und sah hoch. Auf einer Mauer über ihr saß eine kleine, langschwänzige Eidechse. Ihre Augen waren silbern.

Sie erschauerte und verspürte Furcht.

»Was ist los?« fragte Gwen.

»Die Eidechse da. Sieh dir ihre Augen an.«

Gwen schaute hin. »Sehen für mich wie ganz normale Feld-, Wald- und Wiesen-Eidechsenaugen aus.

»Sie sind silbern.«

Gwen schaute noch einmal hin. »Ich kann es nicht sehen. Muß der Winkel sein, von dem du draufguckst.«

Oder vielleicht zeigt sie nur mir ihre Silberaugen.

»Gwen«, sagte sie, »glaubst du an Geister?«

»Im theologischen Sinn?«

»In irgendeinem Sinn.«

Gwen setzte sich neben sie. »Ich denke schon. Warum?«

»Hast du je das Gefühl, daß ... menschliche Seelen in deiner Nähe sind?«

»Mein Vater? Mein Ex-Mann?« Gwen schauderte. »Das fehlt mir gerade noch.«

»Nicht so ...« Sie suchte nach Worten. »Vielleicht ... Seelen, die einfach da sind, um zu helfen. Um irgendwie über uns zu wachen.«

»Es ist ein tröstlicher Gedanke.«

»Na ja«, sagte Stoner, »ich glaube, hier sind ein paar.«

Gwen schaute sich über die Schulter. »Dieser Ort ist sonderbar.«

»Du fühlst es auch?«

»Ich fühle, daß wir nicht allein sind. Sollten wir uns fürchten?«

Stoner schüttelte den Kopf. »Wie kommt es, daß du solche Dinge einfach akzeptieren kannst und mir das so schwerfällt?«

»Ich bin Waliserin. Wir haben den Mystizismus praktisch erfunden.«

Stoner drückte sich die Fingerspitzen gegen die Schläfen. »Da ist etwas, das ich für sie tun soll.«

»Na, dann tu's«, sagte Gwen, während sie aufstand, »und laß uns wieder Leine ziehen.«

Stoner kam auf die Füße. »Hast du Angst?«

»Da kannst du drauf wetten. Angst, daß wir das Abendessen verpassen.«

Als sie das Auto erreichten, blickte sie zurück. Die Ruine von Lomaki schien in dem schräg einfallenden Licht zu glühen und zu pulsieren.

✳ ✳ ✳

Es dämmerte schon, als sie die Handelsstation erreichten. Ein kleiner Kreis von Indianerinnen in leichten, karierten Baumwollkleidern räkelte sich auf der Veranda herum und trank Limonade aus der Maschine. Eine der jüngeren Frauen, ein Mädchen von ungefähr vierzehn Jahren, stand auf und näherte sich dem Lieferwagen.

»Sind Sie Stoner?«

»Bin ich.«

»Mrs. Perkins hat gefragt, ob Sie sich wohl um den Laden kümmern würden? Sie fühlt sich nicht so gut.«

Eine dunkle Vorahnung überfiel sie. »Was fehlt ihr?«

Die junge Frau zuckte die Schultern. »Hat sie nicht gesagt. Nur, daß sie sich ein bißchen hinlegen wollte.«

»Oh Gott. Gwen, übernimm hier mal.« Sie ließ den Motor laufen und rannte ins Haus.

Stell stand in der Küche am Waschbecken und trank Wasser, barfuß, eine leichte Baumwolldecke um die Schultern gelegt.

136

Ihr Gesicht war grau, ihre Haare strähnig und leblos. Unter ihren Augen waren dunkle Ringe.

»Stell, was ist los?«

Stell sah auf, ihre Augen waren glasig und schienen sie nur unscharf wahrzunehmen. »Beruhige dich«, sagte sie mit einem schwachen Lächeln. »Ich bin nur müde. Zuviel rumge-blödelt letzte Nacht.«

»Du siehst furchtbar aus.«

»Wo sind deine Manieren, Mädchen? Man geht nicht rum und sagt Leuten, daß sie furchtbar aussehen.«

»Aber es ist so.«

Stell füllte ihr Wasserglas nach. »Herzlichen Dank.«

»Du solltest dich hinlegen.«

»Ich bin gerade erst aufgestanden.«

»Mach schon, Stell.« Sie schob sie auf die Schlafzimmertür zu. »Wenn du dich so schlecht fühlst wie du aussiehst ...«

»Jetzt, wo du es erwähnst«, sagte Stell, »ich fühl' mich wirk-lich ein bißchen wie etwas, das die Katze reingeschleppt hat, aber nicht fressen wollte.«

»Was ist es?«

Stell leerte ihr Wasserglas in einem Zug. »Prämenstruelle Spannungen können wir ausschließen. Darüber hinaus, was weiß ich.«

»Ich hol dir einen Arzt.«

»Nu' mal langsam«, sagte Stell und legte ihr die Hand auf den Ärmel. »Das hier ist nicht Boston, Kleines. Es sind fast fünfundsechzig Kilometer bis Beale, wo es keinen Arzt gibt, und nochmal zwanzig bis Holbrook. Ich denke, wir sollten warten, wie es sich entwickelt.«

»Dann leg dich wenigstens hin, okay?«

»Mit Freuden.« Sie stellte das Glas auf den Nachttisch und streckte sich auf dem Bett aus. »Herrgott, ist das kalt hier drin. Holst du mir ein paar Decken aus der Kommode, Stoner?«

Sie durchwühlte hektisch die Schubladen, fand die Decken

und breitete sie über Stell aus. Sie berührte ihr Gesicht. Ihre Haut war trocken wie Papier und heiß.

»Du verbrennst ja.«

»Kann man so sagen.«

Stoner setzte sich neben sie. »Kann ich denn überhaupt nichts tun?«

»Ich komme schon wieder in Ordnung«, sagte Stell und tätschelte ihre Hand. »Ist wahrscheinlich nur eine Sommergrippe.«

»Klar.« Sie spielte mit Stells Fingern. »Wo ist Ted?«

»Er ist mit Tomás rüber zu Lomahongvas geritten. Ihre Großmutter ist letzte Nacht gestorben. Mußten den Leichenbeschauer aus Holbrook holen. Wenn sie mit Anglo-Gesetzen zu tun haben, hilft es, wenn jemand dabei ist, den sie kennen.« Ihre Stimme wurde leiser. Ihre Augen schlossen sich langsam.

»Er ist weggeritten, obwohl du dich so gefühlt hast?«

»Hab' mich nicht so gefühlt, als er ging. Nicht so schlecht.« Sie öffnete die Augen. »Ganz schöner Mist, dir das während deiner Ferien anzutun.«

»Das macht doch nichts.« Sie massierte Stells Hand. »Bist du sicher, daß ich nichts tun kann? Dir ein paar Aspirin holen?«

»Hab' ich schon gemacht.« Ihre Augen schlossen sich wieder. »Weiß auch nicht, warum ich so schläfrig bin.«

»Weil du krank bist, du Idiotin«, sagte Stoner sanft. Sie stopfte die Decken um Stells Schultern fest, ließ die Jalousien herunter und füllte das Wasserglas nach. Als sie ins Schlafzimmer zurückkam, war Stell eingeschlafen.

Sie setzte das Glas ab und stand einen Moment lang nur da und schaute auf sie hinunter. Bitte, Stell, laß es nichts Ernstes sein. Wenn dir etwas zustoßen würde ...

Mach dich nicht lächerlich, schalt sie sich. Es ist eine Sommergrippe, wie sie sagte. Es ist nicht ...

Stell bewegte sich unter den Decken. »Abendessen.«

»Wir kümmern uns darum. Ein Glück für dich, daß du zwei kräftige Frauen hier hast. Du weißt doch, wie hilflos Männer in einer Krise sind.«

»Gäste.«

»Familie, Stell. Erinnerst du dich? Wenn du anfängst, uns als Gäste zu betrachten, sage ich Gwen, daß sie höflich zu dir sein soll. Und, Lady, du weißt erst, was *höflich* ist, wenn du mal auf der Empfängerseite ihres Südstaaten-Charmes gestanden hast.«

Auf Stells Mund zuckte ein Lächeln. »Kaltschale.«

»Ich nehme an, das steht auf der Speisekarte. Oder ist das ein Kommentar zu unserem frühen Herbst?« Im Innern ihres Kopfes zitterte ein hohes Wimmern.

»Redest zuviel«, murmelte Stell.

»Du hast völlig recht. Wenn du irgendwas brauchst, wirf das Glas hier an die Tür. Ich sehe später nochmal nach dir.«

Gwen war im Laden und sprach mit dem Indianermädchen. Als Stoner eintrat, blickte sie hoch. »Wie geht es Stell?«

»Sie sieht schrecklich aus.« Sie stopfte die Hände in ihre hinteren Hosentaschen, damit sie nicht mehr zitterten. »Sie ist eingeschlafen.«

Das Indianermädchen warf Stoner einen wissenden, durchdringenden Blick zu. »Fieber?«

Stoner nickte.

»Haut grau und trocken?«

»Sehr.«

»Nicht gut«, sagte das Mädchen.

»Was meinst du?«

»Ich glaube, das wissen Sie.«

Stoner schüttelte den Kopf. »Nein, weiß ich nicht.«

»Ya-Ya-Krankheit.«

»Das ist Rose Lomahongva«, erklärte Gwen. »Sie sagt, ihre Großmutter ist gerade daran gestorben.«

»Stell hat mir davon erzählt. Tut mir leid, das zu hören.« Stoner hielt ihr die Hand hin. »Stoner McTavish.«

Das Mädchen ergriff ihre Hand, ohne sie zu schütteln, genauso wie Siyamtiwa es getan hatte. »Ja«, sagte sie.

»Ja?«

»Wir wissen von dir.« Abrupt wandte sie sich wieder an Gwen. »Sobald die Anglos weg sind, werden wir unsere Feier abhalten.«

»Der Tod ist also etwas Glückliches für euch?« fragte Gwen.

»Meine Großmutter war eine alte Frau. Jetzt ist sie bei ihren Freunden. Ja, das ist etwas Glückliches. Warum nicht? Wir werden sie vermissen, aber sie zu bitten, für uns hierzubleiben, wäre nicht richtig.« Sie runzelte nachdenklich die Stirn. »Wir werden viel zu essen brauchen. Wenn ihr hier Schwierigkeiten habt, sollten wir uns vielleicht nach Beale mitnehmen lassen, um einzukaufen.«

»Weißt du was«, sagte Gwen, »wenn ihr soweit seid, gib mir eine Liste, was ihr braucht, und ich hole es mit dem Lieferwagen. Irgendwas sagt mir, daß Weiße in dieser Stadt besser behandelt werden als Indianer.«

Ein Lächeln erhellte Rose Lomahongvas breites Gesicht. »Wir haben ein paar Tage Zeit. Manche müssen von weit her kommen. Dann werden wir sehen, wie die Dinge liegen, einverstanden?«

»Einverstanden«, sagte Gwen. »Aber daß ihr ja nicht zögert. Stell sagt, sie haben sogar verschiedene Preise für Weiße und Indianer.«

»Tja«, sagte Rose, »so ist es eben mit ihnen. Ich werde diese alten Damen mal hier rausbefördern.« Sie ging zur Tür, sagte ein paar Worte in Hopi. Die Frauen standen schweigend auf und gingen in einer Reihe in Richtung Long Mesa davon. Rose Lomahongva folgte ihnen.

»Du wirst das nicht glauben«, sagte Gwen, »aber als sie bemerkten, wie Stell aussah, kamen diese Frauen hierher, um dafür zu sorgen, daß niemand sich Zutritt verschafft, bevor wir zurückkommen. Sie haben den ganzen Nachmittag dort gesessen. Es geht ihr wirklich schlecht, was?«

Stoner nickte. »Ich habe seit langer Zeit niemanden gesehen, der so fürchterlich aussah.« Sie fuhr mit dem Daumennagel den Rand der Theke entlang. »Ich hab' Angst, Gwen. Es ist so schnell passiert.«

»Hey«, sagte Gwen, »vielleicht ist es ja gar nichts Ernstes. Vielleicht sieht sie immer schlimmer aus als sie sich fühlt, wenn sie krank ist. Wenn meine Großmutter eine Erkältung bekommt, könnte man denken, es wäre die Schwarze Pest.«

»Nicht Stell.«

»Das weißt du doch nicht, Stoner.«

»Und was ist mit dem, was Rose gesagt hat?«

»Ehrlich gesagt, mehrere Dinge, die Rose gesagt hat, ergeben für mich nicht den geringsten Sinn. Du weißt, was mit Stell los ist? Sie wissen von dir? Hast du irgendeine Ahnung, worum es geht?«

Stoner schüttelte den Kopf. Sie konnte jetzt nicht darüber nachdenken. »Gwen, ich habe ein schlechtes Gefühl bei all dem hier.«

Gwen drückte ihre Hand. »Laß uns nicht schon auf halbem Weg durchdrehen. Ted kann uns mehr sagen, wenn er heimkommt. Nach allem, was wir wissen, ist sie bis dahin vielleicht schon wieder auf und tanzt den *pas de deux* aus *Schwanensee*.«

✳ ✳ ✳

Aber das tat sie nicht.

Als Ted nach Hause kam, ging es ihr noch schlechter, ihre Haut war noch heißer und trockener. Als sie versuchte, Wasser zu trinken, waren ihre Hände zu schwach, um das Glas festzuhalten.

Stoner hielt es für sie und biß die Zähne zusammen, um nicht laut zu schreien.

Ted sah sich das eine Weile an, dann schob er das Kinn vor, ging mit einer Petroleumlampe hinter die Scheune und fing an, den Holzhaufen zu einem perfekten Rechteck aufzustapeln.

Als das Abendessen vorbei war, was nicht lange dauerte, weil niemandem nach Essen zumute war, trieb sie zwischen Schlafen und Aufwachen hin und her. Sie lehnte eine Schale Suppe ab, lehnte sogar ein Butterbrot ab und murmelte etwas von »in einer Weile aufstehen und mir selbst was brutzeln«. Ihr Fieber pendelte sich bei vierzig Grad ein und blieb da. Sie bat um mehr Decken.

Gwen braute ihr nach einem alten Familienrezept heiße Limonade mit Weinbrand, die sie scheußlich fand, aber von der sie schwitzen mußte, so daß sie sich wohler fühlte und das Fieber etwas sank.

Sie willigte ein, etwas Suppe zu essen, nachdem Stoner sie davon überzeugt hatte, daß das leichter war als zu versuchen, sich gegen ihren Willen durchzusetzen. Es erschien wie ein bedeutender Sieg, bis sich Stoner daran erinnerte, daß ein leichtes Frühstück für Stell aus Eiern, Schinken, Saft und Pfannkuchen bestand, mit Sauerteigbrötchen als Beilage.

Die Anstrengung schien sie noch mehr zu ermüden.

Ted wusch das Geschirr ab, jedes Stück einzeln, abkratzen, einweichen, abspülen, abtrocknen, wegräumen, bevor er nach dem nächsten griff. Gwen sagte, es sei ihr in den Sinn gekommen, Kaffee zu machen, aber wenn sie ihm dabei zusehen müßte, wie er noch eine einzige Tasse spülte, würde man sie in einer Zwangsjacke abtransportieren müssen.

Tom Drooley kroch unter Stells Bett und weigerte sich, hervorzukommen, sogar als sie versuchten, ihn mit dem Hähnchen vom Abend vorher zu bestechen.

Stoner saß meist neben dem Bett und hielt Stells Hand und versuchte, ihren Körper innen hart und gefühllos zu machen, damit sie tun konnte, was sie tun mußte. Von Zeit zu Zeit, wenn sie es nicht mehr aushielt, stand sie auf und lief herum — durch die Küche ins Wohnzimmer, in den Laden, zurück in die Küche. Nach ungefähr zehn Minuten ohne Stells Anblick wurde sie jedesmal panisch und eilte ins Schlafzimmer zurück.

»Teufel auch«, murmelte Stell nach einer ihrer Wanderungen, »jedesmal wenn du wieder reinkommst, fühle ich mich besser.«

Sie wußte, daß es eine Lüge war.

Ted beschloß, die Rechnungsbücher durchzugehen. Gwen warf einen Blick darauf, und in Anbetracht des völligen Durcheinanders, das er damit anstellen würde, überredete sie ihn, Gin Rommée zu spielen.

Ungefähr um Mitternacht sah es so aus, als könnten sie ebensogut ins Bett gehen. Stoner überlegte, ins Gästezimmer zu ziehen, um in der Nähe zu sein. Aber Gwen wies darauf hin, daß Ted dort schlafen müßte, wenn er überhaupt ein Auge zutun sollte.

Sie waren sich alle einig, daß Gwen als einzige noch zu rationalem Denken imstande war.

Das letzte, was Stoner tat, bevor sie in die Baracke hinausging, war, Stell den Rücken zu massieren, woraufhin Stell — schwach — verkündete, daß dies ihr Leben um gute fünf Jahre verlängert hätte, vielen Dank, und einschlief. Stoner saß noch für eine Weile bei ihr, berührte ihre heiße, gespannte Haut, beobachtete jeden Atemzug. Sie konnte den Gedanken nicht abschütteln, daß Stells Leben nicht in Jahren bemessen war, sondern in Stunden.

Sie riß sich zusammen, küßte Stell auf die Stirn, richtete ihre Decken, flüsterte, »Ich liebe dich, Stell«, und verließ das Zimmer.

Sie ging langsam durch die kalte Nacht zu der Baracke.

Sie sah den Kojoten nicht.

Der Kojote sah sie.

Gegen zwei Uhr morgens gab sie den Versuch auf, Schlaf zu finden. In der Küche brannte Licht. Sie konnte am Tisch Teds gebeugte Silhouette sehen. Gwen war endlich eingeschlafen. Vorsichtig glitt sie aus dem Bett, zog ihre Stiefel an und tastete sich zwischen den weißen Felsen hindurch zum Haus zurück.

Ted war vollständig angezogen und starrte in eine Tasse mit kaltem, öligen Kaffee. Er sah auf. Seine Augen waren trüb und rot umrändert.

»Wie geht es ihr?« fragte Stoner leise.

Er schüttelte den Kopf.

Sie warf einen Blick durch die Schlafzimmertür. In dem schwachen Licht konnte sie das Heben und Senken von Stells Brustkorb beim Atmen kaum ausmachen. Ihre Haut war noch fahler als vorher. Ihre Hände, die sich im Schlaf ruhelos am Rand der Decke entlang bewegten, sahen aus wie Vogelkrallen, die Finger lang und knochig, die Haut dazwischen durchscheinend und lose wie Schwimmhäute.

Sie goß sich eine Tasse Kaffee ein und setzte sich an den Tisch. »Du solltest versuchen zu schlafen, Ted. Du siehst schlimmer aus als Larch Begay.«

Er fuhr sich mit den Händen über Wangen und Kinn. Seine Bartstoppeln klangen wie Maisstroh.

Stoner nippte an ihrem Kaffee und erschauderte. »Ich hab' in meinem Leben schon eine Menge schlechten Kaffee getrunken«, sagte sie in einem Versuch, ihn aufzuheitern, »aber dieser hier gehört ins Guinness Buch der Rekorde.«

Er sah sie flehentlich an. »Was fehlt ihr bloß?«

»Ich weiß es nicht.«

»Es ist, als ob jemand alles Leben aus ihr herausgesaugt hat.«

Sie stand auf. »Ich hasse es, deine Gefühle zu verletzen, aber den kann ich nicht schwarz trinken.«

Als sie die Milchpackung in den Kühlschrank zurückstellte, hörte sie ein leises Geräusch — ein schluckaufähnliches Geräusch wie von einem Benzinmotor, der nicht anspringt. Sie drehte sich um.

Ted hatte die Hände vors Gesicht geschlagen und schluchzte.

Ihr Magen zog sich zusammen.

Sie ging zu ihm, berührte seine Schulter. »Ted.«

»Ich weiß nicht, was ich tun soll«, sagte er mit tränenerstickter Stimme.

Sie legte die Arme um ihn. Er weinte an ihrer Schulter. »Ja«, sagte sie, »Stell ist eine verdammt feine Frau.«

»Ich hab' ihr Vorwürfe gemacht wegen Ted junior«, murmelte er. »Gott, ich wünschte, ich hätte das nicht getan.«

Stoner streichelte sein Haar. »Wie man mir sagte, hat sie dich aber auch nicht gerade mit Glacéhandschuhen angepackt.«

Er hörte nicht zu. »Und Smokey Flanagan. Der Ranger bei uns zu Hause. Als er damals kam, war ich richtig eifersüchtig. Ich konnte sehen, daß er sie liebte und daß sie ihn liebte. Es hat mich fuchsteufelswild gemacht. Mir war ganz egal, ob sie mit ihm schlief. Ich wollte nur nicht, daß sie ihn liebte.« Er rieb sich mit den Knöcheln grob die Augen. »Scheiße, Stoner, ich war ein richtiger Mistkerl deswegen.«

»Das ist schon in Ordnung, Ted.«

»Hab' nicht mit ihr geredet, hab' ihm nicht zugehört.«

»Stell hat mir alles darüber erzählt«, sagte Stoner. »Das ist vorbei.«

»Alles, was es bedeutete«, redete er weiter, ohne sie zu beachten, »war, daß Stell in ihrem Herzen für eine Menge Leute Platz hat.« Tränen liefen aus seinen Augen und über seine Bartstoppeln. »Diese Frau hat in ihrem Herzen Platz für die gesamte Menschheit. Ich bin so verdammt dankbar, daß sie mich geheiratet hat.«

»Sie hat dich geheiratet, weil sie dich liebt. Du brauchst dafür nicht dankbar zu sein.«

Er wand die Hände um seine Kaffeetasse. »Sie wollte eine Tochter, und alles, was ich ihr gegeben habe, waren Jungen.«

»In Gottes Namen, Ted, dafür konnte doch keiner was.«

Seine Brust und Schultern zitterten in kleinen, ruckartigen Krämpfen. »Sie arbeitet so verdammt hart in dieser Lodge, und ich kann ihr nicht mal Frauengespräche bieten. Himmel, ich wünschte, ich wäre kein Mann.«

»Das reicht«, sagte Stoner streng. »Jetzt übertreibst du langsam. Reiß dich mal zusammen.«

Er streckte den Rücken durch und kramte ein Taschentuch heraus.

»Stell liebt dich so wie du bist. Ich weiß nicht warum, da dein Gehirn irgendwie rätselhaft funktioniert, aber sie tut es tatsächlich.«

Er warf ihr ein schwaches, wäßriges Lächeln zu. »Das klingt wie etwas, das sie sagen würde.«

»Ich brauche hierbei deine Hilfe, Ted.«

»Gib mir eine Minute«, sagte er. Er ging zum Waschbecken, spritzte sich Wasser ins Gesicht, atmete ein paarmal tief durch. »Verdammt. Ich bin nicht mehr ganz in Ordnung, seit wir auf diesem Ehe-Selbsterfahrungs-Wochenende waren.«

Stoner mußte lachen.

»Wenn du und Gwen mal Ärger habt, haltet euch bloß von diesem Kram fern.« Er schüttelte sich das Wasser aus den Haaren. »Herrgottnochmal.«

Sie warf einen Blick in Richtung Schlafzimmer, wo Tom Drooley neugierig genug geworden war, um seine Nase unter dem Bett herauszustecken. »Ted, hast du irgendeine Ahnung, was mit ihr los sein könnte? Ist irgend etwas geschehen, während wir weg waren?«

»Heute morgen war sie noch in Ordnung. Nachdem ihr Mädels weg ward, bin ich hinters Haus gegangen und habe ein bißchen gearbeitet. Als ich zum Mittagessen reinkam, lag sie auf dem Bett. Sie sagte, sie wäre nur müde. Das sah ihr nicht besonders ähnlich, aber ich hab' nicht lange drüber nachgedacht, bei der Hitze und allem. Dann, als Rose und Tomás vorbeikamen wegen ihrer Großmutter, sagte sie, sie wäre in Ordnung.«

»Na ja, das hört sich wie Stell an.«

»Ich hab' mir dann überlegt, vielleicht ist sie von einer Spinne oder sowas gestochen worden, aber sie behauptete, das wäre sie nicht.«

»Vielleicht hat sie's nicht gemerkt«, warf Stoner ein.

»Daran hab' ich gedacht. Ich habe überall an ihr nachgesehen, hab' nichts gefunden. Außerdem, bei den giftigen Insekten, die wir hier draußen haben, wenn dich da eins sticht, kannst du drauf wetten, daß du's merkst.« Er putzte sich die Nase. »Scheiße, Stoner, Männer sind ganz falsch konstruiert für sowas. Wissen nicht, wie wir mit Problemen umgehen sollen, denen wir nicht eine reinhauen können.«

»Du machst das schon ganz gut.« Ihr fiel etwas ein. Sie zögerte zu fragen, aber ... »Rose Lomahongva hat eine Ya-Ya Krankheit erwähnt. Weißt du irgendwas darüber?«

Er schüttelte den Kopf. »Nicht mehr als du auch. Glaubst du, da ist was dran?«

»Ich weiß nicht ...« Sie hörte, daß Stell sich bewegte, und stellte sich in die Tür zum Schlafzimmer.

»Kleine Bärin?«

»Ich bin hier.«

»Glaub nichts von dieser Ehe-Selbsterfahrungs-Geschichte«, sagte Stell mit kaum hörbarer Stimme. »Er ist schon immer bescheuert gewesen.«

Sie ging herüber und berührte ihr Gesicht. »Wie fühlst du dich, Stell?«

»Wie Sand, den der Wind fortbläst. Ich glaub', ich bin in Schwierigkeiten, kleine Bärin.«

Das brachte sie zu einer Entscheidung. Sie ging in die Küche zurück. »Wir bringen sie hier raus.«

»Sie ist zu schwach, um sie zu bewegen.«

»Und wenn schon, ihr Zustand bessert sich nicht. Er wird sich auch nicht bessern.«

»Sie zu bewegen könnte ...«

»Verdammt nochmal, Ted«, sagte sie ärgerlich. »Das ergibt keinen Sinn. Die Frau da drin braucht Hilfe, und sie braucht sie jetzt. Und wir haben nichts gemacht, außer rumzustehen und uns leidzutun. Wenn du nichts unternimmst, werde ich es tun.«

Sie schnappte sich Stells Jacke und die Autoschlüssel vom

Kleiderhaken neben dem Hinterausgang und knallte die Tür hinter sich zu.

Gwen kam den Fußweg hintergelaufen. »Ich hab' jemanden brüllen hören. Ist was passiert ...?«

»Ted ist völlig paralysiert. Stell baut immer mehr ab. Ich bringe sie nach Holbrook, und wenn er mich aufhalten will, kann er sich ja eine einstweilige Verfügung besorgen.«

»Richtig«, sagte Gwen und stieß die Küchentür auf.

Als sie endlich den Lieferwagen angelassen, den Vordersitz von Abfällen und Gerümpel freigeräumt und den Wagen aus der Scheune herausgefahren hatte, stand Ted auf der Veranda und trug Stell in seinen Armen. Er öffnete die Beifahrertür und ließ sie hineingleiten. »Ihr bleibt hier«, sagte er kurz angebunden. »Gwen telefoniert gerade mit dem Krankenhaus, damit sie auf uns vorbereitet sind. Ich rufe euch an, sobald ich etwas weiß.«

Tom Drooley sprang auf die Ladefläche. Stoner zerrte ihn herunter und lehnte sich zum Fenster hinein. »Stell ...«

»Sie ist bewußtlos«, sagte Ted und prügelte den Gang rein.

Das Rattern des sich entfernenden Motors wurde von der Nacht verschluckt.

Sie setzte sich an den Tisch, voller Angst, quer durch das Zimmer zu schauen, dorthin wo direkt jenseits der Tür Stells zerwühltes Bett stand.

Nicht Stell. Bitte, Göttin, nicht Stell.

»Sie warten auf sie«, sagte Gwen, als sie im Wohnzimmer den Hörer auflegte. »Nur Gott weiß, was die hier draußen medizinische Versorgung nennen, aber ich wette, es ist besser als die Fließbänder, die wir zu Hause haben.«

Sie räumte Teds Tasse vom Tisch und setzte sich rittlings auf einen Stuhl. »He.« Sie zupfte Stoner leicht am Ärmel. »Es kommt schon in Ordnung.«

»Tut es das?«

»Ich weiß es. Fische irren sich nie in solchen Dingen.«

Stoner zwang sich zu einem Lächeln. »Klar.«

»Ich meine es ernst. Niemand stirbt einfach so, von einer Minute auf die andere von hier ins Jenseits.«

»Ted dachte, es könnte ein Insektenstich sein, aber dann wäre sie jetzt schon tot, oder?«

»Ganz bestimmt.«

»Geh ruhig zurück ins Bett, wenn du willst«, sagte Stoner, während ihre Augen zur Schlafzimmertür wanderten. »Es wird eine Weile dauern, bis wir was hören.«

»Ich denke, ich werde aufbleiben.« Gwen sah sich im Zimmer um. »Zu schade, daß Stell eine so gute Hausfrau ist. Wenn wir zu Hause wären, würde ich die Zeit damit rumkriegen, den Boden zu wachsen und den Backofen sauberzumachen.«

Ein kühler Windzug erinnerte sie daran, daß sie sich nicht die Mühe gemacht hatten, ein Feuer anzuzünden. Sie stand auf, zerknüllte die Morgenzeitung und warf einige kleine Stücke Zunder dazu. Streichhölzer. Sie entdeckte sie auf der Schlafzimmerkommode.

Sie zögerte.

»Ich hol' sie«, sagte Gwen.

Stoner schüttelte den Kopf und zwang sich, ins Schlafzimmer zu gehen. Es roch nach Kampfer und Kiefernholz und ganz schwach nach Hefe. Stells Flanellhemd war über den Rücken eines Stuhls geworfen. Sie berührte es, streichelte es, hob es hoch und begrub ihr Gesicht darin.

Ihr war schlecht, und die Angst drang ihr bis in die Knochen.

Gwen nahm ihr das Hemd aus der Hand und hielt es ihr hin. »Zieh es an«, sagte sie.

Sie glitt in die Ärmel hinein und knöpfte es zu. Sie fühlte sich Stell näher. »Gwen, es tut mir leid ...«

»Oh, um Himmels willen«, sagte Gwen. Sie nahm Stoners Hände. »Ich bin mit dir zusammen in guten wie in schlechten Tagen, Geliebte. Und wenn das bedeutet, mit dir diese Nacht zu durchwachen, bis wir herausfinden, was dieser verrückten Lady fehlt, nun gut ... ich hab sie selbst sehr gern. Und ich weiß, so sicher wie ich jemals irgendwas gewußt habe, daß sie wieder gesund wird.«

Sie dachte an Ted, der jetzt durch die einsame Nacht fuhr, mit nichts, das ihm Gesellschaft leistete, außer der Angst.

Die Sonne kam heraus. Sie färbte die Wolken rosa und verwandelte sie in Zuckerwatte. Vögel sangen ihre Lieder an Talavai. Wüstenmäuse schleckten die letzten Reste des Morgentaus von niedrigen Gräsern und huschten davon in ihre kühlen Tunnel.

Stoner öffnete die Augen.

Das Feuer war beinahe erloschen. Ihre Glieder waren steif von der Kälte. Sie erhob sich mühsam aus dem Lehnstuhl und befreite ihre Beine aus der verschlungenen Decke.

Gwen telefonierte.

Plötzlich erinnerte sie sich an das, was geschehen war. Ihr Magen verknotete sich.

Gwen sah zu ihr herüber, nickte und zeigte mit dem Daumen nach oben.

Sie konnte ihr Grinsen nicht unterdrücken.

»Sie wird wieder gesund«, sagte Gwen, als sie auflegte. »Sie fing im selben Moment an, sich zu erholen, als sie über die Reservationsgrenze fuhren. Sie muß ein paar Tage im Krankenhaus bleiben, aber wir können sie heute nachmittag besuchen. Ted bringt den Wagen zurück und wird sich hier um alles kümmern.«

»Es geht ihr wirklich gut?«

»Es geht ihr gut.« Gwen rieb sich den Nacken. »Meine Güte, bin ich fertig. Ich denke, ich gönn' mir eine Dusche und ein Nickerchen. Wir brauchen den Laden nicht vor acht aufzumachen.« Sie legte die Arme um Stoners Taille. »Du siehst auch ziemlich erledigt aus. Warum kommst du nicht mit?«

»Gleich. Ich will Stells Bett frisch beziehen und da drin ein bißchen aufräumen. Ted hat schon genug am Hals gehabt.«

Sie wartete, bis sie in der Dusche das Wasser laufen hörte, und ging ins Schlafzimmer. Sie zog Stells Hemd aus und setzte sich auf die Bettkante.

Tom Drooley kam hervorgekrochen und sah sie an. Seine Ohren lagen eng am Kopf. Seine Stirn war von tiefer Hunde-Sorge gezeichnet. Die Adern in seinem Gesicht traten hervor. Er sah völlig erschöpft aus.

Stoner kniete sich hin und legte ihm die Arme um den Hals. »Sie wird wieder gesund, alter Junge. In ein paar Tagen kommt sie nach Hause, und dann wird sie uns anmeckern, weil wir so einen Aufstand gemacht haben. Und alles wird wieder genauso sein wie vorher.«

Tom Drooley legte den Kopf auf ihre Schulter und gab einen tiefen, klagenden Seufzer von sich.

Sie wehrte sich nicht länger gegen die Tränen.

6. Kapitel

Neuigkeiten verbreiten sich schnell in abgelegenen Gegenden. Um zehn Uhr hatten sie schon Besuch von Larch Begay, der die Lichter des Lieferwagens in der Nacht gesehen hatte und vorbeikam um herauszufinden, was los war und ob er etwas für sie tun konnte. Diese Bereitwilligkeit hätte sie ihm gegenüber freundlicher stimmen sollen, aber das tat sie nicht. Und sie wurde das Gefühl nicht los — durch das *kopavi*, würde Siyamtiwa sagen —, daß er sogar ein gewisses Vergnügen an ihren Schwierigkeiten hatte.

Jimmy Goodnight rief aus Beale an, in einem Zustand, der an Panik grenzte. Er hatte es von Larch Begay gehört. Stoner beruhigte ihn, daß Stell am Leben bleiben würde.

Jemand mit dem Namen Martha Hunnicutt, die gerade zufällig im Drugstore ihren monatlichen Insulinvorrat abgeholt hatte, als Begay anrief, bot sich telefonisch an, mit ein paar Zeitschriften nach Holbrook rüberzufahren.

Einer der örtlichen Rechtsanwälte rief an und sagte, er habe gehört, daß Mrs. Perkins an einer Lebensmittelvergiftung erkrankt sei, nachdem sie in einem Restaurant in Winslow gegessen hatte. Er bot seine Dienste an.

Die Pfarrer sowohl der Mormonen- als auch der Episkopalkirche riefen an und sprachen ihr Mitgefühl und ihre Besorgnis aus, wenngleich Mrs. Perkins gar nicht zu ihren Schäfchen gehöre, aber sie sei natürlich herzlich willkommen, sollte sie mal vorbeischauen wollen.

Tomás Lomahongva kam vorbei, hing eine Weile herum,

ohne etwas zu sagen, zerhackte zwei Scheffel Holz zu Zunder und ging wieder, ehe ihm irgend jemand danken konnte.

Ein Touristenpärchen — sie in hautengen, rosafarbenen Polyesterhosen und schwarzen, hochhackigen Lackschuhen, er in Bermudashorts und Sandalen — standen unsicher auf der Veranda herum, bis Gwen ihnen versicherte, ja, das Gerücht, das sie im Supermarkt in Beale gehört hätten, entspreche der Wahrheit, Mrs. Perkins sei ein bißchen angeschlagen, aber jetzt sei alles wieder in Ordnung, und die Handelsstation sei ganz offiziell geöffnet.

Die Verwaltung des Navajo County Memorial-Krankenhauses in Holbrook rief an, um zu fragen, ob sie Stells Krankenversicherungsnummer irgendwo finden könnten.

Ted tauchte auf, brachte Steaks und Wein mit und schlief quer über dem Bett liegend ein, ohne sich die Mühe zu machen, sich auszuziehen.

Eine Gruppe älterer Navajo-Frauen kam und setzte sich auf die Veranda, um Klatsch auszutauschen und die weitere Entwicklung abzuwarten.

Der Pepsi-Vertreter traf ein, um die Limonadenmaschine aufzufüllen. Er entschloß sich, seine Mittagspause damit zu verbringen, auf der Fensterbank zu sitzen und versuchsweise mit Gwen zu flirten.

Eine Yuppiefamilie samt Kindern (Melissa und Jason) konnte einfach nicht *glauben*, daß man nirgendwo in der Gegend die *New York Times* und ein Croissant bekommen konnte. Gwen schlug einen Besuch bei Begay vor.

»Wenn wir diesen Zulauf eine Woche lang bei McTavish und Kesselbaum hätten«, sagte Stoner zu Gwen, »könnten wir in Rente gehen.«

Gwen, die gerade versuchte, Jason zu erklären, nein, sie sei keine Indianerin — und nein, er könne *kein* Bild von den Damen draußen auf der Veranda machen, ohne sie zu fragen — antwortete ihr nicht.

Melissa sagte Stoner, sie solle »deine Augäpfel auf deine

Nase tun und deine Nase auf deinen Rücken«, und fiel hysterisch lachend zu Boden.

Stoner hoffte, daß Armageddon anbrechen würde, bevor Melissa alt genug war, Präsidentin zu werden.

Jason verkündete, daß er die Luft anhalten würde, bis sie ihn Bilder von den Damen draußen machen ließen. Gwen sagte ihm, er könnte die Luft anhalten, bis er platzte, es wäre ihr egal, da er mit Sicherheit nicht den Mittelpunkt ihres Universums bildete.

Jason brachte sein entrüstetes Yuppietum zum Ausdruck, indem er aus vollem Hals schrie.

Stoner sagte ihm, er sollte die Klappe halten, oder sie würde ihm die Zunge herausschneiden, und ging in die Küche, um Essen zu machen, bevor sie etwas tat, wofür man sie verhaften konnte.

Während sie versuchte, sich für Frühstücksspeck-Tomaten-Sandwich oder Schinken und Emmentaler auf Roggenbrot zu entscheiden, warf sie zufällig einen Blick zur Hintertür und sah Siyamtiwa, die ruhig im Hof stand und die Thermosflasche in der Hand hielt.

Sie öffnete die Fliegentür. »Das ist ja eine Überraschung.«

»Nicht für mich«, sagte Siyamtiwa.

»Möchten Sie reinkommen?«

Die alte Frau schüttelte den Kopf. »Ich bin gekommen, um zu sehen, wie es der *pahana* geht.«

»Dieser Ort«, sagte Stoner, »erinnert mich an meine Heimatstadt, so wie sich hier die Gerüchte verbreiten.«

»Ich kenne keine Gerüchte. Meine Neuigkeiten kommen von meiner Freundin Kwahu.«

»Wer ist *Kwahu*?«

Die alte Frau lächelte. »Niemand, den du kennst. Stimmt es denn nicht? Deine Freundin ist nicht krank?«

»Doch, es stimmt schon, aber es geht ihr besser.«

Siyamtiwa lächelte etwas verblüfft. »So schnell? Ich hörte, sie war sehr krank.«

Stoner setzte sich auf den Rand der Veranda. »War sie auch. Sehr krank. Ich dachte, sie würde sterben. Aber Ted hat sie ins Krankenhaus gebracht, und sie ist über den Berg.«

»Das ist gut«, sagte Siyamtiwa. »Kann kein Krankenhaus des Bureau of Indian Affairs gewesen sein.« Sie breitete ihre Decke auf dem Boden aus und setzte sich.

»Es ist komisch«, sagte Stoner. »Ted sagt, es ging ihr besser, sowie sie die Reservation verließen.«

Die alte Frau fuhr hoch und sah sie scharf an. »Erklär mir das nochmal.«

»Ted, ihr Mann, hat sie letzte Nacht nach Holbrook gefahren. Er sagt, in dem Augenblick, als sie die Reservationsgrenze überquerten, fing sie schlagartig an, sich zu erholen.«

Siyamtiwa sog die Luft ein. »Hör mir gut zu, Grünauge«, sagte sie barsch. »Wenn du deine Freundin siehst, mußt du ihr sagen, sie soll sich von hier fernhalten, bis diese Sache geklärt ist.«

»Warum? Welche Sache?«

Die alte Frau stand auf. »Ich muß darüber nachdenken. Du tust, was ich sage.«

»Ich werd's versuchen, aber ...«

»Gib mir dieses Versprechen«, schnappte Siyamtiwa. »Gib mir dieses Versprechen im Namen der Geister, zu denen du betest. Sie muß wegbleiben.«

»Ich kann ihr nicht einfach sagen, sie soll nicht nach Hause kommen, ohne ...«

Siyamtiwa stampfte mit dem Fuß auf. »*Halt sie von hier fern.*«

»Aber ...«

»Ich werde nicht mit dir streiten, Grünauge. Wenn deine Freundin jetzt hierher zurückkommt, wird sie sterben.«

»Ich ...«

»Das hier ist kein Spiel, *pahana.*« Die Indianerin war wirklich zornig. »Es geht um das Leben deiner Freundin. Wenn sie wegbleibt, wird sie leben. Wenn sie herkommt, wird sie sterben. Es hängt von dir ab.«

»In Ordnung«, sagte Stoner besänftigend. »Ich werde tun, was ich kann.«

»Nicht 'tun was ich kann'. Du wirst dich verpflichten. Du wirst es schaffen. Wenn du es nicht schaffst, wirst du sie nie wiedersehen. Und du wirst mich nie wiedersehen. Und vielleicht wird niemand *dich* je wiedersehen.«

Sie drehte sich abrupt um und begann fortzugehen.

Stoner folgte ihr. »Ich habe gesagt, ich würde es versuchen. Ich kann nicht mehr tun als das.«

»Der Anglo sagt, er wird etwas tun, und vielleicht tut er es. Wenn er verspricht, es zu 'versuchen', wird es nicht getan, da kannst du sicher sein.«

»Ich *bin* nicht wie sie«, sagte Stoner ungeduldig.

»Das sagst du.« Sie wandte sich wieder ab.

Stoner lief ihr nach, berührte sie am Arm. »Warten Sie einen Augenblick ...«

»Auf das, was hier geschieht, warte ich schon seit mehr Jahren, als du überhaupt zählen kannst. Ich habe keine Augenblicke mehr zum Warten. Wenn du deine Freundin nicht überzeugst wegzubleiben, werden wir reichlich Zeit zum Reden haben. Bei ihrer Begräbniszeremonie. Jetzt habe ich anderes zu tun.«

»Verflucht nochmal!« rief Stoner. Sie hämmerte sich hilflos mit der Faust gegen das Bein. »Sie dickköpfige Indianerin!«

»Und du bist ein dummes Bleichgesicht. Ich werde Antworten für dich haben, wenn ich Antworten habe, nicht vorher.«

Gwen tauchte auf der Veranda auf. »Was ist hier los, eine Rassenunruhe?«

Siyamtiwa wandte sich an Gwen und stieß ihr Kinn Richtung Stoner. »Deine Frau da«, schnappte sie, »hat die Wesensart eines Maultiers.«

»Ich weiß«, sagte Gwen. »Sie ist Steinbock.«

»Und *Sie*«, schäumte Stoner, »Sie glauben, bloß weil Sie hundertfünfzig Jahre alt sind ...«

Siyamtiwa lachte. »Hundertfünfzig Jahre! Ich erinnere

mich nicht mal mehr daran, hundertfünfzig zu sein. Mit hundertfünfzig war ich so jung wie du, aber nicht so albern.«

»Kinder, Kinder«, sagte Gwen. »Wie wär's, wenn ihr mir mal sagt, worum es hier eigentlich geht.«

»Sie ...«, Stoner gestikulierte in die Richtung der alten Frau, »... will nicht, daß Stell zurückkommt, aber sie will nicht sagen, warum.«

Siyamtiwa verschränkte die Arme vor der Brust. »Wenn du dem Volk angehörtest, würdest du all dieses Erklären nicht brauchen.«

»Tja, ich gehöre aber nicht dem Volk an.«

»Ihr Weißen habt keine Achtung vor euren Alten. Das ist es, was mit euch nicht stimmt.«

»Vielen herzlichen Dank«, sagte Stoner sarkastisch. »Ich bin froh, daß es so eine simple Lösung für unsere Probleme gibt.«

Gwen packte sie hart an der Schulter. »Hör sofort auf, und entschuldige dich.«

»Warum soll ich mich entschuldigen? Alles, was ich will, ist eine einfache Erklärung.«

»Weil wir Gäste auf dem Land dieser Menschen sind«, sagte Gwen. »Entschuldige dich.«

Sie sah ein, daß Gwen recht hatte. Ihr Ärger verflog. »Es tut mir leid.« Sie hielt Siyamtiwa die Hände hin. »Bitte, Großmutter. Es tut mir wirklich leid.«

Die alte Frau wandte ein versteinertes Gesicht von ihr ab. »Du solltest mehr wie deine Frau sein. Sie hat gute Manieren.«

»Sie ist besser erzogen als ich.«

Siyamtiwa betrachtete den Horizont.

»Großmutter, ich weiß, daß ich grob war. Aber die letzten vierundzwanzig Stunden waren grauenvoll. Meine Freundin ist fast gestorben, ich hab' mir solche Sorgen gemacht, daß ich kaum geschlafen habe. Also gut, ich verspreche es. Ich werde Stell nicht zurückkommen lassen, bis Sie es sagen. Ich weiß nicht, wie um alles in der Welt ich das schaffen soll ...«

»Ein Maultier wie du«, sagte Siyamtiwa. »Warum solltest du es nicht schaffen?«

»Sie kennen Stell noch nicht.«

Die alte Frau knurrte. »Ein schönes Paar.«

»Ich werde sie von hier fernhalten«, sagte Stoner. »Ich breche meine Versprechen nicht, oder, Gwen?«

»Niemals«, sagte Gwen.

Siyamtiwa schaute Gwen an. »Ich glaube, daß *du* die Wahrheit sagst. Sagt Grünauge die Wahrheit?«

»Immer«, sagte Gwen. »Es hat ihr schon endlose Scherereien eingehandelt.«

»Ich kann es nicht glauben«, sagte Stoner. »Sie denken, ich bin eine *Lügnerin*.«

»Ich denke, du bist eine Weiße.«

»Gwen ist eine Weiße. Wie kommt's, daß Sie ihr trauen?«

»Sie besitzt Achtung.«

»Sie besitzt Diplomatie.«

»Nun«, sagte Siyamtiwa, »man fängt mehr Fliegen mit Honig als mit Senf, hm?« Sie sah Stoner scharf an. »Du hast diese Stell gern?«

»Sehr.«

Die alte Frau wandte sich an Gwen. »Du hast nichts dagegen?«

»Natürlich nicht«, sagte Gwen. »Ich bin ihre Geliebte. Und ich ...« Sie stockte.

Siyamtiwa nickte. »Geliebte. Okay.«

»Sie kennen so etwas, oder?« fragte Stoner.

Siyamtiwa funkelte sie an. »Du glaubst, ich hätte nie die Mesa verlassen? Du glaubst, ich bin so eine unwissende Wilde, wie ihr sie in euren Filmen habt? Ich weiß Dinge, die du niemals wissen wirst, Grünauge. Und ich habe Dinge getan, bei deren Erwähnung du erröten würdest.«

»Ganz bestimmt, das glaube ich«, sagte Stoner verlegen.

»Ich bin eine alte Frau«, sagte Siyamtiwa. »Ich versuche zu verhindern, daß etwas Schreckliches geschieht. Meinst du im

Ernst, ich habe so viel Zeit, daß mich kümmert, was unter eurer Bettdecke vor sich geht?«

»Zu schade, daß diese Einstellung nicht weiter verbreitet ist«, sagte Gwen.

»Was für Schreckliches?«

»Wenn ich weiß, wie groß diese Gschichte ist, werde ich es dir sagen.« Siyamtiwa wandte sich zum Gehen. »Paß auf dich auf, Großtochter. Jemand beobachtet dich.«

»KWAHU!«

Der Ruf erreichte sie bei einem Päuschen auf dem Wind. Was denn *jetzt?*

»KWAAA...HUUU!«

Die Dringlichkeit der Aufforderung ließ ihr Murren verstummen. Sie suchte schnell den Boden ab, erspähte die Gestalt der alten Zweibein-Frau, die mit ausgestreckten Armen dastand.

Sie legte ihre Flügel zusammen und ließ sich fallen.

Siyamtiwa brummte, als sich die Krallen sanft um ihr Handgelenk schlossen.

Adlerin drehte den Kopf und putzte sich bescheiden.

»Ziemlich gut«, sagte das Zweibein. »Für ein uraltes Relikt.«

Adlerin fixierte sie mit einem goldenen Blick aus einem Auge. »Wenn du etwas von mir willst, sag mir, was es ist. Ich habe zu tun.«

Siyamtiwa lachte, setzte dann eine Miene von großer Feierlichkeit auf. »Danke, Großmutter, daß du diese arme, unglückliche alte Indianerin besuchst.«

Kwahu gab vor, nicht zu bemerken, daß sie verspottet wurde. »Schön, schön, was ist los?«

»Wegen der *pahana*. Der Krankheit.« Siyamtiwa ließ sich auf dem Boden nieder. »Wir müssen darüber sprechen. Ich denke, es ist vielleicht eine Ya-Ya-Angelegenheit.«

Adlerin ging gereizt im Kreis herum. »Ich habe dir schon mal gesagt, die Skinwalker sind fort. Zauberei ist im Volk verboten. Du weißt das.«

Die alte Frau schnaubte. »Wenn wir das Böse loswerden könnten, indem wir ein Gesetz herausbringen, hätten wir eine prima Welt, hm?«

Bei einer Torheit ertappt spreizte Adlerin ihre Federn. »Was hast du gesehen, das dich so denken läßt? Oder nährst du dich auf deiner alten Tage von Gerüchten?«

»Diese Krankheit hat in diesem Sommer viele genommen, und nicht alle waren alt wie die Lomahongva-Frau. Die beiden weißen Frauen haben die Reservation verlassen und sind gesund geworden. Das ist eine seltsame Geschichte.«

»Die Weißen haben Medizin.«

Siyamtiwa schüttelte den Kopf. »Ich glaube das nicht. Die erste weiße Händlerin litt viele Wochen lang, trotz ihrer Medizin. Bis das Grünauge kam. Jetzt erholt sich die zweite weiße Händlerin.« Sie betrachtete den Boden. »Und bedenke, Großmutter Kwahu: alle, die die Krankheit hatten, waren Frauen.«

Adlerin dachte sorgfältig darüber nach.

»Den ganzen Sommer habe ich etwas in der Luft gespürt. Jetzt klären sich die Wasser, und ich kann das Muster schon fast erkennen.« Sie gab der Adlerin einen Moment, um das zu verdauen. »Was ich weiß, ist: Die Traumleute haben zu mir von Grünauge gesprochen und mir aufgetragen, die Puppe zu machen.«

Die Adlerin stolzierte ärgerlich hin und her. »Du und deine Traumleute. Wenn deine Traumleute so gern Aufträge erteilen, wie kommt es, daß sie nie zu mir sprechen?«

»Weil«, sagte Siyamtiwa, »dein *kopavi* verschlossen ist.«

»Das sagst du.«

»Das weiß ich. Du bist ein überheblicher, mürrischer alter Vogel. Warum sollten die Traumleute etwas mit dir zu tun haben wollen?«

»Na und«, fauchte Adlerin, »ich bin sicher, zu dir kommen sie auch nur als letzten Ausweg.«

»Du weißt, was ich bin, Großmutter«, sagte Siyamtiwa leise. »Laß uns nicht streiten. Ich brauche deine Hilfe. Irgendwo da draußen ...«, ihre Geste umschloß das Land von Horizont zu Horizont, »... ist ein *powaqa*, ein Skinwalker, ein Zwei-Herz. Mit deinen starken Flügeln und scharfen Augen ...«

»Aha«, sagte Adlerin mit nur einem Hauch von Selbstgefälligkeit, »jetzt wo du mich brauchst, beschließt du also, es mit Schmeichelei zu versuchen.«

»Es liegt keine Schmeichelei in der Wahrheit«, sagte Siyamtiwa. »Ich muß mehr über diesen *powaqa* wissen. Wer ist er? Wie groß ist seine Macht? Was will er? Was weiß er von Grünauge?«

Großmutter Kwahu stand still und starrte unter ihren wilden Augenbrauen hervor. »Ich werde sehen, was ich tun kann«, sagte sie schließlich. »Aber du gibst mir nicht gerade viele Anhaltspunkte.«

»Nur soviel: Er ist ein Kojotenmann. Und er weiß, daß Grünauge seine Feindin ist. Deshalb hat er die Händlerin krank gemacht. So zeigt er seine Macht.« Sie zögerte einen Herzschlag lang. »Als nächstes, glaube ich, wird er die Freundin nehmen.«

Adlerin erschauerte, als sei ein Schatten über sie hinweggeglitten. Sie schmeckte Eisen auf ihrer Zunge. »Wenn Grünauge schlau ist, wird sie ihre Freundin nehmen und diesen Ort verlassen.«

»Ich glaube nicht«, sagte Siyamtiwa. »Mein Herz sagt mir, wenn sie die Gefahr versteht, wird sie sich nicht abwenden.«

»Warum sagst du ihr dann jetzt nicht alles?«

»Ihr Denken ist weiß. Ihr Bewußtsein würde es zurückweisen.«

Kwahu schaukelte von einem Fuß auf den anderen. »Ich habe kein hoffnungsvolles Gefühl hierbei, Großmutter.«

»Du weißt, wie es mit uns ist«, sagte Siyamtiwa. »Wir können bloß unsere Rolle spielen. Nur die Geister wissen, wie es ausgehen wird.«

Eine starke Brise kam auf, gutes Flugwetter. »Wir treffen uns hier in der Abenddämmerung«, sagte Adlerin. »Und sagen uns, was wir wissen.«

»Gut.«

Großmutter Adlerin schwang sich in die Morgenluft empor.

✳ ✳ ✳

Stoner saß im Wartezimmer des Krankenhauses, umgeben von lachsfarbenen Wänden und grünen Kunstledermöbeln. Sonnenlicht strömte weiß durch staubige Fenster. Sie schlug die Beine übereinander, erst in die eine, dann die andere Richtung, stand auf und ging zum Fenster, um auf den asphaltierten Parkplatz herunterzustarren, kehrte zu ihrem Platz zurück und zupfte an einem losen Faden an ihrer Jeans.

»Sie bekommt keine Herztransplantation«, sagte Gwen. »Wir warten nur auf die Besuchszeit, was wir überhaupt nicht zu tun brauchten, wenn du nicht so stur auf dem Einhalten der Regeln bestehen würdest.

»Ich kann nichts dafür«, sagte Stoner. »Ich weiß, daß sie uns beim Reinschleichen erwischen würden, und dann würden sie uns rauswerfen, und ich würde sie nie sehen.«

»Dann *entspann* dich wenigstens, um Himmelswillen. Du machst mich nervös, und es gibt überhaupt keinen Grund, nervös zu sein.«

Sie ging zur Tür und schaute den Gang hinunter. Die Uhr über der Feuertreppe zeigte 2:55, digital. Fünf Minuten.

»Ich hasse Krankenhäuser«, sagte sie, während sie mit langen Schritten zur Couch zurückging und sich fallenließ. »Sie sind so steril.«

Gwen tätschelte beruhigend ihren Arm. »Sie sollen steril sein.«

»Leute *sterben* in Krankenhäusern.«

»Leute sterben auch auf der Autobahn, im Meer, beim Springen aus Flugzeugen und in der Ungestörtheit ihres eigenen Badezimmers. Das Schlimmste ist vorbei, erinnerst du dich? Sie ist dabei, sich zu erholen.«

»Stimmt.« Sie ging zum Fester zurück und spielte mit der Jalousieschnur. »Wie soll ich sie nur davon überzeugen, hier zu bleiben, wenn sie nach Hause kommen will?«

»Sag ihr, daß sie sterben wird, wenn sie es nicht tut.«

»Das ist verrückt. Nichts davon ergibt irgendeinen Sinn. Weißt du, wie das alles aussehen wird für eine, die so mit beiden Beinen auf der Erde steht wie Stell?«

»Verrückt«, gab Gwen zu.

»Wie kann ich es ihr erklären?«

»Erklär es nicht. Bitte sie, dir zu vertrauen.«

»Warum sollte sie das tun?«

»Weil sie dich liebt«, sagte Gwen. »Und wenn Leute sich lieben, vertrauen sie einander ziemlich oft.«

Stoner blickte zu ihr herüber. »Du findest, daß ich albern bin, stimmt's?«

»Nein, Liebste, aber wenn du nicht aufhörst, mit den Jalousien da ein S.O.S. rauszublinken, haben wir hier jede Minute die Ortsgruppe der Pfadfinder auf der Matte stehen.«

Ein leiser Glockenton erklang in der Eingangshalle.

Stoner sprang vom Fensterbrett herunter. »Besuchszeit. Fertig?«

»Geh du schon vor. Ich werde noch diesen exzellenten Anstaltskaffee austrinken und in ein paar Minuten nachkommen. Ich könnte mir vorstellen, du und Stell habt ein paar private Dinge zu bereden.«

Sie zögerte. »Was ist, wenn sie wirklich fürchterlich aussieht oder sowas. Was mach' ich dann?«

Gwen nahm ihre Hand. »Du sagst, ruhig und in heiterem Ton, 'Himmel, Stell, du siehst ja aus wie ein Stück Scheiße. Bist du sicher, daß diese Arschlöcher wissen, was sie tun?'«

Stoner lachte. »Danke vielmals.«

»Mach, daß du da rein kommst, okay?«

Stell saß aufrecht im Bett und las im Februarheft von *Meine Familie und ich*. Sie hatte immer noch dunkle Ringe unter den Augen, aber ihre Augen waren wieder blau. Ihr Gesicht war blaß, aber es war Leben in ihren Haaren. Sie trug einen weißen Chenille-Morgenmantel über einem hellblauen Nachthemd, das genau zu ihren Augen paßte und beträchtliche Einblicke in ihr Dekolleté gestattete. Sie begann, eine Seite umzublättern, spürte, daß jemand im Zimmer war, und sah auf.

»Stoner.« Sie streckte die Arme aus und riß dabei fast den schmalen Schlauch ab, der in ihren Handrücken führte. »Himmel nochmal, dein Anblick macht mehr Spaß als Amphetamine.«

Stoner grinste. »Bist du da gerade drauf?«

Stell warf einen finsteren Blick auf den Tropf. »Ich glaube, da ist gar nichts drin. Es ist nur einer von ihren kleinen Tricks, um dir zu zeigen, wer hier das Sagen hat.«

Stoner umarmte sie vorsichtig, konnte nicht vergessen, wie sich ihre heiße, trockene Haut angefühlt hatte, die brüchig scheinenden Knochen, die Muskeln, die zu schwach waren, um den leisesten Druck zu erwidern.

»Hey«, sagte Stell und verstärkte ihren Griff. »Ich werd' schon nicht zerbrechen.«

»Du hast mir einen Riesenschreck eingejagt, Stell.« Sie hielt sie ganz fest. »Wir dachten, wir hätten dich verloren.«

»Ich hab' mir selbst einen Schreck eingejagt, und das ist die reine Wahrheit.«

Stoner trat zurück und schaute sie an. »Das ist ein toller Fummel, den du da anhast.«

»Nicht wahr?« sagte Stell. Sie zupfte an einem Ärmel. »Ted ist losgegangen und hat das hier besorgt, sobald der Textilienladen aufhatte. Sagte, das Krankenhaus-Nachthemd sähe wie ein Lumpen aus.« Sie lachte. »Dieses kleine Fetzchen hier wird wohl für Gerede sorgen, wenn schon für nichts anderes.«

»Eine Menge Leute haben nach dir gefragt«, sagte Stoner, als sie sich vorsichtig auf die Bettkante setzte. »Unter anderem auch Larch Begay.«

Stell verzog das Gesicht. »Du weißt wirklich, wie du einem Mädel die Stimmung hebst.«

»Stell«, sagte Stoner leise, nahm Stells Brille in die Hand und spielte damit herum, »weißt du eigentlich, wie krank du warst?«

»Ich weiß, wie krank ich mich gefühlt habe.«

»Hat dir schon irgendwer gesagt, was dir gefehlt hat?«

Stell schüttelte den Kopf. »Sie behaupten, sie wissen es nicht. Find mal raus, ob das stimmt, ja? Oder ob ich irgendwas Endgültiges und Unheilbares habe und sie nur versuchen, den Schlag abzumildern.«

Stoner fühlte einen engen Reifen aus Furcht um ihren Brustkorb. »Meinst du das ernst?«

»Teufel, nein. Ich habe, was immer Claudine hatte, und soweit ich weiß, macht sie in genau diesem Moment in Taos sämtliche Pferde wild. Vielleicht hat es mit irgendwas in der Nähe der Handelsstation zu tun. Paß ja auf dich auf da draußen, hörst du?«

»Stell, wegen der Handelsstation ...«

Stell bedeckte Stoners Hand mit ihrer eigenen. »Ich weiß, das hier war als euer Urlaub gedacht. Ted kann sich erstmal um alles kümmern, und ich komme zurück, sobald ...«

»Das meinte ich doch gar nicht, Herrgott nochmal«, sagte Stoner entrüstet. »Kennst du mich denn nicht besser?«

»Na, wo liegt denn dann das Problem? Ihr habt sie noch nicht niedergebrannt, oder?«

»Nein, es ist nur ... na ja ... das ist ziemlich verrückt.«

»Ich erwarte Verrücktes von dir«, sagte Stell und rettete ihre Brille aus Stoners Händen. »Was ist los?«

Stoner schaute hoch in die Ecke, wo die Wände und die Zimmerdecke zusammenliefen. »Siyamtiwa sagte, ich soll dir sagen, daß du nicht zurückkommen sollst. Sie sagte, wenn du es doch tust, wirst du sterben.« Sie sah Stell an. »Sie war da sehr entschieden.«

»Hol mich doch der Teufel«, sagte Stell, »jetzt haben sie endlich angefangen, zurückzuschlagen. Sie haben Tom Drooley noch nicht als Geisel genommen, oder?«

»Stell, Mensch, jetzt hör mir doch mal zu. Da geht irgendwas Merkwürdiges vor, und deine Krankwerden ist ein Teil davon, und wenn du jetzt zurückkommst, wird es wieder von vorn anfangen, nur wir werden dich diesmal nicht mehr retten können.«

Stell lachte. »Könntest du das freundlicherweise wiederholen?«

»Etwas geht da vor. Etwas Gefährliches.«

»*Was* geht vor?«

Stoner raufte sich die Haare. »Ich weiß es nicht. Niemand sagt mir irgendwas. Mir wurde befohlen, dir zu befehlen, wegzubleiben, oder du würdest sterben, und das tue ich gerade.«

»Ich kann die Handelsstation nicht im Stich lassen. Ich bin dafür verantwortlich.«

»Und *ich* bin für dich verantwortlich.«

»Seit wann?« schnappte Stell.

»Ich liebe dich. Das macht mich für dich verantwortlich.«

Stell schüttelte fassungslos den Kopf. »Warum sollte mich jemand töten wollen? Ich bin aus Wyoming.«

»Ich *weiß* es nicht.« Ihre Stimme wurde lauter. »Ich verstehe überhaupt nichts von alldem. Aber ich will nicht, daß dir etwas zustößt. Ist das klar, Stell? *Ich will nicht, daß dir etwas zustößt!*«

Die Tür flog auf. »Meine Damen«, donnerte eine Frauenstimme, »das hier ist ein Krankenhaus, keine Kneipe.«

Sie drehte sich um. Im Eingang stand eine Krankenschwester. Ungefähr 26. Mittelgroß, schlank, schwarze Augen und Haare, Haut in der Farbe einer polierten Pecannuß-Schale. Und eindeutig jemand, die beabsichtigte, die Situation unter Kontrolle zu haben.

»Tut mir leid«, sagte Stoner.

»Mrs. Perkins, ich habe strenge Anweisungen, daß Sie ruhen sollen. Ruhe, Mrs. Perkins, ist *nicht* gekennzeichnet durch die Teilnahme an einem verbalen Schlagabtausch, egal wie wesentlich das Thema oder wie provozierend ihre Gäste sind. Ihre Genesung liegt in *Ihren* Händen, Mrs. Perkins. Verstehen wir uns?«

Stell grinste. »Stoner, das ist Laura Yazzie. Laura, Stoner McTavish, meine Freundin aus Boston.«

»Tag«, sagte Stoner.

Laura Yazzie betrachtete sie von oben bis unten. »Benimmt man sich in Boston so in Krankenhäusern?«

Stoner sah zu Boden.

»In diesem Hospital befinden sich kranke Menschen, Ms. McTavish. In diesem *Raum* hier befinden sich kranke Menschen. Mrs. Perkins mag ja vielleicht phantasieren und deshalb nicht völlig für ihr Benehmen verantwortlich sein. Das bleibt abzuwarten. Sie jedoch erscheinen mir relativ gesund.«

»Ich sagte, daß es mir leid tut«, sagte Stoner und steckte die Hände in ihre hinteren Hosentaschen. »Ich habe gerade versucht, ihr zu sagen ...«

»Es ist mir gleich, was Sie ihr zu sagen versucht haben«, sagte Laura Yazzie. Sie wandte sich ab und steckte Stell ein Thermometer in den Mund. »Wenn Sie sich benehmen können, dürfen Sie bleiben. Wenn nicht, sollten Sie besser gehen, bevor ich die Geduld verliere.«

»Bevor?« murmelte Stell an ihrem Thermometer vorbei.

»Machen Sie's mir nicht so schwer, Mrs. Perkins«, sagte Laura Yazzie, während sie ihr Handgelenk nahm und auf die Uhr schaute. »Bloß weil Sie nicht mehr am Rand des Abgrunds schweben, sind Sie noch lange nicht über den Berg.«

»Laura Yazzie«, sagte Stell, als sie wieder sprechen durfte, »ist eine Navajo. Eine plündernde, stehlende, kriegerische Rasse, gefürchtet und verhaßt im ganzen Navajo-Bezirkskrankenhaus.

»Wenn Sie so schwierig sind, wenn Sie krank sind«, sagte Laura und notierte etwas auf Stells Krankenblatt, »würde ich Sie nur furchtbar ungern gesund erleben.« Sie richtete Stells Kopfkissen und Bettwäsche, überprüfte ihren Tropf und brachte es irgendwie fertig, sie sanft in die Kissen zurückzulegen, ohne sich das anmerken zu lassen. »Temperatur siebenunddreißig acht, Puls ein bißchen hoch. Ich nehme an, wir können das Ihrem Besuch zuschreiben.«

»Wird sie bald entlassen?« fragte Stoner.

»Nicht wenn Sie sie weiter aufregen.«

»Ich bin nicht aufgeregt«, sagte Stell.

»Wenn es nach mir ginge ...« Laura Yuzzie stellte etwas am Tropf neu ein, »würde ich sie hier behalten, um die Bude etwas aufzuheitern. Leider geht es nicht nach mir.«

»Ich weiß nicht, warum nicht«, murmelte Stell. »Die Hälfte der Ärzte hier hat Angst vor Ihnen.«

Laura Yazzie lachte. Sie hatte ein sehr sympathisches Lachen, kräftig und volltönend und echt.

»Hören Sie«, sagte Stoner, »das ist wirklich ernst gemeint wegen Stells Rückkehr.«

»Nun, die werden sie sicher nicht länger hier behalten als nötig. So wie sie sich rausmacht, müßten Sie sie in ein paar Tagen zurück haben.«

»Aber ich will sie nicht zurück«, sagte Stoner.

Laura Yazzie hob eine Augenbraue.

»Kinder«, murmelte Stell. »Man versucht, sie anständig großzuziehen, opfert sich für sie auf, und was passiert? Bei der ersten Gelegenheit schicken sie einen fort, damit sich Wildfremde um einen kümmern.«

Stoner schaute sie an. »Du brauchst nicht hierzubleiben«, sagte sie. »Du kannst in ein Motel gehen oder verreisen. Du kannst nur nicht zur Handelsstation zurückkommen.«

Laura Yazzie schüttelte heftig den Kopf. »Sie kann hierbleiben oder nach Hause gehen. Keine Motels und keine Reisen. Ihr Organismus hat einen üblen Schock abbekommen.

Sie sollte es mal ein paar Wochen lang ruhig angehen lassen, mindestens.«

»In diesem Fall«, sagte Stell, »komme ich nach Hause. Tut mir leid, Stoner, aber so ist es eben.«

Sie hatte eine Idee.

»Ich frag' mich, ob ich Sie mal privat sprechen könnte«, sagte sie zu Laura Yazzie.

»Stoner ...« warnte Stell.

»Tut mir leid, Stell. Ich muß das tun.«

»Du belastest unsere Freundschaft.«

»Wenn die Situation umgekehrt wäre«, sagte Stoner, »würdest du genau dasselbe tun.«

»Na gut«, warf Laura Yazzie ein. »Sie haben mich neugierig gemacht, und ich hab' jetzt ohnehin Pause.« Sie warf das Krankenblatt aufs Bett und ging zur Tür. »Viel Spaß beim Lesen, Mrs. Perkins.«

Gwen beschäftigte sich mit dem Kreuzworträtsel in der Morgenzeitung. Stoner stellte sie einander vor und schätzte, daß Laura Yazzie ungefähr fünfzehn Sekunden brauchte, um ihre Beziehung zu durchschauen.

»Es geht um Stell«, setzte Stoner an.

Laura goß sich aus der Maschine in der Ecke einen Kaffee ein. »Ich hatte nicht erwartet, daß Sie über die Chancen der Texas Rangers bei den Amerikanischen Meisterschaften diskutieren wollten.« Sie schüttete ein Päckchen Süßstoff dazu und rührte um. »Sie sind lausig, nebenbei bemerkt. Was kann ich Ihnen sagen?«

Sie beschloß, sich dem Thema langsam zu nähern. »Wissen die, was ihr fehlt?«

»Nee.« Laura setzte sich auf die Kante der Fensterbank.

»Finden Sie nicht, daß das komisch ist?«

»Jau.«

Stoner räusperte sich. »Es hat Gerede gegeben, draußen auf der Reservation ...«

»Auf der Res gibt's so viel Klatsch wie Sand.«

»Na ja«, sagte Stoner, »vielleicht ist was dran. Es ist die beste Erklärung, die ich bekommen konnte.«

»Wofür?«

»Für das, was mit Stell passiert ist.«

Laura wandte rasch den Kopf ab und entknotete die Jalousieschnur. »Kinder«, murmelte sie, »immer müssen sie mit den Dingern rumspielen.«

Stoner erkannte ein Ablenkungsmanöver, wenn sie eins sah. Sie beschloß, ins kalte Wasser zu springen. »Wissen Sie irgendwas über Ya-Ya-Krankheit?«

Laura blickte kurz zu ihr und zurück zum Fenster. »Vielleicht hab' ich davon gehört. Vor langer Zeit.«

»Es wird darüber geredet, auf der Reservation.«

Die Frau sah in ihre Kaffeetasse hinunter. »Es wird immer über irgendwas geredet.«

»Glauben Sie, daß es das sein könnte, was Stell fehlt?« bohrte Stoner.

Lauras Augen zuckten in den Gang, ungefähr dorthin, wo Stells Zimmer lag. »Ich habe eine lange Berufsausbildung hinter mir. Ich mache nicht in Mystizismus.«

»Aber wenn Sie das täten, wäre es möglich?«

»Was sind Sie«, fragte Laura mit einem Lachen — einem ziemlich gezwungenen Lachen. »Ein Wannabee?«

»Wie bitte?«

»Ein Wannabee. Want-to-be, weiße Person, die indianisch sein will.«

»Nein«, sagte Stoner geduldig. »Ich möchte nur verstehen, was geschieht.«

»Also rechnen Sie sich aus, weil ich eine braune Haut habe, muß ich alles über diese mysteriöse Krankheit wissen.« Das Gesicht der Frau war verschlossen, ihre Stimme feindselig.

»Schauen Sie, diese ganze Sache macht mir eine Heidenangst. Wenn Sie Stell gesehen hätten, als Ted sie hier reinbrachte ...«

»Hab' ich«, sagte Laura Yazzie leise.

»Dann müssen Sie wissen, wie mir zumute ist.«

Die Frau nippte an ihrem Kaffee. Ihr Gesicht war undurchschaubar.

»Mein einziger Anhaltspunkt«, sagte Stoner, »ist das, was Siyamtiwa mir erzählt hat. Und sie hat mir wirklich nicht viel erzählt.«

»Wer?« fragte Laura scharf.

»Siyamtiwa. Eine alte Hopi-Frau.«

»Mein Gott«, flüsterte Laura, »ich dachte, sie wäre tot.«

»Sie kennen sie?«

»Sie und meine Großmutter sind miteinander gegangen.«

»Miteinander gegangen?« fragte Gwen.

»Sie waren Freundinnen. Eng. Wie Schwestern. Aber ich habe sie nicht mehr gesehen, seit ich ein Kind war, und sie war damals schon alt.«

»Sie ist jetzt *sehr* alt«, sagte Stoner.

»Sie war schon immer *sehr*, sehr alt.« Laura Yazzie begann, ein wenig ängstlich auszusehen. »Was hat sie Ihnen gesagt?«

»Ich soll Stell von der Reservation fernhalten, oder sie stirbt.«

Laura zerknickte ihren Pappbecher und schleuderte ihn wütend in den Abfalleimer. »Verdammt nochmal!«

»Was ist los?«

Laura rieb an ihrer Stirn herum. »Lassen Sie mich da raus, okay? Das liegt hinter mir.«

»Ich verst...« fing Stoner an.

»Hören Sie. Ich bin auf dieser Reservation aufgewachsen. Ich bin aufgewachsen mit der Angst, nachts die Augen zuzumachen, oder nach Einbruch der Dunkelheit den *hogan* zu verlassen, weil da draußen vielleicht Gespenster oder Hexenmeister sein könnten. Ich bin aufgewachsen mit dem Glauben an Naturgeister und an Heilungen durch irgendwelchen Singsang. Dann haben sie mich auf die weißen Schulen geschickt, und *die* lehrten mich, über diesen Kram zu lachen. Die Hälfte der Zeit habe ich mich gefürchtet, und die andere Hälfte hab' ich mich geschämt. Hin- und hergerissen zwischen der weißen Welt und der Reservation. Die wissen wirklich, wie man einem Kind den Kopf durcheinanderbringt.«

Sie schwieg für einen Moment, sah aus dem Fenster hinaus dorthin, wo die Wüste sich endlos ausdehnte.

»Ich wußte, daß ich hier raus mußte«, sagte sie schließlich. »Raus oder kaputtgehen. Mary Beale war weggegangen, damals als es viel schwerer war als heute. Ich dachte, wenn ich den Weg von Mary Beale gehen könnte ...«

»Verzeihung«, sagte Gwen, »aber wer ist Mary Beale?«

Laura Yazzie zuckte die Schultern. »Nur eine Indianerin von der Reservation. Nur irgendeine arme, elende Rothaut, die versucht hat, sich in der Welt zu behaupten. Aber Mary Beale hat es wirklich getan. Sie bekam ihre Schwestern-Urkunde und ihr Abitur, und sie hat es bis zur Universität geschafft. Und jetzt wird sie respektiert und macht sich keine Sorgen um Gespenster und Hexenmeister.« Sie drehte sich wieder zum Fenster. »Mary Beale sagt, man kann es hinter sich lassen«, sagte sie leise. »Aber es kommt zurück. Es kommt immer zurück.

»Was kommt zurück?« fragte Stoner.

»Ich will nichts damit zu tun haben«, sagte Laura und ignorierte ihre Frage. »Ich weiß nichts über eine Ya-Ya-Krankheit. Ich lebe nicht mehr hier. Ich gehöre nicht mehr hierher. Das hier ist ein Job für den Sommer, nichts weiter.«

»Wo leben Sie denn dann?« fragte Gwen.

»Montreal. Ich schreibe an meiner Doktorarbeit. An der McGill-Universität.«

»Ich verstehe«, sagte Gwen. »Und Sie machen diesen Job hier, um Ihre Studiengebühren zu verdienen, habe ich recht?«

»Stimmt. Ich habe eine marktgängige Fertigkeit. Na und?«

Gwen stand auf und goß einen Becher Kaffee ein und reichte ihn Laura. »Sind Sie eine gute Krankenschwester?«

»Da können Sie Gift drauf nehmen.«

»Na ja«, sagte Gwen. Sie setzte sich auf die Kante der Fensterbank und schaute hinaus auf das, was Laura betrachtete. »Schon seltsam, nicht wahr?«

»Was ist seltsam?« fragte Laura.

»Daß Sie zwischen hier und Montreal keinen einzigen Job finden konnten.«

Laura antwortete nicht.

»Ich bin in Georgia aufgewachsen«, sagte Gwen. »Wir hatten keine Gespenster oder Geister oder heilenden Gesänge. Aber was wir hatten, waren Vorurteile und Engstirnigkeit und Heuchelei und all die anderen Dinge, die das Leben in einer Kleinstadt so erfreulich machen. Ich war wirklich froh, da rauszukommen. Und wissen Sie was? Ich denke an diese Stadt mindestens einmal am Tag. Manchmal ist es 'Gottseidank, daß ich nicht mehr dort bin'. Aber meistens sind es kleine Erinnerungen — in Sommernächten in der Nachbarschaft spazierenzugehen, wenn die Maulbeerblätter im leichten Wind rascheln und dunkle Schatten auf Verandaschaukeln sitzen. Oder die Stille um drei Uhr morgens. Oder in einer Farm auf der anderen Seite des Tals ein Licht zu sehen und sich zu fragen, ob dort jemand krank ist, weil so spät noch Licht brennt.« Sie hielt einen Moment inne. »Es läßt einen nicht los.«

Laura seufzte. »Ja, es ist die alte Geschichte. Erst kannst du es nicht erwarten, wegzukommen, und dann hast du das Gefühl, du hast die Hälfte von dir zurückgelassen.« Sie sah zu Stoner herüber. »Also kann ich Ihnen genausogut sagen, was ich weiß. Die alte Siyamtiwa wäre sowieso hinter mir her, wenn ich es nicht täte.«

Stoner setzte sich auf die Couch und faltete die Hände zwischen den Knien. »Was wissen Sie von ihr?«

»Es gab viel Gerede, als ich ein Kind war ... über Zauberei.« Sie stand auf und holte sich noch ein Päckchen Süßstoff. »Ein paar Leute haben geschworen, daß sie gesehen hätten, wie sie hinter einem Hügel verschwand, und ehe sie sich's versahen, saß da eine Eidechse oder sowas auf einem Felsen, und die alte

Siyamtiwa war nirgends mehr zu erblicken. Also haben sie sich eingebildet, daß sie wohl die Eidechse *war*, und dann fingen die Geschichten über Zauberei an.«

»Wollen Sie damit sagen«, fragte Stoner, »daß sie dachten, sie sei eine Hexe?«

»Ich schätze, es gab Leute, die das dachten. Die Zeiten waren ziemlich verzweifelt. Nehmen Sie verzweifelte Zeiten, plus die Tatsache, daß die Dinge für Sie persönlich vielleicht nicht so gut laufen und daß Ihre Schafe vielleicht plötzlich tot umfallen, ohne daß Sie einen Grund rausfinden können — und ehe Sie sich's versehen, denken Sie über Hexen nach oder über Außerirdische, oder Sie sehen Jesus Christus in ihrem Badezimmer unter der Dusche stehen.« Sie rührte in ihrem Kaffee. »Von daher, ja, es gab Gerede. Aber dann starb meine Großmutter, und ich bin weggegangen zur Schule, und als ich zurückkam, war sie fort. Die Leute hörten sogar auf, über sie zu reden, außer dann und wann in Gute-Nacht-Geschichten, um kleine Kinder zu erschrecken.«

»Wie ist die Lage da draußen jetzt?« fragte Gwen.

Laura überlegte. »Angespannt. Aber das hat hauptsächlich mit Politik zu tun. Nicht die Art von Ereignissen, die Zauberei-Gerede lostritt. Wenn die Ya-Ya-Krankheit umgeht ...« Sie zuckte die Schultern. »Die Ya-Ya gab es vor langer Zeit. Am Anfang waren sie einfach eine von vielen Hopi-Bruderschaften, die glaubten, ihre Macht aus der Tierwelt zu beziehen. Ein paar von ihnen verstrickten sich zu tief darin und begannen, ihre Macht auf die falsche Art zu benutzen, also wurde die Gemeinschaft aufgelöst.«

»Ich verstehe nicht«, sagte Stoner, »was das mit einer Krankheit zu tun hat.«

»Einigen der Legenden nach konnten die Ya-Ya Frauen ihre Lebensenergie entziehen und sie für ihre persönlichen Zwecke verwenden.«

»Das klingt nicht nach Zauberei«, warf Gwen ein. »Das klingt nach Ehe.«

»Folglich«, fuhr Laura Yazzie fort, »wenn eine Schwächungs-krankheit umgeht, und wenn sie ausschließlich Frauen zu treffen scheint ...« Sie zuckte die Schultern. »Sie sehen, wie sowas zustande kommt.«

»Nach allem, was Sie beobachtet haben«, sagte Stoner vor-sichtig, »passen Stells Symptome in dieses Bild?«

Lauras Augen zuckten wieder zur Seite, dann zurück zu Stoner. »Möglich.«

»Glauben Sie, daß Siyamtiwa dahinterstecken könnte?«

»Auf gar keinen Fall. Die Frau hat kein einziges Körnchen Bosheit in sich. Nur blanke Sturheit.«

»Haben Sie schon mal jemanden gekannt, der mit den Ya-Ya zu tun hatte?«

»Kaum«, sagte Laura lachend. »Die Ya-Ya waren Hopi. Ich bin Dineh, Navajo. Öl und Wasser. Die Dineh haben Hexen-meister, Skinwalker nennen wir sie. Aber sie verursachen keine Ya-Ya-Krankheit. Wenn Sie also auf Hexenjagd gehen wollen, würde ich mal vermuten, daß Sie das, was Sie suchen, auf der Hopireservation finden werden.« Sie stand auf. »Ich geh' besser zurück an die Arbeit. Weiß der Himmel, was Mrs. Perkins inzwischen angestellt hat, um ihr Krankenblatt zu frisieren.«

»Ich muß Sie um einen Gefallen bitten«, sagte Stoner. »Siyamtiwa will nicht, daß sie jetzt direkt zur Handelsstation zurückkommt. Aber Stell will nicht auf mich hören. Gibt es eine Möglichkeit, wie wir sie hier behalten können?«

Laura überlegte. »Ich schätze, ich könnte ihre Temperatur fälschen, aber das ist nicht gerade koscher.«

»Na ja«, sage Stoner, »das ist Stell auch nicht.«

»Wir könnten damit durchkommen, aber die anderen Schwestern werden sie als normal aufnehmen. Vielleicht bringt es uns ja ein paar Tage, wenn niemand zu genau hinschaut.«

Stoner grinste. »Uns.«

»Uns.« Sie warf Gwen einen Blick zu und schüttelte den Kopf. »Junge, ich habe in meinem Leben schon einige Draht-zieher getroffen, aber die hier schlägt sie alle um Längen.«

»Wer, ich?« fragte Gwen, die Unschuld selbst.

Laura Yazzie wandte sich wieder an Stoner. »Wenn Sie vorhaben, noch viel Zeit mit ihr zu verbringen, sollten *Sie* vielleicht besser ein bißchen Zauberei lernen. Sonst wird sie Sie dazu bringen, Dinge zuzugeben, die Sie nie zugeben wollten, damit Sie Dinge tun, die Sie geschworen hatten, für immer sein zu lassen.«

»Das macht sie schon«, sagte Stoner.

✳ ✳ ✳

Stoner saß auf den Stufen der Baracke und versuchte, mit einer Welt klarzukommen, die völlig übergeschnappt war.

Ya-Ya-Krankheit.

Ya-Ya-Krankheit? Hört sich an wie etwas, das sich kleine Kinder ausdenken würden. Billy hat die Ya-Ya. Njah, njah, Njah-njah. Liebe Ms. Jones, bitte entschuldigen Sie Susie heute vom Turnunterricht. Sie hat die Ya-Ya-Krankheit.

Hey, Ern, sowas haste noch nicht gehört. Ich sitz' in der Notaufnahme, klar? Und es ist so um die zwei Uhr morgens, und da kommt dieser Anruf rein auf 110. Und da ist dann dieser alte Knacker dran und schreit, wir sollen den Wagen losschicken, weil seine Frau die Ya-Ya hat. Was tun die unten im 'Schäfer' in den Schnaps rein?

Guten Tag. Ich sammle für den Mütter-Protestmarsch gegen Ya-Ya. Das Gesundheitsministerium hat festgesetzt, daß Ya-Ya Herzleiden, Emphyseme, Säuglingsmißbildungen und vorzeitige Kahlköpfigkeit verursacht. Studien in der neuesten Ausgabe des *New England Journal of Medicine* zeigen jedoch, daß es bei mäßiger Anwendung Krampfadern vorbeugen kann.

Sie drückte sich die Handballen gegen die Augen, bis sie kleine, rote Flecke aus schwebendem Licht sah. Ya-Ya-Krankheit.

In diesem Augenblick siecht Stell vielleicht deshalb in einem Holbrooker Krankenhauszimmer dahin, weil irgendsoein

Hopi-Hexenmeister — oder mehrere? —, dem sie nie begegnet ist, sie mit einem Fluch belegt hat.

Vier Millionen Jahre Evolution, um hier zu landen? Aber es war nicht zu leugnen, daß Stell krank gewesen war. Entsetzlich, lebensgefährlich krank. Sie war schnell krank geworden und hatte sich schnell erholt. Und keiner der Ärzte konnte sagen, was ihr fehlte. Die einzigen, die überhaupt etwas dazu sagen konnten, waren eine alte Hopi und eine junge Navajo. Eine junge Navajo, die überhaupt nicht glücklich darüber war, von Zauberei zu sprechen.

Sie fragte sich, was ihre Freundinnen zu Hause dazu sagen würden.

Tante Hermione würde es natürlich glauben. Tante Hermione war schneller bereit, an Okkultes zu glauben als an die Abendnachrichten.

Marylou? Marylou würde wahrscheinlich überlegen, welcher Wein am besten zu Ya-Ya-Krankheit paßte.

Edith Kesselbaum — die berühmte Dr. Edith Kesselbaum, ihre ehemalige Therapeutin und Marylous Mutter — hätte vielleicht in früheren Zeiten des langen und breiten erläutert, was es mit dem primitiven Bewußtsein und abergläubischem Denken auf sich hatte. Aber Edith war gerade dabei, von Freud zu Jung zu konvertieren, und jetzt war alles möglich.

Sie griff unbewußt hoch und berührte die Halskette, die Siyamtiwa ihr geschenkt hatte. Die wahrscheinlich das einzige war, was zwischen ihr und einem unheilbaren Ya-Ya-Leiden stand.

Siyamtiwa. Was immer hier gerade geschah, Siyamtiwa schien der Dreh- und Angelpunkt zu sein.

Und Siyamtiwa zog sie da mit hinein.

In was? Und warum mich? Weil ich zufällig wie eine Puppe aussehe, die sie zufällig geschnitzt hat? Das ist verrückt.

Die ganze Sache hier ist verrückt. Ich meine, was habe ich mit Hexenmeistern zu tun und mit amerikanischen Ureinwohnerinnen und Mystizismus und ...

Sie schaute auf und sah Gwen auf dem Fußweg von der Handelsstation näherkommen. Gwen blieb stehen, betrachtete für einen Moment den Boden, bückte sich dann und hob mit einem leicht verwirrten Stirnrunzeln etwas auf.

»Sieh dir das an.« Sie gab Stoner den Gegenstand. »Hast du so einen schon mal gesehen?«

Es war ein kleiner Klumpen Naturstein, eingebettet in eine Schicht aus erstarrtem Lehm. Sie rieb den Lehm weg, und zum Vorschein kam ein hellblauer Hintergrund, der mit einem kreuz und quer verlaufenden Spinnwebmuster aus feinen, rostfarbenen Streifen durchzogen war.

»Türkis?« fragte Stoner.

»Sieht so aus.«

»Merkwürdige Zeichnung.« Sie drehte ihn in den Händen herum. Der Stein strahlte ein warmes, lebendiges Gefühl aus. »Ich hoffe, er ist nicht radioaktiv.«

Gwen lachte. »Sowas kann auch nur dir einfallen.«

Sie wollte ihn zurückgeben. »Behalt ihn«, sagte Gwen. »Vielleicht bringt er dir Glück.«

Stoner zuckte zusammen. »Genau dasselbe hat Siyamtiwa gesagt, als sie mir die Puppe geschenkt hat. Und die Halskette. Wozu brauche ich all das Glück?«

»Du könntest es alles zusammenlegen und im Lotto gewinnen.«

»Im Ernst, wie denkst du über all die Dinge, die hier passieren?«

Gwen setzte sich neben sie und schlang die Arme um die Knie. »Ich versuche, für alles offen zu bleiben. Was denkst du?«

»Nichts, das irgendeinen Sinn ergibt.«

»Nun ja, angesichts der Tatsache, daß das Ganze in drei Sprachen und ebensovielen Kulturen abläuft, solltest du vielleicht nähere Informationen abwarten.«

Stoner zeichnete sinnlose Bilder in den Staub. »Siyamtiwa will etwas von mir, da bin ich sicher.«

»Du bist völlig erledigt, Stoner«, sagte Gwen und begann, ihr die Schultern zu massieren. »Es waren ein paar harte Tage. Warum schläfst du nicht ein bißchen, bevor du versuchst, es rauszufinden?«

»Du hast wahrscheinlich recht.« Sie drehte sich und legte sich lang auf den Rücken, mit dem Kopf auf Gwens Beine.

Gwen streichelte ihre Haare und Augenlider.

»Erinnerst du dich an letzten Sommer«, sagte Stoner, »als ich dich gerade erst kennengelernt hatte? Wir haben diesen Ausflug nach Yellowstone gemacht.«

»Ich erinnere mich.«

»Auf dem Rückweg, im Bus, bist du auf meinem Schoß eingeschlafen.« Sie lächelte. »Du warst verheiratet, und ich war so in dich verliebt. Ich dachte, ich würde platzen. Ich hätte damals alles für dich getan, sogar wenn du für immer hetera gewesen wärst. Ich würde es immer noch.«

»Ich weiß«, sagte Gwen. »Du bist mir eine gute Freundin gewesen und eine gute Geliebte.«

Stoner öffnete die Augen ein Stück. »Du bedauerst nichts?«

»Überhaupt nichts.« Sie nahm Stoners Hand. »Du bist nicht besonders gut darin, mich für dich sorgen zu lassen, aber das ist meine einzige Beschwerde.«

»Ich weiß auch nicht, warum es so schwer ist. Ich bin immer so gewesen. Das Frustrierende daran ist, ich hasse es genauso wie du.«

»Na ja«, sagte Gwen und drückte ihre Hand, »wir haben ein Leben lang Zeit, daran zu arbeiten.«

Die untergehende Sonne entzog der Luft die Hitze und wusch den Himmel zu einem blassen, dunstigen Blau aus. Die Konturen der Long Mesa begannen zu verschwimmen, als Staubkörner das schrägstehende Licht auffingen und einen trockenen Schleier über der Landschaft ausbreiteten.

Stoner fühlte Gwens Hände auf ihrem Gesicht, seufzte und schlief ein.

✳ ✳ ✳

Großmutter Adlerin ließ sich auf der verfallenen Mauer nieder und beobachtete, wie die Sonne über den Rand der Welt hinweg versank.

»Also«, sagte Siyamtiwa, »irgendwelche Neuigkeiten?«

»Vielleicht.« Sie spreizte sich wichtig.

»Und?«

»Ich finde Fußspuren, wo in vielen Wintern keine Fußspuren waren. Wo keine Fußspuren sein sollten.« Sie machte eine dramatische Pause.

Siyamtiwa wartete.

»Tief im Hisatsinom Canyon, wo die Tsaveyo Mesa und der Felsen des Verlorenen Bruders einer des anderen Schatten umarmen.«

Siyamtiwa sog scharf die Luft ein.

Adlerin warf ihr einen gerissenen Blick zu. »Das ist interessant, nicht wahr?«

»Vielleicht. Weißt du, wem sie gehören?«

Adlerin schüttelte den Kopf. »Die Wände des Canyons sind hoch. Sie blieben im Schatten. Ich hätte zu tief hinuntergehen müssen, um sie zu sehen. Ich muß versuchen, dort zu sein, wenn sie es sind.«

»Es ist also mehr als einer.«

»Zwei Männer. Einer schwer, einer leicht. Beide tragen Stiefel.«

Siyamtiwa strich sich übers Kinn. »In der alten Zeit hätten die Stiefel uns etwas verraten. Jetzt trägt sie jeder.«

»Ich kann Wache halten«, sagte Kwahu, »jetzt, wo ich weiß, wonach ich suche.«

»Wenn sie bei Tag gehen.«

»Vor mir liegt reichlich Zeit zum Schlafen«, sagte Adlerin mit einem Achselzucken. »Ich kann bei Nacht wachen.«

»Du weißt, wie wir sind«, sagte die alte Frau. »In unserem Alter nicken wir ein und merken es nicht.«

»Was glaubst du, wonach sie suchen?« fragte Adlerin und versuchte, sich ihre Neugier nicht anmerken zu lassen.

Siyamtiwa zuckte die Achseln. »Vielleicht nach Gold. Vielleicht nach den heißen Steinen, die die Graue Krankheit bringen.«

»Vielleicht nach etwas noch Mächtigerem, hm?«

»Manche Dinge dürfen nur dem Volk bekannt sein«, sagte Siyamtiwa und wandte den Kopf ab.

»Manche Dinge sind vielleicht schon diesen Männern bekannt, die vielleicht nicht dem Volk angehören«, sagte Adlerin. »Wir sind alt, du und ich. Wir brauchen einander. Dies ist keine Zeit, um auf Unterschieden zu beharren.«

Siyamtiwa nickte widerstrebende Zustimmung. »Du sollst hören, was ich denke. Ich denke, diese Männer suchen das Ya-Ya-Medizinbündel.«

Adlerin starrte sie mit geweiteten Augen an. »Dieses schreckliche Ding wurde zerstört!«

»Nein«, sagte Siyamtiwa. »Das war eine Legende. Es kann nicht zerstört werden. Das Bündel ist in einer Höhle tief im Innern der Pikyachvi Mesa eingeschlossen worden.«

»Harte-Felsen-Mesa?« sagte Kwahu. »Es gibt keine tiefen Höhlen in der Harte-Felsen-Mesa.«

»Es gibt viele Höhlen dort. Verborgene Eingänge. Wann, glaubst du, werden diese Männer den Ort finden?«

»Sie sind sehr nah daran. Wenn sie von dem verborgenen Eingang wissen, wenn sie nicht daran vorbeigehen ... drei Tage vielleicht.«

Siyamtiwa sog ihre Wangen nach innen. »So bald?«

»Sie suchen angestrengt, und sie suchen sorgfältig.«

»Mein Grünauge hat viel zu lernen«, sagte Siyamtiwa. »Und nicht viel Zeit.«

»Sie sollte besser schnell lernen.«

»Sie kann schnell lernen, wenn sie sich entschließt, zuzuhören.«

Adlerin erblickte ein kleines Wüsten-Nagetier, das sich hinter einem heruntergefallenen Brocken der Mauer versteckte. »Hast du diese Maus besonders gern?«

»Bedien dich.«

Adlerin stieß zu und zerbrach der Maus mit einem einzigen scharfen Biß das Rückgrat.

»Wie ich sehe, bist du so blutrünstig wie eh und je«, sagte Siyamtiwa trocken.

»Du hast Fleisch nie abgelehnt, wenn du welches kriegen konntest.«

»Das gilt nun nicht mehr. Meine Zähne zerfallen. Meine Knochen zerfallen. Sogar meine Haut ist müde.«

»Dein Glück, daß diese Sache bald geschehen wird«, sagte die Adlerin, als sie den Mausschwanz beiseitewarf.

»Mein Glück.« Die alte Frau schüttelte den Kopf. »Nicht unbedingt ein Glück für meine *pahana*-Freundin.«

7. Kapitel

Der gemietete Jeep holperte die Straße entlang und machte dabei einen Lärm, als wäre Rommels Armee auf dem Vormarsch. Stoner umklammerte das Lenkrad und dachte, daß ihre Zähne gleich zersplittern würden. Ihre Armmuskeln wurden fast in Fetzen gerissen. »Mein Gott«, brüllte sie über den Wind und das Knattern hinweg, »der Hersteller hätte das Ding ins Werk zurückbeordern sollen.«

Gwen hatte sich angeschnallt, klammerte sich aber zur Vorsicht noch am Überrollbügel fest. »Wir hätten das Verdeck zumachen sollen«, brüllte sie zurück. »Ich erfriere.«

»Welches Verdeck?«

»Du meinst, das Ding hat kein Verdeck?«

»Stimmt genau.«

»Und wenn es regnet?«

Stoner warf ihr durch die Dunkelheit einen Blick zu. »Machst du dir Sorgen um die Sitzbezüge?«

Die Sitzbezüge waren einst aus schwarzem Kunstleder gewesen, aber jetzt sahen sie aus, als hätten sie erst vor kurzem einigen Ziegen als Trampolin gedient.

»Schon gut«, sagte Gwen.

»Sie hatten nur zwei Wagen. Den Dodge-Kombi hättest du sehen sollen. Dieser hier fährt wenigstens.«

»Ich bin nicht sicher, ob das ein Vorteil ist«, sagte Gwen. »Kannst du nicht ein bißchen langsamer fahren?«

Sie nahm den Fuß vom Gaspedal, verlangsamte die Geschwindigkeit auf 30 Stundenkilometer, wodurch es leiser und weniger holprig, aber nicht wärmer wurde. Die Dunkelheit verwandelte das Erlebnis der Wüste. Die Nacht drängte sich nah an die Straße heran, schnitt sie ab von der flachen, ausgedehnten Weite. Nachtglimmer und die Augen kleiner Tiere blitzten im grellen Licht der Scheinwerfer kurz auf und verschwanden ebenso schnell wieder in der Schwärze. Der Nachthimmel schien sich zu einer Röhre tintenartiger Luft zu verengen, die versuchte, sie den Sternen entgegenzuheben.

»Ich bin froh, daß Ted sich entschlossen hat, in der Stadt zu bleiben«, sagte sie. »Macht es dir was aus, daß wir die Station für die nächsten Tage übernehmen?«

»Natürlich macht es mir nichts aus«, sagte Gwen mit klappernden Zähnen.

»Ich hätte dich vorher fragen sollen.«

»Es macht mir nichts.«

»Aber wir haben später immer noch genug Zeit, um herumzureisen, und Ted hat gesagt, es wäre okay, schon nachmittags dichtzumachen, weil sowieso niemand, der einen Funken Verstand hat, um diese Uhrzeit rausgeht.«

»Wir schon«, knurrte Gwen. »Verlaß dich drauf.« Sie löste ihren Sicherheitsgurt und lehnte sich nach hinten. »Es muß doch irgend etwas hier geben, das warmhält. Eine alte Pferdedecke würde mir ja schon reichen.«

»Wenn wir das nächste Mal tagsüber wegfahren und eine Weile unterwegs sein wollen, müssen wir daran denken, wie kalt es nachts wird.«

»Ich werd' bestimmt dran denken«, sagte Gwen.

Stoner spähte hinaus auf die Ansammlung von Lichtern, die vor ihnen auftauchten. »Gleich kommt Larch Begays Bruchbude.«

Gwen schauderte.

»Er hat sein ganzes Leben hier draußen verbracht«, sagte Stoner. »Ich frage mich, was er über die Ya-Ya-Krankheit weiß.«

»Wenn ich mich recht erinnere, hält er es für Aberglauben.«

»Das ist seine *Ansicht*. Ich wüßte gern, was er *weiß*.«

»Bei solchen Leuten«, sagte Gwen, »ist ihre Ansicht alles, was sie wissen.«

Die Lichter verschwanden hinter ihnen. Die Dunkelheit breitete sich wieder aus. Hinter dem Tewa Mountain begann der Mond aufzugehen. Ein Nachtvogel flog niedrig über dem Jeep hinweg und begleitete sie für eine Weile, bevor er sich aufschwang und verschwand. Am äußersten Rand des Lichtkegels ihrer Scheinwerfer hockte ein mageres graues Tier am Straßenrand.

»Fahr langsamer«, sagte Gwen. »Ich will mal sehen, ob es das ist, was ich denke.«

Das Kaninchen war nur Haut und Knochen, ein jämmerlicher Anblick. Zwei riesige, durchscheinende Ohren standen von seinem Kopf ab wie Miniatur-Narrenkappen. Es erstarrte für einen Moment, sprang dann hoch, machte eine Vierteldrehung in der Luft und sauste in die Nacht davon.

»Ein Eselhase«, sagte Gwen. »Ist das nicht die mitleiderregendste Kreatur, die du jemals gesehen hast?«

»Nee«, sagte Stoner. »Die mitleiderregendste Kreatur, die ich jemals gesehen habe, warst du, als du mit Hamburger und Pommes für Stell von McDonald's zurückkamst. Du hattest geweint, stimmt's?«

Gwen zuckte mit den Schultern. »Ein bißchen.«

»Wegen deiner Großmutter? Oder hat McDonald's neue Gipfel der Entsetzlichkeiten erreicht?«

»Ich wünschte, sie würde von sich hören lassen. Es ist fast so, als wäre sie vom Erdboden verschwunden — oder ich. Ich weiß nicht, ob sie mich vermißt oder ob sie von einem Tag auf den anderen keinen Gedanken für mich übrig hat.«

»Warum rufst du sie nicht an?«

»Ich hab' ihr gesagt, sie soll mich anrufen. Erinnerst du dich?«

»Na ja«, sagte Stoner, »das war damals. Wenn du dich jetzt nur verrückt machst vor Sorge, ruf sie doch an.«

»Ich habe ihr das gesagt, um mal nicht nachzugeben.«

»Das hier ist das Leben, Gwen, und kein Klassenzimmer. Tu das, womit du dich besser fühlst.«

»Vielleicht.« Sie schwieg für einen Augenblick. »Es ist schwer zu glauben, daß das alles passiert«, sagte sie leise. »Mein ganzes Leben lang war sie diejenige, auf die ich mich verlassen konnte. Wenn sie uns besuchte, als meine Eltern noch lebten, hatte ich immer das Gefühl, daß jemand auf meiner Seite steht. Ihr war egal, was ich tat, solange ich nur glücklich war. Wenn ich zu spät zum Abendbrot kam oder mich beim Spielen dreckig machte, ist meine Mutter ausgeflippt. Aber Großmutter hat sich immer für mich eingesetzt.«

»Ich weiß, Gwen. Es ist hart.«

»Ich schätze, lesbisch sein ist etwas anderes als zu spät zum Essen zu kommen.«

»Ich schätze auch.«

»Wenn wir solcher Abschaum sind, ist es ein Wunder, daß uns die Hunde auf der Straße nicht anfallen.«

»Hunde sind viel höher entwickelt«, sagte Stoner. Sie lächelte. »Aber ich habe gehört, daß die Rechtschaffenen Rechten gerade Dobermänner darauf abrichten, Homos im Fluggepäck zu erschnüffeln.«

»Endlich eine Sache«, sagte Gwen, »hinter die sich jeder gute Amerikaner stellen kann.«

Stoner spürte einen kurzen, stechenden Gewissensbiß. »Manchmal glaube ich, es wäre besser gewesen, ich hätte dich da nicht reingezogen.«

Gwen schaute zu ihr herüber. »Stoner, das ist lächerlich. Das hier ist, was ich wirklich bin.«

»Ich weiß, aber ...«

»Meine liebe Freundin, auf dieser Welt geschehen viele Dinge, die du nicht ins Rollen gebracht hast. Ich hoffe, das kratzt deinen Größenwahn nicht zu sehr an.«

»Alles, was ich weiß«, sagte Stoner, »ist, daß ich in einem

meiner früheren Leben etwas unglaublich Wunderbares getan haben muß, denn ich erinnere mich wirklich an nichts in diesem Leben, das wunderbar genug gewesen wäre, um dich als Belohnung zu bekommen.«

Mondlicht beschien die verwitterten Bretterwände der Handelsstation. Sie glomm hellgrau vor der nachtschwarzen Wüste. Stoner bog in die Auffahrt ein.

»Dies ist wahrhaftig ein wunderschöner Ort«, sagte Gwen. »Unheimlich, aber wunderschön.«

»Ja, das ist es.« Sie konnte fühlen, wie sich um sie herum unsichtbare Dinge durch die Nacht bewegten. Geflüster. Gefühle. Vergangene Jahrhunderte, die auf dem Fluß der Zeit davontrieben. Die Zukunft war fast schon zu sehen, dort, an der Biegung. Wenn sie nur ganz still saß ...

»Alles klar?« fragte Gwen.

Stoner nickte. »Es ist bloß alles so sonderbar. Fühlst du es?«

»Ich glaube schon.«

»Das Land ist lebendig.«

Gwen stieß die Tür auf. »Nun, Liebste, wir werden nicht mehr lange lebendig sein, wenn wir nicht bald Abendessen kriegen. Wer hat heute Küchendienst?«

»Ich.«

»Wunderbar. Dann kann ich endlich ein langes, gemächliches Bad nehmen, ohne mich ständig zu fragen, wer wohl sonst noch ins Badezimmer will. Kommt Ted zum Essen?«

»Er kommt kurz vorbei, um ein paar Sachen zu holen, aber ich glaube nicht, daß er bleiben will.«

Gwen berührte ihre Hand. »Stell wird wieder gesund. Mach dir keine Sorgen.«

»Klar.« Stoner stieg aus dem Wagen. »In ein paar Tagen wird alles wieder im Lot sein.« Sie blickte auf in den dunklen Himmel und fragte sich, was da draußen los war, und warum und welche Rolle ihr darin zugeteilt war.

Als sie die Kartoffeln in den Eintopf schüttete, hatte sie das Gefühl, beobachtet zu werden. Es war natürlich unmöglich, weiter als bis zum Fenster zu schauen, aber wenn da draußen jemand war ... dann konnten die sie so deutlich sehen wie am hellichten Tag.

Stell dich dumm, sei locker, sagte sie sich, obwohl ihr Instinkt sich dagegen sträubte — der nämlich hieß sie brüllen: »Ich weiß, daß du da draußen bist. Was glaubst du, wer du bist, du mieser Feigling?«

Quälend langsam schälte sie zwei Möhren, hackte sie klein und gab sie zu den geschnittenen Frühlingszwiebeln und den Spinatblättern in die Salatschüssel. Sie deckte den Tisch — am besten für drei, damit wer immer sie beobachtete denken würde, daß sie nicht allein im Haus waren, oder zumindest, daß sie jeden Moment jemanden erwarteten.

Sie spülte einen kleinen Stapel schmutziges Geschirr, die Überreste des Tages, hauptsächlich Kaffeebecher und Löffel.

Sie wusch die Geschirrtücher aus und hängte sie zum Trocknen an den Kamin.

Sie schrubbte das Spülbecken mit Meister Proper.

Sie holte sich eine Schüssel Wasser und einen Schwamm und wusch die Stühle und Bänke ab.

Sie hatte immer noch das Gefühl, daß da draußen jemand war.

Sie ging in den Laden und schaute sich um, aber er war für die Nacht gesichert, die Kasse abgeschlossen, die Fensterläden zugeklappt, der Riegel fest vor der Tür.

Trotz des Geräuschs von Gwens laufendem Badewasser glaubte sie, Schritte zu hören, war sich aber nicht sicher.

Schließlich hielt sie die Spannung nicht länger aus. Sie nahm eine Taschenlampe vom Regal über der Spüle, zog einen von Stells Pullovern über und trat auf die hintere Veranda hinaus.

Während sie den Lichtstrahl über den leeren Hof gleiten ließ, fiel ihr ein, daß es sicherer gewesen wäre, zu warten, bis Gwen ihr Bad beendet hatte, und zusammen zu suchen.

Tja, zu spät.

Bei der Scheune schien nichts zu sein. Sie war fest verschlossen. Von der Koppel hörte man die leisen stampfenden und mampfenden Geräusche von Bill und Maude.

Die weißen Kalksteine, die den Weg zur Schlafbaracke markierten, schimmerten im Mondlicht wie fluoreszierende Pilze. Der Weg lag verlassen da. Alles war still.

Zu still.

Es fühlte sich an, als ob etwas fehlte.

Es fehlte tatsächlich etwas.

Tom Drooley fehlte.

Sie erinnerte sich, ihn gesehen zu haben, als sie nach Hause kamen. Er war unter der Scheune hervorgekrochen und hatte dagesessen und solange mit dem Schwanz Fächer in den Staub gewedelt, bis sie ihn gebührend begrüßt hatten, und hatte sich dann wieder unter die Scheune zurückgewühlt.

Wäre Tom Drooley ein normaler Hund, dann würde er grimmige, bedrohliche Laute ausstoßen, wenn ein Fremder hier herumgeistern würde.

Niemand hatte je behauptet, Tom Drooley wäre ein normaler Hund.

Tom Drooley war, wenn man es recht betrachtete, eine prima Zielscheibe für jeden, der böse Absichten hatte.

Sie schwenkte das Licht zurück zur Scheune, erwartete fast, den übel zugerichteten, blutüberströmten Leichnam des großen, gefleckten Hundes zu sehen.

Nichts.

»Tom Drooley«, rief sie leise. »Komm schon, alter Junge.«

Kein antwortendes Bellen, kein Tapsen von herbeieilenden Pfoten.

Sie beschloß, das einzige zu versuchen, dem kein Hund jemals widerstehen konnte, das einzige, das ihn zurückrennen lassen würde, solange er sich in einem Umkreis von 30 Kilometern aufhielt und noch einen winzigen Rest Leben in sich hatte. »Tom Drooley«, brüllte sie. »Abendessen!«

Sie glaubte, ganz in der Nähe ein Winseln zu hören, und ließ die Taschenlampe herumkreisen. Die Dunkelheit verschluckte den Lichtstrahl. Wenn da draußen irgend etwas oder irgend jemand war ...

»Hey, hey, kleine Lady.«

Sie fuhr zusammen und ließ fast die Taschenlampe fallen.

Larch Begay stand neben ihr, nah genug, um sie zu berühren. Tom Drooley hechelte glücklich an seiner Seite. »Hoffe, ich hab' Sie nicht erschreckt«, sagte er mit einem Grinsen, das ihr verriet, daß er genau das zu tun gehofft hatte.

»Überrascht«, sagte sie, während das Adrenalin durch ihren Körper schoß und sich in ihrer Kehle sammelte. »Wie lange sind Sie schon hier draußen?«

»Lange genug, um zu wissen, was es bei Ihnen zum Abendessen gibt.«

Das machte sie wütend. »Ganz schön ungehobelt«, fauchte sie ihn an. »Sie hätten klopfen können. Oder wollten Sie spionieren ...«

»Mal langsam.« Er lachte und hielt dabei die Hände vors Gesicht, als wolle er sich verteidigen. »Schätze, Sie wissen nicht, wie die Dinge hier draußen laufen.«

»Schätze, das weiß ich nicht«, sagte Stoner, immer noch verärgert. »Und wenn im Dunkeln herumschleichen und in Fenster spechten dazugehört, dann halte ich nicht besonders viel von Ihren einheimischen Sitten.«

»Die Rothäute, wissen Sie, platzen nicht so einfach bei irgend jemandem herein und hämmern an die Tür und machen einen Riesenkrawall. Sie sitzen ganz still im Hof, bis Sie sich entscheiden, ob Sie Lust auf Besuch haben.«

»Na ja ...«, sagte Stoner hilflos.

»Also dacht' ich, das freut Sie bestimmt, weil ich ja seh', wie dicke Sie mit unseren roten Brüdern sind ... oder soll ich besser Schwestern sagen?«

Ihre Nackenhaare stellten sich auf. »Wie meinen Sie das?«

»So wie Sie mit dieser alten Hopi-Frau zusammenstecken.«

Vorsichtig, sagte ihr etwas, *verrate nichts*. Sie lächelte. »Diese Reservation ist wie eine Kleinstadt, nicht wahr? Kann ich irgend etwas für Sie tun, Mr. Begay?«

»Hey«, sagte er und zeigte gen Himmel. »Da!«

Sie schaute nach oben. Ein riesiger Vogel kreiste über ihnen. Das Licht der Mondsichel tupfte seine Flügelspitzen silbern.

»Verfluchtes Biest«, sagte Begay. »Glaub' nicht, daß ich je nachts 'n Adler gesehen hab', und schon gar nicht so dicht am Boden.« Er starrte hoch. »Herrje! Seh'n Sie mal, wie das Mistvieh sich bewegt. Muß mindestens hundert sein.«

Stoner beobachtete den Vogel. Er schien direkt über ihren Köpfen in der Luft zu hängen.

Begay pfiff leise. »Was für'n Vogel.«

»Ja«, sagte Stoner in unbeteiligtem Ton. Sie hatte heute nacht bessere Dinge zu tun, als mit Mr. Larch Begay Vögel zu beobachten. Im Moment fiel ihr zwar nichts ein, aber es mußte was Besseres geben. »Sie wollten mir gerade sagen, was ich für Sie tun kann«, erinnerte sie ihn.

Er grinste sie an. »Nichts. Aber ich könnt' was für Sie tun.«

Ihr gefiel überhaupt nicht, wie sehr sich das nach schlechtem Horrorfilm anhörte.

Er verschränkte die Arme, lehnte sich träge gegen das Gebäude und ließ seinen Blick langsam durch die Dunkelheit schweifen. »Ted Perkins in die Stadt gefahr'n?«

Es hatte keinen Sinn, zu lügen. »Für eine Weile.«

»Ich seh', Sie haben sich 'n Jeep geholt.«

»Stimmt.«

»In Holbrook gemietet?«

»Ja.«

»Die haben Sie übern Tisch gezogen.«

»Er scheint ganz gut zu laufen«, sagte Stoner.

»Im Moment vielleicht.«

»Mr. Begay ...«

»Sag Larch zu mir, Süße. Tut jeder. Steht für Lars. Schwedisch oder sowas.«

»Wie schön.« Sie wünschte, Gwen wäre endlich in der Badewanne fertig.

Die Ränder von Larch Begays Augen — rot und wäßrig
selbst im Mondlicht — zogen sich in Falten. »Ganz schön hart
für euch Mädels, daß Stell so einfach krank wird.«

»Wir kommen schon zurecht.« Sie wiegte sich auf den Fuß-
ballen vor und zurück und hoffte, daß es lässig und selbst-
sicher wirkte.

»Wette, Ihr seid ziemlich nervös, so ganz allein hier draußen?«

Sie rang sich ein Lachen ab. »Kein bißchen. Gwen hat einen
schwarzen Gürtel in Karate.« Was nicht ganz der Wahrheit
entsprach. Gwen hatte mal bei einem Selbstverteidigungskurs
mitgemacht, der auch ein bißchen Karate umfaßte, aber sie
war ganz sicher nicht Karate Kid.

Der Mann zog eine zerdrückte Packung filterloser Camels
aus der Tasche, steckte eine in den Mundwinkel und saugte
daran. »Is' wahr? So 'n kleines Ding wie die? Is' das nich' erstaunlich?«

»Och, ich hab' mich dran gewöhnt«, sagte Stoner. »Man
lernt eben, sie nicht wütend zu machen. Aber trotzdem: das
Leben ist wirklich voller Überraschungen.«

Begay dachte einen Moment darüber nach, dann nickte er.
»Wohl wahr.«

»Mr. Begay — Larch — Ted wird jeden Augenblick hier
sein, und ich muß mich ums Essen kümmern ...«

Der Mann schüttelte sich und raffte sich auf. »Heiliger Strohsack«, sagte er. »Is' so angenehm, die Zeit mit Ihnen zu verbringen, da hab' ich doch glatt vergessen, warum ich gekommen
bin.« Er ging zu seinem Lieferwagen, griff zum Fenster hinein
und zog eine braune Papiertüte heraus. »Hab' hier Ihre Post.«

»Danke«, sagte Stoner, als sie sie an sich nahm. »Es ist sehr
freundlich von Ihnen ...«

»Normalerweise karrt Ben Tsosie die rüber«, schnitt er ihr
das Wort ab. »Aber der hält gerade in Tuba City einen Großen
Sterngesang. Sowas schonmal miterlebt?«

»Ich fürchte nein«, sagte Stoner. Sie hatte nicht die leiseste Ahnung, was ein Großer Sterngesang war.

»Sollten Sie mal machen, wenn Sie schon hier sind. Nix als Voodoo natürlich, aber sehr farbenfroh.« Er zündete sich mit einem türkisbesetzten Feuerzeug seine Zigarette an. »Ich find' für Sie raus, wann einer stattfindet, wenn Sie wollen.«

»Danke«, sagte Stoner, »aber ich könnte mir vorstellen, daß Weiße bei sowas nicht willkommen sind, oder?«

Er zuckte unbekümmert die Schultern. »Das ist egal. Ich kann Sie reinschmuggeln. Die Hälfte der Dineh hier schulden mir ihren letzten Lendenschurz.« Er schaute auf, als ein Schatten über die Treppenstufen fiel. »'n Abend, Süße.«

Gwen zog mit einer Hand ihren Bademantel enger um sich, während sie ihr nasses Haar mit einem Handtuch trocken rubbelte. »Guten Abend, Mr. Begay.« Sie wandte sich Stoner zu. »Was ist in der Tüte da? Klapperschlangen?«

»Post.« Sie mochte die lüsternen Blicke nicht, die der Mann Gwen zuwarf. Mochte sie überhaupt nicht.

Begay fuhrwerkte mit einem ölverschmierten Finger in seinen Augen herum. »Wann kommt Mrs. Perkins nach Haus?«

»Schon sehr bald«, sagte Stoner.

»Ha'm die schon rausgefunden, was sie hat?«

»Gallenblase«, sagte Stoner schnell. »Sieht so aus, als hätte sie schon früher damit zu tun gehabt.«

»Das is' übel.« Begay kratzte sich am Kopf. »Kannte mal 'nen Typen, der das hatte. Sagte, es wär', als ob man Feuer pißt.« Er ließ seine Zigarette auf den Boden fallen und zerquetschte sie unter dem Absatz. »Tja, wenn ihr Mädels irgendwas braucht, ruft mich an. Bin schneller hier als der Blitz.«

»Danke, daß Sie die Post gebracht haben«, sagte Stoner.

Er gab Tom Drooley einen kurzen Klaps und wuchtete sich hoch in die Fahrerkabine. »Kein Problem. Lassen Sie's mich wissen, wenn Sie einen Großen Sterngesang sehen wollen.«

Sie schaute ihm nach, als er in einer Wolke von Staub, Abgasen und Dunkelheit verschwand.

»Was ist ein Großer Sterngesang?« fragte Gwen, während sie die Tüte nahm und die Post durchwühlte.

»Irgend so eine Zeremonie. Navajo.« Sie schielte auf die Briefe in Gwens Hand. »Irgendwas dabei?«

»Nicht für mich.« Sie gab Stoner einen Umschlag. »Marylou.« Sie drehte sich um und ging schnell ins Haus.

»Gwen«, sagte Stoner und folgte ihr, »tut mir leid, daß du nichts von ...«

Gwen unterbrach sie. »Lies deine Post. Ich kümmere mich ums Essen.«

Liebe Stoner,

wie ist das Essen da draußen? Ist der texanisch-mexikanische Mampf wirklich so *abscheulich*, wie ich vermutete? Habt ihr schon Kröte gegessen? Klapperschlange? Bohnen mit Speck? Wie hältst du das bloß *aus*?

Von hier gibt's nicht viel zu berichten. Ich hab Mrs. B. von Gwens Auszug aus Boston erzählt, genau wie wir's geplant hatten. Sie schien ungerührt. Ziemlich ungerührt und unrührbar. Ich werde dich nicht mit wörtlichen Zitaten quälen, aber die Essenz ihrer Botschaft war: Ist mir völlig egal. Ich schwör dir, wegen dieser Frau schäme ich mich, Hetera zu sein. Glaubst du, es ist zu spät, um mich zu ändern? Oder wird Heterosexualität zum Dauerzustand, wenn sie nicht rechtzeitig behandelt wird? Kann ich einen Behinderten-Parkausweis beantragen?

Im Ernst, Knuddel, die Frau rastet aus, wenn's um dieses Thema geht. Ich komm überhaupt nicht an sie ran. Meine Freundschaft zu dir macht von vornherein alles wertlos, was ich ihr zu sagen hätte. Hab jetzt die schwere Artillerie zu Hilfe gerufen. Just in diesem Moment rast die berühmte Dr. Edith Kesselbaum in ihrem weißen Chrysler Cabrio durch die Nacht, um sich mit all ihrer staatlich geprüften

Kompetenz unserer Sache anzunehmen. Ich habe versprochen, ein Essen im Pizza Hut springen zu lassen, ein Akt der Versöhnung, der die Mutter-Tochter-Beziehung auf eine völlig neue Ebene heben könnte. Wer anders als deine älteste und liebste Freundin und Kollegin würde ein solches Opfer bringen?

Ich nehme an, daß du Gwen dies alles weitergeben wirst. Sag ihr, ich schreibe wieder oder rufe an, sobald es Neuigkeiten gibt. Ich hoffe, ihr amüsiert euch und geht Ärger aus dem Weg.

TRINKT NICHTS VON DEM WASSER!!!

Alles Liebe und viele Küßchen (vorzugsweise Ferrero)

Marylou

Sie gab Gwen den Brief. »Nichts Neues, fürchte ich.«

Gwen überflog ihn. Las ihn durch. Las ihn nochmal. Faltete den Brief zusammen und steckte ihn sorgfältig zurück in den Umschlag. Legte den Umschlag sorgfältig auf den Tisch. »Ist das Essen fertig?« fragte sie leise. »Oder habe ich noch Zeit zum Anziehen?«

»Was dir lieber ist. Gwen, ich wünschte ...«

Gwen hielt die Hände hoch. »Laß es.«

Sie holte zwei Schüsseln, verteilte den Eintopf, goß Wasser in die Gläser. »Möchtest du sonst noch was?«

»Nein danke.« Gwen spielte mit dem Essen herum, spießte eine Kartoffel auf. »Als ich noch klein war«, sagte sie, während sie ihren Salat malträtierte, »bin ich mal mit meiner Mutter an einem Samstagmorgen zum Einkaufen in die Stadt gefahren. Das machte man samstags so in Jefferson. Man warf sich in Schale — Hut und weiße Handschuhe und weiße Schuhe, jedenfalls zwischen Ende April und Anfang September — und dann ging man in die Stadt und kaufte ein. Manchmal legte man im Lunch Room des Bailey-Warenhauses eine Teepause ein.«

Sie stach in ein Stück Rindfleisch. »Wie auch immer, an diesem einen Samstag ließen wir die Autofenster offen — das konnte man damals noch, besonders in einem kleinen Kaff wie Jefferson. Als wir zum Auto zurückkamen, war eine Promenadenmischung von Hund durchs offene Fenster gesprungen und hatte sich auf dem Fahrersitz niedergelassen. Meine Mutter kreischte und wedelte mit den Armen und machte sich lächerlich, und ein paar von den Jungs dort versuchten, ihn erst durch gutes Zureden und dann durch Drohungen aus dem Auto zu locken, aber er rührte sich erst, als ich ihn sehr freundlich bat, doch bitte zu mir nach hinten zu kommen, und das tat er dann auch.«

»Hätte ich auch getan«, sagte Stoner und fragte sich, worauf sie hinauswollte.

»Er war in einem schlimmen Zustand, verfilzt und schmutzig und voller Flöhe. Es sah aus, als wäre er geschlagen worden. Ich wollte keine Anzeige für den Besitzer in die Zeitung setzen, weil der ihn so behandelt hatte, und weil ich mich schon ein bißchen in ihn verliebt hatte, aber meine Eltern sagten, das müßten wir tun. Aber niemand meldete sich, und er weigerte sich, wegzulaufen. Jedesmal, wenn ich ins Auto stieg, sprang er hinters Lenkrad, bis ich ihn höflich bat, zu mir nach hinten zu kommen. Wenn man die Fenster offen ließ, sprang er rein, egal ob jemand irgendwo hinfahren wollte oder nicht, und saß dann einfach auf dem Fahrersitz, und deshalb nannten wir ihn Driver.«

»Na ja«, sagte Stoner lahm, »ich schätze, so wußte man immer, wer das Sagen hat.« Sie reichte ihr die Brötchen.

»Er war ein lieber Hund«, sagte Gwen. »Ich wette, ihm wäre es ganz egal gewesen, ob ich lesbisch bin oder nicht.«

Aha. »Hunde sind so. Schade, daß Menschen nicht von ihnen lernen können.«

Gwen legte ihre Gabel hin. »Ich wünschte, ich könnte wütend werden. Ich meine, ich bin es ja für Augenblicke. Aber ich kann das Gefühl nicht aufrechterhalten.« Sie zupfte winzige Stücke vom Brötchen ab und zerkrümelte sie zwischen den Fingern. »Jedesmal, wenn ich versuche darüber nachzudenken, verwandelt mein Gehirn sich in ein Feuerrad.«

»Ich weiß, was du meinst.«

Gwen schaute auf. »Es tut mir leid, Stoner. Ich krieg' das einfach nicht auf die Reihe.«

»Ich weiß. Ist schon in Ordnung.«

Im Hof war das Knallen einer Autotür zu hören. Tom Drooleys Ohren stellten sich auf.

Gwen seufzte und schob ihren Stuhl zurück. »Das ist wahrscheinlich Ted. Warum hilfst du ihm nicht, während ich das Geschirr abwasche.«

Wieder eine schlaflose Nacht. Die Uhr im Gästezimmer war alt und laut. Jedes Ticken klang so, als ob jemand einen nagelneuen Satz Spielkarten austeilte. Sie merkte, daß sie mitzählte, eine garantiert sichere Methode, keinen Schlaf zu finden. Sie versuchte, sich auf andere, weniger rhythmische Geräusche zu konzentrieren, und nahm das tiefe Rumpeln des alten Kühlschranks wahr. Nach ein paar Minuten wurde auch dieses zu einem gleichmäßigen, zählbaren Klopfen.

Ein Nachtgeschöpf schrie und verstummte.

Schrie wieder und verstummte.

Schrie wieder ...

Sie warf die Decken zurück, sprang in ihre Stiefel — erinnerte sich in letzter Sekunde daran, daß Skorpione sich gerne in Schuhen versteckten, und kam gerade noch davon mit nichts Schlimmerem als einer Flutwelle von Panik, die ihr das Adrenalin durch den Körper jagte und den letzten Rest Schläfrigkeit vertrieb — und stolperte ins Wohnzimmer hinaus.

Sie schloß die Tür zum Gästezimmer — leise, wie sie hoffte, um Gwen nicht zu wecken — und knipste die Tischlampe an.

Die Kiefernholzwände schimmerten in sanftem Ocker. Der Laden und die Küche lagen wie dunkle Höhlen zu beiden Seiten. Das Bücherregal sah einladend aus.

Sie überflog die Borde. Die meisten Bücher waren alt, ihre Titel verblichen, der Inhalt viktorianisch. Sie war nicht in der Stimmung für Viktorianisches. Auf dem untersten Regalbrett lag ein Stapel mit Kitschromanen, ohne Zweifel die Viktorianer des nächsten Jahres. Sie fragte sich, ob Claudine die wohl las. Oder Gil. Oder ob sie sie sich in langen, kalten Winternächten gegenseitig vorlasen. Sie war sich ziemlich sicher, daß sie nicht Stell gehörten. Aber nichts war unmöglich.

Sie vermißte Stell. Sie war froh, daß sie nicht hier und in Gefahr war, aber es war einsam ohne sie. Die Welt war ein traurigerer Ort ohne Stell Perkins.

Als hätte er ihre Gedanken gelesen, kroch Tom Drooley unter Stells Bett hervor, kam ins Wohnzimmer und warf sich mit einem mitleiderregenden Seufzer zu Boden. Stoner kniete sich hin, um seinen Kopf zu streicheln, und blickte auf den Rücken eines zerlesenen Taschenbuchs mit dem Titel *In den Schuhen des Weißen Mannes: Eine Untersuchung über die Auswirkungen weißer Kontakte auf Sitten und Zeremonialismus der Hopi und Navajo.* Verlag der Universität von Southern Arizona.

Wenn das sie nicht einschläferte, würde nichts helfen.

Sie drehte das Buch um. Die üblichen Lobeshymnen. »Großartiger Beitrag ...«, »Die ultimative Abhandlung ...«, »Nur eine Handvoll der heute erhältlichen Bücher erreichen die Gründlichkeit, Detailtreue und Lesbarkeit von Mary Beales ...«

Mary Beale? Der Name kam ihr bekannt vor. Mary Beale.

Laura Yazzie hatte gesagt, daß sie »den Weg von Mary Beale« ging.

Mary Beale war eine Indianerin, die die Reservation verlassen und sich in der Welt der Weißen einen Namen gemacht hatte.

Sie kuschelte sich in einen Sessel.

Mal sehen, ob Mary Beale irgend etwas zu den augenblicklichen Geschehnissen zu sagen hat.

Sie blätterte zum Glossar. *Powaqa*, mit Zauberkräften begabte Menschen, die gut (Heiler) oder schlecht (Hexenmeister) sein können.

Ya-Ya, Hopi-Zeremonie, mittlerweile verboten, die die Grundlage der modernen Zauberei bildet. Ursprünglich mit dem Nebel-Klan in Verbindung gebracht.

Nicht sehr hilfreich.

Skinwalker, Navajo-Hexenmeister, auch Zwei-Herz genannt. Soll dem Glauben nach zwei Herzen besitzen, das eines Menschen und das eines Tieres. Nicht zu verwechseln mit »geteilten Herzens sein«, einem Ausdruck der Weißen.

Großer Sterngesang, eine der Zeremonien des Bösen Weges, mit der böse Geister ausgetrieben werden. Navajo.

Und Ben Tsosie war zu einem Großen Sterngesang nach Tuba City gerufen worden. Interessant.

Sie fragte sich, ob es wohl einen Zusammenhang zwischen diesem Ereignis und der Ya-Ya-Krankheit gab. Oder war es reiner Zufall?

Laura Yazzie schien vollkommen sicher gewesen sein, daß die Wege der Hopi und Navajo getrennt verliefen. Aber war es nicht möglich, vor allem angesichts der modernen Kommunikations- und Verkehrsmittel, daß sie sich an irgendeinem Punkt kreuzten? Wenn nicht die gesamten Stämme, dann doch wenigstens einzelne? Schließlich befiel die Hopi-Krankheit Weiße. Warum nicht auch Navajos? Und würde das nicht die Dienste eines Hosteen Tsosie erfordern?

Und wer konnte schon entscheiden, ob Laura Yazzie die Wahrheit sagte? Vielleicht war sie selbst ein Zwei-Herz.

Oder Siyamtiwa. Oder Rose und Tomás Lomahongva.

Selbst Tom Drooley konnte zwei Herzen haben.

Obwohl sie sich ein bißchen albern vorkam, griff sie nach unten und legte ihre Hand auf die Seite des schlafenden

Hundes. Sein Herzschlag war stark und gleichmäßig. Und es gab nur einen.

»Nun gut«, murmelte sie, »wenigstens können wir Tom Drooley vertrauen.«

Sie ließ die Buchseiten durch ihre Finger gleiten, warf einen Blick auf die hintere Umschlagseite und hielt den Atem an. Das Foto von Mary Beale — eine dunkelhaarige Frau mittleren Alters, mit scharfen, schwarzen Augen, kleinem Mund, breiter Nase, schmalen Lippen, hohen Wangenknochen ... Siyamtiwa.

Das konnte nicht sein.

Sie las die biographische Anmerkung:

Mary Beale, Dr. phil., eine vollblütige Uramerikanerin, geboren und aufgewachsen im Laguna-Pueblo bei Santa Fe, New Mexico. Nach einer Ausbildung an staatlichen Schulen in Santa Fe und an der Universität von New Mexico erwarb sie an der McGill-Universität ihren Doktor in Kultureller Anthropologie. Zur Zeit ist sie Kuratorin der Pueblo-Sammlung des Kearney-Museums für Nordamerikanische Indianer in Omaha, Nebraska. *In den Schuhen des Weißen Mannes* ist ihre Dissertation.

Das Buch war 1981 erschienen. Stoner schaute sich das Bild nochmal an. Jetzt sah es Siyamtiwa überhaupt nicht ähnlich. Sie schüttelte den Kopf. Klischees.

Ein schriller, sirenenartiger Laut riß sie aus ihren Gedanken und ließ Tom Drooleys Rückenhaare zu Berge stehen.

Der Laut wiederholte sich, diesmal ging ihm ein Fiepen wie von einem jungen Hund voraus. Kojoten?

Sie ging zur Tür und lauschte.

Der Schrei erklang ein weiteres Mal, weit entfernt und lockend.

Tom Drooley steckte seine Nase in die Nacht hinaus und winselte.

»Na komm«, sagte Stoner.

Sie trat nach draußen.

Die Wüste schimmerte in dem ihr eigenen schwachen Licht, einem verwaschenen Blau, so zart, daß es auch nur eine Illusion sein könnte. Es wirbelte um ihre Knöchel wie Nebel.

Sie ging bis zur Straße und blickte hinaus auf die Farbige Wüste.

Da lag sie vor ihr, leblos und unbewohnt wie der Mond, eingetaucht in Mondlicht.

Ein toter, fremdartiger, schrecklicher Ort.

Ein Ort versteckter Gefahr und unsichtbarer, sich bewegender Dinge.

Ein alter Ort, alt wie das Universum. Ein Ort, der auf den Skeletten längst dahingegangener Meeresgeschöpfe erbaut war. Erbaut auf Dschungeln, die zu Stein geworden waren, erbaut auf verdorrten Ebenen und sandigen Stränden, auf erloschenen Vulkanen. Erbaut von der Zeit und dem Wind und dem dahinwehenden Staub.

Erbaut vom Geistervolk.

Geistervolk? Sie rubbelte sich den Nacken. »Ich weiß von keinem Geistervolk.«

Sie blickte sich um. Verdammt, hier ist irgendwas.

Tom Drooley drängte sich gegen ihre Beine.

Sie konnte ihren eigenen Herzschlag hören, schnell, unregelmäßig, zaghaft.

Der Schrei des Kojoten erklang wieder, näher diesmal.

Sie schaute in Richtung Long Mesa und glaubte ... etwas zu sehen, das sich zusammengekauert gegen den Himmel abzeichnete.

Sie kniff die Augen zusammen, glaubte zu sehen, wie es sich bewegte, entschied dann, daß sie sich geirrt hatte.

Tom Drooley saß auf ihrem Fuß.

Sie schloß für einen Moment die Augen und schaute dann schnell wieder hin, in der Hoffnung, eine Bewegung zu erhaschen und das Objekt aus dem Augenwinkel heraus identifizieren zu können. Sie erkannte die Umrisse ... eine Ansammlung von Mesquite oder Wacholder oder irgendein anderes Gebüsch.

Vielleicht.

Na und? Und wenn es ein Gebüsch oder ein Kojote oder sogar ein Großer Weißer Büffel ist? Warum machst du dich selbst verrückt damit?

Ein zweiter Herzschlag schloß sich dem ihren an.

Sie drehte sich schnell um.

Niemand war zu sehen.

Ein dritter Herzschlag sprang hinzu, hoch und schnell tanzte er durch den anderen hindurch und um ihn herum, Verzierungen zu den kräftigeren Schlägen.

»Wer ist da?« flüsterte sie.

Die Herzschläge beschleunigten sich, ihr eigener und die anderen.

Sie rieb sich über die Arme, um das Zittern ihrer Hände zu beruhigen.

»Hör zu, ich weiß, daß du da draußen bist. Zeig dich.«

Stille antwortete ihr.

»Verdammt, entweder du sagst mir, was du willst, oder du läßt mich in Ruhe.«

Etwas tappte in die Dunkelheit davon.

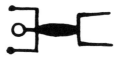

8. Kapitel

Der Morgen zog schnell und heiß herauf.

Bei Sonnenaufgang war die Luftfeuchtigkeit auf die noch nie erreichte Höchstmarke von zwanzig Prozent angestiegen. In der klammen Nässe von Massachusetts hätte das ein erleichtertes Aufatmen bedeutet, aber sobald sich dieses kleine bißchen Feuchtigkeit mit der Sonne Arizonas verband, war das Ergebnis schlimmer als ein Julimittag auf dem größten Innenstadt-Parkplatz von Boston. Hitze staute sich über den Straßen und ergoß sich in die Schatten hinein. Eidechsen keuchten. Fliegen hingen reglos in der Luft oder krochen träge über Tischplatten und Fensterbretter. Männer wischten sich mit zerknautschten Taschentüchern den Schweiß vom Gesicht. Frauen fächelten sich mit Zeitschriften Luft zu. Von Kindergesichtern triefte der Dreck.

Gwen grummelte beim Morgenkaffee.

Stoner bemühte sich erst um Heiterkeit, gab dann auf und grummelte zurück.

Sie öffnete den Laden und schrieb geistlose Postkarten an die Daheimgebliebenen und konnte dann keine Briefmarken finden.

Gegen halb zehn kamen ein paar Indianer vorbei, um Kaffee und Dachnägel einzutauschen.

Ein Kontingent von Navajo- und Hopi-Frauen, unter ihnen Rose Lomahongva, hielten etwas, das nach einer abgesprochenen Zusammenkunft aussah, auf der Veranda der Handelsstation ab. Als Rose hereinkam, um Kleingeld für die Limonadenmaschine zu holen, erwähnte sie, daß es seit gestern zwei weitere Tote auf der Reservation gegeben hatte. Beides waren Frauen.

Gwen fegte die Küche aus, wodurch sich ihre Laune hob.

Es wurde immer heißer.

Stoner versteckte sich im Wohnzimmer, dem dunkelsten Raum des Hauses, und redete sich ein, daß es dort kühler war, obwohl es eigentlich nirgends einen merklichen Unterschied gab außer im Inneren des Kühlschranks. Sie versuchte es nochmal mit *In den Schuhen des Weißen Mannes*, entschied aber dann, daß es zu esoterisch für das Klima war. Sogar die Kitschromane waren zu esoterisch für das Klima. Sie starrte auf das Foto von Mary Beale und fragte sich, wie sie sie je für Siyamtiwa hatte halten können.

Sie begnügte sich schließlich damit, vor und zurück zu schaukeln und darauf zu warten, daß sich die Hitze verzog.

Gwen hatte sich inzwischen in einen rasenden Anfall von Putzwut hineingesteigert, der in der Küche seinen Anfang nahm und in Rekordzeit durch das Bad, das Gästezimmer und Stells und Teds Schlafzimmer vorrückte. Sie näherte sich dem Wohnzimmer mit einem grimmigen und entschlossenen Funkeln in den Augen.

Stoner versuchte, sich unsichtbar zu machen.

»Machst du irgendwas hier drin?« fragte Gwen mit den Händen in den Hüften und aus der Hosentasche baumelndem Staubtuch.

Stoner stand auf. »Nein. Ich bin schon weg.« Sie steuerte auf die Küche zu.

»Bring ja nichts durcheinander. Ich bin da draußen gerade erst fertig.«

Sie sah sich nach einem Buch zum Mitnehmen um. »Was ist überhaupt mit dir los? Das ist ja mörderisch.«

Gwen machte sich über das Bücherregal her. »Muß wohl prämenstruell sein.« Sie zerrte händeweise Bücher heraus und staubte sie heftig ab. »Wann kommt die Post?«

»Wenn Larch Begay sich aufrafft, sie auszuliefern, schätze

ich.« Sie rettete ein altes Fotoalbum, das Gwens Angriff niemals überstehen würde.

»Vielleicht könnten wir sie holen.« Gwen knallte Bücher auf Regalbretter. »Ihm den Weg sparen.«

Die Post. Die Großmutter. Natürlich. »Können wir machen. Wenn du etwas runterkommst.«

Gwen scheuchte sie weg. »Wo ich schon dabei bin, kann ich dieses Zimmer auch noch fertig machen.«

Stoner goß sich ein Glas Eistee ein und schlenderte ziellos zu der Gruppe von Frauen auf die Veranda hinaus. Jegliche Unterhaltung verstummte abrupt. Sie lächelte entschuldigend und ging in die Küche zurück.

Das Fotoalbum weckte ihre Neugier. Die meisten Bilder waren alte, bräunliche Aufnahmen von Ford Modell A's und Männern mit großen, rauschenden Schnurrbärten und breitkrempigen Hüten. Gruppen von Indianern in Zeremonialgewändern. Ein lächelnder Priester. Ein Picknick. Eine mexikanische Fiesta. Alle Fotos waren in einer spinnenfeinen, stark geneigten Handschrift beschriftet.

Im hinteren Teil waren Kostbarkeiten. Claudine als Kind, beim Spielen mit 'Cousine Stell' auf der Veranda der Handelsstation. Cousine Stell in Levis und kariertem Hemd und einem Cowboyhut, der ihr dreimal zu groß war. Cousine Stell mit zehn, ohne Sattel auf einem gescheckten Pony. Cousine Stell als Teenager, in Pfennigabsätzen, Tellerrock und Petticoat auf die Veranda gelümmelt. Gil und Claudines Hochzeit mit Stell in einem puffärmeligen Brautjungfernkleid und mit Ted, der in seinem geliehenen Frack so unbehaglich aussah wie ein Kind, das man zwingt, vor Gästen Violine zu spielen.

Dann Schnappschüsse von Babys, einige mit Claudine, einige mit Gil und einige in den Armen einer spanisch aussehenden Frau mit der Namensangabe Maria Hernandez. Maria war eine stämmige Frau mittleren Alters ...

... die genau wie Siyamtiwa aussah.

Stoner rieb sich die Augen. Entweder hat mein Rassismus einen Riesensprung nach vorne gemacht und jede Nichtweiße in Arizona sieht für mich gleich aus ...

... oder hier passiert etwas sehr Merkwürdiges.

Die Ereignisse während der letzten paar Tage ließen sie stark zu der 'etwas Merkwürdiges'-Hypothese neigen.

Sie rief Gwen herüber und zeigte auf das beste von mehreren Bildern. »Erinnert dich diese Frau nicht an Siyamtiwa?«

Gwen schaute sich den Schnappschuß genau an, schüttelte dann den Kopf. »Ich weiß nicht, Stoner. Ich bin ihr nur einmal begegnet.«

»Na ja, es sieht wirklich aus wie sie. Genau wie sie. Kommt dir das nicht komisch vor?«

»Ich schätze schon.«

Hitze und dunkle Vorahnungen machten sie verdrießlich. Sie ging ins Wohnzimmer und schnappte sich Mary Beales Buch. »Schau her.« Sie legte das Buch und das Fotoalbum nebeneinander. »Schau dir diese beiden Frauen an. Sie sehen genau gleich aus.«

Gwen zog ihre Lesebrille aus der Tasche und setzte sie auf und verbrachte eine Ewigkeit damit, auf die Gesichter zu starren. »Sie sehen für mich nicht gleich aus.«

»Natürlich tun sie das. Putz dir die Brille.«

»Hab' ich gerade erst.«

»Gwen ...«

Gwen sah sie an, dann wieder auf die Fotos. »Na ja, vielleicht.«

»Beschwichtige mich nicht.«

»Um Himmels willen, Stoner, was für einen Unterschied macht das denn? Du wirst wahrscheinlich keiner von diesen Frauen je begegnen.«

Stoner raufte sich die Haare. Ihr war leicht hysterisch zumute. »Hah. Welche Ironie. Ich bin ihnen schon begegnet. Sie sind Siyamtiwa.«

Gwen lächelte unsicher. »Es ist zu heiß für sowas.«

Nun selbst unsicher geworden, sah sie sich die Bilder noch einmal an. Das Foto von Mary Beale war gestellt. Das Foto von Maria Hernandez war alt und verblichen. Na ja, vielleicht …

Plötzlich wollte sie nicht mehr darüber nachdenken. »Du hast recht«, sagte sie und klappte Buch und Album zu. »Bitten wir Rose, auf alles ein Auge zu haben, und holen die Post. Vielleicht wird uns auf der Fahrt ein bißchen kühler.«

✳ ✳ ✳

Großmutter Adlerin fühlte, wie sich ihr Magen hob, und wurde mit einem Ruck wach, als der Boden schon auf sie zuraste. Ihre Augen waren wund und geschwollen. Es war mühsam, die Flügel zu heben. Sie suchte nach einem Luftstrom, um darauf zu ruhen, aber der Tag war zu still. Schlaf wurde zu einem nagenden Hunger. Die Sonne drückte sie hinunter, der Erde entgegen.

Der Gipfel des Big Tewa lockte verführerisch. Dort würde es Kühle geben, zwischen den Canyons und Wacholdersträuchern. Vielleicht Wasser in einem hochgelegenen See. Einen Felsvorsprung, der nach Osten wies, Schutz von der grausamen Sonne. Zumindest den Schatten eines kahlen, abgestorbenen Baumes, einen Platz für ein kleines Nickerchen.

Sie versuchte, die Versuchung abzuschütteln. Alte Frau Zweibein wird dir einiges erzählen, wenn du zuläßt, daß der Ärger sich zur Hintertür hereinschleicht.

Alte Frau Zweibein gönnt sich wahrscheinlich in genau diesem Moment eine gemütliche Siesta.

Die Sonne liebkoste hypnotisch ihren Rücken.

Alte Frau Zweibein erwartet, daß ich alles tue. Habe ich mich für das hier freiwillig gemeldet? Habe ich nicht.

Sie nahm den süßen, scharfen Zederngeruch wahr, der von den Bergen aufstieg.

Dies sind Zweibein-Angelegenheiten, keine Adler-Angelegenheiten. Was haben Zweibeiner je für uns getan? Nichts als meinen Alten zu töten. Nichts als meine Babys zu vergiften. Nichts.

Ein blaues Glitzern kam von unten. Wasser, das den Himmel widerspiegelte.

Ich bin ein alter Vogel, und das Zweibein mißgönnt mir sogar ein Stündchen Ruhepause am Ende meines Lebens.

Sie flog niedriger über die Berge hinweg, fühlte die Kühle.

Ein Schluck Wasser.

Fische trieben an den seichten Stellen. Sie aß sich satt.

Der Felsvorsprung lag im Schatten, genau in ihrer Größe, genau richtig für ein kleines Nickerchen.

Die Adlerin gähnte. Skinwalker wandern bei Nacht, nicht bei Tag.

Sie legte ihre müden Flügel zusammen und schloß ihre brennenden Augen.

Unten in der Wüste erhob sich der Kojote ...

... und wanderte los.

✳ ✳ ✳

Stoner fühlte es, sobald sie zur Handelsstation zurückkamen. Etwas war hier gewesen. War immer noch hier.

Sie schaute sich um, aber nichts war zu sehen. Weil, was auch immer es war, nicht gesehen werden konnte.

»Ich fasse es nicht«, rief Gwen von der Veranda. Sie schwenkte eine braune Papiertüte. »Sie war die ganze Zeit hier.«

Nein, dachte Stoner, sie war nicht die ganze Zeit hier. Weil ich nämlich nachgesehen habe, bevor wir zu Begay losgefahren sind, und da noch nichts auf der Veranda lag. Und wir sind ihm auf der Straße nicht begegnet.

Rose Lomahongva schlenderte vorbei, auf dem Heimweg. Stoner rief sie herüber. »Soll ich dich fahren?«

»Nein, danke«, sagte das Mädchen. »Wenn ich zu Fuß gehe, kann ich die Brise spüren.«

»Während wir weg waren, ist da irgendwer vorbeigekommen? Larch Begay zum Beispiel?«

Rose schüttelte den Kopf. »Es ist niemand vorbeigekommen.«

»Weißt du, wie die Post auf die Veranda gekommen ist?«

»Keine Ahnung. Die Frauen haben sich auf den Weg gemacht, und ich bin reingegangen, wie Sie mich gebeten hatten. Hab' nichts gesehen.« Sie begann, sich abzuwenden. »Schönen Abend noch.«

Stoner hielt ihren Arm fest. »Rose, hast du bemerkt, daß hier irgendwas ... na ja, irgendwas Seltsames vor sich geht?«

Das Mädchen sah sie mit einem verwirrten Lächeln an. »Sicher.«

»Was ist es?«

»Hat Siyamtiwa es nicht erklärt?«

Stoner schüttelte den Kopf.

»Diese alte Frau«, sagte Rose lachend, »nie sagt sie einem über irgendwas Bescheid.« Sie drehte sich um und ging fort.

Na, klasse. Klasse. Wieder mal eins der vielen kleinen unerklärten Geheimnisse des Lebens.

Ich habe mich nach dem hier nicht gedrängelt. Ich bin eigentlich hier rausgekommen, um Urlaub zu machen, aus dem Druck auszubrechen, um vermasselten Reiseunterlagen und homophoben Großmüttern zu entgehen. Und was kriege ich? Meine Freundin stirbt fast, Kojoten pirschen sich nachts an mich heran und versuchen, mich dazu zu bringen, mich in der Wüste zu verlaufen. Alte Indianerinnen tauchen aus dem Nichts auf und geben mir Geschenke und Befehle — hauptsächlich Befehle. Und Geister, lebende, tote und sonstige, haben keinerlei Hemmungen in meiner Privatsphäre herumzuschleichen, wann immer ihnen gerade danach ist.

Und ich kann nichts tun als mir hier in Tarantelhausen den Hintern platt zu sitzen, während ich darauf warte, daß etwas geschieht.

Sie steckte eine Hand in die Hosentasche ihrer Jeans und

fühlte das Stückchen Türkis, das Gwen gefunden hatte. Es war warm von ihrer Körpertemperatur oder von der Sonne, oder ...

Super. Lebendige Steine. Das paßt doch prima zu versteinerten Bäumen und dem Yellowstone-Park und Pflanzen, die hundert Jahre warten, um zum Leben zu erwachen, und dreiköpfigen Ziegen und anderen Naturwundern.

Sie trat Staub durch die Gegend und knallte die Barackentür hinter sich zu. Die Kette, die Siyamtiwa ihr gegeben hatte, lag auf dem Frisiertisch. »Vielleicht bringt sie dir Glück«, hatte die alte Frau gesagt. »Vielleicht wirst du es brauchen.«

Sie streifte sie sich über. Oh ja, und ob ich es brauche.

An der Tür war ein vorsichtiges Klopfen zu hören. Sie machte auf. »Jimmy Goodnight.«

»Tag auch«, sagte der Junge. Er spähte erwartungsvoll durch das Fliegengitter.

Stoner zögerte. Was waren die im Westen gültigen Anstandsregeln in dieser Situation? War es unhöflich, ihn nicht reinzubitten? Und wenn sie ihn quasi in ihrem Schlafzimmer empfing, würde das nicht zu übler Nachrede führen — Marke ältere Frau bändelt mit jungem Burschen an?

Nun, sie hatte nicht vor, für immer in der Stadt — soweit sie sich als solche bezeichnen ließ — zu bleiben, und Jimmy Goodnights Ruf könnte durch einen derartigen Farbtupfer wahrscheinlich nur gewinnen. »Komm schon rein«, sagte sie.

Er schlängelte sich ins Zimmer und schaute sich um. »Nett.« Er begutachtete die stattliche Ansammlung von Gegenständen auf dem Frisiertisch. »Ist das alles Ihrs?«

»Meins und Gwens.« Sie lachte. »Das meiste davon hast du mir verkauft, erinnerst du dich?«

Seine Finger verweilten auf der grünäugigen Puppe. »Komisches Ding, hm?«

»Komisch?«

»Na ja, komisch, sowas rumliegen zu haben oder so.«

»Eine Freundin hat sie mir geschenkt. Was treibst du so weit von Beale entfernt?«

Er legte die Puppe hin. »Ich such' nach Steinen. Mit Mr. Begay.« Er nahm einen Kamm, drehte ihn in den Händen herum. »Er weiß, wo es diese Türkisader gibt, liegt direkt am Boden, fast. Wir werden sie finden.«

Natürlich, dachte Stoner, genauso, wie er dich aus Beale rausholt. »Wenn er weiß, wo sie ist, warum geht ihr nicht einfach hin und holt sie euch?«

»Das werden wir«, sagte Jimmy Goodnight, während er ihr Schlangenbiß-Versorgungspäckchen inspizierte. »Weil, er weiß so ziemlich, wo es ist, aber nicht genau.«

Sie setzte sich aufs Bett, um ihre Stiefel gegen Turnschuhe auszutauschen. »Es ist ein fürchterlich heißer Tag, um in der Wüste herumzuwandern. Ich hoffe, du bist ausgerüstet.«

»Es ist nicht wirklich heiß unten in den Canyons.« Er grinste sie im Spiegel an. »Und man merkt die Hitze sowieso kaum, wenn man auf Schatzsuche geht.«

Stoner spürte einen Stich von Mitgefühl für ihn. »Du würdest wirklich gern von hier wegkommen, stimmt's?«

»Oh ja.« Er schaute zu Boden und scharrte mit den Füßen. »Mein Dad sagt, ich hab' nicht genug Grips, um bis Holbrook zu kommen, und erst recht nicht in irgendeine Großstadt. Und ich bin nicht gut in Sport, also gibt mir keiner ein Stipendium oder sowas. Aber Mr. Begay, der sagt, es ist nicht so schwer, rauszukommen, man muß es nur fest genug wollen und so 'ne Art Schubs bekommen.«

»Wenn es so kinderleicht ist, findest du es nicht komisch, daß er selbst noch nicht weg ist?«

»Teufel, nein.« Er drehte sich wieder zum Frisiertisch um und machte noch einmal eine Bestandsaufnahme. »Er kann nicht weg. Die Leute hier in der Gegend brauchen ihn, weil sein Dad die Tankstelle hatte, und es ist die einzige hier, und die Leute sind drauf angewiesen. Und die Indianer wüßten gar nicht, was sie tun sollten, wenn er weggehen würde. Er sagt,

211

die Hälfte von ihnen würde einfach umfallen und verhungern. Er sagt, es ist eine ehrwürdige Verantwortung.«

»Ehrwürdig«, murmelte sie. »Weißt du was, Jimmy Goodnight, Indianer sind genauso wie wir alle. Ich wette, wenn Mr. Begay *wirklich* hier raus wollte, könnte er jemanden finden, der die Tankstelle kauft.«

»Aber er *sorgt* sich wirklich um sie.«

Sie beschloß, nicht weiter nachzuhaken. »Wo ist er jetzt? In der Handelsstation?«

»Nee, er mußte zurück.«

»Wie kommst du nach Hause?«

»Per Anhalter.«

»Das ist ganz schön gefährlich«, sagte Stoner. »Soll ich dich nicht lieber fahren?«

»Gefährlich?« Er sah sie verständnislos an. »Ich fahr' dauernd per Anhalter.«

Ja richtig, Jungs machen das. Das hier sind schließlich die Vereinigten Staaten, wo Jungs — besonders Jungs über fünfzehn — so ziemlich alles tun können, was sie wollen. Es sind die Mädchen, die vorsichtig sein müssen. Es sind die Mädchen, die alles mögliche nicht tun können, zum Beispiel per Anhalter quer durchs Land fahren und interessante Leute treffen und Abenteuer erleben. Wegen der Jungs.

Sie bemerkte, daß er ihre Halskette anstarrte.

»Wo haben Sie'n die her?« fragte er.

»Von einer Freundin.«

»Kann ich sie mal sehen?«

Sie nahm sie ab und gab sie ihm. Er warf einen flüchtigen Blick darauf und sah zu ihr auf. »Ich hab' schrecklichen Durst. Könnte ich ein Glas Wasser haben?«

»Klar. Komm mit rüber in die Küche.« Sie streckte die Hand nach der Kette aus.

Er schien sich nur ungern davon zu trennen. »Sie ist hübsch«, sagte er. »Muß echt wertvoll sein.«

»Ich glaube nicht. Sie hat vor allem ideellen Wert.«

Er schien sich unbehaglich zu fühlen, stand errötend und unschlüssig herum. Wollte er die Kette stehlen? Sie fand das unwahrscheinlich. Ihr Instinkt sagte ihr, daß Jimmy Goodnight kein Dieb war. Er sah beinahe so aus ... als ob ihm jemand *aufgetragen* hätte, sie wegzunehmen.

Er drückte sie ihr in die Hand und lächelte ein wenig entschuldigend. »Ich bin eigentlich nur vorbeigekommen, um zu sehen, wie's Ihnen geht«, sagte er, als er ihr den Fußweg entlang folgte.

»Alles bestens, danke der Nachfrage.«

»Ist Mrs. Perkins okay?«

»Es geht ihr viel besser.«

»Das war ein ganz schöner Schreck, hm?«

»So ziemlich der größte, den ich noch aushalten kann«, sagte Stoner.

Er zögerte an der Küchentür. »Ich sollte jetzt wirklich los.«

»Komm wenigstens rein, und sag Gwen hallo.«

Er wurde so rosa wie die Unterseite der Wolken dort, wo draußen die Sonne unterging. »Oh Mann, ich weiß nicht ...«

Gwen erschien an der Tür. »Nun, James, was verschlägt dich in diese entlegene Gegend?«

Er schoß einen Ultrakurzblick auf sie ab. »Kannichwaszutrinkenham?« murmelte er.«

»Sicher. Willst du reinkommen?«

»Kann nicht.«

Gwen brachte ihm ein Glas. Er trank es in drei Schlucken aus, sein Adamsapfel hüpfte wie eine Boje.

»Dankeichmußdannmalos.«

»Warte mal«, sagte Stoner. »Hast du zufällig die Post gebracht?«

»Ich?« sagte Jimmy Goodnight. »Nee.«

Ehe sie ihr Angebot, ihn heimzufahren, wiederholen konnte, war er weg.

Stoner sah ihm hinterher. »Ich glaube, du hast einen Verehrer«, sagte sie.

»Das macht die Lehrerin. Dadurch sind sie so hin- und hergerissen, daß sie Krämpfe kriegen könnten.«

Stoner ging hinein und nahm den Stapel Post in die Hand. »Irgendwas von deiner Großmutter?«

»Keine Silbe.« Sie seufzte. »Schätze, es ist Zeit, anzurufen.« Sie warf einen Blick auf die Uhr. »Es ist drüben zwei Stunden später. Ich könnte es jederzeit versuchen.«

Stoner sah sie an. Sah ihr weiches, welliges Haar. Ihre kräftigen, sicheren Hände — Hände, die sich mit unbewußter Anmut bewegten. Die verwirrende Tiefe ihrer dunklen Augen. Wie konnte nur irgendwer irgendwas tun wollen, das sie verletzen mochte?

Sie fand ihre Stimme wieder. »Was wirst du sagen?«

»Ich weiß nicht. Kommt ganz drauf an, schätze ich.«

»Willst du erst essen?«

Gwen schüttelte den Kopf. »Ich würde nur drin herumstochern. Ehrlich gesagt, ich hab' auf einmal fürchterliche Angst.«

Stoner berührte sie. »Ich wünschte, ich wüßte, was zu tun ist.«

»Sag mir, daß ich nicht albern bin.«

»Du bist nicht albern.«

»Sag mir, daß es eine Chance gibt ...«

»Es gibt immer eine Chance.« Sie nahm Gwens Gesicht in die Hände und sah ihr in die Augen, hielt sie mit ihrem Blick fest. »Ich verspreche dir, Gwen, was auch immer geschieht, was immer sie tut, was immer du tust, ich halte zu dir. Immer.«

Gwen lehnte den Kopf an Stoners Schulter. »Ich liebe dich so sehr. Warum muß es so ein Problem sein?«

»Weil wir in einer unvollkommenen Welt leben«, sagte Stoner und streichelte ihre Haare.

»Das«, sagte Gwen mit einem schwachen Lachen, »ist kein tröstlicher Gedanke.« Sie riß sich zusammen. »Willst du mithören?«

»Ich weiß nicht.«

»Es wäre mir lieber.« Sie ging ins Wohnzimmer. »Ich rufe vom Laden aus an. Nimm du den Apparat hier drinnen.«

Stoner starrte das Telefon an. Vielleicht ist das ein Fehler. Vielleicht wäre es besser, es gar nicht zu wissen. Vielleicht ... Sie sah Gwens Geste und nahm den Hörer ab.

Eleanor Burtons Telefon klingelte ein-, zwei-, dreimal. Nicht zu Hause. Sie wollte auflegen.

»Hallo?« Mrs. Burtons Stimme war weit weg und von Knistern gestört.

»Hallo, Großmutter.«

Eine Pause. »Gwyneth?«

»Ja.«

»Wo bist du?«

»Immer noch in Arizona.«

»Hast du schöne Ferien?«

»Ja, haben wir.«

»Das freut mich so.« sagte Mrs. Burton.

Hoffnung begann sich zu rühren. Sie konnte es auf Gwens Gesicht sehen.

»Wie geht es Stoner?«

»Gut. Stell war eine Zeitlang ein bißchen angeschlagen, aber sie fühlt sich schon wieder besser.« Gwen grinste von einem Ohr zum anderen.

Freu dich nicht zu früh, dachte Stoner besorgt. Eins von den Spielen, die hierbei gern gespielt werden, ist 'Tu einfach so, als wäre nichts gewesen, und es wird schon von ganz allein aufhören'. Und dann kannst du wieder von vorn anfangen und alles nochmal durchmachen.

»Nun«, sagte Mrs. Burton, »ich hoffe, ihr habt eine herrliche, herrliche Zeit.«

»Die haben wir«, sagte Gwen. »Großmutter, geht es dir gut?«

Eleanor Burton lachte. »Natürlich, Liebes. Was bringt dich nur auf die Idee, daß ...«

»Wir haben uns nicht gerade liebevoll getrennt.«

»Ich weiß. Und es tut mir so leid, daß ich sterben könnte. Es war ein absoluter Alptraum.«

Gwens Augen leuchteten. Stoner hatte ein entschieden unbehagliches Gefühl.

»Du fehlst mir, Großmutter«, sagte Gwen, ihre Stimme ganz rauh. »Ich liebe dich.«

»Und ich liebe dich auch, Gwyneth. Wie lange, meinst du, bist du noch weg?«

Gwen blickte zu Stoner herüber. Stoner zuckte die Achseln.

»Wir wissen es nicht genau. Stell ist noch nicht so weit, die Handelsstation wieder zu übernehmen, und wir wollen auch noch ein bißchen herumfahren, wenn sie zurück ist. Zwei, drei Wochen, schätze ich.«

Es gab eine kurze Pause. »Liebes«, sagte Mrs. Burton, »meinst du, du könntest bis zum siebenundzwanzigsten zu Hause sein?«

»Ich denke schon, wenn wir hier rechtzeitig wegkommen. Warum?«

»Du hast einen Arzttermin.«

Gwen runzelte die Stirn. »Wirklich? Daran erinnere ich mich nicht.«

»Den hast nicht du ausgemacht.« Mrs. Burton klang nervös. »Ich hab' es für dich getan. Nicht bei einem richtigen Arzt, nur ein Psychologe, aber er ist mir sehr empfohlen worden.«

Stoner fühlte, wie das Blut aus ihrem Gesicht wich.

»Großmutter«, sagte Gwen, »ich verstehe nicht, was du meinst.«

»Er ist ein reizender junger Mann, Gwyneth, und er hat sehr viel Erfolg mit solchen Fällen wie deinem. Der Pfarrer sagt ...«

»Fällen wie meinem?« unterbrach Gwen.

»Nun ja ... Menschen, die ... verwirrt sind.«

»Ich bin nicht verwirrt.«

»Natürlich bist du das, Liebes.«

»Hast du mit Dr. Kesselbaum darüber gesprochen?«

»Diese gräßliche, gräßliche Frau«, sagte Mrs. Burton, »nicht nur, daß sie diese entsetzliche Sache nachsieht — wohlgemerkt, *nachsieht* —, sie hatte sogar die Stirn, anzudeuten, daß *ich* diejenige bin, die ein Problem hat.«

»Ein Punkt für sie«, schnappte Gwen.

»Es ist schon gut, Liebes«, sagte Mrs. Burton gelassen, »Dr. Paul hat mich vorgewarnt, daß du vielleicht so reagieren würdest.«

Gwens Gesicht war dunkelrot. »Es ist überhaupt nicht gut. Ich bin sehr glücklich mit dem, was ich bin, Großmutter. Du kannst also deinem Dr. Paul sagen, er soll sich seine ganzen erfolgreichen Fälle sonstwohin stecken. Und dich gleich mit.«

Sie knallte den Hörer auf die Gabel.

Stoner hängte leise ein.

»Tja«, sagte Gwen, »jetzt weiß ich, woran ich bin.« Sie wanderte langsam in die Küche.

»Gwen ...«

»Meinst du, du kommst mit dem Abendessen allein klar? Ich traue mir nicht.« Ihr Gesicht war undurchdringlich.

»*Gwen ...*«

Sie war ruhig, zu ruhig. »Ich glaub', ich geh' noch eine Runde.«

»Es wird in einer halben Stunde dunkel.«

»Bis dahin bin ich zurück.« Sie ging zur Tür hinaus.

Stoner nahm ihren Arm. »Ich kann dich so nicht weggehen lassen. Bitte sag mir, was los ist.«

»Mir geht's gut. Ich muß für eine Weile allein sein, okay?«

Stoner wußte nicht, was sie tun sollte. Sie fühlte sich groß und ungeschickt.

»Ich geh' rauf, an der Long Mesa entlang, das ist alles. Ich bleibe auf der Straße.«

»Du solltest das nicht tun.«

Plötzlich, unerwartet blitzte Feuer in Gwens Augen auf.

»Laß mich in Ruhe!« Sie riß sich von Stoners Hand los. »Verdammt nochmal, *laß mich einfach in Ruhe!*«

Die Tür schloß sich hinter ihr.

Stoner sah ihr durchs Fenster nach, bis sie hinter der Mesa verschwunden war.

Wolken hatten sich über den Bergen gesammelt, hoch und aufgebläht. Die untergehende Sonne bemalte sie mit Blut.

Ich hätte sie nicht gehen lassen sollen, dachte Stoner.

Sie ist kein Kind. Sie hat das Recht, allein zu sein, wenn sie will. Gwen Owens ist eine reife, vernünftige, erwachsene Frau.

Eine vernünftige, erwachsene Frau, die einen Mann geheiratet hat, der sie umbringen wollte und es auch fast geschafft hat. Die sich in einer dunklen Gasse in Maine hat zusammenschlagen lassen. Die an einem drückend heißen Abend beschloß, ihrer Großmutter zu sagen, daß sie lesbisch ist, nachdem diese gerade zwei straighte Robber im Bridge verloren hatte.

Diese reife, vernünftige, erwachsene Frau läuft jetzt irgendwo da draußen jenseits der Long Mesa herum, in einem Land voller Schlangen und Skinwalker und Hexenmeister und Larch Begays und Gespenster und den Geistern heimatloser Babys und Frauen, die an Ya-Ya gestorben sind, und Göttin weiß was sonst noch alles.

Und ich kann nichts tun, als hier rumzustehen und mir zu überlegen, was es zum Abendessen gibt. In der Tiefkühltruhe liegt ein Hähnchen. Aber es würde die ganze Nacht dauern, bis es aufgetaut ist, und es ist zu heiß, um Hähnchen zu kochen.

Sie sah den Kühlschrank und die Regale durch. Chili? Hot Dogs und Bohnen?

Fahr zur Hölle, Eleanor Burton. Du mußt doch wissen, was du ihr damit antust. Du mußt Liebe sehr gering einschätzen, um sie so leicht wegzuwerfen.

Ich könnte ein Omelett machen, aber ich habe Gwen noch

nie ein Omelett essen sehen. Vielleicht mag sie sie nicht. Ich mag sie nicht, aber wenn ich nicht zuviel kaue und es ganz schnell runterschlucke und versuche, nicht darüber nachzudenken, und vergesse, daß es die Konsistenz von schleimiger Baumwolle hat, komme ich vielleicht damit klar.

Es gibt tausend verschiedene Arten, zu lieben, aber Haß ist Haß, egal in wie kleine Scheiben du ihn schneidest und worauf du ihn servierst.

Das hat das Zeug zu einem Hard-Rock-Heavy-Metal-Motown-Rap-Protestsong.

Kommt her, ihr Lesben und Tunten der Welt, kommt her und tanzt mit mir den Homophobia Blues.

Die Farbe der Wolken war von gelb zu rot übergegangen und silbern war nur Minuten entfernt. Der Himmel nahm eine violette Tönung an.

Was ist bloß geschehen mit lila Lou?
Es geht ihr doch gut, und man läßt sie in Ruh.
Nur die Lesbendisco macht schon wieder mal zu.
Oh, was ist bloß geschehen mit lila Lou?

Mach Abendessen, nicht Krieg.

Dieser Anlaß schreit nach etwas Abscheulichem. Depressionsessen. Sowas wie Hamburger süßsauer mit Ananasstücken und Kokosnuß, garniert mit Pecanstückchen und in Weißwein geschmorten Champignons, serviert auf einem flaumigen Berg aus Minutenreis mit Paprikaschoten und Schnecken. Und zum Dessert den Kopf von Eleanor Burton *à la mode*.

Sie rubbelte sich mit den Handflächen über das Gesicht. Das ist kein normales Verhalten. Es ist das Verhalten einer unnützen und unwerten Randgruppe. Es ist das Verhalten, für das du auf der Straße schief angeguckt wirst, während kleine Jungs mit schmierigen Fingern auf dich zeigen und sadistische Liedchen leiern, wenn du vorbeigehst.

Verflucht, dachte sie, als das Dämmerlicht sich vertiefte, warum muß es so schwer sein. Frauenliebende Frauen. Wir können es nicht ändern, würden es nicht ändern, wenn wir könnten. Aber wir bitten ja gar nicht um Medaillen, wollen nur existieren, ohne unsere Existenz rechtfertigen zu müssen.

Kleine, zerstörungswütige Kinder existieren. Jugendliche auf Skateboards existieren. Politiker, Fernsehprediger, Busabgase, Stinktiere, die Nationale Vereinigung für das Recht auf Feuerwaffenbesitz, überlaute Rockmusikhörer, das Christliche Mediennetzwerk, Börsenmakler, Yuppies, Berufsringer, Vertreter — sie dürfen alle ganz selbstverständlich existieren, und das sind nur die völlig alltäglichen Schrecken.

Als der Himmel purpurfarben wurde, begann sie unruhig zu werden. Sie machte ein paar Lampen an und stellte sich hinaus auf die Veranda, spähte die Straße hinunter, suchte im Halbdunkel nach Gwen.

Eine Stunde später war endgültig die Nacht hereingebrochen. Sie kämpfte gegen die Furcht an, die ihren Magen in einen Schwarm stechender Bienen verwandelt hatte, nahm eine Taschenlampe und machte sich auf die Suche.

✳ ✳ ✳

Großmutter Adlerin öffnete die Augen. Um sie herum summte die Stille der Nacht. Sie schlug besorgt mit den Flügeln. Sie hatte nur ein kleines Nickerchen halten wollen, vor der Dämmerung aufwachen, vor der Zeit der Gefahr. Schlaf und Staub machten ihre Zunge so trocken wie ein Eschenblatt im Oktober, aber sie wagte nicht, sich die Zeit zum Trinken zu nehmen.

Angespannt vor banger Vorahnung hastete sie in den Nachthimmel hinaus.

Sie bemerkte den Schein von Grünauges Taschenlampe an der Nordseite der Long Mesa. Das Zweibein ging langsam, suchte den Boden ab. Sie blieb stehen und kniete sich hin, und

Kwahus scharfe Augen sahen, was sie sah — zwei verschiedene Fußspuren, eine von der Gefährtin, die andere von Hosteen Kojote.

Grünauge hielt inne, verwirrt, schaute hierhin und dorthin in die Dunkelheit. Sie rief den Namen der Gefährtin, wartete, rief wieder.

Adlerin kreiselte in die Höhe, suchte die Wüste nach einer Bewegung ab. Sie sah eine Handvoll Nachtvolk — Mäuse, dachte sie — in der Nähe der Dinebito-Rinne. Ein Fuchs schlich und schnüffelte zwischen dem Gestrüpp auf der Black Mesa herum. Zwei junge Dineh, frisch verheiratet, liebten sich unter den Sternen bei Betatakin. Aber kein Hosteen Kojote, und keine Gefährtin.

Grünauge rief noch immer, ihre Stimme rostig vor Angst. Kwahu strich tief über ihrem Kopf hinweg und ließ die Luft durch ihre Federn pfeifen. Die Frau sah hoch. Ihre Blicke trafen sich.

Adlerin sandte ihr Worte. »Die Gefährtin ist nicht hier. Geh nach Hause, und warte. Ich werde tun, was ich kann.«

Sie erhob sich mit langen Flügelschlägen in die Luft und machte sich auf, Siyamtiwa zu finden.

✳ ✳ ✳

Stoner stand allein in der Wüste, die Furcht durchströmte sie in Wellen. Die Fußspuren, Gwens und die des Kojoten, waren auf felsigem Untergrund verschwunden. Und der Vogel — der Vogel hatte anscheinend gewußt, was sie tat — eine lächerliche Vorstellung. Es war nur die Angst, die ihr Bewußtsein verrückt spielen ließ.

Gwen mußte nichtsahnend die Straße verlassen haben, von ihrer Wut in wahllose Richtungen getrieben. Der Kojote? Wer weiß, wie lange diese Fährte schon da war? Wahrscheinlich seit dem letzten Regen. Das hier war kein Märchen. Gwen war nicht mit einem Kojoten spazieren gegangen.

Oder doch?

Und war es nur ein Kojote? Oder ein Skinwalker? *Powaqa*. Werwolf. Zeit für Stephen King.

Eins war jedenfalls sicher, sie würde Gwen nicht damit helfen, daß sie sich selbst in der Wüste verirrte.

✳ ✳ ✳

»Großmutter«, sagte Adlerin, »ich habe etwas Schreckliches getan.«

Siyamtiwa streckte ihr Handgelenk aus. Adlerin landete darauf und wandte beschämt den Kopf ab.

»Nun?«

»Ich bin heute nachmittag eingeschlafen. Als ich aufwachte, war es Nacht und etwas war mit der weißen Frau geschehen.«

Die alte Frau runzelte die Stirn. »Grünauge?«

»Die Gefährtin von Grünauge. Ich bin ein nutzloser alter Vogel, Großmutter. Ich verdiene deinen Zorn.«

»Schweig«, sagte Siyamtiwa. »Wir müssen darüber nachdenken.« Mit Kwahu immer noch auf dem Arm, sank sie mit verschränkten Beinen auf den Boden und lutschte an einem Zahn. »Erzähl mir von diesem Einschlafen«, sagte sie nach einer Weile.

»Ich habe versucht, wachzubleiben, wie ich es versprochen hatte. Aber die Sonne war so warm, und die Schatten auf dem Gipfel des Big Tewa so kühl. Und als ich das blaue Wasser und die kleine dunkle Höhle fand ...«

Siyamtiwa schnitt ihr mit einer Geste das Wort ab. »Blaues Wasser?«

»Ein herrlicher kleiner Teich, das Wasser klar und sauber, mit Fischen ...«

»Es gibt keinen kleinen Teich auf dem Tewa Mountain«, sagte Siyamtiwa. »Du hast dein ganzes Leben dort verbracht. Hast du jemals einen kleinen Teich gesehen?«

»Ich sah ihn. Ich trank daraus. Ich aß die Fische ...«

»Denk scharf nach«, sagte Siyamtiwa. »Ist dein Bauch voll?«
Adlerin überlegte. »Nein.«
»Ist deine Zunge feucht?«
Sie war trocken wie die Wüste. »Nein, Großmutter.«
Siyamtiwa nickte wissend. »Du hast nicht gegessen, du hast nicht getrunken. Es gibt kein Wasser auf dem Tewa Mountain. Jemand ist in deinen Kopf eingedrungen, meine Freundin. Jemand will, daß du aufhörst, Wache zu halten, damit er Ärger machen kann.«
Adlerin schüttelte ihre Federn. »Wie ist das möglich?«
»Es geht um die Ya-Ya. Das Zwei-Herz weiß, daß du meine Augen und Ohren bist. Er verleitet dich zum Schlafen, und während niemand Wache hält ...«
Sie stand plötzlich auf. »Wir müssen zu Grünauge gehen.«

Sie rief die Navajo-Stammespolizei an.
Sergeant Dave Shirley wies sie an, zu Hause zu bleiben, sie würden beim ersten Licht nach ihr suchen. In der Zwischenzeit würde es niemanden nützen, *zwei* verschwundene Personen zu haben.
»Aber vielleicht ist ihr etwas *zugestoßen*«, beharrte Stoner.
»Sie hat wahrscheinlich irgendwo einen Schlafplatz gefunden. Machen Sie sich keine Sorgen, Ma'am, sie ist in der Wüste sicherer als zu Hause in ihrem eigenen Bett.«
»Das will ich *hoffen*. Wir sind aus der Großstadt. Niemand ist in der Großstadt in seinem eigenen Bett sicher.«
»Nun«, sagte Shirley lakonisch, »uns ist seit fünfundvierzig Jahren hier draußen keiner verlorengegangen.«
»Wie wollen Sie das wissen? Vielleicht sind sie so verlorengegangen, daß Sie nicht einmal wußten, daß es sie gab. Vielleicht ist das ganze Gebiet da draußen übersät mit den Knochen von Leuten, von denen Sie nicht mal wußten, daß es sie gab.«

Der Mann lachte in sich hinein. »Das ist gut, Ma'am. Erhalten Sie sich ihren Sinn für Humor.«

»Ich meine es ernst!«

»Wir sagen den Patrouillen, sie sollen die Augen offenhalten«, sagte Shirley. »Aber ich wette mit Ihnen um Dollars gegen Dauerlutscher, daß Sie innerhalb einer Stunde hier anrufen und sich völlig albern vorkommen, weil sie nur irgendwo eine Weile hängengeblieben ist.«

»Hängengeblieben?« brüllte Stoner. »Wo denn? Wir kennen niemanden hier draußen. Es gibt hier nirgendwo Kinos oder Eisbuden, verdammt nochmal!«

»Na ja, wir haben das Hopi-Kulturzentrum.«

»Um welche Zeit macht das zu?«

»Zu dieser Jahreszeit so gegen neun, mehr oder weniger.« Sie schaute auf die Uhr. »Es ist jetzt halb zehn.«

»Hören Sie, Ma'am ...«

»Es sind fünfunddreißig Kilometer von Spirit Wells zum Kulturzentrum. Sie hatte kein Auto, und da draußen war eine Kojotenfährte ...«

»Spirit Wells?«

»Ja, ich rufe aus der Handelsstation an.«

Langes Schweigen am anderen Ende. »Nun ja«, sagte der Sergeant schließlich, »hab' gehört, da draußen geht irgendso'n Virus rum. Vielleicht hat sich Ihre Freundin unwohl gefühlt und sich hingesetzt, um sich ein bißchen auszuruhen.«

»Die Sorte von Krankheit, die wir hier draußen haben«, sagte Stoner, »ist nichts, womit man sich 'hinsetzt und ein bißchen ausruht'. Es ist die Sorte, mit der man nie wieder aufsteht.«

»Hören Sie, Sie wollen sich doch jetzt nicht in irgendwas reinsteigern, bloß weil...«

»Da war eine Kojotenfährte. Wie erklären Sie *das*?«

»Ich würde sagen«, erwiderte der Mann geduldig, »wenn da eine Kojotenfährte war, treibt sich dort wohl irgendwo ein Kojote rum. Aber ich würde mir keine Sorgen machen, Kojoten greifen keine Menschen an.«

224

»Und wenn dieser Kojote zufällig ein Skinwalker ist?«

Wieder Schweigen. »Ein Skinwalker?« fragte er schließlich scharf. »Ma'am, hat Ihnen irgendwer Geschichten erzählt?«

»Wußten Sie, daß Ben Tsosie nach Tuba City geritten ist, um einen Großen Sterngesang zu halten?«

Seinem Lachen mangelte es an Aufrichtigkeit. »Entschuldigen Sie meine Offenheit, Ma'am, aber wir haben so unsere Art hier draußen. Sie müßten hier geboren sein, um das zu verstehen. Aber es gibt immer noch einige Nischen, in denen sich der Aberglaube hält ...«

»Tatsächlich?« fragte Stoner trocken.

»Ich bin sicher, daß Ihre Freundin bald zurück sein wird«, sagte er rasch, wie um jede weitere Diskussion abzubrechen. »Ich werde mal herumtelefonieren und es Sie wissen lassen, wenn wir irgendwas hören. Bis dahin — rufen Sie mich an, falls sie zurückkommt.« Er legte auf, ohne die Antwort abzuwarten.

Stoner starrte auf den Hörer. Aberglaube? Sergeant Dave Shirley mag behaupten, daß er nicht an Skinwalker glaubt, trotzdem hat es ihn ziemlich aufgestört, als ich davon anfing.

Aber in einer Hinsicht hat er recht. Es gibt nicht viel, das irgendwer tun kann, ehe es Morgen wird. Und es ist möglich — zumindest nicht ganz ausgeschlossen —, daß Gwen wirklich unterwegs irgendwo hängengeblieben ist und die Zeit vergessen hat.

Nein, Gwen würde das nie tun. Gwen würde sie nicht in Sorge stürzen. Nicht, wenn sie die Wahl hatte.

Sie ging hinaus und stand auf der Veranda, bis die Stille sich in Geräusche teilte, die sie lockten und ängstigten. Sie erwog, den Jeep herauszuholen und die Straße rauf und runter zu fahren, um sich zu beschäftigen. Aber Gwen könnte anrufen, und dann wäre niemand hier, um ranzugehen. Sie saß fest.

Sie merkte, daß sie nach dem Telefon griff, und ihr wurde klar, daß es niemanden gab, den sie anrufen konnte. Sie wußte nicht, wo Ted übernachtete, und es hatte keinen Sinn, Stell zu beunruhigen, die sich nur hilflos fühlen würde — oder vielleicht aufstehen und herkommen, entgegen den Anweisungen sowohl der Ärzte als auch Siyamtiwas. Sie hatte nicht das Bedürfnis, Larch Begay von ihren Problemen zu erzählen. Tante Hermione und Marylou schliefen wahrscheinlich schon oder waren nicht da, und sie würden ohnehin nichts tun können.

Sie könnte Eleanor Burton anrufen und ihr sagen, was geschehen war, dann auflegen und sie schmoren lassen. Aber das würde auch nichts lösen.

Sie fühlte, daß sie weinen wollte, und klopfte rhythmisch mit den Knöcheln auf die Tischplatte.

Die Wüste war so groß.

Das Haus fühlte sich so leer und einsam an.

Grimmig starrte sie Tom Drooley an. Wenn du ein *richtiger* Hund wärst, dann würdest du jetzt da draußen ihre Witterung aufnehmen, sie ausfindig machen, sie retten. Aber nein, du mußt ja eine vollkommen nutzlose, sich im Dunkeln fürchtende Töle sein.

Er zog den Schwanz ein und schlich unter schweren Seufzern in Stells Zimmer. Stoner rief ihn zurück. »Tut mir leid, alter Junge.« Sie kniete sich hin, um ihm in die Augen zu sehen. »Ich wollte deine Gefühle nicht verletzen. Ich hab' nur solche Angst.«

Tom Drooley legte seine Pfoten auf ihre Schultern und leckte ihr das Gesicht.

»Wie kannst du das über dich bringen?« fragte sie und wischte sich die Hundespucke mit dem Ärmel ab. »Du weißt doch gar nicht, wo mein Gesicht überall war.«

Sie setzte sich auf den Boden, einen Arm um den Hund gelegt, und überlegte, wie sie die Zeit rumkriegen sollte.

Lesen? Tante Hermione würde in solchen Momenten lesen. Das Tarot nämlich. Vielleicht sollte sie sie anrufen und bitten, eine Lesung zu machen.

Noch nicht. Wenn sie in der nächsten halben Stunde nicht zurückkommt, rufe ich Tante Hermione an.

Das Haus knackte leise, als es abkühlte.

Die Stille fing an, ihr auf die Nerven zu gehen.

Laura Yazzie! Sie kennt die Reservation. Vielleicht würde ihr etwas einfallen.

Ich weiß nicht einmal, wo sie wohnt. Und sie wird nicht im Telefonbuch stehen, weil sie nur für den Sommer hier ist, aber das Krankenhaus sollte ihre Privatnummer haben.

Sie verbrachte zwanzig Minuten damit, das Telefonbuch zu suchen, und stellte fest, daß der Bezirk Holbrook nicht drin stand. Sie rief die Auskunft an, die anscheinend gerade Kaffeepause machte. Sie ließ es klingeln.

Die Auskunft kam beim siebenundzwanzigsten Klingeln von der Damentoilette zurück.

Sie ließ sich die Nummer geben und rief an.

Die Vermittlung in der Telefonzentrale des Krankenhauses gab ihr Laura Yazzies Privatnummer.

Laura Yazzies Mitbewohnerin sagte, daß sie von drei bis elf im Krankenhaus arbeitete und nicht vor Mitternacht zurück sein würde.

Sie rief nochmal im Krankenhaus an und verbrachte weitere zehn Minuten damit, die Vermittlung zu überreden, Laura ausrufen zu lassen.

Sie drohte damit, die ganze Nacht hindurch alle fünfzehn Sekunden anzurufen und auf diese Weise die Telefonzentrale zu blockieren, so daß keine Anrufe entgegengenommen werden könnten, so daß mindestens drei Leute verbluten würden, weil sie den Krankenwagen nicht erreichen könnten, und sie, Stoner McTavish, sich persönlich an die Medien — *und* die Versicherungsgesellschaft – wenden und erklären würde, wie das alles nur deshalb passiert sei, weil die Vermittlung sich geweigert habe, Laura Yazzie ausrufen zu lassen ...

Die Vermittlung fand sich bereit, sie mit der Schwesternstation im dritten Stock zu verbinden, und es war noch zu hören, wie sie bemerkte, daß 'irgendso'ne Verrückte Laura Yazzie sprechen' wolle, bevor sie das Gespräch an Stoner weitergab.

»Schwesternstation dritter Stock, Ms. Yazzie.«

Sie war so froh, eine vertraute Stimme zu hören, daß sie fast zusammenbrach. »Laura? Hier ist Stoner McTavish. Sie erinnern sich wahrscheinlich nicht an mich, aber ...«

»Mich an Sie erinnern? Wie könnte ich die größte Bauernfängerin zwischen hier und Montreal vergessen?«

»Laura, ich brauche Hilfe.«

Laura Yazzie seufzte. »Als ich acht war, habe ich mal aus Versehen eine Blessing Way-Zeremonie gestört. Jetzt muß ich wohl dafür bezahlen.«

»Ich meine es ernst, Laura. Ich brauche ... Gwen ist weg.«

»Weg?«

»Verschwunden. Sie ist vor mindestens zwei Stunden zu einem Spaziergang aufgebrochen. Sie sagte, sie würde nicht lange wegbleiben, aber ich hab' sie seither nicht mehr gesehen. Ich weiß, daß sie nicht irgendwen besuchen gegangen sein kann, weil wir hier niemanden kennen, und außerdem war da eine Kojotenfährte ...«

»Warten Sie«, sagte Laura Yazzie, ihr Ton tödlich ernst. »Haben Sie die Stammespolizei angerufen?«

»Ja, aber sie können bis zum Morgen nichts unternehmen.« Ihre Stimme begann zu zittern. »Laura, ich weiß nicht, was ich tun soll.«

»Gut, hören Sie, ich komme hier erst in einer Stunde weg, aber ich komme dann direkt zu Ihnen raus, in Ordnung?«

»Sie brauchen nicht ...«

»Es ist ungefähr eine Stunde Fahrt, erwarten Sie mich also gegen Mitternacht. Wenn Sie vor elf noch irgendwas hören, rufen Sie mich hier an.«

»Laura ...«

»Uns fällt schon was ein. Machen Sie sich keine Sorgen, Stoner, wahrscheinlich hat sie sich einfach verlaufen. Ich kenne die Res wie meine Westentasche, und ich war früher mal 'ne ziemlich gute Fährtenleserin.«

»Wenn ich wüßte, daß Sie Ihr Leben deswegen umkrempeln

würden, hätte ich nicht angerufen. Ich mußte nur mit jemanden reden.« Aber ihre Erleichterung war riesengroß.

»Seien Sie nicht albern.«

»Es wäre mir lieber, Stell erfährt nichts davon, okay?«

Laura Yazzie lachte. »Keine Sorge. Sie würde aufstehen und hier rausspazieren, und das gäbe einen Mordsärger für eine gewisse Indianerin hier, da könn'se Gift drauf nehmen.« Sie legte auf, ehe Stoner antworten konnte.

Viertel nach zehn. Wo ist sie? Oh Göttin, wo *ist* sie nur?

Sie durchwanderte das ganze Haus, von der Küche durchs Wohnzimmer in den Laden und zurück in die Küche. Sie erstarrte und lauschte, dann wanderte sie wieder los. Die Furcht war wie ein massiver Gegenstand, der sie ausfüllte und nicht mehr losließ. Sie versuchte sich zu entspannen, sagte sich selbst, daß alles Menschenmögliche getan wurde, daß sie bis jetzt im Grunde noch nichts Genaues wußte, nur daß Gwen verschwunden war — nein, nicht verschwunden, überfällig — nicht offiziell vermißt –, daß es bisher nur Unsicherheit gab ...

Sie versuchte es mit Atem anhalten und dann alles auf einmal rauslassen.

Sie versuchte es mit Kaffee machen.

Sie versuchte es mit an etwas anderes denken.

Sie beschloß, das Kreuzworträtsel in der Morgenzeitung zu lösen, um die Zeit totzuschlagen. Aber die einzige Zeitung, die sie finden konnte, war auf Navajo, was ebensogut hätte Hebräisch sein können.

Sie versuchte, positive Gedanken zu denken, positive Energie in die Nacht hinauszuschicken als Leuchtfeuer, das Gwen heimführen würde.

Nichts davon funktionierte. Sie hatte Angst, und sie würde so lange Angst haben, bis Gwen wieder bei ihr war.

Sie wollte gerade wieder auf die Veranda hinausgehen ...

Als Tom Drooley, vielleicht zum ersten Mal in seinem Leben, die Zähne fletschte und knurrte.

Halb erstarrt vor Sorge und Hoffnung, wartete sie auf ein Geräusch.

Leise Schritte, ein leises Klopfen an der Tür.

Sie öffnete die Tür.

Larch Begay stand auf der Treppe.

»Mr. Begay, es tut mir leid, aber Sie kommen zu einem ungünstigen ...«

»Ich glaube, Sie lassen mich besser reinkommen«, sagte er sanft.

Sie zögerte, aber er hatte in diesem Moment nichts Bedrohliches. Er schien besorgt, verlegen.

Sie trat zurück, um ihn vorbeigehen zu lassen.

Er sah sich um. »Ted Perkins hier?«

Sie schüttelte den Kopf.

»Vielleicht sollten wir uns setzen«, sagte er.

Was immer er zu sagen hat, dachte sie, als sie sich ihm gegenüber an den Tisch setzte, ich will es nicht hören.

»Ein paar Navajo-Jungs aus Sand Springs sind bei mir vorbeigekommen. Waren draußen in der Wüste, haben sie gesagt, Nachtfährtenlesen üben. Ich glaub' da nicht dran, aber das is' nicht wichtig. Sie haben was gefunden, wissen Sie, und ...«

Etwas in ihrem Kopf schrie.

Begay stopfte die Hand in die Hosentasche und zog sie wieder heraus, seine schinkenförmige Faust fest um einen Gegenstand geschlossen. »Ich muß Sie das fragen ... erkennen Sie das hier?«

Er hielt eine schmale silberne Halskette hoch. In ihrer Mitte hing ein ungeschliffener Stein herunter. Sie hatte ihn Gwen letztes Jahr geschenkt, bevor sie ein Paar wurden, bevor sie auch nur enge Freundinnen waren.

Stoner nickte. »Sie gehört Gwen«, sagte sie. »Ich bin Ihnen sehr dankbar, daß Sie sie zurückgebracht haben. Das war freundlich von Ihnen. Sie wird so erleichtert sein ...« Sie wußte, daß sie schnell und laut sprach, daß sie versuchte, eine andere Wirklichkeit aufzubauen zwischen sich und dem, wovon sie wußte, daß es als nächstes kommen würde.

»Es tut mir leid«, sagte Begay. »Sie hat das getragen, als sie sie fanden. Ich dachte mir, Sie würden es identifizieren können.«

Ein hohes Summen erfüllte ihre Ohren. Sie streckte die Hand aus. Er ließ die Kette hineinfallen. Sie starrte darauf hinunter, sah dann zu ihm auf. »Geht es ihr gut?« fragte sie mit dünner Stimme.

Begay schüttelte den Kopf. »Es tut mir leid«, wiederholte er. »Es gab einen Steinrutsch. Ich fürchte, Ihre Freundin ist tot.«

9. Kapitel

Sie starrte ihn an, ihr Verstand zu Zement geronnen.

»So wie's aussieht«, fuhr Begay fort, »ist sie ziellos bis an den Rand der Mesa rausgelaufen, und die Kante hat unter ihr nachgegeben. Schon ganz schön heikel, diese Dinger. Die Sandsteinkuppen sehen solide aus, aber es ist natürlich nicht viel drunter, das sie hält.«

»Sie ist tot?« flüsterte Stoner.

Er nickte. »Hätte jedem passieren können. Dunkel wie 'ne Hexenmöse da draußen.«

»Sind Sie sicher, daß sie es ist?«

Er rieb sich mit der Hand über das Kinn. »Ich wollt' es zuerst auch nicht glauben, kenn' euch Mädels doch schließlich, und so. Gab aber keinen Zweifel, daß sie es war, und Sie sagen, das is' ihr Schmuck ...«

Sie griff nach dem Strohhalm. »Es gab keine andere Möglichkeit, sie zu identifizieren?«

»Sie meinen, eine Brieftasche oder 'n Führerschein oder sowas? Rein gar nichts.«

Natürlich nicht. Gwen war in einem Gefühlsausbruch davongelaufen. Sie hatte nichts mitgenommen ...

Sie wußte, daß sie unter Schock stand, ihre Gefühle tief in ihr verschlossen. Sie wußte, der Schmerz würde später kommen, und er würde unerträglich sein. »Wo ist sie?«

»Die Navajo-Jungs, die sie fanden, haben sie nach Holbrook gebracht. Das alles tut mir wirklich leid.« Er musterte sie. »Kommen Sie klar?«

Tot. Gwen tot.

»Irgend jemand, den ich für Sie anrufen kann?«

Vor zwei Stunden war sie noch hier. Vor zwei Stunden hat sie noch gelebt.

»Miss.«

Sie zwang sich dazu, sich zu konzentrieren. »Danke, daß Sie mir Bescheid gesagt haben«, hörte sie sich sagen. »Ich bin sicher, Sie haben noch andere Dinge zu ...«

Begay lehnte die Ellbogen auf den Tisch und faltete die Hände. »Ich geh' nich' eher, bis ich sicher bin, daß sich jemand um Sie kümmert.«

Sie mußte ihn hier raus bekommen! »Es wird schon gehen, wirklich. Eine Freundin kommt heute abend noch vorbei.«

»Bin mächtig froh, das zu hören. Dachte, Sie wären vielleicht mutterseelenallein hier draußen, wo Sie doch keinen kennen und so.«

»Es wird schon gehen«, wiederholte sie. Es war alles, was ihr einfiel.

»Werden die bald hier sein?«

»Jede Minute.«

»Hab' das Gefühl, ich sollte solange noch hier bleiben.«

Bitte, bitte, verschwinde! »Es ist alles unter Kontrolle, Mr. Begay. Sie können wirklich gehen ...«

»Nun gut.« Er sah sie eindringlich an, versuchte ihre emotionale Verfassung zu ergründen, erhob sich schließlich. »Ich bin ja gleich die Straße runter, wenn Sie was brauchen.« Er ging zur Tür, tätschelte im Vorbeigehen unbeholfen ihre Schulter. »Das tut mir echt leid. Wünschte, ich könnte was dran ändern.«

»Vielen Dank.«

Dann war sie allein.

Gwen ist tot.

Was bedeutet das, Gwen ist tot?

Erst war sie verheiratet, und dann waren wir Freundinnen, und dann waren wir ein Liebespaar, und jetzt ist sie tot.

Wie soll ich das denken? Ich habe noch nie jemanden gekannt, der tot war.

Na ja, da war mein Hund Scruffy. Nachdem er tot war, konnte ich ihn nicht mehr berühren oder mit ihm reden. Bedeutet es das? Ich werde Gwen nicht mehr berühren, nicht mehr mit ihr reden können?

Nicht mit Gwen reden? Sie nicht berühren? Bevor wir ein Liebespaar wurden, konnte ich nicht immer mit ihr reden oder sie berühren, aber sie war nicht tot. Ich konnte immer vielleicht morgen mit ihr reden.

Jetzt kann ich morgen nicht mit ihr reden.

Aber sie ist meine Geliebte. Mit der Geliebten kannst du doch immer reden, oder? Selbst wenn es schwer ist, oder? Selbst wenn ihr Probleme habt, oder? Weil es euch beiden weh tut, wenn ihr Probleme habt, also wollt ihr beide darüber reden können.

Aber wenn du tot bist, willst du nicht reden. Es ist also, als hättet ihr Probleme, nur daß es einer von beiden egal ist.

Ist es so, wenn deine Geliebte tot ist? So als ob es einer von euch egal ist?

Vielleicht habe ich etwas falsch gemacht, und sie ist deshalb tot. Vielleicht habe ich etwas so Schreckliches getan, daß sie nie wieder mit mir reden will. Vielleicht ist sie deshalb weggegangen und gestorben.

Stoner blickte hinunter auf die Halskette in ihren Händen.

Sie hat sie zurückgeschickt. Ich habe diesen Stein an einem vollkommenen Tag gefunden, und ich habe ihn ihr geschenkt, weil ich sie liebe, und sie hat ihn angenommen, weil sie mich liebte. Sie hat an diesem Tag geweint, weil sie mich liebte. Und jetzt hat sie ihn zurückgeschickt.

Ich wünschte, sie hätte mir gesagt, was ich falsch gemacht habe, und wäre nicht einfach weggegangen und gestorben. Wenn sie es mir gesagt hätte, hätte ich es geändert, was auch immer es war. Ich wollte nicht, daß sie weggeht und so etwas tut.

Die Schlüssel für den Jeep lagen auf dem Tisch.

Ich fahr' nach Holbrook und finde sie. Wir können darüber reden, was ich falsch gemacht habe, und vielleicht kann ich sie überreden, nicht länger tot zu sein.

Nicht länger tot.

Sie griff nach den Schlüsseln und stand auf. Die Knie gaben unter ihr nach. Sie zitterte. Ein Tropfen platschte auf die Tischplatte. Sie berührte ihr Gesicht und bemerkte, daß sie weinte.

Ich hör' besser auf damit. Wenn Gwen mich sieht, wird es sie aufregen.

Aber Gwen wird mich nicht sehen ...

... weil Gwen tot ist. Und tot ist für immer.

Egal, was ich sage oder tue, sie wird mir nie wieder antworten.

Panik fegte über sie hinweg. Sie sah sich im Zimmer um.

Ich kann hier nicht bleiben.

Sie lief zur Tür. Muß hier raus, raus, raus ...

Sie stürzte in die Dunkelheit und stieß fast mit der alten Frau zusammen, die den Adler auf dem Arm hielt.

»Oh«, sagte sie verblüfft.

Der Adler flog davon.

»Was nun?« fragte Siyamtiwa.

»Sie ist tot.«

»Wer?«

»Gwen. Meine Geliebte. Er hat es mir gesagt.«

Siyamtiwa runzelte die Stirn. »Wer hat dir das gesagt?«

»Er. Larch Begay.«

»Schon wieder dieser Begay. Was bedeutet er dir?«

»Nichts, bloß ...«

»Bist du mit diesem Begay verwandt? Ist er aus deinem Klan?«

»Natürlich nicht. Das wissen Sie doch.«

»Und du glaubst, was dieser Mann sagt?« Siyamtiwa schüttelte den Kopf. »Ihr *pahana* habt merkwürdige Sitten.«

Stoner umklammerte den Arm der alten Frau. »Hören Sie mir zu! Gwen ist tot!« Sie merkte, daß sie schrie — oder daß irgendwer schrie.

»Du hast Beweise, daß dieser Mann die Wahrheit spricht?«

»Ja.« Sie zerrte Siyamtiwa in die Küche und riß die Halskette hoch. »Das hier. Ich hab' sie ihr geschenkt. Er hat sie ihrer Leiche abgenommen und mir gebracht.«

»Er ist ein Begay?«

Stoner nickte.

»Dann glaube ich das Ganze nicht.«

»Er hat sie mir gebracht. Sie gehört ihr.«

Die alte Frau hielt die Kette für einen Moment in der Hand und richtete den Blick nach innen. »Dies gehört keiner Toten«, sagte sie schließlich und gab sie zurück. »Deine Freundin lebt.«

Stoner schüttelte den Kopf.

»Dieser Mann«, sagte Siyamtiwa hitzig. »Dieser Mann, den du kaum kennst, der nicht mit dir verwandt ist und der nicht zu deinem Klan gehört, hält dieses Ding in seinen Händen und sagt 'Deine Freundin ist tot', und du glaubst ihm. Ich halte es in meiner Hand und sage 'Deine Freundin lebt', und du glaubst mir nicht. Warum ist das so?«

»Sie wollen nur, daß ich mich besser fühle.« Stoner wischte die Tränen weg, die ihr übers Gesicht liefen. Tränen, die sie nicht fühlen und nicht aufhalten konnte.

»Du denkst, ich würde lügen, damit du dich besser fühlst? Vielleicht sage ich dir, 'Etwas Wundervolles wird geschehen. Morgen wird die Sonne im Westen aufgehen, und niemand wird jemals wieder Krieg führen.' Und wenn der Morgen dann kommt und die Sonne nicht im Westen aufgeht, wirst du dich dann immer noch gut fühlen?«

»Sie verwirren mich.«

»Aber wenn du traurig bist und ich sage, 'Das Leben enthält viele traurige Dinge, aber einst kam ein Kolibri und trank von deinem Teller, und das war Zauber' — wenn das die Wahrheit ist, dann wirst du dich an den Zauber erinnern, wenn du traurig bist. Dann wird das gute Gefühl nicht verschwinden.« Sie verschränkte die Arme. »Aber wenn es dir Freude macht, zu glauben, daß deine Freundin tot ist, dann wirst du es glauben. Ich für meinen Teil werde abwarten.«

Stoner atmete tief ein und spürte Hoffnung aufflackern. »Warum sollte Larch Begay mich anlügen?«

»Wenn wir das erst wissen, werden wir viele Dinge wissen.« Die alte Frau schob die Vorhänge zurück, die die Küchenregale verdeckten. »Habt ihr hier irgendwo Kaffee?«

Stoner gab ihr die Dose und beobachtete, wie Siyamtiwa zum Spülbecken schlurfte, einen Topf mit Wasser füllte und eine gehäufte Tasse zerstampfte Bohnen ins Wasser schüttete. »Wo haben Sie gelernt, Cowboy-Kaffee zu kochen?« fragte sie überflüssigerweise.

»Bei den Cowboys.« Siyamtiwa zündete das Feuer unter dem Topf an und kam zurück zum Tisch. »Du trägst die Kette, die ich dir gegeben habe. Das ist gut.«

»Stimmt«, sagte Stoner trocken, »sie hat mir ungeahnte Mengen von Glück gebracht.« Sie konnte spüren, wie die Verzweiflung gegen ihr Bewußtsein hämmerte, sich wieder hineinzukämpfen versuchte. »Tut mir leid, daß ich Sie angeschrien habe.«

»Wärest du eine Hopi, müßtest du dich nicht entschuldigen. Dann würdest du mich gar nicht erst anschreien.«

Stoner lehnte sich gegen das Spülbecken. »Siyamtiwa?«

»Hoh.«

»Hoh?«

»'Hoh' bedeutet 'Ich höre'. Jetzt kannst du ein bißchen Hopi. Du hast was zu sagen?«

Sie zögerte. »Glauben Sie wirklich, daß Gwen ... lebt?«

»Ich sagte, dieser Stein ist nicht der Stein einer Leiche. Ich sagte, ich würde abwarten.«

Die Verzweiflung wurde zu einer weißglühenden Kugel in ihrem Magen. »Wenn ich sie verliere ...« Sie begann zu weinen, spürte es jetzt, ihr Körper knirschte wie Felsen, vergoß felsenharte Tränen.

Siyamtiwa hielt ihr eine Hand entgegen. Stoner ergriff sie, überrascht von der Kraft unter der rauhen Haut, in den kleinen, spröden Knochen.

»Es ist schon eine lange Zeit her«, sagte die alte Frau, »seit ich jemanden so tief in meinem Herz hatte.«

Stoner rieb sich mit dem Ärmel über die Augen. »Ich weiß nicht, ob ich Sie beneide oder Mitleid mit Ihnen habe.«

»Nun«, sagte Siyamtiwa, »so ist das eben mit mir.« Sie drückte Stoners Hand. »Wir werden mehr über diese ganze Sterbe-Angelegenheit wissen, wenn deine Hermione anruft.«

»Tante Hermione wird nicht ...«

Das Telefon klingelte.

Siyamtiwa kicherte. »Jetzt wirst du behaupten, ich mache Zauber wie die Ya-Ya.« Sie schlurfte davon, um sich um den Kaffee zu kümmern.

Stoner ging ins Wohnzimmer und nahm den Hörer ab. »Hallo?«

»Stoner«, sagte Tante Hermione mit vor Besorgnis schriller Stimme, »was um alles in der Welt geht da draußen vor?«

»Woher wußtest du, daß irgend etwas ...«

»Meine Liebe, es ist hier mitten in der Nacht — zwei Uhr morgens, nur falls es dich interessiert — und ich habe fest geschlafen, als ich ganz plötzlich eine absolut furchterregende Energiesalve von dir empfing. Dunkle Energie. Wolken über Wolken davon. Und dann eine Stimme, klar wie eine Glocke, aber mit einem Akzent, den ich nicht einordnen kann, die mir befahl, dich anzurufen.«

Stoner blickte zu Siyamtiwa hinüber, die gerade Zucker in ihren Kaffee rührte, einen Ausdruck engelsgleicher Unschuld auf dem Gesicht.

»Tante Hermione, Gwen ist etwas zugestoßen.«

Ihre Tante schwieg für einen Augenblick. »Ja, ich kann es fühlen.«

»Sie ist verschwunden. Ein Mann hat mir gesagt, sie ist tot. Tante Hermione ... Tante Hermione, glaubst du ...« Sie brachte es nicht über die Lippen.

Siyamtiwa kam ins Zimmer und winkte nach dem Telefon. Stoner gab es ihr.

»Großmutter Hermione«, sagte die alte Frau, »diese Nichte, die du da hast, ist eine sehr störrische Frau. Ich sage ihr, ihre Freundin ist okay, aber sie glaubt mir nicht. Vielleicht glaubt sie dir. Was denkst du?« Sie lauschte.

»Was sagt sie?« flüsterte Stoner.

Siyamtiwa hielt einen Finger vor die Lippen. »Sie spricht mit ihren Geistern. Etwas Respekt, bitte.«

Stoner vergrub ihre Hände in den Hosentaschen.

Siyamtiwa hörte zu und nickte und brummte und nickte. »Okay«, sagte sie schließlich. »Das sagst du ihr besser selbst. Dein Grünauge traut Hopis nicht.«

»Das stimmt nicht«, protestierte Stoner. »Ich traue ...«

Siyamtiwa wandte sich ihr zu. »Sie läßt dir ausrichten, die Medizinkarten sagen, daß deine Freundin lebt. Sie sagt, sie sieht Dunkelheit, eine Höhle, Kälte dort. Etwas Magisches in der Nähe. Nicht schlecht, nicht gut. Grauer Zauber.«

Stoner biß sich auf die Lippe. »Was bedeutet das?«

»Es bedeutet, daß deine Freundin lebt und wir einiges zu tun haben.« Siyamtiwa wandte sich wieder dem Telefon zu. »Großmutter, haben deine Geister dich gelehrt, über den Wind zu gehen?« Sie hörte zu. »Schade. Es wäre gut, mit dir zusammenzusitzen. Wir haben einander vieles zu lehren, eh? Vielleicht kriegen wir sogar diese junge Frau noch hin.«

Sie gab Stoner den Hörer und ging zurück zu ihrem Kaffee.

»Gute Güte«, rief Tante Hermione. »Was für eine erstaunliche Person. Ich kann ihre Aura sogar übers Telefon spüren.«

»Tante Hermione, glaubst du wirklich, daß es Gwen gut geht?«

»Ich habe nicht gesagt, daß es ihr gut geht, Liebes. Ich sagte, sie lebt. Aber sie hat es nicht besonders bequem, und sie fürchtet sich und ist in äußerster Gefahr. Es wird große Charakterstärke erfordern, sie dort herauszuholen.«

»Tante Hermione, ich glaube, ich bin all dem hier nicht gewachsen.«

»Du hast wirklich keine Wahl, Stoner. Du wurdest erwählt.«

»Erwählt von wem? Wozu?«

Ihre Tante schwieg für eine Sekunde. »Das kann ich wirklich nicht erkennen. Aber ich nehme an, daß alles zu gegebener Zeit enthüllt wird.«

Stoner seufzte. »Okay, danke für deinen Anruf.«

»Ich kenne diesen Tonfall, Stoner. Fünf Minuten nachdem du aufgelegt hast, hast du dich wieder völlig verrückt gemacht.«

»Da hast du wohl recht«, gab sie widerwillig zu.

»Manchmal weiß ich nicht, was ich mit dir anstellen soll. Nun, ich nehme an, du bist mein Karma. Ich habe dich wirklich lieb, Stoner. Paß auf dich auf.« Die Verbindung brach ab.

Siyamtiwa warf ihr einen fragenden Blick zu.

»Ich weiß nicht«, sagte sie. »Das Problem ist, daß ich Ihnen so gerne glauben will.«

»Gut. Du wirst schon schlauer«, sagte Siyamtiwa.

»Aber vielleicht glaube ich Ihnen dann nicht, weil ich Ihnen glaube, sondern weil ich es so will.«

Die alte Frau warf die Hände hoch. »Ich werde weißes Denken nie verstehen.«

Vor der Küchentür hielt ein Auto. Stoner sah auf die Uhr. Viertel nach zwölf. Das mußte Laura Yazzie sein.

Die Frau trat ein, ohne anzuklopfen, immer noch in ihrer weißen Uniform. Ihre Augen leuchteten auf, als sie Siyamtiwa sah. »Ya-tah-hey, Großmutter.«

»Ya-tah-hey, Holzkopf.«

Laura Yazzie lachte. »Fang bloß nicht damit an.« Sie wandte sich an Stoner. »Holzkopf ist eine alte Hopi-Beleidigung für Navajo. Wir versuchen, drüber zu stehen. Was gibt's?«

»Larch Begay ist vorbeigekommen. Er hat gesagt, Gwen ist tot.« Stoner hielt ihr die Kette hin. »Die hat sie getragen. Er hat sie mir gebracht.«

Laura nahm die Kette und untersuchte sie. Sie blickte zu Siyamtiwa auf. »Was liest du daraus?«

»Dieser Stein hat noch nie eine Leiche berührt.«

»Gut.« Laura wandte ihre Aufmerksamkeit Stoner zu. »Was hat dieser Begay Ihnen erzählt? Ganz genau.«

Sie konnte fühlen, wie der schwarze Knoten in ihrem Magen sich enger zusammenzog. Sie konnte es nicht sagen.

»Sie hat Angst«, sagte Siyamtiwa, »daß Worte wahr werden, wenn sie sie ausspricht.«

Laura schüttelte den Kopf. »Weiße sind so abergläubisch.« Sie packte Stoner bei den Schultern. »Sie müssen uns hierbei helfen, Stoner. Es gibt Dinge, die nur Sie wissen, und wir müssen sie erfahren.«

»Er ... er sagte, daß ein paar Navajo-Jungs sie drüben bei Sand Springs gefunden haben. Oder daß sie aus Sand Springs kamen, ich kann mich nicht erinnern. Er sagte, sie hätten ihm erzählt, sie wär' in der Dunkelheit vom Rand der Mesa hinabgestürzt.« Sie rieb sich die Arme. »Das ist alles, was ich weiß.«

»Haben Sie die Leiche gesehen?«

»Nein.«

»Hat Begay die Leiche gesehen?«

Sie nickte.

»Und er hat ihr die Halskette abgenommen?«

»Weiß ich nicht. Vielleicht hat das einer der anderen gemacht.«

»Das bezweifle ich«, sagte Laura. »Wo ist die Leiche jetzt?«

Die Leiche. Die LEICHE. Früher war sie Gwen. Sie spürte, wie sie zu zittern begann, spürte Angst und Verlust wie eine Schlange ihr Rückgrat hinaufkriechen.

»Geht das schon wieder los«, sagte Siyamtiwa.

Laura Yazzie schüttelte sie leicht. »Antworten Sie mir, Stoner.«

»Er sagte ...« Sie schnappte nach Luft. »Er sagte, sie hätten sie nach Holbrook gebracht.«

Laura Yazzie blickte Siyamtiwa an, die wissend nickte. »Denken Sie genau darüber nach«, sagte Laura. »Wer hat sie nach Holbrook gebracht?«

»Die Jungen, die sie gefunden haben.«

»Hopi oder Navajo?«

Stoner schaute auf. »Was?«

»Die Jungen aus Sand Springs, waren es Hopi oder Navajo? Lassen Sie sich Zeit.«

Sie dachte angestrengt nach. »Navajo.«

»Sind Sie da ganz sicher? In dieser Gegend leben beide Stämme. Sie könnten also beides sein. Das ist sehr, sehr wichtig.«

»Navajo. Er sagte, 'Die Navajo-Jungs, die sie fanden, haben sie nach Holbrook gebracht.'«

Auf Laura Yazzies Gesicht machte sich ein Lächeln breit. »Hast du das gehört, Großmutter?«

Siyamtiwa brummte.

»Bitte«, sagte Stoner, »erklären Sie mir, was das alles bedeutet.«

»Einverstanden.« Laura Yazzie setzte sich an den Tisch. »Zunächst mal liegt Sand Springs ungefähr achtzig Kilometer von hier entfernt. Wenn sie sie dort gefunden haben, hätte Ihre Freundin eine ganz schöne Wanderung gemacht. Wenn sie sie hier gefunden haben, dann sind diese Navajo-Jungen ziemlich weit weg von zu Hause. Das ist möglich, aber nicht wahrscheinlich. Und da dies angeblich auf der Reservation passiert ist, hätten die es der Stammespolizei gemeldet, die Sie wiederum schon längst angerufen hätten, weil die ja wissen, daß Sie nach ihr suchen. Aber selbst wenn das alles so wäre, wie er sagt, gibt es immer noch einen Aspekt, wegen dem ich ganz sicher bin, daß es eine Lüge ist.«

»Welchen?«

»Navajo«, sagte Laura Yazzie, »würden nie eine Leiche berühren. Das sitzt bei uns ganz tief. Wir glauben, wenn ein Mensch stirbt, bleibt sein böser Geist, Chindi, noch in der

Nähe des Körpers, nachdem der gute Geist ihn schon verlassen hat. Es bedarf einiger komplizierter Rituale, um ihn loszuwerden, und es ist schwierig, einen Sänger zu finden, der sie noch kennt. Ich arbeite seit Jahren in Krankenhäusern, und es fällt mir immer noch schwer, mit Leichen umzugehen. Wenn Larch Begay Ihnen gesagt hat, daß irgendwelche Navajo-Jungen den Körper einer Toten nach Holbrook gebracht haben, dann hat er gelogen.«

»Gwen hatte — hat keinen bösen Geist«, sagte Stoner.

Laura Yazzie lachte. »Da tun sich ja einige interessante Möglichkeiten auf. Ich frage mich, ob die Kirche bereit ist, sich mit einer selbsternannten lesbischen Heiligen auseinanderzusetzen.« Sie wurde ernst. »Aber nur um sicher zu gehen, daß wir alles abgedeckt haben, werde ich die Krankenhäuser und die Polizei anrufen.« Sie stand auf und ging in den Laden.

»Nun«, sagte Siyamtiwa, »fühlst du dich jetzt besser?«

Stoner nickte.

»Dann trink einen Kaffee.«

Sie schaute auf den schlammigen Satz in Siyamtiwas Tasse. »Vielleicht später. Siyamtiwa, warum würde jemand so etwas tun? Ich meine, selbst wenn Gwen lebt, ist sie immer noch verschwunden. Wo ist sie? Und warum erzählt Larch Begay mir diese Lügen?«

Die alte Frau nippte an ihrem Kaffee. »Lange Geschichte.«

»Das macht mir nichts.«

»Warte, bis deine Holzkopf-Freundin mit ihren Anrufen fertig ist. Du hörst nicht so gut zu, wenn du dir Sorgen machst.«

Stoner brachte ein Lächeln zustande. »Ich schätze, da haben Sie recht.«

»Für die *pahana* sitzt die große Wirklichkeit hier oben ...« Siyamtiwa tippte sich an die Stirn. »Für uns hier drin.« Sie zeigte auf ihr Herz. »Ich denke, ich habe mehr Vertrauen zu unserer Art. Nicht so leicht zu täuschen.«

Laura Yazzies halbstündige Telefonaktion brachte keine Spur von gerade erst aufgetauchten weißen Frauenleichen im Umkreis von hundertfünfzig Kilometern zum Vorschein. Das beruhigte Stoners Ängste noch nicht völlig, aber doch fast.

»Also«, sagte Laura, während sie den Kaffee wegschüttete, den Siyamtiwa gebraut hatte, und frischen aufsetzte, »es wird Zeit, daß wir darüber reden, worum es hier eigentlich geht.«

»Da können wir gleich bei mir anfangen«, sagte Stoner. »Ich weiß nämlich überhaupt nichts.«

Siyamtiwa verdrehte die Augen, einen leidenden Ausdruck im Gesicht.

»Sie wissen vielleicht mehr, als Sie denken«, sagte Laura. »Erzählen Sie mir, was alles passiert ist, seit Sie angekommen sind.«

Sie wollte nicht. Sie wollte in die Nacht hinauslaufen, um Gwen zu finden. Aber sie wußte, daß das nichts bringen würde, und Laura Yazzie hatte wahrscheinlich recht. Also zwang sie sich, alles zu erzählen — das merkwürdige Gefühl in ihrem Magen, als sie zum erstenmal die Reservationsgrenze überquert hatte — das Gefühl, daß Geister in der Luft schwebten — der Koyote — die Begegnung mit Siyamtiwa — die Puppe, die ihr ein wenig ähnlich sah ...

»Sehr ähnlich«, berichtigte Siyamtiwa.

Laura Yazzie kramte einen Filzstift aus ihrer Tasche und begann, auf einer braunen Papiertüte eine Liste aufzustellen.

Stoner erzählte ihnen von der Wupatki-Ruine, den Leuten auf dem Spielfeld und ihrer unmäßigen Wut. Davon, wie sie in Lomaki eingeschlafen war — oder auch nicht eingeschlafen war — und von den Geistern der heimatlosen Kinder.

»Lomaki«, unterbrach Siyamtiwa und sah Laura eindringlich an. »Du weißt, was dort vor sich geht.«

»Was geht dort vor sich?« fragte Stoner.

Siyamtiwa zuckte die Achseln. »Nicht viel. Ein paar alte Vorfahren treiben sich da rum.«

»Viele Ruinen in diesem Teil des Landes«, erklärte Laura, »wurden von Anasazi gebaut, Vorfahren der Hopi.«

Siyamtiwa gab einen empörten Laut von sich.

»Verzeihung«, sagte Laura. »Anasazi ist ein Navajo-Wort. Die Hopi nennen sie Hisatsinom.«

»Das ist ihr Name«, knurrte Siyamtiwa.

»Ja, Großmutter.« Laura wandte sich wieder an Stoner. »Noch irgend etwas?«

»Na ja, ich habe dieses merkwürdige Gefühl immer noch, aber ich habe mich daran gewöhnt. Danach wurde Stell krank, und über etwas anderes konnten wir dann nicht mehr nachdenken.«

Siyamtiwa nickte und saß für einen Augenblick schweigend da und schlürfte ihren Kaffee. »Jetzt«, sagte sie schließlich, »werden wir über diesen Begay sprechen.« Sie schaute Laura an. »Du kennst seine Familie?«

»Ich kenne eine Menge Begays«, sagte Laura, »aber von einem Larch Begay habe ich noch nichts gehört. Trotzdem — diese Tankstelle hieß schon immer »Begay's«, und es ist ein ziemlich häufiger Name. Er könnte ein Cousin drüben aus New Mexico sein.«

»Er behauptet, daß sie früher seinem Vater gehörte«, sagte Stoner.

»Unglücklicherweise hilft uns das nicht viel weiter. Wenn wir den Klan seiner Mutter kennen würden, hätten wir vielleicht einen Anhaltspunkt. So ordnen wir Leute nämlich ein.« Laura kaute an ihrem Stift. »Selbst dann würde ich ihn vielleicht nicht erkennen. Ich bin etwas aus der Übung ...«

»Man kommt nicht aus der Übung«, sagte Siyamtiwa scharf. »Du hast Angst, wenn du dich an zuviel erinnerst, wirst du zur Decke zurückkehren.«

Laura Yazzie errötete tief und schwieg.

»Zur Decke zurückkehren?« fragte Stoner.

»Wenn eine Indianerin hinausgeht in die Welt der Weißen, aber die Reservation ihrem Herzen keine Ruhe läßt, bis sie zurückkehrt, dann sagen wir, diese Indianerin ist zur Decke zurückgekehrt.« Siyamtiwa blickte Laura Yazzie tief in die

245

Augen. »Vielleicht stellt diese Indianerin auf einmal fest, daß sie in der Welt der Weißen keine Seele hat.«

Laura stand auf und trug ihre Kaffeetasse zum Spülbecken. »Das tut jetzt nichts zur Sache«, sagte sie und wandte ihnen den Rücken zu. »Die Frage ist, was ist mit diesem Begay?«

»Ich denke, er ist hinter dem Ya-Ya-Bündel her«, sagte Siyamtiwa.

Laura drehte sich schnell um. »Das wurde doch vernichtet.«

Siyamtiwa schüttelte den Kopf. »Ein Ding wie dieses stirbt nicht. Es kann nur an einen sicheren Ort gebracht werden. Jemand sucht schon seit einer Weile danach.«

»Woher weißt du das alles?« fragte Laura.

»Das ist meine Aufgabe«, antwortete Siyamtiwa sanft. »Es war schon immer meine Aufgabe.«

Laura atmete scharf ein. »Dann waren die alten Geschichten über dich also wahr.«

»Vielleicht.«

»Was für Geschichten?« fragte Stoner.

Sie ignorierten sie.

»Du bist ...« begann Laura.

»Ich bin, was ich bin, nichts weiter.«

»Natürlich.« Laura Yazzie senkte die Augen. »Das Bündel — glaubst du, dieser Larch Begay ist derjenige, der danach sucht?«

»Vielleicht.«

»Ein Dineh, der hinter einem Hopi-Zauber her ist?«

Siyamtiwa schüttelte den Kopf. »Das ist es, was ich nicht verstehe.«

»Wenn es wertvoll ist«, warf Stoner ein, »will er es vielleicht wegen des Geldes.«

Siyamtiwa blickte sie an. »Kein Geld damit zu machen. Ein Haufen Lumpen und Federn und Zeug, das man vom Boden aufsammelt.«

»Manche Leute würden für so etwas viel Geld bezahlen«, sagte Stoner.

Siyamtiwa blickte sie verständnislos an.

»Weil es nur eins davon gibt. Manche Leute würden sich ... wichtig fühlen, wenn sie so etwas besäßen.«

»Wir sind mit den Anglos völlig falsch umgegangen, damals«, sagte Siyamtiwa. »Hätten begreifen müssen, daß sie verrückt sind.«

»Hören Sie«, sagte Stoner zu Laura, »vielleicht erkennen Sie den Namen Larch Begay nicht, weil er kein Navajo ist. Vielleicht ist er ein Weißer. Haben Sie ihn je gesehen?«

Laura Yazzie schüttelte den Kopf. »Das ist das erste Mal, daß ich so weit hier draußen bin, seit ...«

Siyamtiwa lächelte sie an. »Angst, du könntest herausfinden, wo du deine Seele zurückgelassen hast?«

»Vielleicht«, sagte Laura. Sie wandte sich wieder an Stoner. »Sie haben ihn gesehen. Finden Sie, er sieht weiß aus?«

Stoner zuckte die Schultern. »Er ist irgendwie braun, aber ... um die Wahrheit zu sagen, ich bin mir nicht sicher, ob es von der Sonne kommt oder ob er ein heller Ureinwohner ist oder ...«

Laura Yazzie warf die Hände hoch. »Schon gut.«

»Hat einen Dineh-Namen«, gab Siyamtiwa zu bedenken.

»Aber er könnte diesen Namen auch nur angenommen haben«, sagte Stoner. »Viele Leute tun das.«

Siyamtiwa schüttelte seufzend den Kopf. »Verrücktes Volk.«

»Vielleicht ist es also gar nicht wirklich Zauber.« Stoner merkte, wie sie vor Erleichterung grinste. »Vielleicht hat Begay einen Navajo-Namen angenommen, damit die Indianer ihm vertrauen und er sie ausnehmen kann. Dann hört er irgendwann von diesem Medizinbündel und wittert eine gute Gelegenheit. Wenn er es findet, kann er es an einen Sammler verkaufen. Er sieht Siyamtiwa und mich zusammen, erkennt, daß sie eine Hopi ist und wahrscheinlich weiß, wo sich das Bündel befindet, und entführt Gwen, um durch mich an Siyamtiwa ranzukommen. Er nimmt sie als Geisel, und das Lösegeld ist der Standort des Bündels.« Sie grinste wieder. »Seht ihr? Das erklärt alles.«

»Alles«, sagte Laura, »außer Ihrem merkwürdigen Gefühl und den Geistern und der Ya-Ya-Krankheit und Kojoten, die Sie mitten in der Nacht aus dem Schlaf reißen, und Puppen, die so aussehen wie Sie.« Sie malte Kringel auf die Papiertüte. »Ja, das bringt wirklich Licht in die Sache.«

»Oh«, sagte Stoner.

Siyamtiwa verschränkte die Arme vor der Brust. »Ich sage, Grünauge hat recht, aber es ist auch mehr als eine Geldsache. Es ist eine *powaqa*-Sache.«

Stoner wartete darauf, daß sie fortfuhr. Was sie nicht tat. »Und das ist alles? Das ist die Summe und der Kern Ihrer Erklärungen?«

Laura malte noch einen Kringel. »Stoner, bei den Gelegenheiten, als Sie Larch Begay gesehen haben, ist Ihnen da irgend etwas Ungewöhnliches an seinen Augen aufgefallen?«

»Er sitzt wahrscheinlich zuviel vor dem Fernseher. Oder vielleicht hat er Heuschnupfen oder trinkt zuviel.«

»Erkläre das«, sagte Siyamtiwa.

»Seine Augen sind rot und tränen und sehen entzündet aus. Warum?«

»*Powaqa*«, sagte Siyamtiwa. »Zwei-Herz.«

Laura Yazzie nickte. »Skinwalker.«

»Wie meinen?« fragte Stoner.

Die beiden Indianerinnen begannen rasend schnell in Hopi oder Navajo oder beidem miteinander zu reden.

Schließlich wandte sich Laura an sie. »Die Dineh glauben, daß Hexenmeister in der Nacht sehen können wie Tiere. Sie benutzen ihre Tiergeister für den Zauber. Aber es schadet ihren Augen.«

»Auch *powaqa*«, sagte Siyamtiwa, »verändern ihre Gestalt, werden zum Tier. Haben das Herz eines Menschen und das Herz eines Tieres. Zwei-Herz.«

Stoner fuhr sich mit der Hand durch die Haare. »Na ja, aber das ist doch wohl bloß metaphysisch ...«

»Wenn *powaqa* in Tiergestalt herumlaufen, dann meistens

als Wolf. Am zweithäufigsten als Kojote.« Sie nickte schroff und lehnte sich in ihrem Stuhl zurück, als würde das die Diskussion beenden.

»Sie denken, der Kojote, der hier herumgeschlichen ist, war Larch Begay?« fragte Stoner. »Das ist lächerlich!«

Siyamtiwas Augen wurden schmal. »Warum lächerlich?«

»Weil ... Menschen sich nicht in Tiere verwandeln können.«

»Ihr habt Werwölfe. Vampire.«

»Das sind doch bloß Geschichten.«

»Okay.« Die alte Frau stand auf. »Du willst nicht glauben, dann glaube nicht. Ich habe anderes zu tun.«

Laura Yazzie hielt sie auf. »Großmutter, wir brauchen sie.« Sie wandte sich an Stoner. »Und Sie brauchen uns. Warum geben wir uns also nicht alle ein bißchen Mühe, die Dinge vom Standpunkt der anderen aus zu betrachten?«

»Ha!« sagte Siyamtiwa scharf. »Seit dreihundert Jahren betrachten wir alles vom Standpunkt der *pahana* aus. Wird Zeit, was Besseres zu versuchen.«

Laura seufzte. »Du bist eine störrische alte Frau, Großmutter. Meine Großmutter hat das schon gesagt, meine Mutter hat es gesagt, und ich sage es. Und ich sage auch, daß an diesem Ort Unruhe herrscht und wir nichts lösen, wenn wir miteinander streiten.«

Siyamtiwa rührte sich nicht von der Stelle. Schweigend, mit verschränkten Armen blickte sie hinaus in die Nacht.

Stoner beschloß, daß sie besser den ersten Schritt machte. »Siyamtiwa, meine Freundin, bitte vergeben Sie mir.«

Die alte Frau blickte über die Schulter, ihr Mund heruntergezogen wie eine Mondsichel, die auf ihren Spitzen ruht.

»Ich weiß, daß ich unhöflich war. Aber ich habe solche Angst. Hier ist alles so merkwürdig. Ich verstehe es nicht. Meine Freundin wäre fast gestorben, und jetzt meine Geliebte ... Großmutter, bitte wenden Sie sich nicht ab von mir.«

Siyamtiwa schaute ihr forschend in die Augen, suchte nach Lügen. Sie nickte und ging zum Tisch zurück. »Wir werden einmal betrachten, was wir wissen, und sehen, ob es ein Bild ergibt.«

Stoner sah Laura an.

Laura Yazzie sah Stoner an.

Dann sahen sie beide Siyamtiwa an.

»Ich sage dies«, begann die alte Frau. »Wir haben hier die Habgier des Weißen Mannes. Aber da ist noch mehr. Damals, in der alten Zeit, bevor wir lernten, die Wahrheit im Herzen des Weißen Mannes zu lesen, teilten wir viele unserer Geheimnisse mit ihm. Nun wissen die Menschen Dinge, die zu wissen gefährlich ist. Ich glaube, dieser Begay hat genug Zauberei gelernt, um zu wissen, daß das Bündel ihm große Macht geben wird. Wenn er das Bündel findet, wird er es zu benutzen wissen.« Sie wandte sich an Stoner. »Deshalb mußt du ihn aufhalten.«

»Warum ich?« fragte Stoner. Es schien ihr eine vernünftige Frage.

»Du wurdest erwählt.«

»Wer hat mich erwählt?«

Siyamtiwa zuckte die Achseln. »Es wurde mir mitgeteilt. Ich habe die Puppe gemacht. Du hast sie gesehen.«

»Aber ...«

»Vielleicht weil er ein Weißer ist und Sie eine Weiße«, sagte Laura Yazzie. »Das könntet ihr gemeinsam haben. Oder vielleicht, weil Sie als lesbische Frau keine Männer in Ihr Herz lassen, die dann Ihren Kopf durcheinanderbringen. Oder aus einem anderen Grund, den wir niemals erfahren werden. Ist das wirklich wichtig?«

Stoner fuhr mit dem Finger über den Rand ihrer Kaffeetasse und erinnerte sich, daß sie diese Geste von Gwen übernommen hatte. »Ich schätze nein, solange nichts mit ...«

»Ihr wird nichts geschehen«, unterbrach Siyamtiwa, »wenn wir das hier richtig anpacken.« Sie erhob sich. »Du kommst mit mir. Du hast viel zu lernen.«

»Aber ...«

Die alte Frau schnappte sich Gwens Halskette. »Dies ist die Herausforderung. Wir haben vier Tage, um uns vorzubereiten.«

»Warum vier Tage?«

»Das ist eben so.«

»Aber was ist, wenn das alles bloß eine ganz normale Entführung ist? Was ist, wenn er ein Lösegeld verlangt? Und was geschieht in diesen vier Tagen mit Gwen?«

Laura Yazzie drückte sanft ihre Schultern. »Machen Sie sich keine Sorgen. Ich werde die ganze Zeit hier sein. Wenn er ein Lösegeld verlangt, kann er mir diese Nachricht überbringen. In der Zwischenzeit lasse ich unsere Brüder bei der Stammespolizei wissen, daß sie besser ein Auge auf Larch Begay haben. Ich weiß, wo ich euch finden kann, jetzt, da ich weiß, was Siyamtiwa ist. Wir werden nicht zulassen, daß Gwen etwas geschieht.«

»Was meinen Sie mit 'wissen, was Siyamtiwa ist'?«

Siyamtiwa bewegte sich auf die Tür zu. »Du kommst jetzt.«

»Aber was, wenn ich ihn nicht aufhalten kann, wenn er das Bündel bekommt ...«

»Übel«, sagte Siyamtiwa. »Viel Übel für eine lange Zeit. Könnte sehr schlimm werden.«

»Und was ist, wenn ich in vier Tagen nicht bereit bin?«

»Ich denke, er wird deine Freundin töten, und dann wird er dich töten. Weil du zwischen ihm und mir stehst, und ich die bin, die er will.«

»Aber warum verfolgt er Sie nicht direkt?«

»Er weiß, daß meine Macht zu groß für ihn ist«, sagte Siyamtiwa einfach. »Ich wurde im Nebel-Klan geboren.«

»Der Nebel-Klan«, erklärte Laura Yazzie, »war der alte Ya-Ya-Klan.«

»Warum machen Sie dann nicht einfach ...«

»Weil ich alt bin und müde«, fuhr Siyamtiwa sie an. »Meine Macht kann mir nicht helfen, durch die Wüste zu gehen oder die Nacht zu durchwachen oder wie ein weißer Mann zu denken.«

»Ich kann auch nicht denken wie ein Mann. Ich bin eine Frau.«

»Du eignest dich besser als ich.«

Sie fühlte sich in die Enge getrieben. »Aber warum ich? Warum Gwen? Wir wissen nichts von all diesen Dingen. Wir sind hierhergekommen, um Urlaub zu machen, und urplötzlich sind wir in etwas verwickelt, das ich nicht einmal verstehe. Wir wissen nichts über Ya-Ya und *powaqa,* und ich bin nicht Shirley MacLaine, selbst wenn die Puppe aussieht wie ...«

»Wenn du Shirley MacLaine wärst«, unterbrach Siyamtiwa, »würdest du tun, was ich dir sage, und wissen, daß es das Richtige ist. Du würdest nicht diskutieren oder die ganze Zeit Fragen stellen.«

Stoner stand vom Tisch auf. »Diese ganze Sache ist verrückt. Warum sollte ich Ihnen vertrauen?«

»Weil diese Frau«, sagte Laura Yazzie und wies auf Siyamtiwa, »niemandem gleicht, dem Sie jemals begegnet sind oder jemals wieder begegnen werden. Weil Sie sich geehrt fühlen sollten, zu tun, worum sie Sie bittet.« Sie hielt Gwens Kette hoch. »Und deswegen.«

Mit einem Mal war es ihr egal. Die Ya-Ya und merkwürdige Krankheiten, Skinwalker und Zwei-Herzen waren ihr egal. Sie wollte Gwen, und sie würde alles tun, um sie zurückzuholen, und wenn es eben keinen Sinn ergab ...

»Ich hole meine Sachen«, sagte sie und rannte aus der Handelsstation hinaus, den Weg zur Baracke hinunter.

Es war ein Fehler. Gwens Gegenwart war überall im Raum. Ihre Kleidung, die karierten Hemden und leichten Khakihosen und abgetragenen, hellen Jeans, ihre Regenjacke, ihr Schlafanzug — alles roch nach ihr. Im Kopfkissen auf ihrer Seite des Bettes war noch der Abdruck ihres Kopfes zu sehen. Ihre Zahnbürste lag auf der Kommode. Das Buch, das sie gelesen hatte, lag umgedreht auf dem Nachttisch, ihre Lesebrille steckte zwischen den Seiten.

Da draußen in der Dunkelheit konnte ihr alles Mögliche zustoßen.

Vielleicht sehe ich sie nie wieder.

Oder vielleicht schau ich nach draußen, und da ist sie, kommt die Straße raufgeschlendert und wundert sich über die ganze Aufregung und lacht ihr samtiges Lachen und sagt: »Meine Güte, Stoner, ich bin doch bloß ein bißchen spazieren gegangen ...«

Aber es war kein kleiner Spaziergang. Es war Stunden her, und Larch Begay hatte die Halskette zurückgebracht, und ...

Die Angst lähmte sie und weckte in ihr das Verlangen, wegzulaufen.

Sie konnte nicht einfach hier herumstehen. Sie drückte ihr Gesicht gegen das Ostfenster und suchte nach den ersten Spuren des Morgens.

Draußen zwischen den Hügeln und Mesas sang ein Kojote.

In ihrem Herzen wußte sie, daß es Larch Begay war.

Das Quietschen der Fliegengittertür ließ das Blut durch ihre Adern rasen. Sie wirbelte herum. »Gwen?«

Siyamtiwa stand in der Tür und hielt ein paar Bücher in ihrer Hand. »Ich bin es nur«, sagte sie. »Ich muß dir etwas zeigen.«

Stoner hielt ihr die Tür auf.

Die alte Frau legte die Bücher vorsichtig aufs Bett. »Das schon gesehen?« Sie hielt *In den Schuhen des Weißen Mannes* hoch. »Du hast dieses Buch berührt. Deine Geist-Energie ist daran.« Sie schlug die Innenseite des Einbandes auf. »Das bin ich. Mary Beale.« Sie öffnete das Fotoalbum und zeigte ihr die Bilder von Maria Hernandez. »Das bin ich auch. Maria Hernandez. Verstehst du jetzt?«

Stoner schaute die Fotos an. »Ich hatte es vermutet, aber ich ...«

»Du weißt also, daß es hier nicht nur um dich und mich geht, Grünauge. Oder um das Zwei-Herz. Es geht um Zauber.«

»Das nehme ich an.«

»Laura Yazzie sagt, ich muß dir alles sagen. Ich glaube, sie hat vielleicht recht, obwohl sie ein Holzkopf ist.«

Stoner lächelte schwach. »Es wäre hilfreich.«

»Du versuchst, offen zu bleiben, okay?«

Stoner nickte.

»Wenn du es nicht verstehst, dann tu einfach so. Vielleicht gewöhnst du dich dran.«

»In Ordnung.«

»Vor langer Zeit, als das Volk in die Vierte Welt aufstieg — in diese Welt — sagte Masau ihnen, daß sie zuerst in alle Richtungen gehen müßten und dann heimkehren und auf der Black Mesa leben könnten. Aber davor lebten einige von ihnen drüben in der Nähe des Canyon de Chelly, und es ging ihnen schlecht, weil der Regen fortgegangen war, so daß nichts wuchs und sie die Samen wilder Gräser essen mußten. Sie waren sehr hungrig. Eines Tages ging ein junges Mädchen hinaus, um Gräser zu suchen, und sie fand große Mengen, aber der Ort war zu weit von Zuhause weg, deshalb mußte sie die ganze Nacht dort sein. In der Dunkelheit kam ein Mann und gab ihr Fleisch und blieb bei ihr, doch sie schliefen nicht miteinander.

Am nächsten Tag ging das Mädchen nach Hause, und nach einiger Zeit bekam sie ein Baby. Die Leute sahen sie schief an, doch sie wußte, daß sie nicht mit dem Mann geschlafen hatte, und ihre Eltern wußten es auch. Sie nannten das Baby Siliomomo, und er gehörte zum Yucca-Klan durch seine Mutter.

Eines Tages ging Siliomomo auf die Jagd, und er kam an den Ort, an dem seine Mutter dem seltsamen Mann begegnet war, und der Mann kam und brachte ihn dorthin, wo viele Menschen in den *kivas* waren. Sie stiegen hinab in die *kivas*, und die Menschen zogen verschiedene Tierhäute über und wurden zu diesen Tieren. Und er sagte ihm, sie bekämen ihre Macht von den Tieren, und das nannten sie Ya-Ya-Macht, weil immer, wenn Somaikoli — das ist der höchste Ya-Ya-Gott — immer wenn er erscheint, rufen alle 'Ya-hi-hi. Ya-hi-hi!'. Also machte Siliomomo eine Zeremonie der Ya-Ya, und überall, wohin sein Klan ging, gab es Tiere zu jagen und solche, die ihnen halfen.

Zu der Zeit, als sie nach Walpi kamen, drüben auf der Black Mesa, da gehörte die Ya-Ya-Zeremonie dem Nebel-Klan. Sie konnten umhergehen, und man sah sie nicht, weil sie wußten, wie sie um sich herum Nebel entstehen lassen konnten. Sie konnten in der Dunkelheit sehen und Dinge in Bewegung versetzen und über Feuer gehen, ohne sich zu verbrennen. Die Leute sagen, sie konnten vom Gipfel der Mesa herunterspringen und unverletzt in der Tiefe landen, aber ich habe das nie gesehen, deshalb weiß ich nicht, ob es wahr ist.

Es lag viel Macht bei den Ya-Ya. Viel Zauber. Aber dann wollten einige Leute Schlechtes damit tun, und alle bekamen Angst, und deshalb ließen sie sie mit der Zeremonie aufhören, und die, die nicht aufhören wollten, mußten gehen. Doch vorher nahmen sie alle Fetische und Gebetsstäbe und Körbe und anderes Zeug und legten es in eine Höhle, und das ist es, was Begay finden will.« Sie sah Stoner an. »Jetzt verstehst du also?«

»Ohne Frage«, sagte Stoner etwas verstört. »Auf einmal ist mir alles klar.«

Siyamtiwa stand auf. »Gut. Wir gehen jetzt.«

»Aber ich weiß nicht, wie ich *powaqa* bekämpfen soll«, protestierte Stoner.

»Nicht schwer. Braucht nur ein tapferes Herz.«

Sie wand sich. »Ich habe kein tapferes Herz. Ich hatte noch nie ein tapferes Herz. Ich werd' immer ganz gelb vor Angst.«

»Ist schon in Ordnung«, sagte Siyamtiwa. »Das kriegen wir hin.«

»Ich weiß nicht, ob ich das hinkriegen will. Ich meine, vielleicht ist meine natürliche Neigung, loszurennen, wenn's gefährlich wird, ja meine beste Eigenschaft.«

»Bist du jetzt bereit zu gehen?« Siyamtiwa ging zur Tür.

Stoner vergrub das Gesicht in den Händen. »Wir wollten doch bloß Urlaub machen.«

Siyamtiwa brummte. »Das Leben hat dir Zitronen gegeben. Mach Limonade draus.«

Sie fühlte sich, als wäre ihr Inneres von hyperaktiven Tausendfüßlern bevölkert. »Ich muß packen. Was werde ich brauchen?«

»Alles, was du brauchst, habe ich.«

»Wenn ich über Nacht bleiben muß, will ich Unterwäsche zum Wechseln.« Stoner wußte, wie lächerlich das klang. »Und meine Zahnbürste. Ich gehe nicht ohne meine Zahnbürste. Und meinen Rucksack und das Erste-Hilfe-Päckchen ...« Sie wußte, daß sie nur Zeit schinden wollte. »Und saubere Socken.«

»Okay.«

Na prima. Jetzt, wo ich eingewilligt habe, mich umbringen zu lassen, ist sie die Großzügigkeit in Person. »Werde ich ein Buch brauchen?«

»Buch?«

»Zum Lesen. Falls ich Zeit übrig habe.«

»Wir haben bloß vier Tage. Keine Zeit übrig.«

»Kann ich in vier Tagen bereit sein?«

»Vielleicht«, sagte Siyamtiwa mit einem Achselzucken. »Vielleicht auch nicht.«

»Hören Sie auf damit! Sagen Sie nicht, vielleicht — vielleicht auch nicht. Ich muß die Wahrheit wissen.«

»Die Wahrheit«, sagte Siyamtiwa gelassen, »ist: vielleicht, vielleicht auch nicht.«

Stoner seufzte. »Na dann ... Werde ich mein Taschenmesser brauchen?«

»Ist es ein Zaubermesser?«

»Nein, ein Schweizer Armee-Messer. Tante Hermione hat es mir zu Weihnachten geschenkt.«

»Dann nimm es besser mit. Vielleicht hat sie etwas Zauber daran getan.«

Stoner stopfte ein paar Habseligkeiten in ihren Rucksack. »Ich denke, das wär's.«

»Du wirst die Puppe brauchen.«

»Ach ja.« Sie blickte zur Kommode hinüber. Die Puppe war weg. Sie zog die Schubladen auf, suchte den Boden ab. »Das verstehe ich nicht. Sie war die ganze Zeit hier.«

»Vielleicht hat deine Gwen sie mitgenommen.«

Stoner schüttelte den Kopf. »Das bezweifle ich.« Sie suchte unterm Bett, im Kleiderschrank, in ihrem Koffer. »Sie ist nicht mehr da.«

»Das ist nicht gut.«

»Na ja«, sagte Stoner, »ich hatte nicht erwartet, daß Sie mir 'ne Medaille verleihen.«

»War sonst noch jemand in eurem Zimmer?«

Sie wollte es gerade verneinen, als ihr der Nachmittag einfiel. Vor so langer Zeit. »Jimmy Goodnight.«

»Was ist ein Jimmy Goodnight?«

»Larch Begays Freund.«

Siyamtiwa drehte sich auf dem Absatz um und stampfte zur Tür hinaus, durch die Dunkelheit in Richtung Long Mesa, und murmelte dabei in Hopi vor sich hin.

Stoner eilte ihr nach und hütete sich zu fragen, was sie sagte. Sie wußte, daß es nichts Gutes war.

10. Kapitel

Violette Dämmerung erhellte sich zu Rot, dann Gelb. Nachtkühle hing noch in Felsnischen und Schatten. Stoner keuchte und stolperte weiter den steilen Hang hinauf. Es kam ihr vor, als wären sie tagelang gewandert, immer bergauf. Siyamtiwas Schritt wurde nie langsamer oder schneller. Sie war eine Maschine.

Vielleicht, dachte Stoner und zuckte unter dem Stechen der brennenden Knoten in ihren Waden zusammen, ist sie wirklich nicht menschlich. Vielleicht täuscht sie mir nur vor, daß sie existiert. Vielleicht ist dieser ganze Ort ein Traum, und ich bin in die Geisterwelt geplatzt. Vielleicht erhebt sich das hier nur einmal alle hundert Jahre, wie Brigadoon.

Der Schmerz in ihrer Seite war kein Traum. Genausowenig wie das Zittern in ihren Knien. Ihr Rucksack fühlte sich an wie mit Felsbrocken gefüllt. Er schrammte und schlug gegen ihren Rücken. Ihre Füße brannten, bis sie sicher war, jede Masche in ihren Socken zählen zu können.

»Gehen Sie ohne mich weiter«, rief sie nach vorn, wand sich aus den Trägern ihres Rucksacks und ließ sich auf den Boden plumpsen. »Ich werde hier sterben.«

Siyamtiwa drehte sich um und kam auf dem kaum sichtbaren Pfad zurückgestapft. »Ich vergesse immer«, sagte sie, als sie sich neben Stoner niederließ, »daß *pahana* sich nicht viel ohne ihre Autos bewegen.«

»Und Sie sagen, Sie sind im Gegensatz zu mir zu alt, um die Wüste zu Fuß zu durchqueren?«

Siyamtiwa lächelte. »Willst du Wasser?«

Stoners Mund schmeckte wie gekautes Aspirin. »Ja, aber wir haben keins dabei.«

»Es gibt Wasser ganz in der Nähe«, sagte Siyamtiwa und schnupperte. »Riech mal.«

»Wasser kann man nicht riechen«, widersprach Stoner. »Nur Bostoner Wasser hat einen Geruch.«

Siyamtiwa packte ihren Arm und schüttelte sie. »Riech.«

Sie tat einen tiefen Atemzug. Staub. Eine schwache Andeutung von Salbei. Ein Hauch von Kreosot. Und etwas ... Kühles, Silbriges. »Sie haben recht!«

»Wenn ich recht haben kann, ohne dich zu verblüffen«, knurrte die alte Frau, »dann wirst du etwas gelernt haben.«

Stoner grinste betreten. »Sie sind sehr geduldig, sich so mit mir herumzuschlagen.«

»Nicht geduldig, bloß alt. Wenn du alt bist, weißt du, daß die Dinge so lange brauchen, wie sie brauchen.«

Sie stemmte sich auf ihre Ellbogen und sah umher. Sie schienen sich auf einem großen Tafelberg zu befinden. Weiter unten schnitten sich Canyons tief durch Schichten von verschiedenfarbigem Gestein, wie von gigantischen Krallen gekratzte Furchen. Hier und da sproß Vegetation in Büscheln hervor. Eine bleistiftdünne Linie, vermutlich ein Trampelpfad, zog sich am Fuß des Massivs entlang.

Nichts von alldem kam ihr vertraut vor.

Eigentlich sollte sie die San Francisco Mountains erkennen können, die die Wüste im Westen überragten. Aber es gab überhaupt keine Berge ringsum. Ihrer Einschätzung nach konnten sie ebensogut über Nacht in eine Parallelwelt geschlüpft sein.

»Bitte halten Sie mich nicht für ungehobelt«, sagte sie zu Siyamtiwa, »aber wie alt sind Sie eigentlich?«

Siyamtiwa schaute lange in sich gekehrt vor sich hin. »Alt«, sagte sie schließlich. »Wahrscheinlich die älteste Person, die du kennst. Jedenfalls die älteste, die ich kenne. Wie viele Jahre?«

Sie hielt die Handflächen gen Himmel. »Ich erinnere mich nicht. Ich erinnere mich an einen Haufen Dinge, aber nicht an die Anzahl der Jahre. Nach dem hier werde ich mich wohl zur Ruhe setzen.«

Stoner lächelte. »Ich glaube, das haben Sie sich verdient.«

»Verdient? Wenn die Geister was von dir wollen, rufen sie. Wenn du es getan hast, wenn sie dich nicht mehr brauchen, kannst du gehen. Was hat das mit verdienen zu tun?«

»Tut mir leid.« Stoner spielte mit einem trockenen Grashalm. »Laura Yazzie sagt, ich soll versuchen, wie eine Indianerin zu denken. Ich schätze, Laura Yazzie erwartet vielleicht Unmögliches.«

»Sie ist jung.« Die alte Frau kicherte. »Du hast dich über Durst beklagt. Willst du, daß das Wasser zu dir kommt? Nicht mal ich habe so viel Zauber.«

Stoner rappelte sich hoch. »Wo lang?«

»Mach die Augen zu und die Nase auf und sag's mir.«

Es war völlig verwirrend. Von überall kamen Gerüche, vermischten sich, wirbelten um sie herum. Angestrengt versuchte sie, alle auseinanderzusortieren.

»Du arbeitest zu hart«, sagte Siyamtiwa. »Du verscheuchst damit das Wasservolk. Mach ein Bild in deinem Kopf.«

Sie stellte sich Wasser vor. Wasser in einem Glas. Ein See. Das Meer. Ein Bach. Badewanne.

Schalte *runter*.

Also schön, ein Wasserfall. Vielleicht nicht ganz passend hier im Sandland, aber du nimmst, was du kriegst. Sie schloß die Augen.

In ihrem Gedankenfeld tauchte ein Kompaß auf. Die Nadel kreiselte heftig und kam zum Stillstand. »Da lang«, sagte sie und zeigte mit der Hand.

Siyamtiwa trat zur Seite und ließ sie führen.

Sie fand die kleine Quelle in einem tiefen, schmalen Riß in der Felswand. Ein fingerdünner Wasserstrahl rann über das Gestein und verschwand im Sand. Nicht gerade ein typischer

Wasserfall, aber immerhin Wasser. Fallendes Wasser. »Hey«, sagte sie. »Es funktioniert!«

Siyamtiwa verdrehte die Augen.

»Werden wir so auch Gwen finden?«

»Dafür gibt's einen besseren Weg. Adlerin wird sie finden.«

Natürlich, klar. Warum hab' ich bloß nicht daran gedacht?

Die alte Frau kniete sich neben die Quelle und trank aus der hohlen Hand. Dann wischte sie ihren Mund mit dem Ärmel ab, setzte sich und lehnte sich zurück. »Jetzt will ich dir etwas erzählen, was du nicht glauben wirst. Oder, falls du es glaubst, wirst du es vergessen.« In ihrem Tonfall lag etwas, was an Zuneigung grenzte. »Zauber ist nichts, wofür du ächzen und dich abrackern mußt. Zauber ist ein Vogel, der zu dir kommt, wenn du ganz still bist und ganz ruhig im Inneren. Aber wenn du versuchst, danach zu grabschen, fliegt er weg.«

»Ich will versuchen, mir das zu merken. Das will ich wirklich.«

»Ja«, sagte Siyamtiwa. »Keine Frage, du wirst ächzen und dich abrackern im Versuch, dir das zu merken.«

Stoner lachte. »Sie sind sehr weise.«

»Tja, ich habe eine Menge Erfahrungen gemacht.«

»Da gibt es noch etwas, was ich nicht verstehe«, sagte Stoner zögernd und fragte sich, ob sie in eine Tabuzone eindrang.

»Gibt einen Haufen Sachen, die ich nicht verstehe. Was bedrängt dich?«

»Es geht um Mary Beale. Und Maria Hernandez. Was meinten Sie, als Sie gesagt haben, Sie wären beide?«

»Was ich gesagt habe. Sie und ich, dieselbe Person.«

»Sie meinen, manchmal haben Sie sich Mary Beale genannt, und ...«

»Nein, Grünauge«, sagte Siyamtiwa streng. »Ich *bin* Mary Beale und Maria Hernandez. Nicht manchmal, immer.«

Oh je. Multiple Persönlichkeitsspaltung. »Verstehe.«

»Du verstehst nicht. Du willst, daß das Leben wie Soldaten in Reihe aufmarschiert, erst eine Sache, dann die nächste, dann die nächste. Es gibt dir ein Gefühl von Sicherheit, aber so sind die Dinge nicht.«

»Okay«, sagte Stoner vorsichtig. »Wie sind die Dinge?«

»Alles läuft gleichzeitig, in einem riesigen Mischmasch.« Sie kicherte. »Jetzt denkst du wirklich, ich bin verrückt, was?«

»Das hab' ich nicht gesagt«, sagte Stoner und errötete schuldbewußt.

»Ist schon in Ordnung. Wenn du denkst, daß ich verrückt bin, nimmst du mich vielleicht nicht ganz so ernst. Streitest dich nicht so viel mit mir. Dann bringen wir vielleicht mal was zustande.« Sie erhob sich, ging zum Pfad zurück und verschwand hinter einer leichten Anhöhe.

Stoner rannte hinterher. »Laß mich nicht hier zurück!«

»Denkst du, ich löse mich einfach in Luft auf?«

Stoner stellte fest, daß sie genau das gedacht hatte, und lachte.

»Dein Lachen gefällt mir wirklich, Grünauge. Ein Jammer, daß du das Leben so tragisch nimmst.«

»Ich weiß.« Eine Weile wanderte sie schweigend dahin. »Verflixt, Großmutter, es ist schwer, jung zu sein.«

Die alte Frau schaute zum fernen Horizont, wo ein Adler über einem verlorenen Häufchen Steine kreiste. »Na ja, vielleicht mache ich es dir auch nicht gerade leicht. Verlange viel von dir.« Sie warf Stoner einen verstohlenen Seitenblick zu. »Bilde dir ja nichts ein. Ich sagte *vielleicht*.«

»Darf ich etwas Persönliches sagen?« fragte Stoner.

Die alte Frau nickte.

»Ich mag dich.«

Siyamtiwa sah weg, ihr Gesicht weich.

Speere aus Sonnenstrahlen fanden die Lücken zwischen den Spitzen der östlichen Berge und strömten auf die Wüste, verjagten das letzte Zwielicht der Dämmerung.

»Wenn du ein Morgenlied hast«, sagte Siyamtiwa, »ist es Zeit, es zu singen.«

✳ ✳ ✳

Der äußere Anblick des Dorfes ließ die Ruinen von Wupatki im Vergleich wie das Hilton aussehen. Bröckelnder roter Stein. Putz und Mörtel längst abgetragen von der Zeit und vom wehenden Sand. Die Türen eingefallen. Die Fenster rausgefallen. Die Mauer, die einst das Pueblo umgeben hatte, ein längliches Häufchen Geröll. Die Plaza halb erstickt unter abgestorbenem, aufgehäuftem Wandergras. Tonscherben und zersprungene Steinwerkzeuge über den Boden verstreut wie zertrümmerte Weihnachtsdekoration. Die Stille flüsterte 'alt' und 'vorüber'.

Stoner stand mitten auf der Plaza und spürte die Verlassenheit. »Was ist das für ein Ort?« fragte sie.

»Hat keinen Namen«, erwiderte Siyamtiwa. »Vor langer Zeit vergessen.«

»Ich frage mich, warum die Leute weggegangen sind.«

»Dürrezeiten. Weiße. Navajo.« Die alte Frau zuckte die Achseln. »Vielleicht haben die Geister gesagt, geht.«

Stoner kniete sich hin und hob ein Stück zerbrochenes Steingut auf. Es war ein Teil einer Schüssel, schwarze Farbe in geometrischen Mustern auf weißem Lehm. Sie hielt es hoch. »Weißt du, was das ist?«

Siyamtiwa streifte es mit einem flüchtigen Blick. »Hisatsinom. Gefällt dir meine Stadt?«

»Um ehrlich zu sein«, sagte Stoner, »sie sieht aus, als hätte jemand daran gekaut.«

Siyamtiwa kicherte.

»Wie lange lebst du hier schon?«

»Lange. Zu lange, um mich zu erinnern.«

»Zeit bedeutet dir nicht viel, oder?«

»Ich bin hier, bin schon lange hier. Eines Tages bin ich weg. Wieviele Jahre ist egal.«

Stoner strich mit den Fingern sanft über das zerbrochene Steingut. »Haben deine Leute hier gelebt?«

»Einige.«

»War das hier ein Nebel-Klan-Pueblo?«

»Eine Zeitlang.«

Stoner hob etwas auf, was wie der Kopf eines zerbrochenen Terrakotta-Bären aussah.

»Siyamtiwa, bist du eine Zauberin?«

»*Powaqa*? Nein. Wie deine Hermione. *Tuhikya*, Heilerin.«

Stoner rührte in den Scherben. Sie erzeugten Töne wie winzige Glocken. »Hast du so viel Macht wie Begay?«

»Nicht, wenn er das Bündel hat.«

»Und wenn nicht?«

Die alte Frau zuckte die Achseln.

»Wenn ich das nicht schaffe, wozu du mich brauchst, was passiert dann?«

»Niemand wirft dir etwas vor. Du tust, was du kannst.«

»Aber ... ganz allgemein, was würde passieren?«

»Ziemlich üble Dinge.«

»Wie übel?«

»Einige Legenden sagen, alle *powaqa* aus der ganzen Welt treffen sich am Palangwu, drüben beim Canyon de Chelly. Vielleicht stimmt das, vielleicht auch nicht. Wenn es stimmt, und sie das Bündel kriegen ... könnte eine Menge Not bedeuten.«

»Not?«

»Land stirbt. Leute sterben. Vielleicht stirbt sogar die Sonne.«

»Redest du vom Atomkrieg?«

»Die Pilzbombe«, sagte Siyamtiwa, »ist das Ya-Ya-Bündel des Weißen Mannes.«

Stoner dachte das durch. »Und du denkst wirklich, ich kann ihn hindern?«

»*Er* denkt, du kannst ihn hindern. Also nimmt er deine Frau. Er hat etwas in dir gesehen, Grünauge. Er hat Angst vor dir.«

Stoner lachte humorlos. »Er hat eine seltsame Art, das zu zeigen.«

»Er zeigt es auf Männerart.« Siyamtiwa drückte ihre Brust

heraus und zog sich ihren Rock zwischen die Beine, damit es wie Hosen aussah. »Hier kommt der große Mann«, brüllte sie und stakste um die Plaza. »Alle aus dem Weg, macht Platz für den großen Mann.« Sie ließ ihren Rock los. »Wenn ein Mann anfängt, nach allem möglichen zu treten, dann weißt du, daß er Angst hat.«

»Hey«, sagte Stoner grinsend, »wir sprechen vielleicht nicht dieselbe Sprache, aber wir haben die gleiche Politik.«

»Mann in Furcht ist ein sehr gefährlicher Mann. Du wirst besonders vorsichtig sein müssen.«

»Wenn ich gewußt hätte, daß ich über all diese beängstigende Macht verfüge, hätte ich vielleicht doch was bei den 84er Wahlen unternehmen können.«

»'84 waren alle besoffen. Werden mit einem Riesenkater zu sich kommen, was?« Siyamtiwa hockte sich auf ein Stückchen intakte Mauer und ließ die Beine baumeln. »Wir haben hier draußen ein paar Sitten, über die ihr *pahana*-Frauen mal nachdenken müßtet. Unseren Frauen gehört alles. Der ganze Besitz. Mann und Frau heiraten, er tritt in ihren Klan ein. Sie hat ihn satt, eines Nachts kommt er nach Hause und sein ganzes Zeug liegt auf der Türschwelle. Muß er es eben aufsammeln und weggehen.« Sie verschränkte die Arme vor der Brust. »Bin auf die Art drei, vier losgeworden.«

»Schade, daß Gwen davon nichts wußte«, sagte Stoner. »Wir mußten ihren Mann umbringen, um ihn loszuwerden.«

Die alte Frau sah sie scharf an. »Du hast getötet?«

»Es war Notwehr. Es waren zwei von uns dazu nötig, und ein Pferd.« Sie sah auf. »Disqualifiziert mich das?«

»Ich habe es dir zu leicht gemacht«, sagte Siyamtiwa. Sie sprang von der Mauer und schritt über die Plaza. »Komm mit«, warf sie über die Schulter zurück. »Wir fangen an.«

Von außen ähnelte Siyamtiwas Haus ebensosehr einem zerbröselten Keks wie der Rest des Dorfes. Innen sah die Sache anders aus. Es war ein einziger Raum mit weißgekalkten Wänden, das Dach mit rohen Holzbalken abgestützt, die Fenster ohne Läden oder Scheiben. Der erste Eindruck war Licht, Licht, das durch die Türöffnung hereinströmte, Licht, das an den Wänden reflektiert wurde, Licht, das in Farben zerfiel, wo es die Kristallsplitter und getönten Flaschen traf, die dem Fenster gegenüber auf einem hohen Regal standen und die rauhe Wand in ein Mosaik aus Regenbogen und Prismafarben verwandelten. Der zweite Eindruck war Kühle, da die dicken Lehmwände die Sonnenhitze absorbierten, sie bei Tag stauten, um sie des Nachts wieder abzugeben.

Ein behelfsmäßiges Nachtlager war an der Nordseite aufgeschlagen, das Kopfteil wies nach Osten. Darauf lag eine Webdecke, mit natürlichen Farben in Erdtönen gemustert. Weitere Webstücke bedeckten den nackten Boden. Nahe der Tür stand ein alter Holzofen, in einer anderen Ecke war ein offener Kamin mit erhöhter Kochstelle. Ein großer, handgeflochtener Korb enthielt alle möglichen Flicken und getrocknete Yuccablätter. Auf einem Tisch an der Wand befanden sich eine Kerosinlampe, ein Blechteller und Eßbesteck sowie ein Steinguttopf, der aussah, als ob er unzerstört aus den Scherben des Vorhofes hatte gerettet werden können.

Stoner berührte ihn. »Der ist schön. Ist es eine Nachahmung?«

»Keine Nachahmung«, sagte Siyamtiwa.

»Wie alt ist er?«

Die alte Frau zuckte die Achseln. »Siebenhundert, achthundert Jahre. Ich kann mich nicht genau erinnern.«

»So lange hat er gehalten«, sagte Stoner staunend. »Und nicht mal ein Sprung drin.«

»Ich gehe gut mit meinem Zeug um«, sagte Siyamtiwa.

»Trotzdem, immerhin muß er lange herumgelegen haben, bevor du ihn fandest.«

»Du führst dich auf wie diese Museumsleute. Vielleicht willst du mein Zeug stehlen und verkaufen.«

»Wenn ich sowas im Sinn hätte«, sagte Stoner, »wüßtest du es bestimmt vor mir.« Bei Museum mußte sie an Mary Beale denken. »Siyamtiwa, wegen Mary ...«

»Mary Beale hat sich vor ein paar Jahren zur Ruhe gesetzt. Lebt in Albuquerque. Draußen in der Chamayo Road. Das Haus mit der hellblauen Tür, viel Sonne. Willst du sie besuchen?«

Stoner rieb sich den Nacken. »Na ja ...«

»Wette, du bereust, daß du gefragt hast«, sagte Siyamtiwa mit einem verschmitzten Seitenblick. »Solltest mich langsam kennen.«

Andere getöpferte Gegenstände und Teile von Webdecken lagen auf dem Boden herum, an den Wänden hoch gestapelt. Siyamtiwa deutete einzeln darauf. »*Hohokam, Sinagua* — alles altes Zeug. Manches aus Wupatki, einiges aus Chaco oder anderswoher. Alles ein bißchen verschieden. Mary Beale wird immer ganz wütend, daß ich das hier rumliegen habe. Gehört in ein Museum, sagt sie. Hinter Glas, sagt sie. Ich denke, Mary Beale hat vielleicht ein bißchen zu viel Bildung abgekriegt. Als nächstes will sie vermutlich *mich* hinter Glas stecken.«

Stoner entschied sich, das im Interesse ihrer geistigen Gesundheit zu ignorieren. »Hier ist es wunderschön«, sagte sie und meinte es ernst.

»Es ist annehmbar. Hab' allerdings keinen Kabelanschluß.«

»Ich bin sicher, du hast hier mehr als ausreichend Unterhaltung.«

»Klar«, sagte Siyamtiwa. »Jede Menge Geister zum Schwätzchen halten und Geschichten erzählen. Manchmal kommen Tiere vorbei. Schwester Angwusi — Schwester Krähe — kennt immer den neuesten Klatsch. Es gibt auch noch andere Dinge, aber ich will dich nicht nervös machen.«

»Gute Idee«, sagte Stoner und hatte das Gefühl, daß soeben ein kalter Luftzug durch den Raum gefahren war. Sie schlüpfte aus ihren Rucksackträgern. »Also, ... ähm ... wo soll ich meine Sachen hintun?«

»Komm, wir sehen uns um. Finden was, was dir gefällt.« Sie ging voran, durch die mit einer Decke verhangene Tür und rund um die Plaza. Was vorher wie ein Haufen Geröll ausgesehen hatte, nahm nun die Gestalt von Räumen an.

Manche waren unbrauchbar, die Dächer eingesunken, eine Wand eingebrochen. Manche waren bereits bewohnt, von Mäusen oder Schlangen oder Dingen, die in Erdlöchern lebten, welche sie lieber nicht zu genau untersuchen wollte. Wieder andere waren mit Steingutscherben vollgetürmt und erfüllten anscheinend die Hisatsinom-Version einer Schutthalde. Aber das bemerkenswerteste an dem ganzen Ort war die völlige Abwesenheit von Müll. Keine Papierfetzen. Keine zerknüllte Alufolie, kein zerkrümeltes Styropor, kein Bonbonpapier, keine Zigarettenpackungen. Keine bunten Farbfilmschächtelchen.

Während sie umherwanderte und schaute, begann sie sich müde zu fühlen, eine leichte, angenehme Benommenheit, als glitte sie rückwärts hinab. Sie lehnte sich an eine Wand. Die Sonne überspülte sie mit sanften Wellen, streichelnd und beruhigend. Staub gab der Luft einen brandigen Geruch. Stille wölbte sich wie eine Kuppel über sie.

»Komm«, sagte Siymtiwa und nahm ihren Arm.

Ihre Füße schienen den Boden kaum zu berühren. Dann war da Schatten und Kühle rings um sie. Sie fühlte, wie ihre Knie unter ihr nachgaben. »'tschuldigung«, murmelte sie, und rutschte auf den Boden.

»Du schläfst jetzt, das ist gut«, sagte Siyamtiwa. Sie schob ein weiches Kissen unter Stoners Kopf.

Als sie wegdämmerte, konnte sie die alte Frau nahebei einen Gesang anstimmen hören.

Es war dunkel, als sie aufwachte. Einen Augenblick hatte sie Angst. Sie setzte sich auf, ihre Gliedmaßen protestierten. Der Boden war hart und kalt. Unter ihrem Kopf war ihr Rucksack, steif und rauh wie ein Sack Kartoffeln. Sie rappelte sich hoch und ging zur Tür. Auf der anderen Seite der Plaza schimmerte ein schwaches Licht und zeigte Siyamtiwas Haus. Auf dem Boden vor ihrer eigenen Tür fand sie eine Kerze und Streichhölzer. Wenigstens erwartete Siyamtiwa nicht von ihr, daß sie im Dunkeln sehen konnte wie ein Zwei-Herz. Sie zündete die Kerze an und sah sich um.

Der Raum war klein und vollkommen quadratisch. Der Staub toter Jahre hatte kleine Hänge gebildet, wo die Wände in den Boden übergingen. Die Sandsteinblöcke rochen trocken und rot. Über ihrem Kopf bildete ein Dach aus getrockneten Maisstengeln — manche davon mit kleinen Ohren aus Blättern, die herabhingen — ein Zickzackmuster.

War dieses Dach schon vorher dagewesen? War sie, durch Zufall oder irgendwie beeinflußt, ausgerechnet vor dem einzigen überdachten Raum im ganzen Dorf vom Schlaf übermannt worden? Oder hatte Siyamtiwa all diese Maisstengel und Holzbalken da hinaufschweben lassen, während sie bewußtlos war?

Vielleicht hatte die alte Frau eine Kompanie Biber dafür angestellt. Die ehrenwerte Meißelzahn-Dachdeckergesellschaft. Kein Auftrag ist uns zu klein oder zu groß. Wir schaffen, wenn Sie schlafen.

Sie beschloß, sich die Enden der Maisstengel nicht zu genau anzusehen. Es könnten Zahnspuren daran sein.

Sie ließ etwas Wachs auf eine Art Fensterbank tropfen, um die Kerze festzusetzen, und ließ sich nieder, mit dem Rücken zur Wand. Also, hier bin ich — wo immer hier auch sein mag.

Verlassenheit strömte herein, um die Stille zu füllen. Und Sehnsucht. Und Angst.

Oh, Göttin, bitte laß Gwen wohlauf sein.

Die Angst stieg hoch und breitete sich in ihrer Brust aus. Sie dehnte sich von ihrem Herz aus und drang in ihre Beine, ihre Arme, ihren Kopf ein. Sie sah Gwen vor sich, zerstört, tot, ihr Körper zerschmettert, ihre Kleider zerissen, und Blut ... so viel Blut.

Sie versuchte, die Angst auseinanderzunehmen, zu fühlen, was wirklich war. Hinter das Bild zu kommen, mit klarem Kopf.

Aber die Angst hielt fest.

Ich werde sie nie wieder sehen.

Niemals.

Ergib dich dem nicht, sagte sie sich energisch. In Wahrheit ist nichts entschieden.

Ich werde sie nie wieder im Arm halten.

Du mußt dagegen ankämpfen. Laß dir nicht deine Kraft entziehen.

Die einzige Person in meinem Leben, die mir je das Gefühl gab, verstanden zu werden, und wir hatten nur fünf Monate zusammen.

Nie habe ich jemanden so geliebt, wie ich sie geliebt habe.

Hör auf! Irgendwer gibt dir diese Gedanken ein. Du kannst es kontrollieren.

Sie dachte an einen Rat, den ihr Dr. Edith Kesselbaum einmal gegeben hatte. »Mach deine Gefühle zu einer Person. Setz dich hin und rede mit ihr. Frag sie, was sie von dir will. Und wehe, du verrätst irgendwem, daß ich dir das geraten habe. Wenn die Versicherungsgesellschaft herauskriegt, daß ich New-Age-Methoden empfehle, schnellen meine Amtsmißbrauchspunkte in die Höhe wie Mondraketen.«

Stoner schloß die Augen und versuchte, ein Angst-Wesen zu entwerfen.

Es stellte sich als riesig, bösartig, haarig und plump heraus, und es sagte, sein Name sei Kurt. Es sagte, seine Lieblingsbeschäftigung sei zuzusehen, wie sie sich wand und krümmte. Es sagte, es würde sie gern in den Boden stampfen und in einen kleinen, fettigen Fleck verwandeln. Es sagte, es habe am liebsten *die Kontrolle*. Es sagte, es würde in sie hineinkommen und dort bleiben. Es sagte ...

Sie fragte, ob sie einen Handel machen könnten.

Kurt sagte, kein Handeln.

Sie führte an, daß er nichts weiter war als eine psychologische Übung.

Kurt sagte, das sei ihm scheißegal.

Sie drohte damit, einen kleinen, kläffenden Hund mit winzigen scharfen Zähnen auf ihn loszulassen, der ewig an ihm knabbern und ihn verrückt machen würde.

Er sagte, wenn das alles wäre, wozu sie imstande sei, dann könne sie gleich einpacken.

Na schön, du Arschloch, dachte sie. Schön, kleb mir auf der Pelle, mal sehen, ob es mich kümmert.

Sie hörte Edith Kesselbaums Stimme, die ihr sagte, das sei nicht ganz das, was sie eigentlich im Sinn gehabt hätte. Was sie eigentlich im Sinn gehabt hätte, Stoner, wenn du mir einen winzigen Einspruch gestatten willst, war, daß du dich mit dieser Person *anfreundest*.

He, Kurt, wollen wir Freunde sein?

Kurt röhrte ein mundgeruchdünstendes Gelächter.

Tut mir leid, Edith, er hat kein Interesse.

Unsinn. Jeder wünscht sich Freunde, das ist die menschliche Natur.

Was meinste, Kurt? Ist das so?

Er lachte wieder, und die Erde erzitterte.

Dem hier ist nicht zu helfen, Edith. Ich schätze, was wir hier haben, ist ein echter Psychopath.

Eine antisoziale Persönlichkeit, sagte Edith. Die Terminologie ist überholt worden.

Ach ja.

Sie wandte sich wieder Kurt zu. Schwirr ab, du Aas-Atmer.

Er gröhlte und trommelte sich auf die Brust und ging auf sie los.

Der Energieknoten in ihrem Bauch begann zu glühen. Sie konzentrierte sich auf die Wärme, darauf, sie zu sammeln und in seine Richtung zu schicken. Sie atmete tief, zog Energie aus der Luft, entwarf ein leuchtendes goldenes Tau, das sich ausstreckte ...

Kurt trat einen Schritt zurück.

Sie konzentrierte sich weiter.

Er wich etwas weiter zurück.

Gut, dachte sie und hielt ihn in Schach, wollen sehen, ob Gwen durchschlüpfen kann.

Sie preßte die Augen zu und strengte sich an. Ein Teil ihres Bewußtseins griff nach außen wie eine Hand.

Los, komm, Gwen.

Sie ballte die Fäuste.

Komm durch, Gwen. Bitte komm durch.

»Meine Güte«, hörte sie eine Samtstimme sagen. »Was in aller Welt tust du da?«

Ihre Augen flogen auf. »Gwen!« Sie rappelte sich auf die Füße, eilte auf sie zu.

Gwen wich ihr aus. »Ich glaube nicht, daß du mich anfassen solltest.«

»Wieso nicht?«

»Ich weiß nicht genau, wie ich hierher gekommen bin«, sagte Gwen, »aber ich fühle mich nicht sehr gegenständlich.« Sie hob ihre Hände und betrachtete sie. »Ich denke, ich könnte wohl ein außerhalb-des-eigenen-Körpers-Erlebnis sein.«

Stoner verzehrte sich danach, sie zu berühren. »Geht es dir gut?«

»Es geht so. Ich meine, dieser Ort, wo ich bin ... war ... wie auch immer, es ist nicht das Waldorf-Astoria.«

»Du bist bei Larch Begay, oder?«

»Nicht aus freien Stücken, Stoner. Du mußt es nicht wie einen Vorwurf klingen lassen.«

»Kannst du ein bißchen näher kommen?«

Gwen trat ein paar Schritte vor.

»Bist du sicher, daß ich dich nicht anfassen kann?«

»Lieber nicht. Wenn ich aufwache oder was auch immer, bin ich wieder in dieser Höhle.«

»Du bist in einer Höhle?«

»Das ist das, was wir unser trautes Heim nennen. Himmel, Stoner, wann kriege ich endlich die Männer aus meinem Leben?«

»Bist du am Leben?« fragte Stoner.

»Wie sehe ich denn aus? Wie das Gespenst der vergangenen Weihnacht?«

»Behandelt er dich einigermaßen gut?«

»Nun ja, es ist nicht gerade Disney World, aber er hat keine Vergewaltigung im Sinn. Bisher jedenfalls.« Sie streckte eine Hand aus, zog sie hastig zurück, bevor Stoner danach greifen konnte. »Hör zu, vielleicht verschwinde ich im nächsten Moment. Können wir schnell reden?«

»Weißt du, wo du bist? Also der Teil von dir, der nicht hier ist?«

Gwen schüttelte den Kopf. »Es war dunkel, als er mich herbrachte. Ich weiß nicht, wie er es angestellt hat. Ich habe ihn nicht gesehen oder gehört oder sonstwas. Ich spazierte einfach vor mich hin, und im nächsten Moment war ich in einer Höhle, gefesselt. Es tut mir leid, daß ich so rausgestürmt bin, Stoner. Das war wirklich dumm.«

»Du konntest nichts dafür.«

»Hast du dir schreckliche Sorgen gemacht?«

»Natürlich hab' ich das, Himmel nochmal.«

Gwen seufzte. »Ich hasse das. Immer wird den falschen Leuten weh getan.«

»Mir geht es jetzt gut«, sagte Stoner. »Gwen, bist du sicher, daß du keine Ahnung hast, wo du bist?«

»Ich bin in einer Höhle. Das ist alles, was ich weiß. Es gibt irgendwas hier drin, was Begay haben will, aber ich komme nicht dahinter, was es ist. Ich habe den Eindruck, er will versuchen, *mich* gegen *es* einzutauschen.«

Stoner nickte.

»Weißt du, was es ist?« fragte Gwen.

»Ja, aber es ist ziemlich kompliziert.«

»Schön, also wenn du Gelegenheit hast, wem auch immer, der sich das hier ausgedacht hat, eine Nachricht zu überbringen, dann richte bitte meine uneingeschränkte Mißbilligung aus.«

»Es hat mit Geistern zu tun«, sagte Stoner.

»Entzückend. Hör zu, es ist mir schnurz, und wenn es mit der Wiederkunft Christi zu tun hat. Ich hab' die Nase *voll* davon, das Opfer zu sein.«

Stoner lächelte.

»Eines Tages«, fuhr Gwen fort, »werde *ich* an der Reihe sein. Und dann wird es eine Menge Leute geben, die dumm aus der Wäsche gucken.« Sie nahm allmählich eine opalisierende Gestalt an. Sie sah an sich herunter. »Sag mal, meinst du, viele Leute kennen diesen Trick?«

»Ich weiß nicht«, sagte Stoner.

»Na, ich hoffe nicht. Ich kann mir gut vorstellen, wie zu jeder Tag- und Nachtzeit alle möglichen ungeladenen Gäste hereinplatzen.« Sie schauderte. »Stell dir vor, meine Großmutter könnte das. Wir hätten ja keine ruhige Minute.«

Entweder das Licht ließ nach oder Gwen.

»Geh nicht weg«, flehte Stoner. »Bitte.«

»Ich kann nichts dafür. Ich nehme an, ich habe mich erschöpft. In jedem Sinn des Wortes. Komm mich bald holen.« Sie streckte die Hände aus. »Ich liebe dich. Du fehlst mir. Ich habe Angst.« Sie war weg, und sie hinterließ eine große, schmerzhafte Leere.

»Verlaß mich nicht, Gwen. *Gwen!*« Der Klang ihrer Stimme weckte sie. Sie rieb sich die Augen und und sah sich benommen um. Der Himmel hinter ihrem Fenster war schwarz.

Nur ein Traum.

Bis auf die Kerze, die auf der Fensterbank brannte.

Aber die konnte Siyamtiwa dort hingestellt haben, während sie schlief.

Sie stand auf, rieb sich die Steifheit aus Knien und Hüften und machte sich auf zur anderen Seite der Plaza.

Jemand hatte den Planeten mit einer gigantischen kobaltblauen Suppentasse voller Sterne zugedeckt.

Worte schwebten vorbei und in ihren Kopf hinein. Fremde Worte, in einer fremden Sprache.

Geister, kein Zweifel. Alte Geister, die in der Innenstadt herumhingen und auf ein bißchen action hofften.

Konnte Gwen den Nachthimmel sehen, dort, wo sie war? Stoner glaubte es nicht.

Göttin, ich hoffe, ich habe das richtige getan, als ich hierherkam.

Natürlich hast du das. Laura Yazzie sucht drüben in Spirit Wells nach ihr. Die Polizei sucht, wo die Polizei immer sucht. Du tust das einzige, was übrig bleibt ...

... hebst ab und durchforstest die *Twilight Zone*.

Sie roch Rauch, hell, scharf mit einem Schuß Süße, und merkte, daß sie hungrig war.

Ich frage mich, was Siyamtiwa ißt. Vermutlich nicht viel.

Was, wenn es etwas Exotisches ist, zum Beispiel rohe Klapperschlange oder gebratener Iguan? Oder irgendwas Okkultes wie Molchzungen und gedünstete Fledermausschwingen?

Ich wünschte, ich hätte ein paar Schokoriegel eingesteckt.

Eine ganze Handelsstation, randvoll mit konservierter und abgepackter und eingeschweißter Gumminahrung, und ich hatte nicht genug Verstand, auch nur ein paar Schokoriegel mitzunehmen.

Der Duft wurde stärker, aromatischer.

Ach zum Geier, was so gut riecht, kann nichts ganz Schlechtes sein.

Sie stand vor der deckenverhangenen Eingangstür und fragte sich, was wohl den hiesigen Sitten für Sich-im-Dunkeln-bemerkbar-machen entsprechen mochte. Wenn Siyamtiwa sich an die Navajo-Etikette hielt, die vorschrieb, daß sie warten mußte, bis sie bemerkt wurde, und wenn das fortgeschrittene

Alter ihr Gehör beeinträchtigt hatte, dann konnte es eine lange, kalte Nacht werden.

Sie räusperte sich dezent.

Nichts rührte sich.

Sie erinnerte sich dunkel — aus einem Buch, das sie als Kind gelesen hatte –, daß Indianer um Erlaubnis baten, ein *tipi* zu betreten, indem sie an der Zeltwand kratzten. Vielleicht ...

»*Hai*«, sagte Siyamtiwa scharf.

Stoner schlug die Decke beiseite. »Stört es, wenn ich reinkomme?«

Die alte Frau winkte sie heran. »Nächstes Mal steh nicht da draußen herum wie ein böser Geist.«

»Ich wollte nur versuchen, nicht zu stören«, sagte Stoner indigniert.

»Wozu? Du hast die ganze Nacht Lärm gemacht, du und die andere.«

Stoner fühlte eine Gänsehaut. »Ich ... ich schätze, ich habe im Schlaf gesprochen.«

»Das wird's gewesen sein.« Siyamtiwa wandte sich wieder ihrer Kocherei zu.

In der erhöhten Kochstelle des Kamins brannte ein kleines Feuer. Siyamtiwa verteilte etwas Rührteigartiges auf einem großen, flachen Stein, der über dem Feuer aufragte. Sie betrachtete es ein paar Minuten, dann zog sie es ab. Es sah aus wie ein Blatt marmoriertes Pauspapier.

»*Piki*«, erklärte sie, während sie es zu einem Kegel rollte. »Mächtig gutes Zeug.«

»Es riecht jedenfalls sehr gut.«

Stoner setzte sich mit gekreuzten Beinen auf den Boden und sah sich um. Weitere *piki*-Kegel lagen aufgestapelt in einem Körbchen aus Yuccablättern. Eine Steingutschüssel beherbergte eine Art Stew aus Fleisch und Bohnen. Die Teekanne dampfte, und eine frisch geschnittene Melone zog in ihrem eigenen rosafarbenen Saft.

»Ein eindrucksvolles Arrangement«, sagte Stoner, die sich

am liebsten wie ein Schwein im Abfalltrog mitten in das Mahl geworfen und mit Schande bedeckt hätte.

»Hab' nicht mehr so oft Gesellschaft«, sagte Siyamtiwa. »Waren große Feste in den alten Tagen. Zeremonien. Leute, die von weither kommen, vielleicht eine Woche bleiben. Essen und Singen und Klatsch. Das war gut.«

»Ich nehme an, du hast eine Menge Veränderungen erlebt«, sagte Stoner.

Die alte Frau nickte. »So ist das. Die Dinge ändern sich. Muß eben wie Wechselfrau sein, immer weitergehen, nicht dagegen kämpfen.«

Sie schälte eine Lage *piki* vom Stein und verteilte neuen Teig.

»Aber es ist auch gut, die alten Weisen nicht zu verlieren.« Sie wies mit ihrem Kinn in Richtung des Essens. »Iß. Ich werde nicht mehr sehr hungrig.«

Stoner sah umher. »Das ist alles für mich?«

»Wirst es brauchen. Wirst nichts mehr essen, bis du wieder bei deiner Frau bist.«

»Glaubst du wirklich, ich werde sie je wiedersehen?«

Siyamtiwa seufzte. »Immer am Zweifeln. Ich wette, deine Hermione hat ihre Mühe mit dir.«

»Eigentlich nicht.«

»Sollte rauskriegen, wie sie das macht.«

Stoner lächelte. »Sie achtet nicht weiter auf mich.«

»Ziemlich schlaue Frau.«

»Ich wünschte, du könntest sie kennenlernen«, sagte Stoner, »ich bin sicher, ihr würdet euch gut verstehen.«

»Das könnte hart für dich werden, Grünauge. Zwei gegen eine.«

Stoner knabberte an einem Stück *piki*. »Das ist gut. Es schmeckt wie Mais.«

»Stimmt«, sagte Siyamtiwa. »Mais ist hier draußen großer Zauber. Hält Übles fern.«

»Wie böse Geister?«

»Und Hunger. Das hier ist blauer Mais. Hopi-Mais.« Sie

stand auf und goß jeder von ihnen eine Tasse Tee ein. »Trink das. Schmeckt nicht so gut, ist aber gut für dich.«

Es hatte einen rauchigen, bitteren Beigeschmack. Nicht ausgesprochen unangenehm. Die Art Geschmacksnote, für die du allmählich eine besondere Schwäche entwickeln könntest. »Was ist es?« fragte Stoner.

»Paar Kräuter. Bißchen was anderes. Läßt dich gut schlafen.«

»Ich hab' schon den ganzen Tag verschlafen.«

»Das ist in Ordnung.«

Stoner bemerkte, was sie erstaunte, daß Siyamtiwa sie voller Zuneigung ansah. Es war ihr ein bißchen peinlich und erfüllte sie mit kindischem Stolz.

Sie griff nach der Schüssel mit dem Stew und nach dem mitgenommenen Blechlöffel. »Was müssen wir noch tun, um uns bereit zu machen?«

Die alte Frau kam wieder auf die Beine. »Ich habe etwas, was ich dir zeigen will.« Sie wühlte in verschiedenen Körben, um schließlich ein langes Stück schneeweißen gewebten Stoffes herauszuziehen. Sie legte es in Stoners Schoß.

Stoner berührte es vorsichtig. Das Webmuster war kompliziert und im Kerzen- und Feuerschein schwer zu erkennen, aber es sah aus und fühlte sich an, als sei jeder einzelne Faden mit großer Sorgfalt und Absicht angebracht, als ob — wenn sie nur die Sprache verstehen könnte — die Stola ihren Fingern Geschichten erzählen könnte.

»Breite es aus«, befahl Siyamtiwa.

Sie zögerte. »Ich will es nicht kaputtmachen oder verdrecken.«

»Wenn ich dir immer alles zwei- oder dreimal sagen muß, werde ich nicht lange genug leben, um das Ende dieser Unternehmung mitzukriegen.«

»Tut mir leid«, murmelte Stoner. Sie entfaltete das Tuch zwischen ihnen. Es war größer, als sie erwartet hatte, beinahe so groß wie ein Laken. Sein Weiß blendete förmlich. Es schien mit eigenem Licht zu schimmern.

»Das ist mein Begräbnisgewand«, sagte Siyamtiwa. »Meinst du, es wird Masau gefallen?«

»Ich bin ganz sicher, das es das wird.« Stoner sah zu der alten Frau hoch. »Du hast keine Angst vor dem Tod, nicht?«

»Ich denke nicht so über den Tod wie ihr. Nicht als das Große Schweigen.«

Stoner stellte fest, daß das Tuch sie nicht losließ. Das Webmuster sprach geradezu zu ihr. »Dann glaubst du an Reinkarnation?«

»Schwer zu erklären«, sagte Siyamtiwa. »Ich denke mir nur ein Leben, teilweise hier. Teilweise woanders. Mal auf diese Art, mal anders. Aber die ganze Zeit nur ein Leben.« Sie zog das Gewand in ihren Schoß. »Iß jetzt.«

Das Stew war Lamm und köstlich. Sie gab sich Mühe, es nicht in sich hinein zu schlingen.

»Ganz gut, was?« fragte Siyamtiwa.

»Wunderbar.«

»Ich koche passabel. Allerdings nicht wie Maria Hernandez. Sie war die beste Köchin von Navajo County.«

Stoner schluckte schwer, räusperte sich und zwang sich zu einem Lächeln. »Ist sie noch am Leben?«

Siyamtiwa schüttelte traurig den Kopf. »Schon lange nicht mehr. Die graue Krankheit hat sie erwischt. Kam und nahm ihr die Kraft und fraß an ihren Eingeweiden. Ließ sie nicht leicht sterben. Viele Monate lag sie auf ihrem Lager in ihrer kleinen Hütte und wartete auf Masau.«

»Aha«, sagte Stoner.

»Eines Tages war es sehr heiß, so heiß, daß es wie nasse Baumwolle in deiner Nase und deinem Mund war, heiß wie Ziegelsteine auf deiner Brust. Jemand kam, um nach ihr zu sehen — vielleicht der Bäckerjunge, vielleicht ihr Neffe Pete, sie konnte schon nicht mehr so gut sehen. Als er wieder wegging, machte er die Fliegengittertür nicht richtig zu, ließ einen kleinen Spalt offen, vielleicht anderthalb Zentimeter breit. Da wollten die Fliegen herein, aber Maria mochte Fliegen nicht, die machten sie rasend, vielleicht schlimmer als Skunks und Ratten. Da lag sie auf ihrem kleinen Bett und sah zu, wie die Fliegen hereinkamen und auf ihrer weißen Porzellanspüle herumkrabbelten und das Obst probierten, das sie nicht mehr essen konnte, und es machte sie rasend. Blitz-und-Donner-schlag-rasend. So rasend, daß sie aufstand, um diese Fliegen umzubringen, aber sie fiel auf den Boden und fühlte sich so gut und kühl, daß ihr Geist sie verlassen konnte.«

Stoner tupfte das letzte Restchen Soße mit einem Stück *piki* auf. »Aber wenn das, was du sagst, stimmt, von wegen ein Leben und so, dann muß sie doch noch irgendwo sein.«

»Na ja, also ich hab' ein bißchen was. Allerdings nicht das Kochen. Das hat Mary Beale bekommen, schätze ich. Oder vielleicht jemand anders. Schwer zu sagen.«

»Großmutter«, sagte Stoner, »entschuldige, wenn das un-höflich ist, aber denken alle Hopi so wie du?«

»Wahrscheinlich nicht. Warum? Willst du beitreten?«

»Nein danke«, sagte Stoner lachend. »Ich hab' auch so genug Probleme.«

Siyamtiwa räumte ihren Teller ab. »Ja, du mußt dieses Ding mit den '84er Wahlen lösen.«

»Ich wünschte, ich könnte. Ich verstehe vor allem die Frauen nicht.«

»Weiße Frauen haben nur Durcheinander in ihren Köpfen. Können nicht klar denken. Sag ihnen, du willst ein großes Gesetz durchbringen, sie mit den Männern gleichstellen, und es macht sie nervös.« Sie nahm einen Zipfel ihres Rockes zwi-schen zwei Finger und trippelte durch den Raum. »Ooooh, macht dieses große Gesetz bloß nicht. Ich will nicht meine Freundin heiraten und zur Armee gehen und mit den Männern Pipi machen. Ich bin eine Daaah-mö!«

Stoner fiel rücklings auf den Boden.

»Weiße haben immer Angst. Angst vor Fremden, Angst vor Freunden, Angst vor allem. Muß daran liegen, daß ihre Gei-ster nicht freundlich sind.« Sie setzte sich wieder und hielt eine Ecke des weißen Tuchs hoch. »Siehst du das?« Sie deutete auf ein Loch in dem Stoff, einen Riß von etwa sieben Zentimetern, der sich nach beiden Seiten vergrößerte. »Da ist es auseinandergegangen. Meine Augen sehen nicht mehr gut genug, um das zu reparieren. Ich will aber nicht wie eine Bettlerin aussehen, wenn ich Masau gegenübertrete. Meinst du, du kannst es flicken?«

»Ich kann es versuchen.«

Die alte Frau reichte ihr eine Knochennadel und ein Stück Baumwollfaden.

»Ich bin nicht besonders gut in diesen Dingen. Macht es was, wenn ich das Muster unterbreche?«

Siyamtiwa schien das belustigend zu finden.

»Habe ich etwas Dummes gesagt?«

»Du denkst, die Dinge sind immer entweder oder, steh oder geh, wie Verkehrsschilder. Ich sehe sie mehr wie einen Fluß.« Sie klopfte auf Stoners Hand. »Du kannst das Muster nicht unterbrechen, nur ein neues machen. Verstehst du?«

»Ich glaube.« Sie machte einen Stich. Das Gewebe fühlte sich unter ihrer Berührung weich und lebendig an.

»So«, sagte Siyamtiwa, »jedesmal, wenn du den Faden durchziehst, veränderst du die Welt. Wie gefällt dir das?«

»Offen gesagt«, erwiderte Stoner und beugte sich tiefer über die Arbeit, »ist die Vorstellung ziemlich erschreckend.« Sie machte noch ein paar Veränderungen in der Welt.

Siyamtiwa nahm eine kleine Pfeife und etwas Tabak aus einer zierlichen Schachtel. »Ich werde jetzt ein bißchen Rauch machen. In Ordnung?«

»Klar.« Der Riß begann sich langsam unter ihren Fingern zu schließen. Die Stiche schienen ein Muster zu ergeben — nichts, womit ein Preis zu gewinnen war, aber eindeutig ihrs.

Sie hörte ein leises Trommeln und sah auf. Siyamtiwa saß mit gekreuzten Beinen auf dem Boden. Sie schlug leicht auf ein über einen Knochenreif gespanntes Stück Leder. Die

Trommel war mit Symbolen bemalt — Spiralen und Schild-
kröten, Hasen, Schlangen, stilisierte Hirsche.

»Stört dich das?« fragte die alte Frau.

»Überhaupt nicht. Es ist irgendwie entspannend.« Unter
der Kombination aus dem Essen, dem Tee, dem weichen Licht
und dem rhythmischen Tam-tam von Siyamtiwas Fingern
fing sie an, sich ruhiger zu fühlen, als sie sich ihrer Erinnerung nach je gefühlt hatte.

Sie arbeitete eine Weile, ohne zu denken, lauschte nur dem
Trommeln, atmete die sich mischenden Düfte von Mais und
Mesquite und Tabak ein. Dies ist eine Geschichte, sagte sie zu
dem Faden, die Geschichte einer weißen Frau, die aus dem
Osten kommt und in etwas verwickelt wird, was mit Zauber
zu tun hat und mit Ya-Ya-Krankheit, und die ein Begräbnisgewand für die alte Siyamtiwa flickt, und die gute Absichten
hat, auch wenn sie nicht weiß, was in aller Welt sie eigentlich
tut.

»Das ist eine prima Geschichte«, sagte Siyamtiwa trom-
melnd. »Hoffe, sie gelingt gut.«

Stoner sah auf. »Wie machst das? Daß du weißt, was ich
denke?«

»Nicht schwer. Ein Trick. Kannst du auch, ganz leicht.«

»Wie?«

»Mach deinen Kopf leer, dann tue ich etwas hinein.«

Sie tat wie geheißen und heraus kam Unfug. »Ich kann's
nicht.«

»Warum sagst du das?«

»Weil ich gehört habe, wie du mich eingeladen hast, mit dir
in ein Loch in der Erde zu gehen, und ich bin nicht Alice im
Wunderland.«

»Ich bin ja auch kein weißes Kaninchen«, sagte Siyamtiwa.
»Willst du dieses Loch in der Erde sehen?« Sie stand auf und
nahm das Begräbnisgewand. »Komm mit. Mach das später
fertig.«

Die Plaza war schwarz wie Tinte. Die Sterne über ihnen

wirkten sehr weit weg und sehr kalt. Die Stille war förmlich zum Anfassen.

»Paß auf, wo du gehst.« Siyamtiwa nahm ihre Hand und führte sie zu einem Klaffen im harten Lehmboden, einer runden Öffnung in der Größe eines Kanalisationsschachtes. Eine Leiter aus rohen Kiefernbalken ragte daraus hervor.

»Das war hier noch nicht, als ich vorhin vorbeikam«, sagte Stoner.

»Solltest es eben nicht sehen.« Sie berührte die Leiter. »Diese führt runter ins *kiva*. Gab früher geheime Zeremonien da unten. Für Weiße verboten, aber jetzt geht es in Ordnung. Niemand mehr da außer Geistern.« Sie trat beiseite, um Stoner vorangehen zu lassen.

Niemand außer Geistern. Sehr tröstlich.

Sie hatte das Gefühl, zum Mittelpunkt der Erde zu klettern, von Dunkelheit zu Dunkelheit. Die Schwärze reckte sich herauf und umspülte ihre Knöchel, ihre Beine, ihre Hüften. Wie warmes Wasser. Sie ließ sich hineinsinken. Als ihr Fuß Boden fand, trat sie von der Leiter zurück und lauschte auf den Klang des Raumes. Die Decke wölbte sich über ihrem Kopf zur Kuppel, die das Geräusch ihres Atems verstärkte, ihres Herzschlags, sogar das Rauschens des Blutes in ihren Adern. Über all diesen Geräuschen konnte sie hören, wie sich die Luft bewegte, und in der Luft wispernde Töne, uraltes Gewisper wie trockene Blätter, die über den Sand wehen, trudeln und sich überschlagen, und das Rieseln des Sandes, der in die zurückbleibenden Vertiefungen rutscht. Sandkörner, die jedes für sich aufeinanderfallen, mit papierartig knisterndem Klicken.

Die Leiter knarrte. Sie griff hinauf, um Siyamtiwa die letzten paar Sprossen herunterzuhelfen. Die alte Frau lehnte sich auf ihren Arm, leicht und hohlknochig wie ein Spatz.

Eine Kerzenflamme erhellte die *kiva* und brachte den Schatten der Leiter zum Tanzen.

Stoner fiel ein, daß sie kein Streichholz angehen gehört hatte.

Es gab nur dieses plötzliche Licht.

Sie verdrängte diesen Gedanken.

Vor sich sah sie etwas, was wie ein Altar aussah. Kunstvoll geschnitzte Stäbe steckten aufrecht im Boden. Kleinere Stäbe, an denen mit Baumwollfäden Federn angebracht waren. Bunt bemalte Puppen, die an die *kachinas* in Mary Beales Buch erinnerten. Ein flacher Korb gehäuft voll mit blauem Mais.

Neben ihr murmelte Siyamtiwa ein Gebet.

Stoner wartete.

Die alte Frau legte ihr einen kleinen Hirschlederbeutel in die Hand. »Nimm das. Schützt dich.«

Es enthielt eine weiche, leicht körnige Substanz. Maismehl. Sie umklammerte es fest.

Siyamtiwa ging voran, einmal langsam im Kreis und dann auf ein schattendunkles Loch zu, ein Tunnel hinter dem Altar.

Stoner hätte schwören könne, das er vorher nicht dagewesen war.

Die alte Frau tauchte in den Schatten, war kaum noch zu sehen. Stoner beeilte sich sie einzuholen. Siyamtiwa bewegte sich sachte, aber gleichmäßig voran, fast als schwebte sie dahin.

Stoner wich an die Wand zurück, zögerte.

Siyamtiwa wandte sich um und winkte ihr. Ihre Augen signalisierten Zuversicht.

Jetzt war es, als würde sie vom Tunnel selbst vorangetragen, oder als würde der Tunnel auf sie zukommen, während sie selbst stillstand. Sie nahm Bewegung wahr, aber nicht, daß sie Bewegung verursachte.

Der Schein von Siyamtiwas Kerze wurde heller.

Die Tunnelwände waren weiß, wie gekalkte Felswände. Sprünge in der Farbe kamen langsam auf sie zu, entschlüsselten sich plötzlich zu fremdartigen Symbolen und schossen vorbei.

Sie hatte keine Angst mehr. Aber sie war benommen und

leicht schwindlig von der Bewegung der Wände. Sie schloß für einen Moment die Augen ...

... und öffnete sie im gleißenden Sonnenlicht.

Sie waren aus dem Tunnel heraus. Auf allen Seiten stiegen steile Klippen an, in Schichten von Grau und Rot und Gelb, ragten in den fernen blauen Himmel hinauf, hoch genug, um die Sonne zu berühren. Unter ihren Füßen war staubiger Sandsteinboden. Zähe Grasbüschel stießen durch die harte Erde. Ein Flüßchen, halb erstickt vor Schlamm, wälzte sich träge vorbei. Sie vernahm ein Geräusch wie von schnell fließendem Wasser, schaute auf und sah oberhalb des Flüßchens einen Wasserfall, hell und klar wie aus Glas geblasen. Bäume und Sträucher wuchsen um das Becken der Fälle herum. Das Wasser sammelte sich in terassenförmigen Steinschalen und spiegelte das Blau des Himmels. Die Luft war silbern.

»Wie schön«, sagte sie staunend und drehte sich zu Siyamtiwa um.

Es war niemand da.

»Großmutter?«

Nichts war zu hören, außer dem fallenden Wasser und dem dumpferen, saugenden Gemurmel des Flüßchens. »Großmutter! Siyamtiwa!«

Keine Antwort.

Keine Panik, sagte sie sich. Wahrscheinlich versteckt sie sich, um dich zu prüfen. Setz dich und bleib ruhig, und sie wird früher oder später auftauchen.

Sie fand einen flachen Felsen, von der Sonne gewärmt, und ließ sich darauf nieder. Das Licht und die Wärme taten gut nach all der Dunkelheit.

Wenn ich mich für den gesamten Rest meines Lebens verlaufen haben sollte, wäre das hier sicher nicht der schlechteste Ort dafür.

In der Ferne begann jemand auf einer Holzflöte zu spielen. Die hellen und zugleich hohlen Töne erhoben sie in die Luft wie Lerchen. Sie entspannte sich, spürte die Sonne, sah zu, wie ihr Fragen durch den Kopf zogen — wo bin ich, wie ist es hell geworden, was passiert hier, warum? — und entließ sie.

Etwas stupste sie am Arm.

Sie machte die Augen auf.

Und starrte in das liebenswürdige Gesicht eines Burro, eines kleinen Bergesels.

»Oh, Tagchen auch.«

Der Esel drehte sich um und ging weg, blieb stehen, sah zurück.

Er wollte, daß sie ihm folgte.

Sie zögerte. Sie war schon orientierungslos genug, ohne daß ...

Das kleine graue Tier trottete zu ihr zurück, senkte den Kopf und drückte seine Stirn sanft gegen ihr Gesicht. Sein Fell war weich und staubig, seine Augen rund und freundlich. Es machte kleine Schnaubgeräusche tief in der Kehle.

Komm, sagte es.

Sie stand auf und ließ sich von ihm führen. Über sandigen, kieseligen Untergrund, dem Lauf des Flüßchens folgend, vorbei an Pappeln und Weiden, an den Wänden des Canyons entlang, in denen Trilobitenfossilien metertief in uralten Fels gebettet lagen.

Sie kamen schließlich zu einem sandigen Gelände bar jeder Vegetation, ein nackter, gerodeter Kreis.

Weiter darf ich nicht, sagte der Esel. Du mußt allein ins Zentrum gehen.

Wirst du auf mich warten?

Das Tier schüttelte den Kopf.

Dann gehe ich nicht.

Wir sehen uns wieder. Geh.

Sie machte einen Schritt ins Innere des Kreises. Als sie sich umsah, war der Burro weg.

Der Boden innerhalb des Kreises stieg leicht an, zu geringfügig, um es mit bloßem Auge zu erkennen, aber ihre Füße registrierten das Gefälle. Als die Steigung aufhörte, wußte sie, daß sie da war.

Was jetzt?

Eine Bewegung auf dem Boden, am Rand ihres Gesichtsfeldes, zog ihren Blick auf sich. Sie kniete sich hin.

Eine kleine braune Spinne huschte geschäftig zwischen Sand und Kieseln hin und her. Dann hielt sie inne und sah zu ihr hoch, die schwarzen Augen schienen direkt in ihren Kopf zu blicken. Darauf zog sie sich langsam in ein winziges Loch zurück, ein Loch, das senkrecht in die Ewigkeit zu führen schien.

Die Spinne kam wieder heraus in die Sonne. Dann verschwand sie wieder in der Finsternis.

Dreimal wiederholte sie diese tanzartige Bewegung. Dann war sie weg.

Stoner starrte in das winzige Loch und rätselte.

Und plötzlich wußte sie, das Wissen schlüpfte einfach in ihr Denken, daß dies — Fleckchen — das Zentrum der Welt war, der Anfang von allem, der Ort des Entstehens.

Eine plötzliche Freude erfüllte sie, und Staunen, so vollständig, so tief, daß es sie aus sich selbst heraushob, und sie meinte, sich mit den Adlern emporschwingen und auf dem Wind tanzen zu können. Sie breitete die Arme aus, der Sonne entgegen.

Ein rotschwänziger Habicht flog über sie hinweg und ließ eine einzelne Feder fallen. Sie landete in ihrer ausgestreckten Hand.

»Das sieht wirklich gut aus«, sagte Siyamtiwa.

Stoner blinzelte verwirrt. Es war wieder Nacht, sie saß in dem Pueblo-Raum, das Begräbnisgewand über ihren Schoß gebreitet. Der Riß war geschlossen. Sie sah auf.

Siyamtiwa nickte. »Wirklich gut«, wiederholte sie.

»Hast du gesehen, was passiert ist?«

»Klar. Du hast das wirklich prima gestopft.«

»Nein, ich meine ...«

»Wenn das der alte Masau sieht, wird er denken, da kommt aber eine Wucht von einer alten Lady zu ihm, was?«

Stoner fuhr sich mit der Hand durch die Haare, von vorn nach hinten. »Du meinst, wir haben einfach hier gesessen, so wie jetzt, die ganze Zeit, seit ... Hast du Peyote oder sowas in meinen Tee getan?«

»Kein Schnickschnack mit Hirnquirl-Gewächsen. Wir haben ein bißchen Zauber gemacht, du und ich. Ich glaube, vielleicht geht es mit dir.«

Oh, Junge, sind wir wieder soweit. Ein Seiltanz auf dem schmalen Grat zwischen Illusion und Wirklichkeit. Leben auf der Grenzlinie. Waren wir da oder nicht? Was ist hinter dieser Tür, meine Herrschaften — die Dame oder der Tiger?

»Sieh mal, was du da hast«, sagte Siyamtiwa und deutete auf Stoners Brust.

Sie schaute hinunter und sah das Hirschlederbeutelchen, das um ihren Hals hing. Sie zog es auf, spähte hinein. Maismehl. Eine lange Haarsträhne vom Schwanz eines Bergesels. Die Schwungfeder eines rotschwänzigen Habichts.

»Das ist dein Medizinbeutel«, sagte Siyamtiwa. »Schützt dich, wie Großmutter Hermiones guter Zauber. Esel und Habicht beschenken dich. Sie sind deine Totemtiere, passen auf dich auf. Wenn du Geister brauchst, kannst du Eselgeist und Habichtgeist rufen.« Sie kicherte. »Esel! Wenn du mich fragst, ich hätte getippt, daß Bruder Vielfraß dein Totemtier ist, immer knurrig und auf der Suche nach Streit.«

»Ich dachte, man muß in die Wüste wandern und fasten, um zu einem Totem zu kommen«, sagte Stoner. »Ich dachte, man muß dazu erst halb tot sein.«

»Na ja«, sagte Siyamtiwa, »das ist eine gute Methode, aber es dauert lange.«

Na, toll. Ich habe also soeben das Reader's Digest-Sonderpaket einer Schnelldurchlaufbehandlung für die Suche nach meiner persönlichen Vision bekommen.

Siyamtiwa lachte los. »Das ist gut. Reader's Digest.«

»Lies nicht dauernd meine Gedanken«, sagte Stoner gereizt. »Das ist unhöflich.«

Die alte Frau durchdachte das. »Da ist etwas dran. Große Überraschung. Du hast mich etwas gelehrt.« Sie saugte gedankenverloren an einem Zahn. »Vor diesem Larch Begay, diesem *powaqa*, siehst du dich besser vor. Vielleicht kann er auch deine Gedanken lesen, Sachen sehen, die du ihn nicht wissen lassen willst.«

»Das ist durchaus wahrscheinlich«, sagte Stoner.

»Also verwirren wir ihn besser. Weißt du, wie du eine Wolke um dich herum machst?«

»Selbstverständlich weiß ich nicht, wie ich eine Wolke um mich herum mache.«

»Denk an eine Wolke«, sagte Siyamtiwa.

Sie dachte an eine Wolke.

»Jetzt tu sie in die Ecke da.«

Sie schaute in die Ecke und dachte 'Wolke'. Die Kanten der Schatten sahen eine Spur weicher aus.

»Gut. Denk stärker.«

Sie dachte stärker. Die Ecke wurde neblig, schmierig. Der Nebel ballte sich zu einer Wolke.

»Jetzt laß sie zu dir hier rüber kommen.«

Wolke, dachte sie, komm.

Nichts passierte. Komm schon, Wolke. Brave Wolke. Hierher, hopp, Junge. Die Wolke schien sich ganz leicht vorwärts zu bewegen.

Na komm schon, Junge. 'ne Runde Gassi?

»Du verrückte Frau«, sagte Siyamtiwa. »Du rufst eine *Wolke*, keinen Hund.«

»Ich hab' eben noch nie eine Wolke gerufen.«

»Sieh mir zu.« Sie stand auf, stemmte die Hände in die Hüften und starrte streng in die Ecke.

KOMM!

Das unausgesprochene Wort erfüllte den Raum.

Die Wolke zog vor und schwebte unmittelbar außer Stoners

Reichweite in der Luft. Sie war eigentlich nur erstaunt, daß nicht Geschirr, Möbel, Flaschen und Steine, alles was nicht festgenagelt war, gleich mitgekommen war.

»So«, sagte Siyamtiwa, »und du rufst sie jetzt das letzte Stück zu dir.«

Sie räusperte sich und stellte sich vor, sie sei ein Magnet oder ein Vakuum, das die Wolke anzog. Sie machte die Augen zu und wartete.

Die Luft an ihrem Gesicht wurde kühler. Sie öffnete die Augen. Der Raum war voller wallender Nebelschwaden. »Hey, ich hab's getan.«

Siyamtiwa nickte. »Du sagst es. Wir haben genug Wolken hier drin, um die Wüste zu begrünen.«

»Wie werde ich sie wieder los?«

»Entlaß sie. Sag ihr, sie kann gehen.«

Stoner brach die Verbindung zwischen ihren Gedanken und der Wolke ab. Sie ließ nach, verschwand. »Das hat Spaß gemacht. Was kann ich noch?«

Siyamtiwa schüttelte belustigt den Kopf. »Das reicht für heute abend. Du mußt vorsichtig sein, wenn du sowas anwendest. Kann einigen Schaden anrichten.«

»Oh, ja«, sagte Stoner entzückt.

Siyamtiwa runzelte die Stirn. »Muß ich mir deinetwegen Sorgen machen?«

»Nein, aber es gibt da ein paar Leute in meinem Leben, denen ich wahnsinnig gern mal ein bißchen Furcht einjagen würde.«

»Wart's ab, vielleicht bringe ich dir ein paar wirklich furcht-erregende Tricks bei.« Siyamwtiwa gähnte und streckte sich. »Geh jetzt. Wir haben morgen viel zu tun.«

»Was zum Beispiel?«

»Zum Beispiel bekommst du eine vernünftige Einstellung zu diesem Zeug beigebracht.«

»Ich kriege das hin, wirklich. Ich fühle mich nur ein biß-chen wie unter Strom.«

»Du erlangst Kräfte, Grünauge. Dabei fühlst du dich so. Aber denk an dein Totemtier, benutz deine Kraft in diesem Sinn.«

»Ist gut.«

»Jetzt geh schlafen. Ein ganzer Tag mit dir zehrt ganz schön an mir.«

»Siyamtiwa?«

»Hoh.«

»Warum nennst du mich nicht bei meinem richtigen Namen?«

»Weil wir hier etwas Indianisches tun. Ich benutze indianische Namen. Wenn das getan ist, werde ich dich bei deinem weißen Namen nennen. Okay?«

»Okay.«

Sie strolchte über die Plaza, vorbei an der Stelle, wo die *kiva* gewesen war, aber natürlich jetzt nicht mehr war. Die Luft hatte die schwere Reglosigkeit von drei Uhr morgens. Als sie die Tür ihrer Unterkunft erreichte, stellte sie fest, daß sie erschöpft war. Der Schub erregender Energie sickerte aus ihr heraus wie Wasser durch Sand.

Sie wünschte, sie hätte sich die Zeit genommen, eine Art Bett zu bauen. Sie graulte sich vor dem steinharten Fußboden unter ihrem Körper, dem klobigen Kissen, das ihr Rucksack abgab. Sie warf einen Blick zurück zu Siymatiwas Raum, aber das Fenster war dunkel. Ach ja, was ist schon eine weitere schlaflose Nacht?

Sie entzündete die Kerze. In der Mitte des Raumes lag ein behelfsmäßiges Bett aus Wacholderzweigen mit weichen Tierfellen darauf. Sie streckte sich darauf aus. Es paßte vollkommen, mit Vertiefungen für ihre Hüften und erhöhten Stellen für Kopf und Schultern.

Siyamtiwa mußte es gemacht haben, während sie — wo immer sie auch gewesen war.

Sie schwelgte in der federnden Nachgiebigkeit und dem scharfen, frischen Duft der Wälder. Neben ihr lag eine Webdecke. Sie zog sie über sich, blies die Kerze aus und schlief ein.

So tief, daß sie nicht sah, wie die Dunkelheit verblaßte, die Sterne verschwanden ...

... oder wie der große Kojote die Plaza umkreiste und an den dunklen Türschwellen schnüffelte. Vor ihrer blieb er stehen und lauschte einen Augenblick auf ihren tiefen, gleichmäßigen Atem. Die Haare in seinem Nacken stellten sich auf. Seine silbernen Augen glommen. Dann, als spüre er das nahende Licht, wandte er sich um und trottete davon, weg von dem Dorf-das-seinen-Namen-vergessen-hat.

11. Kapitel

Großmutter Adlerin hockte auf der obersten Sprosse der *kiva*-Leiter. »Wo ist dein Grünauge heute morgen, alte Frau? Verschläft sie ihr Leben?«

Siyamtiwa ließ sich beim Fegen nicht stören. »Sie holt Holz und Wasser.«

»Ach, ist das wahr?« Adlerin spreizte ihre Flügel und bewunderte den Schatten, den sie auf die festgetretene Erde warfen. »Ich bin über den Holzort und über die Quelle geflogen. Kein Zweibein zu sehen, bloß ein paar Nebelleute.«

Die alte Frau lächelte in sich hinein.

Kwahu legte die Stirn in Falten und dachte angestrengt nach. »Du hast sie das Wolkenspiel gelehrt?«

»Das habe ich«, sagte Siyamtiwa.

»Närrische alte Frau!« Adlerin schlug wild mit den Flügeln. »Du bringst Weißen unsere Tricks bei? Sind sie nicht schon schlimm genug, wenn wir sie sehen können?«

»Diese ist in Ordnung.«

Mit dem Schnabel berührte Kwahu die winzigen Ölsäckchen unter ihren Federn und strich das Öl auf ihre Flügel. Sie fängt an, diese Anglo zu mögen, dachte sie. Das ist gefährlich. Sie warf der alten Frau einen verstohlenen Blick zu. Müde, alte Großmutter. Es wäre besser, das alles endet jetzt, bevor ihr altes Herz gebrochen wird.

»Ich höre dich«, sagte Siyamtiwa über das Rascheln des Besens hinweg. »Du vergeudest hier nur deine Zeit. Heb dir das für unseren Skinwalker auf.«

»Die ganze Sache ist aussichtslos«, sagte die Adlerin.

»Nicht ganz so aussichtslos. Sie hat bereits ein Totemtier.«

»Welches?«

»Das kleine Wildpferd der Canyons.«

Adlerin warf den Kopf zurück und lachte so heftig, daß sie fast von ihrer Stange rutschte. »Was für ein Totemtier. Alles, was Bruder Burro kann, ist vorwärtszockeln und traurig aussehen.«

Siyamtiwa hörte auf zu fegen und funkelte den Vogel an. »Es gibt schon genug Dinge, um die ich mich sorgen muß, Kwahu. Muß ich mir deine Beschwerden auch noch anhören? Vielleicht willst du vereiteln, was wir hier tun. Vielleicht hast du eine Abmachung mit dem Skinwalker, eh?«

Großmutter Adlerin klackte ärgerlich mit dem Schnabel. »Mein Volk trifft keine Abmachungen mehr mit Zweibeinen. Niemals mehr.«

»Nun, es ist eine verworrene Welt«, sagte Siyamtiwa nachdenklich. »Dieser hier vertraue ich. Die Geister haben sie gesandt, und mein Herz sagt mir, daß sie in Ordnung ist.«

»Irre dich da lieber nicht.« Sie machte eine dramatische Pause. »Der Begay hat Pikyachvi Mesa gefunden.«

Siyamtiwa zog scharf den Atem ein. »Die Höhle? Das Bündel?«

»Er weiß, daß es dort ist, aber es versteckt sich vor ihm. Er ist verärgert und ungeduldig. Er hat bereits den Erpresserbrief an die Handelsstation geschickt. Morgen, denke ich, wird er damit beginnen, die Weiße Frau zu verletzen.«

Siyamtiwa blickte zum Himmel auf, wo die Sonne langsam auf die Heiligen Berge zuglitt. »Diese Sache soll in vier Tagen stattfinden. Morgen ist nicht vier Tage.«

»Der Mann ist ein Weißer.« Adlerin legte den Kopf auf die Seite und schaute Siyamtiwa mitfühlend an. »Wir haben vielleicht schwere Zeiten vor uns, Großmutter.«

Die alte Frau schob entschlossen den Unterkiefer vor. »Ich gebe nicht auf. Und meine junge Freundin auch nicht. Soviel ist sicher.« Sie entließ Kwahu mit einer Handbewegung. »Geh. Ruh dich aus. Ich werde dich heute nacht brauchen.«

Adlerin schlug mit den Flügeln und stieg ruhig auf. Siyamtiwa beobachtete sie nachdenklich.

Morgen.

Sie ging zu dem Teil der verfallenen Mauer, von dem aus sie die Quelle überblicken konnte. Unten sah sie Grünauge, die mit ihrer Wolke spielte, sie fortschickte und zurückrief, sich mit ihr umhüllte und sie in die Luft schleuderte.

Siyamtiwa schüttelte den Kopf. Närrische *pahana*, Zauber ist kein Spielzeug. Er ist eine todernste Angelegenheit.

Sie lächelte, als sie sich in Erinnerung rief, wie sie selbst – in ihrer lang vergangenen Jugendzeit — mit jedem neuen Trick herumgespielt hatte, bis sie seiner müde wurde. Aber damals hatte sie die Zeit, mit dem Zauber herumzuspielen. Sie hatte ein Leben, viele Leben vor sich gehabt, bevor sie sich würde prüfen lassen müssen.

Oh, Großtochter, ich wünschte, du hättest mehr als dieses alte Knochengestell zur Hilfe.

Sie verschränkte die Arme und fragte sich, was zu tun war.

✳ ✳ ✳

»*PA — HA — NA!*«

Der Ruf glitt seitlich der Mesa hinab und erreichte sie am Rand der Quelle. Sie sah auf, blinzelte in die Sonne. Mit ihrer Aufmerksamkeit schwand auch die Wolke.

»Hier, Großmutter.« Sie nahm den Tonkrug und stapfte den Weg hinauf auf die alte Frau zu. »Ich hab' die Krüge gefüllt. Ich fange jetzt an, das Holz ...«

Mit einer ungeduldigen Handbewegung schnitt Siyamtiwa ihr das Wort ab. »Keine Arbeit mehr. Wir müssen eine Reise machen.«

»Aber ...«

»Keine Widerrede. Wir haben viel zu tun und wenig Zeit. Morgen wirst du dich dem *powaqa* stellen.«

Eine dunkle Befürchtung durchzuckte Stoner. »Morgen? Das sind keine vier Tage. Wie kann ich schon bereit sein?«

»Der Erpresserbrief ist eingetroffen. Wenn du morgen nicht dorthin gehst, wird es deiner Freundin schlecht ergehen.«

Sie drehte sich auf dem Absatz um und ging mit großen Schritten auf die Plaza zu.

Stoner trabte hinterher. »Großmutter, was geschieht, wenn ich es nicht richtig mache?«

»Du stirbst vielleicht.«

Na, toll. Sehr ermutigend. Sie weiß wirklich, wie man jemanden aufrichtet. »Und Gwen?«

»Sie stirbt vielleicht auch. Vielleicht stirbt die *pahana* Perkins. Vielleicht sterben alle Frauen. Daran solltest du denken.«

»Ich denke daran«, sagte Stoner gereizt. »Das ist nicht gerade ein Sonntagsausflug für mich, weißt du.«

Siyamtiwa schritt wortlos vor ihr her, die zerlumpte Decke im Schlepptau.

Ich könnte mich verdünnisieren, verschwinden, solange sie nicht guckt. Zurück nach Spirit Wells gehen, die Sache der Polizei überlassen. Was weiß ich, vielleicht ist Gwen schon längst wieder gefunden worden und der ganze Fall längst abgeschlossen. Was weiß ich, vielleicht gab es nie eine Ya-Ya-Krankheit, nur einen Virus und Aberglauben. Was weiß ich, vielleicht ...

»Was weißt du schon«, schleuderte Siyamtiwa ihr über die Schulter zu. »Vielleicht geht die Sonne heute nicht unter.«

»Hör auf, meine Gedanken zu lesen!«

Siyamtiwa lachte schallend. »Du denkst so laut, da müßte ich schon taub sein, um dich nicht zu hören.« Sie blieb vor dem Eingang zu Stoners Kammer stehen. »Geh jetzt hinein. Reise zurück an den Ort, an dem du gestern warst. Ich werde dich dort treffen.«

»Wie meinst du das: zurückreisen? Ich bin nicht gereist ...«
Siyamtiwa antwortete nicht.

Siyamtiwa war verschwunden.

Stoner versetzte dem blanken Erdboden einen Tritt. Diese Mystikfreaks. Tu dies, tu das, reise hierhin, reise dorthin, mach Wolken. Aber sagen sie dir, wie du all diese wunderbaren Dinge zustande bringen sollst? Teufel, nein. Sie sind zu beschäftigt mit wichtigen Dingen, wie mit Adlern zu reden und *kivas* erscheinen und verschwinden zu lassen und deine Gedanken zu lesen. »Die Gedanken einer anderen Person zu lesen«, grummelte sie in sich hinein, »ist ein Eindringen in die Privatsphäre. Eine Verletzung der verfassungsmäßigen Rechte.« Sie trat nochmal in den Staub. »Hörst du das, alte Frau? Du verletzt meine verfassungsmäßigen Rechte.«

»Ich höre dich.« Siyamtiwas Stimme wurde über die Plaza herübergetragen. »Verfassung ist für Weißen Mann. Hat nichts mit mir zu tun. Auch nicht mit dir, Frau. Reise.«

Stoner lehnte sich zur Tür hinaus. »Ich weiß nicht, wie«, rief sie.

Siyamtiwa stand in ihrer eigenen Tür, ein Schatten in der Dunkelheit. »Wie konntest du es gestern wissen, heute aber nicht?«

»Das gestern hast du gemacht.«

»Und du mußt es heute tun.« Sie trat zurück in die Schatten und verschwand.

Okay, dachte Stoner, ich werd's versuchen. Du wirst schon sehen, wie weit ich komme.

Sie ging quer über die Plaza zum Eingang der *kiva*.

Der Boden verschloß sich. Die Leiter löste sich in Luft auf.

Also gut, verdammt. Ich tu's auf deine Art.

Sie ging zurück in ihr Zimmer, setzte sich in der Mitte auf den Boden und schloß die Augen.

Es geschah nichts, außer daß sie ein paar Minuten älter wurde.

Sie holte tief Luft, machte ihren Kopf frei und versuchte es nochmal.

Eine Fliege summte über ihrem Kopf. Eine große, grüne, fette Fliege. Die Art von Fliege, die ein schmatzendes, knackendes Geräusch macht, wenn man auf sie tritt. Sie landete auf ihrem Haar. Sie konnte fühlen, wie sie herumkroch, ihre Kopfhaut kitzelte. Sie kam sich vor wie ein Stück verrottendes Fleisch.

Verschwinde, dachte sie.

Die Fliege erhob sich in die Luft, kreiste einmal um sie herum und verschwand.

Toller Trick, was? Spitzenmäßig. Mit dem Trick komm' ich meilenweit.

Sie konzentrierte sich wieder.

Wie soll ich das allein bloß schaffen? Letzte Nacht hatte ich Trommeln und Rauch und vielleicht auch den Tee. Und ganz plötzlich bin ich auf mich selbst gestellt? Ist das fair?

Aber morgen werde ich auch auf mich selbst gestellt sein, oder? Vollkommen auf mich selbst gestellt. Also sollte ich verdammt nochmal besser in der Lage sein, dies zu tun, oder wir stecken in großen Schwierigkeiten. Riesigen, endgültigen Schwierigkeiten. Die Art von Schwierigkeiten, nach denen du nie mehr Schwierigkeiten haben wirst, weil es kein 'du' mehr gibt, das sie haben könnte.

Geh nochmal die Schritte durch, denen du letzte Nacht gefolgt bist.

Stell dir vor, du überquerst mit Siyamtiwa die Plaza. Steig auf die Leiter. Klettere hinab, eine Sprosse nach der anderen, hinunter in die Dunkelheit. Spüre sie. Spüre den Raum, die Kühle, die Bewegung der Luft.

Sieh jetzt den Altar, erhellt von einer Lichtquelle hinter dir. Bewege dich durch den Raum, in alle vier Himmelsrichtungen.

Jetzt nach rechts.

Die Öffnung.

Der Tunnel.

Er zog sie vorwärts. Die sonderbaren Markierungen und

Symbole rauschten an ihr vorbei. Die Geschwindigkeit machte sie schwindlig. Sie klammerte sich an ihren Medizinbeutel.

Dann war sie am Eingang der Höhle, im Sonnenlicht. Die Canyons erhoben sich in den Himmel. Die Wolken rasten über ihr dahin, die Schatten, die sie warfen, ebenso schnell über den Boden. Der Fluß murmelte und rüttelte die Steine an seinen Ufern auf.

Wenn das ein Traum ist, dachte sie, könnte er glatt einen Oscar für die Kulissen gewinnen.

In der Ferne, in der Tiefe des Canyons, nahm sie eine Bewegung wahr und ging darauf zu.

Siyamtiwa kam ihr entgegen, den kleinen grauen Esel an ihrer Seite. Als er sie sah, trottete er von der alten Frau zu ihr herüber und stupste seine Nase gegen ihre Schulter.

Sie kraulte seinen Hals. Er blickte sie aus runden, glänzenden Augen an.

Sie warf Siyamtiwa einen Blick zu.

Die alte Frau nickte. »Hübsches Totemtier. Adlerin findet das zwar nicht, aber Adler wissen eben auch nicht alles. Gefällt er dir?«

Stoner rieb mit den Fingerknöcheln über Burros Stirn. »Sehr sogar.«

Siyamtiwa winkte sie weiter. »Komm. Wir gehen ein Stück.«

Der Esel zockelte hinter ihnen her.

»Es gibt Leute«, sagte Siyamtiwa, während sie am Fluß entlangwanderten, »die meinen, dies sei der Ort, wohin die Menschen gehen, wenn sie in die Welt der Geister zurückkehren. Ich denke, ich werde bald zum letzten Mal an diesen Ort kommen.«

»Das tut mir leid«, sagte Stoner.

Siyamtiwa nahm ihren Arm. »Das braucht dir nicht leid zu tun. Es wird gut sein, auf dem Wind auszuruhen.«

Eine Zeitlang liefen sie schweigend nebeneinander her. Ein Zaunkönig plapperte zwischen den Mesquitesträuchern. Eidechsen huschten auf der Suche nach Insekten kreuz und quer über die Canyonwände. Die Hufe des Esels klackten über die runden Flußkiesel.

»Ich werde dir von dem Medizinbündel erzählen«, sagte Siyamtiwa. »Dieses Ding war schon lange vor der Ya-Ya-Bruderschaft hier. Es wird immer hier sein. Und immer wird es die geben, die es beschützen müssen, und die, die versuchen müssen, es zu finden. So ist das. Verstehst du?«

Sie hätte es nicht erklären können, aber sie verstand es, tief in ihrem Inneren, wo alles zusammenkam, wo Zauber etwas ganz Alltägliches war.

»Wenn du weg bist«, sagte sie, »wer wird dann das Bündel bewachen?«

»Rose Lomahongva wird bald bereit sein.«

»Und wer wird versuchen, es zu finden?«

Siyamtiwa zuckte die Schultern. »Schwer zu sagen. Vielleicht dieser Jimmy Goodnight, der deine Puppe genommen hat. Vielleicht auch nicht.«

»Ich hoffe nicht«, sagte Stoner. »Er scheint ein guter Junge zu sein, nur ein wenig fehlgeleitet und nicht gerade der Allerschlauste.«

»Dann glaube ich kaum, daß die Geister ihn für würdig befinden werden.«

»Würdig?« Sie war überrascht. »Du nennst Larch Begay würdig?«

»Sein Herz ist dunkel, aber rein. Es fliegt wie der Pfeil. In ihm gibt es kein Zaudern.«

Stoner lachte freudlos. »Und du denkst, in mir gibt es kein Zaudern? Großmutter, die Geister haben mich vollkommen falsch eingeschätzt.«

»Du hast deine Meinung, ich hab' meine.«

»Deine Meinung könnte mich und Gwen das Leben kosten.«

»Ich werde dir etwas sagen.« Siyamtiwa deutete auf die Canyonwände. »Diese Felsen sind hier, und dieser Fluß ist hier. Der Boden, über den wir gehen, ist ungefähr zwei Milliarden Jahre alt. Und dieser kleine grüne Fleck da oben ...«

Sie wies auf die Bäume und Sträucher oben am Rand des Canyons. »Er reicht nur zwei Zentimeter tief. Diese Wände sind eine Meile tief. Wenn diese Wände die ganze Zeit darstellen, die die Erde sich schon dreht, dann ist das winzige Grün die Zeit, seit der es Menschen gibt.« Sie hielt inne und blickte in den Himmel. »Egal, was morgen mit dir geschieht, es berührt diese zwei Zentimeter Grün überhaupt nicht. Es ist nur ein Staubkorn auf der Felswand.«

»Vielen Dank«, sagte Stoner trocken. »Aber der Gedanke an meine Bedeutungslosigkeit hat mich noch nie besonders getröstet.«

Siyamtiwa nickte. »Ich vergesse oft, wie es war, jung zu sein. Sag mir, was du von dieser Sache erwartest.«

Sie dachte angestrengt nach. »Ich will Gwen zurückholen. Ich will, daß keine Frau mehr von der Ya-Ya-Krankheit befallen wird. Ich will Begay vom Medizinbündel fernhalten.«

»Und für dich selbst?«

Sie zögerte. »Ich will, daß mein Teil des Musters richtig ist.«

Die alte Frau lächelte. »Meine Freundin Kwahu wird sich ärgern. Sie verliert nicht gerne eine Auseinandersetzung.« Sie drückte Stoners Arm. »Wenn du morgen den *powaqa* triffst, erinnere dich an deinen Medizinbeutel und an dein kleines Pferd. Erinnere dich an diesen Ort und wie du hierher gekommen bist. Nutze das ...«, sie berührte Stoners Herz, »... was du hier drin weißt.« Und ihren Kopf. »Und durch das *kopavi*. Vielleicht wird alles gutgehen.«

»Ich wünschte, du könntest mitkommen.«

»Ich werde dort sein, aber du wirst mich nicht sehen. Ich werde dir helfen, so gut ich kann, aber ich habe etwas anderes zu tun.«

Stoner zuckte die Achseln. »Tja, so ist das eben mit Dir.«

»Ich glaube, du wirst mir langsam zu schlau. Vielleicht hätten die Geister mir jemanden weniger Schlaues schicken sollen.«

»Ich kann immer noch nicht glauben, daß ich geschickt wurde«, sagte Stoner.

»Warum nicht?«

»Es war Zufall. Wir sind nur deshalb hierher in Urlaub gekommen, weil Stell hier ist. Wenn ihre Cousine nicht krank geworden wäre ...«

Siyamtiwa schüttelte den Kopf. »Jede Minute deines Lebens mußte sich genau so abspielen, damit dies hier geschieht. Und im Leben der *pahana*. Sogar die Großmutter deiner Freundin, die euch dazu brachte, weg zu wollen. Vielleicht sogar deine Eltern und deine Großeltern. Eine Kleinigkeit anders, du wärst nicht hier. Wenn du heimkommst, frag euren Computer-Gott, wie die Chancen standen, daß du zu dieser Zeit an diesem Ort sein würdest. Frag ihn nach den Chancen, daß du nicht zu dieser Zeit an diesem Ort sein würdest. Dann sag mir, daß du an Zufälle glaubst.«

Stoner lächelte. »Du gewinnst immer.«

»Ich gehöre dem Volk an«, sagte Siyamtiwa. »Ich bin im Vorteil.«

Der Esel machte leise, schnaubende Geräusche hinter ihrem Rücken. Stoner drehte sich um, um seine weiche, samtige Nase zu streicheln. Als sie sich wieder umwandte, war Siyamtiwa fort.

»Tja«, sagte Stoner, »was machen wir jetzt, kleiner Freund?«

Der Esel warf den Kopf hoch und trabte hurtig los. Stoner folgte ihm. Er führte sie einen schmalen, sonnendurchfluteten, abgeschlossenen Canyon hinunter. An seinem Ende hing ein blaßblauer Wasserfall, fein wie Nebel. Von den ihn umgebenden Felsen tropfte Wasser in einen klaren Teich. Der Bergesel senkte den Kopf und trank, lud sie ein, dasselbe zu tun. Sie wölbte die Hände und schöpfte von dem eisigen Wasser. Es schmeckte nach Reinheit und sauberer Luft. Sie spritzte es sich ins Gesicht und auf die Arme und fühlte, wie ihre Haut es durstig aufnahm.

Ein Schatten glitt an der Seitenwand des Canyons hinab und sagte ihr, daß es Zeit war, zu gehen. Der Esel spürte es auch und ging voran, führte sie. Am Eingang der Höhle drehte sie sich um und umarmte das kleine Tier, dann trat sie in die Dunkelheit hinein.

Sie streckte sich, stand träge auf, und schlenderte auf die Plaza hinaus. Aus Siyamtiwas Eingang kam der Klang von Trommeln und Rasseln und ein hoher, kräftiger Gesang. Im Westen berührte die Sonne die Gipfel der San Francisco Mountains. Sie lehnte sich auf die Dorfmauer und beobachtete, wie der leuchtende Ball unterging.

Irgendwo da draußen. Gwen ist irgendwo da draußen, und morgen muß ich losgehen und sie finden.

Morgen muß ich losgehen und einem *powaqa* gegenübertreten, bewaffnet mit einem Beutel voll Maismehl, dem Haar eines Esels, einer Habichtfeder, einer Halskette aus Samen und Perlen und ein paar Zaubertricks.

Ich würde mich wesentlich wohler fühlen, wenn ich ein Gewehr hätte.

Der Wind spielte mit ihren Haaren und erinnerte sie an Gwens Finger.

Die Trommelschläge wurden schneller. Die Rasseln aus getrockneten Kürbissen klapperten wie ein Hagelschauer. Wie konnte Siyamtiwa gleichzeitig die Trommel schlagen und die Rasseln schütteln und tanzen und singen? Entweder war sie nun vollkommen abgehoben, oder sie sah aus wie eine Ein-Personen-Band auf einem ländlichen Jahrmarkt.

Der Gedanke machte sie lächeln. Sie stützte sich auf die Ellenbogen und schaute in den Himmel hinauf. Ein Adler kreiste über ihr. Sie fragte sich, ob es Siyamtiwas Kwahu war.

Sie vermutete, daß die Adlerin das Totemtier der alten Frau war. Tja, manche kriegen Adler, und manche müssen sich mit Eseln zufriedengeben.

Manche durchbrausen die Lüfte, und manche gehen zu Fuß. Ich gehe zu Fuß.

Hey, kein Grund, sich zu schämen. Die Geschichte ist voll von guten, alten, unermüdlichen Fußgängern. Wie zum Beispiel ...

... wie zum Beispiel Erfinder. Ich wette, die wirklich guten Erfinder sind Fußgänger.

Und Wissenschaftler.

Und Ameisen.

Das Ameisenvolk, so hatte Siyamtiwa ihr in einer der vielen Geschichten erzählt, die sie den halben Tag hindurch gesponnen hatte ... das Ameisenvolk hatte sich um die Hopi gekümmert, als Topka, die Zweite Welt, vom Eis zerstört wurde. Die Ameisenleute hatten ihnen in ihren Tunneln Schutz geboten und waren selbst fast verhungert, um die Zweibeine zu füttern; sie hatten ihre Gürtel immer enger gezogen, bis ihre Taillen so schmal waren wie heute.

Wo wir gerade beim Thema waren, sie hatte solchen Hunger, daß sie sogar ihre Schuhsohlen gekaut hätte. Siyamtiwa hatte das mit dem Eintopf ernst gemeint — er war die letzte Nahrung, die sie seit zwei Tagen gesehen hatte, außer Unmengen von süßem, bitterem Tee und zwei Kegeln *piki*.

Sie dachte einen Moment über den Tee nach.

Siyamtiwa war ziemlich verschlossen, was diesen Tee anging, abgesehen von der Aussage, daß er kein Schnickschnack mit Hirnquirl-Gewächsen war.

Wie dem auch sei, sie war sich einigermaßen sicher, daß sie keine bewußtseinsverändernden Drogen bekam. Nicht hier draußen. Hier draußen war das Leben an sich bewußtseinsverändernd genug.

Die Adlerin kreiste immer noch. Vielleicht war sie immer da, hatte ein Auge auf die alte Frau. Vielleicht wachte dein Totemtier dein ganzes Leben hindurch über dich, nur daß du es nicht sehen konntest, wenn du nicht gerade eine bewußtseinsverändernde Erfahrung durchmachtest, wie zum Beispiel Urlaub in Arizona.

Ein ganz schön ansehnliches Geschöpf, so ein Adler. Sehr

eindrucksvoll. Niemand würde dir dumm kommen, wenn dein Totemtier ein Adler war. Andererseits konntest du ihn nicht in den Arm nehmen oder streicheln. Wahrscheinlich konntest du ihm nicht mal besonders lange in die Augen sehen. Und du konntest dich ganz bestimmt nicht an ihn lehnen oder mit ihm spazierengehen oder dich ganz allgemein entspannt und freundlich verhalten.

Eselchen hatten ihre guten Seiten.

Yah-ta-hey, sagte sie schweigend zu der Adlerin und hoffte, daß sie Navajo sprach, da sie das Hopi-Wort für 'Hallo' nicht kannte.

Die Angesprochene sank tiefer hinab und funkelte sie grimmig an.

Sie streckte die Hände aus. Nichts für ungut. Ich bin ganz locker, okay?

Sie hätte schwören können, daß die Adlerin antwortete: »Okay.«

Klar, Dr. Doolittle. Laß uns mit den Tieren sprechen. Ich mein', wo wir doch schon mit Geistern reden und eine körperlose Vielfliegerin werden, was ist es da schon, mit den Tieren zu reden? Kleine Fische. Das kleine Spuk-Einmaleins.

Siyamtiwa schaukelte sich hinter dem Pueblo zu etwas von größerer Bedeutung hoch. Ihr Trommeln und Singen hatte einen fieberhaften Höhepunkt erreicht.

Ich sollte ihr helfen, dachte Stoner mit einer Mischung aus Trägheit und Schuldgefühl. Erinnerte sich dann daran, daß sie den Befehl erhalten hatte, nichts zu tun, außer sich 'vorzubereiten'.

Mich vorbereiten. Auf was? Wie?

Schließlich konnte es gut sein, daß die Große Begegnung mit Begay am Ende nichts weiter wird als eine sehr weltliche, körperlich erschöpfende Prügelei.

Was soll also dieser ganze 'Bereite dich vor' — Kram? Kung Fu für alle? New Age-mäßiges 'Schaffe einen guten Raum um dich?'

Früher in den guten alten Zeiten bedeutete 'Bereite dich vor' 'Mach dein Testament, Freundchen.' Ach, die guten alten Zeiten.

Sollte ich mich darauf konzentrieren, nur reine Gedanken zu denken? Wenn ich das tue, wird mich mein Unterbewußtsein mit solchen Ergüssen von Obszönität überschwemmen, wie man sie seit dem Exorzisten nicht erlebt hat.

Sollte ich mein Bewußtsein auf wahre und erhabene Dinge richten? Beten? An meinen Kongreßabgeordneten schreiben? »Lieber Mr. Kennedy, ich habe mich hier draußen in eine schreckliche Situation gebracht. Bitte setzen sie Ihren erheblichen Einfluß ...«

Ich könnte noch eine von diesen Lebensretterinnen-Gedankenreisen zum Grund des Canyons machen. Aber wenn Siyamtiwa wollte, daß ich das tue, hätte sie es gesagt, daran ist nicht zu rütteln.

Ich schätze, ich soll das tun, was ich immer tue, um mich auf bedeutende Ereignisse vorzubereiten. Bedeutende Ereignisse.

Das erste bedeutende Ereignis, an das ich mich erinnere, war, von zu Hause wegzulaufen. Darauf habe ich mich vorbereitet, indem ich aus der Handtasche meiner Mutter fünfzig Dollar gestohlen habe.

Die Begegnung mit Gwen war ein bedeutendes Ereignis. Dafür hab' ich mir eine Überdosis Zucker in den Kaffee gekippt.

Abschlußfeiern in der Schule und an der Uni. Da wurden die passenden Rituale serienmäßig mitgeliefert.

Als Marylou und ich das Reisebüro eröffneten, hatten wir eine Feier geplant, aber dann regnete es, die Farbe an den Wänden war noch naß, und der Teppichboden war irgendwo zwischen der Herstellerfabrik und Boston verlorengegangen. Wir kriegten den Korken nicht aus der Champagnerflasche, und am Ende waren wir beide todkrank von einer Acryllack-Vergiftung.

Als Gwen meine Geliebte wurde? Das hab' nicht ich gemacht, sondern sie. Und dann wurde sie von zwei Ganoven in einer dunklen Gasse zusammengeschlagen.

Sieh den Tatsachen ins Gesicht. Was bedeutende Ereignisse angeht, kann ich nicht gerade glänzen.

Wir haben damals im Frauenzentrum Cambridge manchmal einen Kreis gebildet, um Energie aufzuladen. Nicht durchführbar, wo sich hier in einem Fünfzehn-Kilometer-Radius niemand außer mir, Siyamtiwa und dem Feind aufhält.

Tante Hermione würde Kerzen anzünden und Räucherstäbchen abbrennen und ein bißchen Öl verspritzen. Zumindest würde sie Blumen für einen Altar sammeln.

Blumen. Ich würde eine Woche brauchen, um hier draußen Blumen für einen anständigen Altar zu finden. Ihr habt hier euren Kaktus, ihr habt Mesquite, ihr habt Kreosotbüsche — altarwürdige Blumen habt ihr nicht.

Was würde ich tun, wenn ich zu Hause wäre und die Zeit totschlagen müßte, aber nicht zu nervös werden wollte?

Ich würde Smarties sortieren.

Aber wir haben hier keine Smarties. Keine Blumen, keine Smarties.

Andererseits haben wir Steine. Große Steine, kleine Steine, mittelgroße Steine, Steine unbekannter Herkunft, Steine unbestimmten Alters, Steine von zweifelhafter Zusammensetzung. Was wir in Arizona haben, Leute, das sind STEINE!

Sie setzte sich auf den Boden und hob eine Handvoll Kiesel auf.

Erstmal nach Farben. Gelb, grau, hellbraun, ocker, rosa. Sie legte sie zu ordentlichen Haufen zusammen.

Okay, jetzt nach Größe.

Und nach Oberflächenstruktur. Glatt, körnig, pulverig.

»Das ein Spiel?« fragte Siyamtiwa und trat von hinten heran.

Stoner sah auf. »Nicht direkt. Es beruhigt mich, sie zu sortieren, aber es geht besser mit Smarties.«

Die alte Frau hockte sich neben sie und betrachtete das Muster, das sie mit den Kieseln bildete. »Smarties? Erwartest du E.T.? Dann besorg dir lieber *Reese's Pieces**.«

Stoner lachte. »Du weißt die merkwürdigsten Dinge.«

»Ich komme herum. Manchmal gehe ich zum Hopi-Kulturzentrum und guck' ein bißchen Fernsehen.« Sie legte einen Stein zu dem Muster dazu. »Lasse Touristen ein Bild von mir machen, für nur einen Dollar. Höre den Gesprächen der Weißen zu. Ich bekomme eine Menge mit auf diese Weise.« Sie legte noch einen Stein hin. »Mary Beale, die mag Filme. Geht zwei, dreimal die Woche ins Kino. Nennt es 'Forschung'. Mary Beale ist ziemlich affig.«

»Ich verstehe«, sagte Stoner unbehaglich.

»Das macht dich immer noch nervös. Wette, du hast auch zwei, drei Leben gleichzeitig, du weißt es bloß nicht, weil du es nicht wissen willst.«

»Na ja, ich hab' schon mit diesem einen genug zu tun.«

Siyamtiwa betrachtete das Muster und legte einen weiteren Stein dazu. »Einmal bin ich nach Beale gegangen. Die Leute schubsen einen herum, sagen, 'Aus dem Weg, alte Frau.' Manchmal sagen sie Schlimmeres.«

»Ich weiß, wie das ist«, sagte Stoner.

»'Seht euch die besoffene Indianerin an', sagen sie. Weiße, die denken, wenn du einfach nur dastehst, mußt du betrunken sein.«

»Das kommt daher, daß sie es gewöhnlich sind.«

Siyamtiwa nickte. »Indianer sind nicht die einzigen, die Schnaps nicht so gut vertragen, eh?« Sie schaute auf den Kreis und die Speichen hinunter, die Stoner gelegt hatte. »Jetzt hast du ein Medizinrad. Das ist gut.«

Stoner erinnerte sich an den Türkis, den sie in der Tasche mit sich trug, und holte ihn heraus. Sie legte ihn in die Mitte des Rades.

---

* InsiderInnen-Witz: In der amerikanischen Fassung von *E.T.* lockt Elliott den kleinen Außerirdischen mit *Reese's Pieces*, einer Smarties-Variante, in die Garage.

»Hm«, sagte Siyamtiwa, »du hast meinen Stein gefunden.«

»Deinen Stein?«

»Trägt mein Zeichen.« Sie hob ihn auf und fuhr mit einem rissigen Daumennagel die goldenen, spinnwebenartigen Linien entlang.

»Gwen hat ihn gefunden«, sagte Stoner. »Wir wußten nicht, daß er dir gehörte. Nimm ihn.«

»Hab' ihn für dich dort gelassen. Du trägst ihn mit dir herum, und er läßt dich an mich denken, wenn du es brauchst.« Siyamtiwa stand auf. »Komm jetzt. Ich hab da was, das du sehen mußt.« Sie machte sich auf den Weg über die Plaza.

Sie mag ja alt sein, dachte Stoner, während sie sich aufrappelte und ihr nachlief, aber wenn sie mal loslegt, ist sie nicht mehr zu bremsen.

Der *hogan* stand jenseits der Mauern, im Osten. Ein kleines, rundes Haus, erbaut aus grob behauenen Holzbalken und mit Lehm verputzt. Das Dach war mit Stroh gedeckt. Eine Tür, verhangen mit einem 'Zwei Graue Hügel'-Teppich, blickte in Richtung des Sonnenaufgangs. Es gab keine Fenster. Ein verbeultes Ofenrohr ragte in der Mitte des Daches heraus. Der Wind blies Sand in die Ecken, wo die Balken zusammenstießen.

»Das hier sind Navajo-Sachen«, sagte Siyamtiwa. »Verwende unterschiedlichen Zauber von vielen Völker, macht uns gut und stark, eh?«

Sie zog die Decke beiseite und winkte sie hinein. Die Wände waren mit Tierfellen bedeckt, die aufgemalte Symbole trugen — Klauenabdrücke von Bären, Pfeile, Kojoten, Regenwolken und Maiskolben. Es gab Bildergeschichten von Jagden und Überfällen auf Kavallerie-Forts, von langen Wintern, in denen viele starben, von einem in Brand gesteckten Dorf. Ein Fell zeigte maskierte Tänzer in bunten Farben, die sogar in dem schwachen Licht stark leuchteten.

Fasziniert ging Stoner näher heran.

»Gefällt dir das?« fragte Siyamtiwa.

Stoner nickte gebannt. Sie waren unwiderstehlich.

»*Kachinas*«, erklärte Siyamtiwa und nannte ihre Namen. »Soyokwuti, die Mutter der menschenfressenden Unholde. Kotori, die Schreieule. Tunukchina, der, der behutsam geht. Somaikoli, den kennst du, eh? Der Geist der Ya-Ya. Tawa, das ist die Sonne. Ziemlich hübsch, hm?«

»Sie sind ein bißchen beängstigend«, sagte Stoner.

»Sollen sie auch sein. Geister sind eine ernste Angelegenheit.«

Stoner sah sich in dem Raum um. »Hast du die gemalt?«

»Ich nicht. Hab' sie von anderen Leuten. Einige von anderen Stämmen. Hab' ein kleines bißchen von allem hier aus der Gegend.«

Eine Feuergrube im der Mitte des *hogan* war mit Steinen ausgelegt und umrandet. Schalen mit Maismehl und Kräutern bezeichneten die vier Himmelsrichtungen. Zedernzweige waren auf dem Boden verstreut. Ein Bett aus Maisstroh und Decken lag an einer der Wände.

»Wir werden folgendes tun«, sagte Siyamtiwa. »Du bleibst heute nacht hier. Wir waschen deine Haare mit Yucca und machen ein bißchen Dampf, und du kannst ein Bad nehmen.«

»Ich wette, ich könnte eins brauchen.«

Siyamtiwa nickte. »Du riechst weiß. Begay wird wissen, daß du da bist. Du mußt ihn sehen, bevor er dich sieht.«

Sie beschloß, einen letzten Versuch zu unternehmen. »Siyamtiwa, Großmutter, ich glaube wirklich nicht, daß ich die beste Kandidatin für das hier bin.«

»Ruh dich gut aus«, sagte Siyamtiwa und ignorierte sie. »Kein Essen, nur Tee. Am Morgen kommt Angwusi dich abholen.«

»Wer ist Angwusi?«

»Schwester Krähe.«

Stoner seufzte. »Ach ja.«

»Ich hab' hier noch was für deinen Medizinbeutel.« Siyamtiwa nahm eine kleine Schale vom Altar. »Das sind wichtige

Dinge, magische Dinge. Dinge, an die du dich erinnern sollst.«
Sie nahm einen kleinen, weißen Knochen heraus. »Das ist ein
Vorderbein vom Kaninchen. Kaninchen läuft wie der Wind
und springt hoch, dreht sich mitten in der Luft. Sogar Bruder
Kojote fängt Kaninchen nicht, weil Kaninchen Weisheit in
den Beinen hat. Aber wenn Bruder Kaninchen auf die Weisheit in seinen Beinen nicht hört, wenn Bruder Kaninchen
sich hinsetzt und wie ein Mensch denkt, dann ist er ein totes
Kaninchen. Dies wird dir helfen, daran zu denken.«

Sie stocherte zwischen den Gegenständen in der Schale
herum und brachte einen kleinen Stein zum Vorschein. »Stein
ist geduldig. Wartet. Hält durch. Er schleudert sich nicht der
Gefahr entgegen. Wenn du das wissen mußt, denk an Stein.«
Sie steckte den Stein und den Knochen zu den anderen Dingen
in den Medizinbeutel und hielt eine Schlangenhaut hoch.
»Bruder Schlange ist lautlos. Quasselt nicht und gibt sich
seinen Feinden nicht preis. Denk daran, wieviele Schlangen
du in deinem Leben gesehen hast. Denk daran, wieviele du
nicht gesehen hast, weil sie am Wegrand liegen und nicht
sprechen. Erinnere dich daran.« Sie legte die Schlangenhaut in
den Beutel und zog das Stückchen Türkis aus ihrem Ärmel.
»Und erinnere dich an mich.« Sie ließ den Türkis in den
Beutel fallen, zog die Schnüre fest zu und reichte ihn Stoner.
»Allen Zauber, den du noch hast und von dem ich nichts
weiß, leg ihn da hinein. Jetzt geh, und hol deine Sachen aus
deiner Kammer. Du wirst sie nicht mehr brauchen.«

Nun, das war unheilverkündend genug.

Sie stapfte den Hügel hinauf und durch das Dorf. Die
Nacht zog schnell herauf.

Sie stopfte ihre Habseligkeiten in ihren Rucksack, legte
Gwens Kette um. Als sie fertig war, herrschte purpurne
Dunkelheit. Der Mond war nurmehr ein nadelfeiner Kratzer.
Morgen nacht würde überhaupt kein Mond da sein.

Über ihr schlug die Milchstraße eine glitzernde Brücke
über die Himmel hinweg.

Der Kojote war da draußen.

Sie konnte ihn nicht sehen, aber seine Gegenwart fühlen. Die Haare auf ihren Handrücken kribbelten.

Hosteen Kojote, dachte sie, es scheint, als hätten du und ich ein paar ernste Dinge zu regeln.

Sie wartete, rechnete fast mit einer Antwort.

Die Nacht schwieg.

Als sie zurückkam, war der *hogan* schwach erleuchtet und roch nach Salbei und brennender Zeder. Siyamtiwa hatte in der mit Steinen ausgelegten Grube ein prasselndes Feuer gemacht. Sie saß daneben und warf kleine Stücke von frischen Kräutern und Kiefernzweigen in die scharlachroten Kohlen. Sie stand auf, griff nach Stoners Rucksack und ließ ihn am Kopfende des Maisstroh-Bettes fallen.

»Du schläfst heute nacht bei dem Mais. Bringt dir Glück.«

Oh, super. Wir sind also mal wieder auf Glück angewiesen.

»Zieh deine Sachen aus«, befahl Siyamtiwa. »Gib sie mir.«

»Moment mal«, sagte Stoner und wurde rot. »Ich wußte nicht, daß das hier Nacktheit beinhalten würde.«

»Wenn es deine Art ist, in deinen Kleidern zu baden«, sagte Siyamtiwa, »dann bist du verrückter, als ich dachte.«

Stoner nestelte an ihren Knöpfen. Siyamtiwa nahm ihr Hemd und warf es ins Feuer.

»Heh, ich mochte dieses Hemd ganz gern.«

»Kein Zauber drin.« Sie wartete auf ihre Jeans.

»Aber in diesen Sachen fühle ich mich stark«, sagte Stoner, als sie sie abstreifte. Die alte Frau warf ihre Jeans ins Feuer und wies auf ihre Unterwäsche.

Stoner beobachtete, wie sie zu schwarzer Asche zerfiel. »Ich hab' an diesen Socken gehangen«, sagte sie wehmütig.

Siyamtiwa rümpfte die Nase. »*Powaqa* könnte dich eine Meile gegen den Wind riechen.« Sie zeigte auf eine tiefe Schüssel voll Wasser und eine Schale mit milchigem Schaum. »Wasch dich mit dem Zeug da. Ich komme zurück, wenn du fertig bist.« Sie nahm den Rucksack und ging hinaus.

Die Luft im *hogan* war kühl, trotz des Feuers. Zitternd betrachtete sie die Schale mit der Lauge. Sie sah fast aus wie Abwaschwasser.

Na gut, was soll's. Hat wahrscheinlich eine tiefere, rituelle Bedeutung.

Die Seife hatte ein zusammenziehende Wirkung. Ihre Haut brannte leicht davon, reagierte empfindlich auf den leisesten Lufthauch. Sie wusch sich schnell, spülte sich mit dem lauwarmen Wasser aus der Schüssel ab und kauerte sich zum Trocknen dicht ans Feuer.

So, da wären wir also, blitzsauber und splitternackt. Was jetzt?

Das Feuer fiel in sich zusammen. Sie sah sich nach mehr Holz um und fand einen Stapel in einer der Ecken, oder was in einem runden Haus als Ecke gelten konnte. An der Wand darüber hingen vier Stäbe, von denen jeder mit weichen grauen Federn geschmückt war. Sie waren in den Farben der vier heiligen Himmelsrichtungen bemalt: rot-Osten, blau-Süden, gelb-Westen, weiß-Norden. An den Ecken des Holzstapels standen vier geflochtene Teller voll Maismehl. Sie zögerte. Was, wenn das kein Holzstapel war? Was, wenn es ein Altar war? Unter den gegebenen Umständen schien eine Entweihung keine gute Idee zu sein.

Sie schlang die Arme um sich und sprang herum, um warm zu werden. Sie kam sich entsetzlich blöd vor, hier völlig nackt rumzuhopsen, alles locker und wippend. Es gab ihr das Gefühl, als ob die ganze Welt zusah.

Hey, es ist nichts dabei, nackt zu sein. Es ist ganz natürlich, oder etwa nicht?

Für neugeborene Babys, Frösche und Regenwürmer ist es natürlich. Für mich ist es nicht natürlich.

»Wenn du dich schämst«, hatte Gwen ihr mal gesagt, »mach die Augen zu.«

Sie schloß die Augen, und es half ein bißchen. Aber es half ihr nicht mit dem Problem weiter, was sie mit ihren Händen anfangen sollte. Wenn die Natur gewollt hätte, daß wir nackt sind, hätte sie uns Taschen in unserer Haut gegeben.

Etwas stupste sie grob an die Schulter. »Mach dich nicht so verrückt wegen deiner Hülle«, sagte Siyamtiwa. »Sie ist nur etwas, damit du umhergehen kannst und dein Geist nicht wegweht.«

»Hör auf, meine Gedanken zu lesen«, murmelte Stoner.

Die alte Frau warf einen Blick in die Feuergrube. »Du hast das Feuer ausgehen lassen.« Sie sammelte einen Armvoll Holz von dem Altar auf und warf es auf die Kohlen.

»Ich hatte Angst, es zu benutzen«, gab Stoner zu, während sie näher an das Feuer heranrückte. »Ich dachte, es wäre vielleicht heilig.«

»Alles ist heilig«, sagte Siyamtiwa. »Luft, Wasser, Erde, Nahrung, alles heilig. Was willst du tun, aufhören zu essen, aufhören zu atmen, sterben?«

Stoner seufzte. »Ich will darüber nicht diskutieren.«

Siyamtiwa zog eine Augenbraue hoch. »Du willst nicht diskutieren? Du fühlst dich nicht gut?«

»Ich bin schon in Ordnung. Hab' nur schlechte Laune.«

Siyamtiwa trat zurück und sah sie an. »Das ist nicht gut. Was beunruhigt dich, Großtochter?«

Großtochter. Der Ausdruck von Zuneigung und Vertrautheit gab ihr den Rest. »Ich bin nicht gerne nackt«, sagte sie, während Tränen ihre Sicht verschwimmen ließen. »Ich fürchte mich. Ich weiß nicht, was du von mir erwartest. Und ich glaube nicht, daß ich Gwen je wiedersehen werde.«

Die alte Frau nahm ihre Hand. »Deine Freundin ist okay. Ziemlich verängstigt, würde ich wetten, aber wohlbehalten.«

»Das sagst du so ...« Stoner wischte mit dem Unterarm an ihren Tränen herum. »Aber du weißt nicht, ob es wahr ist.«

»Sicher weiß ich es. Weiß es hier drin.« Sie berührte ihr Herz. »Du wirst es schon schaffen, Grünauge. Ich hätte es nicht besser machen können.« Sie gluckste. »Begay hat Nachricht geschickt, sagt, wir müssen morgen Antwort geben. Wir haben genau die richtige Antwort für ihn.« Sie ging nach draußen und kam mit frischen Jeans und Unterwäsche zurück. »Zieh das an, vielleicht fühlst du dich dann nicht so verrückt.«

Stoner schlüpfte dankbar hinein. Sie schaute sich nach einem Hemd um.

»Hier«, sagte die alte Frau. »Ich hab' ein Geschenk für dich.«

Das Hemd, das sie ihr hinhielt, war aus weichem, verwaschenem Jeans-Stoff, bestickt mit Perlen und Stachelschweinborsten. Es trug ein Muster aus Sonnen und Bärenkrallen, Wolken und Schlangen, Spiralen, Pfeilen, Blitzen, Maiskolben und buckligen Flötenspielern. Und quer über dem Rücken, als Verbindung zwischen einer stilisierten Mesa und einem Burro, war ein Regenbogen aus leuchtend bemalten Federn.

»Gefällt es dir?« fragte Siyamtiwa.

»Es ist wunderschön. Hast du es gemacht?«

»Nun, ich hatte schon einiges damit zu tun. Siehst du das?« Sie zeigte auf den Regenbogen. »Das ist starker Zauber, damit dein Totemtier, das kleine wilde Pferd der Canyons, dich sicher zurückbringt.«

»Großmutter«, sagte Stoner und suchte nach Worten, »es ... es ist das Schönste, was ich je gesehen habe.«

Siyamtiwa schaute mit gerunzelter Stirn auf das Hemd hinunter. »Nicht so gut, wie ich es früher gemacht habe, als meine Augen noch scharf waren. Aber viel Herz darin. Vielleicht wird es ja genügen.« Sie hängte das Hemd an einen Haken aus Fichtenholz, der in die Wand eingelassen war. »Jetzt müssen wir dir die Haare waschen.«

Sie legte einen gewebten Teppich aus und holte frisches Wasser und Yucca-Lauge aus dem Schatten. Sie wies Stoner an, sich auf den Teppich zu knien. »Deine Haare sind schön kurz, wird nicht lange dauern.«

Stoner hielt sich die Augen zu, um sie vor der Lauge zu schützen, fühlte, wie die Berührung der Finger der alten Frau sie beruhigte. »Ist das ein Ritual?«

»Wäre eins, wenn du jetzt heiraten würdest. Wirst du heiraten?«

»Nicht solange ich es verhindern kann.«

Die alte Frau gluckste und massierte ihr die Kopfhaut. »Die Dineh, weißt du, sie mögen Frauen wie dich. Lassen dich deine Freundin in den Klan deiner Mutter bringen, lassen dich sogar manchmal eine Kriegerin sein. Vielleicht solltest du mal darüber nachdenken, eh.«

Stoner erschauerte. »Ich will nicht im Klan meiner Mutter sein. Mit Ausnahme von Tante Hermione ist er genauso schlimm wie der Klan von Gwens Großmutter. Und ehrlich gesagt, das hier ist das Kriegerischste, das ich je durchmachen will.« Sie wischte sich Seife aus den Augen. »Wenn die Geister gewollt hätten, daß ich eine Dineh bin, hätten die Geister mich zu einer Dineh gemacht.«

»Langsam hast du's raus«, sagte Siyamtiwa und schüttete kaltes Wasser über ihren Kopf. »Jetzt riechst du besser.« Sie gab ihr einen alten Lappen als Handtuch.

Stoner rubbelte sich die Haare. »Sollte ich das Hemd anziehen?«

»Besser nicht. Es wird gleich noch ziemlich schwitzig hier drin.« Sie ließ das Feuer wieder größer werden, gab noch kleine Stückchen Salbei und Wacholder dazu. Sie wies auf einen Eimer und einen Schöpflöffel aus getrockneter Kürbisschale. »Ich verlasse dich jetzt. Du mußt das hier selbst tun. Mach Dampf hier drin, bis du das Gefühl hast, daß alles *nukpana*, alles Schlechte aus dir heraus ist. Auch alle schlechten Gedanken. Okay?«

»Okay.«

»Wahrscheinlich wirst du ziemlich bald schläfrig werden. Tu, was dein Körper sagt. Vielleicht passieren ein paar interessante Dinge, vielleicht auch nicht. Wenn du Hunger oder

Durst bekommst, in dem Krug da ist *ngakuyi*, Medizin-Wasser. Schmeckt ein bißchen komisch, aber es ist okay.« Sie nahm die Decke von ihren Schultern und reichte sie Stoner. »Ich muß jetzt gehen.«

Stoner schaute sie beklommen an. »Werde ich dich wiedersehen?«

»Vielleicht. Vielleicht auch nicht. Vielleicht siehst du mich und erkennst mich nicht. Wenn Schwester Angwusi dich holt, folge ihr.«

Stoner zog sich die Decke eng um die Schultern. »In Ordnung.«

»Erinnere dich an das, was ich über das *kopavi* sagte. Die Geister werden da hindurch zu dir sprechen, aber du mußt zuhören.«

»Ich weiß. Ich werde offen bleiben.«

Siyamtiwa lächelte. »Nicht zu offen. Wir wollen doch nicht, daß dein Gehirn herausfällt.« Sie wandte sich zum Gehen.

»Großmutter.«

Siyamtiwa drehte sich um. *»Hoh.«*

»Ich ... ich hoffe, ich webe das richtige Muster.«

Die alte Frau berührte Stoners Gesicht. »Keine richtigen oder falschen Muster, Grünauge. Die Dinge werden geschehen, wie sie geschehen.«

Mit einem Gefühl der Unbeholfenheit blickte Stoner zu Boden. »Ich wünschte, du hättest jemand Besseren als mich, um das hier zu tun.«

Siyamtiwa strich Stoner übers Haar. »Nun, dann wäre ich dir nicht begegnet, oder? Das wäre zu schade gewesen.«

Sie schaute hoch. Die alte Frau war fort. Die Decke, die vor der Tür hing, bewegte sich sachte hinter ihr.

12. Kapitel

Die Nacht war dunkel und still wie Tokpela, die Erste Welt, Welt des endlosen Raumes. Sotuknang, der Luftrührer, hielt den Atem an, Spinnenfrau Kokyangwuti unterbrach ihr Weben. An den Polen drehten Poqanghoya und Palongawhoya die Erde schwankend auf ihrer Achse. Die Planeten und Sonnensysteme glitten geräuschlos durch den Himmel, Welten wurden geboren, Welten starben, Kometen hechteten umher wie fliegende Fische, und nirgends war ein Ton zu hören außer dem Lied von Palongawhoya, das das Lied des Universums ist, das Lied von *taiowa,* der Schöpferkraft.

In ihrem Raum hüllte sich Siyamtiwa sorgsam in ihre weiße Stola, blies ihre Kerze aus und machte sich daran, ihr Lied für Masau zu entwerfen.

Kwahu in ihrem luftigen Hoch auf dem Gipfel des Big Tewa zuckte unruhig im Schlaf. »Bald«, raunte sie ihren kleinen Verlorenen zu. »Bald.«

Das kleine Pferd der Schluchten hob den Kopf von der Tränke und lauschte auf die Stille. Wassertröpfchen fielen wie Tränen von seiner weichen Nase. Entschlossen streckte es sich und dehnte jeden einzelnen Muskel, dann machte es sich auf nach Osten, aufwärts, aus dem Canyon hinaus.

Larch Begay kratzte sich den Bauch und sah auf die schlafende Gwen hinunter. »Verdammtes Miststück«, murmelte er. »Besser, deine Freundin kommt morgen. Ich bin kein geduldiger Mann.«

Ihr Gesicht glühte rubinrot im Licht des erlöschenden Feuers. Er hungerte danach, diesen weichen Frauenkörper nackt zu sehen, ihn unter seinem eigenen zu begraben, ihre verzweifelte, sinnlose Gegenwehr zu spüren.

Die alten Tabus hielten ihn zurück. Sie mochten ein Haufen Scheiße sein, aber er dachte, er würde doch lieber noch warten, nur bis er das Bündel hatte. Wenn es erst ihm gehörte, war er jenseits von Tabus, jenseits von Regeln und Gesetzen. Wenn es erst ihm gehörte, konnte nichts und niemand Larch Begay noch aufhalten.

»*Mister* Begay für euch«, sagte er zu Gwen und den Bergen und den Sternen und der Welt im allgemeinen.

Er leerte die Halbliterflasche Billigbourbon und schleuderte sie in die Finsternis. Sie zerschellte auf einem Felsen, und der Klang der Zerstörung gab ihm ein tiefes und reines Gefühl der Befriedigung.

Stoner legte neues Holz ins Feuer und machte noch mehr duftenden Dampf.

Tief unter Pikyachvi Mesa in der Geheimnishöhle versammelten sich die *kachinas*.

Jimmy Goodnight, der Begays Texaco hütete, wurde es müde, sein Taschenmesser nach Mäusen zu werfen, und ließ den Deckel von einer Flasche Coors springen.

Laura Yazzie trat nach draußen, um nach den Sternen zu sehen. Ihr fielen ein paar alte Dineh-Gebete ein, die sie vergessen geglaubt hatte.

In ihrem Krankenhauszimmer starrte Stell in die Dunkelheit über ihrem Bett und schwor, wenn ihrer kleinen Bärin etwas zustieße, würde jemand dafür bezahlen, und zwar teuer bezahlen.

Tom Drooley träumte uralte Träume seiner Vorfahren, von Kälte und Hunger.

Stoner trank den Rest Medizinwasser und spülte den Schweiß von ihrem Körper. Ihre Poren fühlten sich erschöpft an. Sie hatte längst sämtliche Kleidung abgestreift und sich in Siyamtiwas Decke gehüllt. Zurück zur Decke, dachte sie. Ihre alte Freundin Unsicherheit stattete ihr einen Besuch ab und bestellte Grüße von Kurt. Torheit und Versagen gesellten sich dazu, um die Party nicht zu versäumen. Gemeinsam piekten und höhnten sie, bis ihr Verstand sich wie ein Schinken auf einem Backblech anfühlte.

Sie erklärte ihnen, sie könnten alle zu dem Ausflug mitkommen, denn sie wußte nicht, wie sie sie loswerden sollte. Aber sie mußte tun, was sie tun mußte, ungeachtet allem.

Verlassenheit legte eine Faust um ihr Herz und begann zuzudrücken.

Drüben auf Pikyachvi Mesa schlüpfte Gwen, die zwischen Schlaf und Wachen dalag, aus den Stricken, die ihre Hand- und Fußknöchel banden, und wanderte auf dem Rücken des Windes.

»Stoner.«

Sie dachte, sie hätte geträumt, aber sie war hellwach. Das Zischen eines Stücks Glut? Das Falles eines Holzscheits? Ein Windstoß durch die grobe Schlammverputzung?

»Stoner.«

Es kam von außerhalb des *hogan*. Sie schob die Decke beiseite und spähte in die Nacht hinaus.

»Dem Himmel sei Dank«, sagte Gwen. »Ich dachte schon, ich würde dich nie finden.« Sie schob sich herein und kauerte sich vor das Feuer. »Hättest du geglaubt, daß es im August derartig kalt sein kann?«

»Gwen ...«

»Wenn du je deinen Körper verläßt, stell vorher sicher, daß du dein Ziel genau im Kopf hast. Andernfalls kannst du für eine Ewigkeit im Äther herumwandern.« Sie drängte sich näher ans Feuer. »Selbstverständlich *hatte* ich mein Ziel genau im Kopf, nur leider warst du zufällig nicht dort.« Sie sah auf und verschlang Stoner mit Blicken. »Nächstes Mal, Liebste, hinterläßt du bitte eine Nachsendeadresse.«

Stoner kniete sich neben sie. »Gwen, kommt dir das nicht irgendwie merkwürdig vor?«

»Natürlich.« Gwen rieb ihre Hände aneinander. »Oder sollte ich sagen, *un*-natürlich?«

»Dieser Ort ist so *seltsam*.«

»Vielleicht ist es einer von diesen verzauberten Flecken, wo nichts wächst und das Wasser bergauf fließt.«

»Daß hier nichts wächst, ist sicher.«

Gwen hockte sich auf ihre Fersen. »Stoner, meine Liebe, hierherzukommen war nicht gerade die leichteste Angelegenheit meines Lebens. Glaub mir, zu mitternächtlicher Stunde durch den Himmel zu segeln, ist strapaziös genug. Du könntest wenigstens so *tun*, als wärst du froh, mich zu sehen.«

»Ich *bin* froh, dich zu sehen.«

Gwen warf einen Seitenblick auf Stoners Hände. »Ich hab' übrigens keine Beulenpest, weißt du.«

»Ich weiß.« Stoner fing an zu zittern. Sie wollte sie, sie brauchte sie, sie sehnte sich danach, sie zu fühlen. Sie stand auf und ging auf die andere Seite des Feuers.

»Na ja«, sagte Gwen traurig, »Ich muß wohl ziemlich ungepflegt wirken. Es mangelt uns ein wenig an Annehmlichkeiten drüben in der Casa Begay ...« Ihre Stimme stockte.

»Das ist es nicht, Gwen. Das letzte Mal hast du gesagt, wenn ich dich berühre, könntest du verschwinden.«

»Mir egal«, sagte Gwen. Eine Träne schlüpfte aus ihrem Augenwinkel. »Du fehlst mir. Ich brauche dich. Ist das hier denn nie vorbei?«

Stoner ging zu ihr, streckte zögernd eine Hand aus. »Morgen. Ich komm' dich holen.«

Sie berührte ihr Gesicht, erwartete, daß es sich anfühlte ... sie wußte nicht genau wie.

Gwens Haut war warm und weich und sehr, sehr wirklich.

Sie wollte sie fest in den Arm nehmen, aber sie fürchtete sich. Sie brauchte sie hier, mußte sie ansehen können, selbst wenn sie sie nicht umarmen konnte. Sie konnte es nicht riskieren ...

»Was ist los?« fragte Gwen. »Fühle ich mich an wie Ekto-plasma?«

Stoner schüttelte den Kopf.

Gwen umarmte sich selbst und sah zu Boden. »Ich hab' Angst, Stoner. Ich verstehe nicht, was vorgeht.«

Sie wußte nicht, was sie sagen sollte. »Ist … ist Begay nett zu dir?«

»*Nett* zu mir?« Gwen sah auf, ihre Augen schossen Blitze. »Larch Begay ist ein Stück humanoider Abschaum. Selbstver-ständlich ist er nicht nett zu mir.«

»Hat er dir etwas getan?«

»Er beleidigt meine Sinne.«

Das klang nach Gwen, wie sie leibte und lebte. Stoner lächelte.

Gwen stand auf und sah sich in dem *hogan* um. »Wenn du mich schon nicht anfassen willst«, sagte sie gepreßt, »könntest du mich wenigstens ernähren. Ich bin am Verhungern.«

»Hier gibt es nichts zu essen. Siyamtiwa hat mir so eine Art Fasten auferlegt.«

»Ich kann genausogut in die Höhle zurückgehen, verflixt und zugenäht.«

Gwen stand mit dem Rücken zu ihr. Sie sah so klein aus, und so verloren … Sie konnte sie nicht so einsam da stehen-lassen. Selbst wenn es sie zum Verschwinden brachte, sie mußte diese Einsamkeit durchbrechen.

Sie näherte sich ihr von hinten, legte beide Arme um sie.

Das Gefühl von Gwens Körper an ihrem eigenen ließ kleine Strudel und Ströme der Erregung in ihr rauf- und runterjagen. Sie strich mit den Fingern über Gwens Gesicht und spürte die feuchte Wärme von Tränen. Über ihr Haar, und spürte die seidigen Strähnen. Über ihre Schultern, und spürte den abgetragenen Stoff ihres Lieblingshemdes, die festen Muskeln darunter. »Ich möchte dich lieben«, raunte sie, »aber ich habe noch nie einen Astralkörper geliebt.«

Gwen drehte sich in ihren Armen um und lachte. »Und ich habe noch nie *in* einem Astralkörper geliebt.«

»Ich sollte das vermutlich nicht tun«, flüsterte Stoner ohne Überzeugung, während sie die Decke um sie beide schlang. »Ich bin mitten im Training.«

Gwen kuschelte sich an sie. »Wie genau lauten deine Anweisungen?«

Sie durchkramte ihr Gedächtnis. »Ich soll ... schlechte Gedanken loswerden. Und tun, was mein Körper mir sagt.«

»Und schickt dein Körper im Augenblick irgendwelche Mitteilungen?«

»In der Tat«, sagte Stoner mit einem köstlichen Erschauern, »tut er genau das.«

Gwens Hände berührten ihre nackte Haut, streichelten, liebkosten. Nicht wie Gespensterhände oder Geisterhände oder Astralhände, sondern sehr deutlich und gegenwärtig.

»Gwen, ich ...«

Sie ließ sich nach hinten zu Boden drücken. Gwens Hände, ihre weichen, sicheren Hände ... berührten und berührten und ...

Ich muß das hier beenden, dachte sie, während ihre eigenen Hände sich aus eigenem Antrieb an Gwens Kleidung zu schaffen machten und darunter forschten. Zumindest muß ich vorher darüber nachdenken. Es könnte verkehrt sein.

Schließlich ist morgen ein wichtiger Tag. Ich kann mir keine Fehler leisten.

Schließlich ...

Gwen war jetzt vollständig nackt, lag quer über ihr, berührte sie überall. Sie war warm, sie war weich, und sie war ...

Ihr Verstand verlor die Kontrolle über ihren Körper.

Gwens Hände strichen über sie und an ihr entlang und überall und lösten warme, feuchte Schauer aus.

»Ich liebe dich«, flüsterte Gwen, und ihr Kopf fand Stoners Brust, und ihr Mund fand Stoners Brustwarze.

Wir ...

Ihr Verstand wurde zu Wasser.

✳ ✳ ✳

»Wo du schon mal da bist«, sagte Stoner später, »warum nicht bleiben? Dann brauche ich mich nicht um das Ya-Ya-Bündel *und* um dich zu sorgen.«

Gwen knöpfte ihr Hemd vollends zu und stopfte es sich in die Jeans. »Ich glaube, so läuft das nicht. Früher oder später würde ich vermutlich wie das Gespenst von Canterville einfach verblassen.«

Stoner setzte sich auf, zog sich die Decke um die Schultern und wühlte ihr Haar in einen frisurähnlichen Zustand. »Hast du inzwischen eine Vorstellung, wo du bist? Ich meine, wo der Rest von dir ist?«

»Nicht die allerleiseste. Ich dachte an dich, und plötzlich war ich unterwegs. Ich schätze, daß ich auf dieselbe Art auch zurückkomme.« Sie schlüpfte in ihre Schuhe. »Wie wirst du mich finden?«

»Also ...«, sie zögerte. »Es ist ein bißchen bizarr.«

Gwen klopfte Staub von ihrem Hemdärmel. »Das einzige, was mir hier draußen noch bizarr vorkommen könnte, wäre ein Schnellrestaurant.«

»Eine Krähe kommt mich abholen.«

Gwen starrte sie an. »Ich nehme es zurück. Das ist bizarr. Muß ich mir Sorgen machen?«

»Vermutlich.«

»Versuch, pünktlich zu sein, ja?« bat Gwen, als sie zur Tür ging. »Meiner scherzhaften Fassade zum Trotz habe ich eine Todesangst.«

»Gwen ...« rief Stoner sie zurück. »Als wir ... ich meine, eben ... hast du ... also, war es körperlos?«

»Nein, Liebste«, sagte Gwen. »Es war eindeutig ganz und gar körperlich.« Sie trat durch die Tür und verschwand.

Stoner krabbelte auf die Füße und rannte nach draußen, aber Gwen war weg.

Die Nacht schien ein wenig weicher. Drüben im Osten meinte sie, wenn auch mit Mühe, die Umrisse eines Hügels ausmachen zu können.

Oh Himmel, dachte sie, bestimmt rieche ich wieder weiß. Sie eilte nach drinnen und schürte das Feuer.

Angwusi, die Krähe, erwachte zur Stunde der violetten Morgendämmerung und erinnerte sich dunkel, daß es irgend etwas gab, was sie heute eigentlich tun sollte. Irgendwas Wichtiges. Zu früh im Jahr, um die Reife des Maises zu prüfen. Mindestens noch ein Mond bis dahin. Obwohl es nichts schaden könnte, probehalber an ein paar Kolben zu picken, und sei es nur, um den Miesepeter von einem Farmer drüben in Shongopovi am Fuß des Second Mesa zu ärgern. Wirklich ein friedliches Völkchen.

Irgendwas Wichtiges, irgendwas Wichtiges.

Sie durchstöberte die Grassamen nach Delikatessen.

Es hatte was zu tun mit ... Ritualen? Tänzen? Nein, das war es nicht.

Sie warf einen unbehaglichen Blick zum Himmel. Gelbe Dämmerung näherte sich rasch.

Du machst besser, daß du in die Gänge kommst, altes Mädchen. Wenn die olle Tawa-Sonne erstmal übern Horizont gekrabbelt kommt, wird's hier heißer als auf dem Rücksitz eines Planwagens.

Planwagen. Reisen. Das war's. Ich soll eine Reisegesellschaft, bestehend aus einer Person, im Dorf-das-seinen-Namen-vergessen-hat abholen und zum Pikyachvi Mesa führen. Dorf-das-seinen-Namen-vergessen-hat, bei der Liebe der Krähenmutter Angwusnasomtaqa, was soll das für ein Name sein, Dorf-das-seinen-Namen-vergessen-hat? Warum können sie es nicht irgendwie vernünftig nennen, zum Beispiel ... Hoboken? Hoboken ist ein Name, in den du deine Zähne sinken lasen kannst.

Und warum überhaupt ich? Was fehlt dem Zweibein, kann es keine Karte lesen? Wer keine Karte lesen kann, hat hier draußen in der Wüste der Verwesung nichts zu suchen.

Sie hüpfte zur Quelle und trank einen Schluck Wasser, um den Staub aus ihrer Kehle zu spülen.

Es ist alles das Volk. Das Volk und seine verdammten Rituale. Für jeden Mist müssen sie irgendwelche Rituale haben. Können sich nicht mal die Zähne putzen, ohne ein Ritual daraus zu machen. Und wenn du Rituale hast, mußt du natürlich alles und jeden da reinziehen — Vögel, Pflanzen, Schlangen, was dir einfällt. Alle müssen Teil des *Rituals* sein. Tralala, juhu!

Nächstes Jahr stell' ich's schlauer an. Nächstes Jahr nehm' ich die Zentralamerikanische Luftlinie nach May-hee-co, um den Winter da zu verbringen, hänge mit den anderen Señoritas am Strand herum und nehme im Frühling die Nordostroute. Hinter Kentucky, sagen sie, ist es, als ob du samtweich direkt in den Himmel fliegst. Kentucky selbst kann natürlich ein ernstes Problem darstellen. Sie haben da eine unverhohlene Abneigung gegen schwarze Vögel und all ihre Artgenossen, drüben in Old Kentucky Home. Stellen solche Dinge an wie unsereins aus dem Himmel zu pusten, am Boden Gift auszulegen und uns auf dem Stacheldraht zu braten. Hinten anstellen, Leute, wenn ihr was vom guten alten Kentucky Fried Crow wollt.

Aber ich würde natürlich gern New Jersey sehen, würd' ich wirklich zu gern. Leben auf der Überholspur des Garden State Parkway, sich durch die Sandwichpapiere und Burgerschachteln picken, während der Verkehr vorbeirauscht und kleine Kinder rufen: »Daddy, Daddy, guck mal den *großen Vogel* da!« Ja, das ist Leben.

Sie schüttelte ihre Schwungfedern zurecht. Inzwischen haben wir erstmal diese Ein-Personen-Reisegesellschaft zum Hard Rock Mesa zu verfrachten, von dem Dorf da — et cetera.

Wenn je wieder wer zu mir sagt 'wo du fliegen kannst, sollst du nicht kriechen', reiß' ich ihnen die Gurgel raus, dachte Stoner. Ihr war, als sei sie diesem scheußlichen Federvieh seit Tagen hinterhergestapft. Tafelberge hoch. Tafelberge runter. Über hundertjährige Planwagenspuren. In Canyons hinab — große Canyons und kleine Canyons und Canyons, die sich wanden wie Labyrinthe. Durch vertrocknete Flußbetten. Über die flache, heiß-trocken-staubige Wüste. Durch sengende Hitze und blendende Sonne.

Ihre Zunge war aufgesprungen. Ihre Jeans waren zerrissen. In ihrem Haar hing Gestrüpp und Kreosot. Einmal war sie hingefallen und hatte sich den Ellbogen aufgeschlagen. Einmal hatte sie ein Fetzchen Schatten entdeckt und war hineingestolpert, nur um festzustellen, daß es fest in der Hand von Taranteln war. Ihre Stiefel waren jenseits von einzelnen Kratzern, und ihr linker Fuß baute an einer gewaltigen Blase.

Und dieser Vogel machte weiter und weiter. Wenn sie zurückfiel, hockte sich das Vieh auf einen Stein und zeterte, bis sie aufschloß. Wenn sie sich hinsetzte, um Atem zu holen, flog es in immer engeren Kreisen um ihren Kopf, bis seine Flügel ihr Gesicht streiften und sie hochzwangen. Einmal waren sie an einer Quelle vorbeigekommen. Bevor sie sie erreichen konnte, hatte sich der Vogel ins Wasser gestürzt und Schlamm aufgewühlt, bis es nicht mehr trinkbar war.

Die ganze Zeit knüppelte die Sonne herab. Und knüppelte. Und knüppelte.

Sie stolperte, fiel auf die Knie.

Die Krähe kam zurückgeflattert und landete auf einem Mesquitestrauch neben ihr. »Stracks, stracks«, zeterte sie. »Stracks, stracks, straaacks.«

Stoner starrte sie finster an. »Ich bin nicht Lawrence von Arabien, weißt du.«

»Stracks.«

Sie rappelte sich hoch. »Ich muß das hier nicht tun. Dies ist ein freies Land.«

»Straaacks.«

Sie schleppte sich weiter. »Woher weiß ich eigentlich, daß du die richtige Krähe bist? Ich habe keinerlei Empfehlungen zu sehen bekommen.«

Aber es war natürlich die Krähe. Es war genau die Art Krähe, die Siyamtiwa einsetzen würde. Beharrlich, scheuchend ...

Angwusi flog zum nächsten Mesquitestrauch und wartete.

»Wenn du je nach Boston kommst«, keuchte Stoner, »und eine ordentliche Mahlzeit brauchst, dann komm ja nicht an *meiner* Hintertür picken.«

»Straacks.«

»Wir haben *Katzen*«, schrie sie. »Hunderte von Katzen. Fiese Katzen. Hungrige, mordlustige Katzen. Ernstlich unangenehme Katzen ...«

»Ernstlich unangenehme Katzen.« Das klang nach etwas, was von Gwen kommen könnte. Was sie wiederum daran erinnerte, daß sie letzte Nacht etwas oder jemanden geliebt hatte — und von etwas oder jemandem geliebt worden war –, was wohl eine Halluzination gewesen war, oder ein Gespenst, oder Ms. Psilocybin aus Spirit Wells in Arizona, Postleitzahl 860-irgendwas.

Oder, wenn es wirklich Gwen gewesen war, eine Windwandererin.

Sie tapste weiter. Eine nützliche Fähigkeit, dieses Windwandern. Wenn Siyamtiwa mir etwas wahrhaft Lohnendes beibringen wollte, hätte sie mich das lehren können. Aber das hätte ja die Dinge leichter gemacht, und die Dinge leichter machen ist *ka-Hopi*, nicht Hopi-Art.

Den Legenden zufolge — über die sie mittlerweile mehr wußte als über judaistische und christliche Tradition zusammen, mehr als sie wissen wollte, mehr als sie je über irgend etwas hatte wissen wollen — also den Legenden zufolge hatten alle Völker einst die Wahl gehabt, welches Getreide ihr Getreide sein und ihre Art zu leben bestimmen sollte. Die Hopi wählten den kurzen blauen Mais, der von allem die kleinsten Fruchstände hat, so daß ihr Leben mühsam und rein würde.

Was sich in der gegenwärtigen Situation eindeutig widerspiegelte.

Ich meine, mal ehrlich. Sich zu Fuß in die Wüste aufzumachen, bewaffnet mit nichts als einem hübschen Hemd, einer Handvoll Maismehl und einer Wasserration, geführt von einer Krähe mit schlechtem Charakter, ist wohl kaum Rambos Herangehensweise, wenn es darum geht, die Welt zu retten.

Sie war bereit zu wetten, daß auch Larch Begay nicht die kleiner-blauer-Mais-Methode gewählt hatte. Vielmehr hatte er vermutlich ausreichend Bewaffnung bei sich, um eine beachtliche Kerbe in den Verteidigungshaushalt zu schlagen.

Hinzu kam, daß er womöglich bereits das Ya-Ya-Bündel besaß und Zugang zu seiner Zauberkraft hatte.

Und eine Geisel.

Eine Geisel.

Vielleicht sollte ich die Presse- und Fernsehagenturen benachrichtigen. Geiseln sind dieser Tage doch ganz heißer Stoff. Oder vielmehr, wie sie es beschönigend nennen, Geiselnahmesituationen. Nicht zu verwechseln mit Alltagssituationen oder 'Wind und Regen, trotz weiterer Bewölkung mildere Wettersituation'.

Jawohl, was wir hier haben, ist eine waschechte Geiselnahmesituation.

Eine Krisensituation.

Eine Geiselkrisensituation.

Die operative Frage lautet, was zur Hölle soll ich tun, wenn ich schließlich Auge in Auge dieser Geiselkrisensituation gegenüberstehe? Siyamtiwa glaubt, daß ich wissen werde, was zu tun ist, wenn es so weit ist. Siyamtiwa glaubt, daß die Geister im entscheidenden Moment eine Art Falltür in meiner Schädeldecke öffnen und ihre Instruktionen herunterbrüllen. Siyamtiwa glaubt auch, daß Tiere sprechen können und daß

Leute sich nach Belieben in Kojoten verwandeln. Siyamtiwa glaubt auch, daß sie drei Personen gleichzeitig ist, eine davon tot.

Siyamtiwa hat nicht alle Tassen im Schrank.

Stoner stolperte und verlangsamte ihren Schritt. Die Krähe kam angeflattert und zeterte.

Ich meine, schau dir diese Geschichte doch mal objektiv an, falls du das wagst. Ein paar Leute veranstalten einen Riesenzinnober um ein Häufchen alter Kultgegenstände, das anscheinend nicht mal die Hopi haben wollen.

Eine schlagartige Erkenntnis ließ sie wie angewurzelt stehenbleiben.

Larch Begay will das Bündel.

Larch Begay wird sich nicht verscheuchen lassen. Wenn er diese Runde verliert, wird er es wieder versuchen, und wieder, und wieder.

Das Bündel muß unbedingt genau da bleiben, wo es ist.

Folglich ist die einzige Möglichkeit, Larch Begay daran zu hindern, daß er jemals dieses Bündel bekommt ... ihn umzubringen.

Was erklärt, warum Siyamtiwa froh war zu hören, daß ich jemanden getötet habe.

Was auch erklären dürfte, warum die Geister überhaupt auf mich verfallen sind und mich für diese Geiselkrisensituation ausgesucht haben.

Sie trat nach der Erde. Hört zu, *taiowa* und Sotuknang und Kokyangwuti und all ihr anderen Geister, ich kenne eure Legenden. Ihr seid ein blutrünstiger Haufen. Dreimal habt ihr die ganze Welt ausgelöscht. *Dreimal*. Einmal hat euch nicht gereicht. Und wenn die Prophezeiungen recht haben, werkelt ihr gerade daran, es wieder zu tun. Also, was untersteht ihr euch, mich eine Mörderin zu nennen, wo ich nichts weiter getan hab' als der Welt zu helfen, einen wandelnden Mistkübel loszuwerden. Und ich hatte keinerlei Wahl in dieser Sache. Es hieß er oder ich, und wenn ich das edelmütige

Opfer gebracht hätte, hättet ihr jetzt kein Grünauge zum Herumschubsen. Es ist eure Welt, Leute. Macht sie gefälligst selber sauber.

Sie sah sich rasch nach allen Seiten um und hoffte, daß sie sie nicht gehört hatten, denn zufällig stand sie mitten in einem ausgetrockneten Flußbett. Und ausgetrocknete Flußbetten waren berühmt dafür, daß sie sich urplötzlich und verheerend in reißende Ströme verwandeln konnten.

Na schön, dachte sie und riß sich zusammen, nun hast du dir ja Luft gemacht. Könnten wir jetzt vielleicht wieder zur Sache kommen?

Sie beschäftigte sich wieder damit, einen Fuß vor den anderen zu setzen.

Jimmy Goodnight zwinkerte den Schweiß aus seinen schmerzenden Augen, spähte durch das Fernglas und begann sich zu fragen, ob Mr. Begay ihn vielleicht ausnutzte. Er hatte die ganze Zeit ihn nach dem Schatz suchen lassen, solange es heiß und mühselig war, und jetzt, wo sie ihm zum Greifen nahe gekommen waren, wurde er plötzlich hier draußen in die sengende Sonne verbannt, während Mr. Begay das Vergnügen hatte, in einer schönen, kühlen Höhle herumzustöbern. Es war nicht von der Hand zu weisen — seit sie diesen großen, hinter herabgestürzten Felsbrocken und Sträuchern verborgenen Eingang gefunden hatten, war Mr. Begay zunehmend unfreundlich geworden. Ließ ihn überhaupt nicht in die Höhle, nicht mal in den Eingang, um einen Blick hinein zu werfen. Befahl ihm einfach, draußen zu bleiben und nach Eindringlingen Ausschau zu halten.

Jimmy Goodnight hatte das unbehagliche Gefühl, daß Mr. Begay vielleicht gar nicht die Absicht hatte, den Schatz überhaupt mit ihm zu teilen.

Er wischte sich die Augen mit seinem T-Shirt ab und blinzelte zur Sonne hoch, maß ihre Höhe über den San Francisco Mountains, um die Zeit bis zum Sonnenuntergang zu schätzen. Etwa noch eine Stunde, schätzte er, nicht viel mehr. Und dann? Sein Dad würde ihm bei lebendigem Leibe die Haut abziehen, wenn er an einem Sonntagabend nach Dunkelwerden noch draußen war. Er steckte bereits bis zum Hals in Schwierigkeiten, weil er das Abendessen geschmissen hatte. Und um alles noch schlimmer zu machen, spielten die Padres heute abend ein Doppel, was im TV übertragen wurde, und er hatte das verpaßt. Hatte das vermutlich letzte Sonntagsdoppel der Saison versäumt. Hatte einen ganzen Tag damit verschwendet, den Horizont anzustarren und sich einen Sonnenbrand zu holen und einem blöden alten Adlervieh dabei zuzusehen, wie es kreiste und kreiste und kreiste, dämlicher Vogel ohne Hirn und Verstand, hatte ihn wünschen lassen, er hätte seine 22er bei sich.

Himmel, er mußte unbedingt aus Beale rauskommen. Er wollte etwas von der Welt sehen, etwas tun, bevor er so verbraucht und entmutigt und versagermäßig wurde wie sein Dad. Bevor er sich für den Rest seines Lebens im Kreis drehte wie dieser olle Adler.

Jimmy Goodnight wurde schlagartig aufmerksam. Da draußen war etwas, draußen in der Wüste, im Südwesten. Etwas, was sich bewegte, etwas, was kein Hitzeflimmern oder Staubteufelchen war.

Er hob das Fernglas an die Augen und erkannte eine Gestalt, zu weit weg, um ein Gesicht zu sehen, aber eindeutig in diese Richtung gewandt.

Er leckte sich die gesprungenen, salzigen Lippen und huschte zum Höhleneingang. »He, Mr. Begay! Da kommt jemand!«

Selbstgespräche murmelnd und nach Steinen tretend wanderte Stoner vor sich hin. Es war längst mechanisch geworden, dieses stetige Voranstolpern. Sie ging jetzt seit über einer Stunde bergab, in einen Canyon hinab, der sich wand und krümmte und mäandrierte und schließlich im Westen flach auslief wie ein Flußdelta. Sie war hungrig und durstig und müde und nervös und schlicht und einfach hundeelend und kreuzunglücklich. Die Blase an ihrem rechten Fuß brannte wie Säure, wann immer sie ihn belastete. Ihr Magen war ein Knoten aus Leere und Angst.

Etwas in der Ferne zog ihren Blick auf sich. Ein Lichtblitz, ein silbernes Blinken wie ein Sonnenstrahl auf Glas. Es kam von der Oberkante einer Mesa. Ihr wurde bewußt, daß sie den Blicken vollständig preisgegeben war, keine Deckung weit und breit. Ihre Fingerspitzen kribbelten.

Sie hatte das deutliche Gefühl, daß sie gefunden hatte, was sie suchte. Die Krähe schien es ebenfalls zu wissen. Sie wendete mitten in der Luft, stieß einen letzten heiseren Schrei aus und startete durch nach Osten, ohne ihren Dank abzuwarten.

✳ ✳ ✳

Großmutter Adlerin beobachtete alles und ging Bericht erstatten. Sie fand die alte Frau auf einer Mauer hockend, das Gesicht nach Westen gewandt, den Rücken an die Überreste einer Hausruine gelehnt. Ihre Haut hatte einen durchscheinenden, wächsernen Ton angenommen, als ob sie stufenweise verschwände. Sie hielt eine selbstgemachte Trommel zwischen den Händen und schlug rhythmisch mit den Fingerspitzen darauf. Auf dem Dach ihres Hauses saß geduldig ein gutaussehender Riese von einem Mann.

Masau wartet auf dem Dach. Die alte Frau stirbt, dachte Kwahu. In dieser Welt werden wir nicht mehr streiten, alte Freundin. Die Zeit für Freundlichkeit und gute Manieren ist gekommen.

Sie ließ sich schweigend auf der Mauer nieder und wartete, bis Alte Frau Zweibein ihr Gebet beendete.

Siyamtiwa öffnete ein Auge, knurrte. »Bringst du Neuigkeiten? Oder faulenzt du hier bloß rum?«

Kwahu erzählte, was sie wußte.

Die alte Frau nickte und zog sich ihre weiße Stola enger um die mageren Schultern. »Gut. Es geht los.«

Begay stellte fest, daß er mal wieder in einer Sackgasse gelandet war, und fluchte. Er ließ den Strahl seiner starken Lampe über die Tunnelwände streifen, suchte nach einer Öffnung oder auch nur einem verdächtigen Steinhaufen. Alles, was zu einem anderen Gewölbe, einem anderen Gang führen mochte.

Er wußte, daß das verdammte Scheißding hier drin war. Selbst jetzt konnte er, wenn er auf seine Tiersinne umschaltete, die pulsierenden Schwingungen in der Luft wahrnehmen. Das Kunststück bestand darin, es aufzuspüren und festzunageln. Aber jedesmal, wenn er meinte, daß alles in eine Richtung wies, sprang es irgendwie woandershin und sandte ihn im Kreis.

Zwischendurch fragte er sich, ob das Ganze in Wirklichkeit ein blöder Witz war. Vielleicht gab es gar kein Ya-Ya-Bündel. Vielleicht war das wieder so was, was sich die verdammten Hopis ausgedacht hatten, so wie sie sich Geschichten ausdachten, um die Anthropologen zu foppen. Sie waren bekannt dafür. Wenn man ihnen eine Frage stellte, bekam man eine Antwort. Das Problem war nur, die Antwort konnte glatt aus dem Stegreif erfunden sein, noch während sie redeten, diese verlogenen Scheißer.

Aber diese Geschichte war eine, die er sein ganzes Leben gehört hatte, und egal wo er sie gehört hatte, die Einzelheiten hatten immer so ziemlich übereingestimmt. Sogar unten in

Winslow, wo er aufgewachsen war, wo sein Alter einen abgebrochenen Andenkenladen hatte — sogar da unten flüsterte man sich Geschichten vom versteckten Ya-Ya-Medizinbündel zu und sprach hinter vorgehaltener Hand darüber, was es alles konnte.

Nachdem der Alte sich bankrott gesoffen hatte und als Hausmeister in der Indianerschule landete, war das Bündel seine persönliche Besessenheit geworden. Wenn sein Taugenichts von einem Alten sein Leben damit zubringen wollte, hinter den verdammten Indianern herzuputzen, war das seine Sache. Lars Müller jedenfalls würde die Dinge in seine Hände nehmen, bei Gott. Vom Fernsehschirm her kannte er die Welt immerhin gut genug, um zu wissen, daß Macht dort war, wo sie gefragt war.

Er hatte Begay beschwatzt, ihn als Aushilfe in seiner Texaco einzustellen, und als Frank Begay das Pech hatte, daß ihm das Auto, an dem er gerade herumschraubte, vom Bock fiel und seine Brust zerquetschte, übernahm Lars Müller die Tankstelle und den Namen Begay, und nach kurzer Zeit scherte sich niemand mehr darum, daß Larch Begay ursprünglich mal der sehr weiße Sohn eines sehr weißen Kerls gewesen war, der mit billigen Imitationen von indianischem Kunsthandwerk gehandelt hatte. Nicht, daß es die Gesetze der Weißen je einen Scheiß gekümmert hätte, ebensowenig wie es sie je einen Scheiß gekümmert hatte, daß Frank Begay ein sehr vorsichtiger Mann gewesen war, dem es gar nicht ähnlich sah, ein Auto vom Bock rutschen und sich auf die Brust fallen zu lassen.

Larch Begay hielt sich lange Zeit ganz bedeckt, arbeitete an der Tankstelle, gewöhnte die Indianer an sich und blieb sauber. Und die ganze Zeit über schnappte er Hinweise und Informationsbruchstücke auf und fügte sie zusammen, bis er das Bündel in das Gebiet des Coal Mine Canyon zurückverfolgt hatte. Danach hieß es bloß noch die Canyons rauf und runterwandern, die Augen offenhalten und einige Tricks anwenden, die er von ein paar Navajo-Hexern aufgeschnappt hatte, die alles wußten, was es darüber zu wissen gab, wie man den Tiergeist aktivierte. Er hatte es bald auf Hard Rock Mesa eingeengt, oder Pikyachvi Mesa, wenn man das Hopiwort wollte.

Ob Hard Rock oder Pikyachvi, was sich innerhalb dieses Haufens aus Sandstein und Höhlen versteckte, würde ihm Macht verschaffen. Und selbst wenn es keine direkte Zauber-macht wäre, gab es in dieser Gegend doch jede Menge aber-gläubische Rothäute, die ihn so sehr fürchten würden, daß sie sich schon beim Klang seines Namens in die Hosen machten. Und die sich jederzeit mit Vergnügen gegenseitig abstechen würden für die Ehre, ihn mit Silber- und Türkisschmuck und handgewebten Teppichen beliefern zu dürfen. Verdammt, diese Heiden würden so eifrig schaffen, daß sie sich kaum noch trauen würden, nachts zu schlafen, aus Angst, Hosteen Begay könnte sie bei einem Nickerchen erwischen und ihre Seelen stehlen. Ein Jahr bloß, dann wäre er so weit, daß die hiesigen Rothäute mit keinem anderen Handel treiben würden als mit Mr. Hosteen Larch Begay persönlich. Und dann brauchte man nur noch zuzusehen, wie das Geld in seine Taschen floß.

Und wenn das Bündel echte Macht bringen sollte ... nun, Mr. Larch Begay war durchaus imstande, groß zu denken.

Aber zuerst mußte er es finden. Das konnte er nicht vor-täuschen. Sie würden es wissen. Manchmal war es richtig gruselig, was sie alles wußten.

Er allerdings wußte auch ein paar Dinge. Er wußte, daß die weiße Schnepfe aus dem Osten mit der alten Hopischachtel gemeinsame Sache machte.

Er wußte, daß sie ziemlich bald aufkreuzen würde, um ihre kleine Freundin zu suchen.

Er wußte, daß keine von diesen weißen Zicken diesen Ort lebendig verlassen würde.

✳ ✳ ✳

Die Gestalt auf der Mesa wandte sich um und rannte los. Sie mußte Deckung finden.

Der Arroyo, das trockene Bachbett, lockte sie trotz der Gefahr. Es war schlicht und einfach der einzige Ort zwischen hier und der anderen Mesa, wo es Versteckmöglichkeiten gab. Dabei war es noch unzuverlässig genug, die Seitenwände stellenweise durch Erosion nicht mehr höher als dreißig Zentimeter. Jedenfalls war es immer noch besser, als in voller Sicht auf den Ort des Geschehens zuzuspazieren. Das einzige, was ihr zu noch mehr Aufmerksamkeit hätte verhelfen können, war eine Blaskapelle.

Sie glitt die Seitenwand hinab und preßte sich eng an den Rand. Auf allen vieren schob sie sich voran und riskierte einen Blick über die Kante. Jetzt standen zwei Gestalten auf der Mesa, ein sicherer Hinweis darauf, daß sie gesehen worden war. Und sie näherte sich rapide dem Ende ihrer Deckung. Zeit zum Nachdenken und Pläneschmieden.

Sie fand eine Nische in der Seitenwand, gerade groß genug, um darin ganz außer Sicht zu sein, und drückte sich hinein.

Das Wichtigste war im Augenblick, die Offensive zu haben. Begay hatte den Vorteil körperlicher Überlegenheit — was ein ziemlich entscheidender Vorteil war, wie jede Frau bestätigen konnte, die in einer gewalttätigen heterosexuellen Beziehung lebte. Sie konnte außerdem davon ausgehen, daß er bewaffnet war.

Sie wiederum war kleiner, flinker und — wie sie hoffte — gewitzter. Und sie hatte den Vorteil, das Recht, wenn schon nicht die Macht, auf ihrer Seite zu haben. Was heutzutage erbärmlich wenig zu zählen schien.

Sie wußte, wo Begay war, und er wußte vermutlich, daß sie da war. Also standen sie in Sachen Überraschungsmoment wohl gleichauf.

Normalerweise wäre es angebracht, bis zum Einbruch der Dunkelheit zu warten. Aber Begay war ein Kojotenmann, und seine tierische Sehkraft würde sie entdecken, bevor sie ihn sah. Oder seine Kojotenohren würden sie hören. Oder seine Kojotennase sie riechen. Oder er würde ihre Gegenwart mit seinem Raubtier-Radar aufspüren. Dunkelheit würde einen entscheidenden Vorteil für den Kojotenmann bedeuten.

Also, der Mann konnte sie bei Tag sehen, der Kojote bei Nacht. Damit blieb ihr das Zwielicht, eine sinneverwirrende Zeitspanne für beide, Mensch und Tier.

Eine Zeitspanne, die hier draußen, zu dieser Jahreszeit und mit null Luftfeuchtigkeit, die etwa einen Lichtschein halten könnte, ungefähr die Länge eines Herzschlages betrug.

Ganz gewiß nicht lang genug, um die offene, flache, mindestens einen Kilometer weite Strecke zwischen hier und dort zu bewältigen.

Sie lehnte sich an die krümelige Seitenwand des Flußbetts und lud die Geister ein, die eine oder andere Idee in die Vorschlagsammelkiste in ihrem Kopf zu werfen. Die Geister hatten offenbar Skrupel, derart in ihre Privatspäre einzudringen, und wahrten ein beredtes Schweigen.

Tja, so ist das nun mal mit Geistern. Was sie am allerbesten können, ist interessante kleine Probleme aufzustellen und sich dann zurückzulehnen, um zuzusehen, wie wir Sterblichen uns da durchhummeln. »Hah! Laß doch mal sehen, wie du *hier* heil wieder rauskommst, Ödipus!«

Sie hatte Durst. Schrecklichen Durst. Ihre Zunge war vor Durst geschwollen, ihre Lippen gesprungen und verkrustet. Die Sonne zog das Wasser aus ihr und trocknete ihre Haut bis zur Sprödigkeit aus. Sie hatte fast Bedenken, sich überhaupt zu bewegen, aus Sorge, sie könnte zerfallen wie ein trockenes Stück Herbstlaub.

Komm schon, sagte sie streng zu sich selbst, die einzige Art, wie du an Wasser kommen könntest, wäre einen Wolkenbruch herbeizupfeifen, und das würde erheblich mehr Wasser mit sich bringen, als du bewältigen kannst. Also kannst du jetzt kein Wasser kriegen. Ebensowenig wie du ein Auto kriegen kannst, ein Steak, ein gutes Buch oder einen Kinofilm.

338

Was du hingegen haben kannst, ist Geduld. Also laß uns die Aufmerksamkeit darauf richten. Laß uns mal so richtig bewußt im Hier und Jetzt sein. Sie schloß die Augen und spürte den warmen Sand rings um sich.

Ihre Ohren übernahmen die Regie. Sie hörte einen Kiesel von der Uferbank rollen, hörte das Knistern eines Wüsteninsekts, das leise Seufzen eines Luftzugs, als er über einen trockenen Grashalm strich.

Und den Klang von Schritten!

Zwei Paar Füße.

Sie kamen in ihre Richtung.

Sie drückte sich gegen die Sandwand und hielt den Atem an. Aber sie konnten sie auf keinen Fall verfehlen. Nicht, wenn sie das Flußbett überprüften. Und da sie zweifellos auf der Suche nach ihr und nicht auf einem Sonntagnachmittagsspaziergang waren, würden sie mit Sicherheit das Flußbett überprüfen.

Sie dachte an den Wolkentrick. Sie wünschte, sie hätte ihn noch mehr geübt. Aber eine Wolke, hier? Mitten in der Wüste? Das wäre ein Augenfänger wie ein voll geschmückter Weihnachtsbaum im Juli.

Die Schritte kamen näher.

Blieben stehen.

Sie wartete.

Stille, als würden sie versuchen zu erspüren, wo sie steckte. Vielleicht zögerten sie in der Annahme, sie könne bewaffnet sein.

Die Stille dehnte sich.

Sie wollte schreien.

Sie kamen noch näher. Sie konnte Atmen hören.

Sekunden verstrichen.

Eine Autohupe zerriß die Luft und pumpte Adrenalinexplosionen durch ihren Körper.

Etwas berührte ihre Schädeldecke und zupfte leicht an ihrem Haar.

Sie sah hoch.

Der Esel schnaufte ihr durch seine großen, ovalen Nüstern ins Gesicht.

Stoner lachte trotz ihrer Angst. »Junge, bin ich froh, dich zu sehen.«

Das Tier trat ein paar Schritte zurück und sah sich betont beiläufig nach allen Seiten um, dann neigte es den Hals und fing an, kleine Büschel vertrockneten Grases auszuzupfen.

Gut, die Lage besserte sich. Sie konnte ihn als Deckung verwenden. Sobald das Zwielicht kam, konnte sie sich neben ihn ducken und so die Strecke bis zur Mesa bewältigen. Das mochte sogar ihren Geruch verdecken.

Das Problem war, der Burro entfernte sich von ihr, graste sich gelassen stromaufwärts. »Hey«, raunte sie, »geh nicht weg. Ich brauch' dich.«

Er spielte mit den Ohren, als habe er sie verstanden, und stapfte und graste weiter.

Etwas sagte ihr, sie solle ihm folgen.

Na schön, dachte sie mit einem resignierten Seufzer, die Verrücktheiten gehen wieder los. Langsam, vorsichtig richtete sie sich auf und kroch hinter ihm her.

Als der Höhleneingang außer Sicht war, warf Burro den Kopf zurück und bedeutete ihr, aus dem Bachbett herauszuklettern. Sie krabbelte die Seitenwand hinauf.

Die sinkende Sonne berührte die höchsten Spitzen der heiligen Berge, als der Esel sich auf einem Pfad nordwärts wandte, der sie um die Mesa herumführen würde.

Sie beschloß, sich seiner Führung anzuvertrauen, und rannte ein Stück, um ihn einzuholen.

»Hör mal«, sagte sie, »ich weiß, daß dies eine Notlage ist, aber ich bin den ganzen Tag hier draußen herumgewandert, von einer Krähe geführt ...«

Der Burro sah sie mitfühlend an, als wisse er genau, wie sehr dir Krähen das Leben schwer machen können.

»Ich bin entsetzlich müde, von Durst gar nicht zu reden, also könnten wir nicht etwas langsamer gehen?«

Er drehte sich und stupste sie mit der Flanke an, lud sie ein, aufzusteigen.

Sie erwog das. Es wäre jedenfalls nicht, wie auf einem *Pferd* zu reiten. Burro war schließlich nicht drei Meter hoch wie die meisten Pferde. Und vermutlich auch nicht so beängstigend schnell. Und ganz gewiß nicht fies und launisch. Burro war einfach ein flauschiges, stämmiges kleines Kerlchen mit runden braunen Augen und sanftem Gemüt.

Andererseits war Freund Burro furchtbar klein.

»Danke, ich weiß das zu schätzen«, sagte sie und stützte einen Arm auf dem Eselsrücken auf. »Ich lehne mich einfach ein bißchen an.«

Sie gingen ... und gingen ... und stiegen ... und gingen und stiegen weiter ... und ihr wurde klar, daß es stockfinster sein würde, wenn sie endlich bei der Höhle ankamen. Und Siyamtiwa hatte keineswegs umsichtigerweise eine Taschenlampe bereitgestellt oder ihr beigebracht, wie man etwas ohne Streichhölzer entzündete. Sie öffnete ihren Medizinbeutel und tastete mit einem Finger darin herum. Maismehl, Türkis, Knochen, Feder. Nichts zum Lichtmachen.

Na gut.

Sie konnte wohl bis zum Morgen warten.

Andererseits war es in einer Höhle ziemlich gleich, ob draußen Tag oder Nacht herrschte.

Burro schwenkte nach links, auf einen Steinhaufen am Hang zu. Sie sah einen lavendelfarbenen Schimmer und merkte, daß es sich um eine Spiegelung des abendlichen Himmels handelte. Eine Spiegelung auf einer Wasseroberfläche.

Eine winzige Quelle gluckerte aus dem Fels, in Hüfthöhe, das Wasser fing sich kurzfristig in einer flachen Vertiefung im Fels – ein natürliches Sammelbecken –, bevor es in den Sand tropfte und versickerte. Zeremoniestäbe, leuchtend bemalt und mit Adlerdaunen verziert, umringten das Wasserbecken.

Ein Schrein. Sie zögerte, dann fielen ihr Siyamtiwas Worte ein.

»Alles ist heilig.«

Burro wartete, während sie sich hinkniete und aus der Quelle trank. Das Wasser war kühl und klar und schmeckte ein bißchen wie der Tee, den ihr Siyamtiwa gemacht hatte. Wahrscheinlich irgendein gelöstes Mineral. Was immer es war, es belebte ihre Sinne, ließ ihren Körper sich erholt und bereit fühlen, klärte ihren Verstand.

Sie improvisierte ein Dankgebet an das Wasservolk.

Bis sie die Höhe des Tafelbergs erreicht hatten, war vom Tag nichts mehr übrig als die scherenschnittartigen Umrisse einer Berglinie gegen einen letzten malvenfarbenen dünnen Streifen Himmel. Die Mesa-Oberfläche war hier und da mit spärlichen Goldastern, verkümmertem Wacholder und Mesquite gesprenkelt. Burro war offenbar angetan und begann sofort zu grasen.

Stoner sah sich um. Er hätte sie nicht aus einer Laune heraus hergebracht. Es mußte etwas geben, was sie finden sollte.

Sie waren jetzt oberhalb der Höhlenöffnung, oberhalb der Stelle, wo Larch Begay druch sein Fernglas die Wüste absuchte und mit dem Gedanken spielte, auf seine Kojotensinne umzuschalten. Sie konnte ihn sehen, viele Meter unter sich. Vielleicht konnte sie sich von hinten an ihn heranschleichen, aber es gab keinen Pfad hinunter und ging jäh und senkrecht hinab. Selbst wenn es ihr gelänge, hinunterzukommen, konnte sie es nicht unbemerkt schaffen.

Sie setzte sich auf den Boden und kaute an ihrer Lippe. Sie wußte, irgendwo hier mußte es eine Antwort geben, wenn sie nur ...

Ein Hintereingang in die Mesa hinein!

Natürlich. Das ergab Sinn. Das mußte es sein, was ihr Burro — der ganz gewiß nicht die Sorte von Wesen war, die Streiche und Frivolitäten liebte — hatte zeigen wollen.

Sie spähte umher. Es mußte eine sehr kleine Öffnung sein.

Oder gut verborgen. Verborgen hinter einem von diesen struppigen, wirren Mesquitesträuchern.

Es gab Hunderte davon, und das Licht verging zusehends. Bald würde es kalt werden, die Luft ...

Luft! Die Luft in der Höhle würde eine andere Temperatur haben als die draußen. Kühle Luft aus dem Erdinneren würde irgendwo ausströmen und einen kalten Luftzug erzeugen. Also sollte es möglich sein, den Eingang zu spüren.

Bis zu dem Augenblick, wenn die Außentemperatur so weit abkühlte, daß sie der Innentemperatur glich.

Was jetzt jeden Moment geschehen konnte.

Sie erhob sich und ging von Strauch zu Strauch, fühlte nach einem Luftzug.

Verflixt. Falls einer da war, war er zu schwach, um ihn zu fühlen.

Rauch würde auf die leiseste Luftbewegung reagieren. Allerdings hatte sie keine Möglichkeit, Rauch zu erzeugen.

Aber sie hatte eine Feder, die Habichtfeder in ihrem Medizinbeutel.

Rasch nahm sie sie heraus, hielt sie über einen Mesquitestrauch und ließ sie fallen.

Sie segelte zu Boden, gerade und flugs wie ein Stein. Einmal, zweimal, dreimal.

Beim vierten Mal schwankte sie, schwebte dann einen Augenblick seitwärts und legte sich auf einen verdrehten grünen Mesquitestrunk.

Stoner trat näher, griff mit einer Hand in den Strauch und hoffte, daß sich die Klapperschlangen nicht gerade diesen Ort für ihr abendliches Luftschnappen ausgesucht hatten.

Eine leichte, kühle Brise strich über ihre Finger.

Sie hatte die Hintertür gefunden.

Und nun, Freund Begay, werden wir sehen.

Das Grinsen, das sich auf ihrem Gesicht ausbreitete, erstarb. Angenommen, der Eingang in die Mesa war groß genug, daß sie hindurchschlüpfen konnte, dann mußte sie in den Erdboden hinein kriechen, klettern oder rutschen, und zwar in völliger Finsternis, ohne eine Ahnung, wohin es ging oder ob sie je wieder hinausfinden würde. Ohne jede Garantie, daß die ganze Chose nicht über ihr einstürzen würde.

Sie war noch nie in einen Erdtunnel gekrochen. Und zwar aus einem ganz einfachen Grund ...

Sie hatte sich immer schon vor dunklen Gängen und unterirdischen Höhlen gefürchtet. Freud konnte daraus schließen, was immer er wollte, Tatsache war, daß dunkle Orte unter der Erde ihr Atembeschwerden und Herzklopfen machten und die morbideren Seiten ihrer Vorstellungskraft aktivierten.

Der Gedanke gefiel ihr nicht.

Aller Wahrscheinlichkeit nach würde sie sich unwohl fühlen, wenn sie nur darüber lesen mußte.

Aber sie hatte keine andere Wahl.

Die ersten Sterne zeigten sich am östlichen Firmament.

Sie begann das Mesquitegestrüpp zur Seite zu schieben. Die Sträucher waren ineinander verheddert und pieksig. Es war, als versuchte sie, Stacheldraht zu entwirren. Und sie sah kaum etwas. Als sie schließlich eine Öffnung freigelegt hatte, waren ihre Hände mit winzigen, juckenden und brennenden Stichen übersät und ihre Nerven völlig aufgerieben.

Sie setzte sich, um einen Moment auszuruhen und sich zusammenzunehmen. Soweit sie das beurteilen konnte, war der Tunneleingang ein enger Schacht, gerade groß genug für sie, um durchzuschlüpfen — so ein Glück aber auch. Ob er sich irgendwo verengte, und wie weit er überhaupt reichte, ob er sanft oder steil hinabführte, ob er voller oder bar aller krabbelnden Etwasse war, all das würde sie erst wissen, wenn sie drinsteckte.

Das einzige, was sie jetzt schon wußte, war, daß er sehr, sehr dunkel war.

Aber auch draußen würde es ohnehin bald stockdunkel sein. Dunkel ist dunkel, richtig?

Falsch. Es gibt nachts-draußen-Dunkelheit, mit Platz zum

Atmen und niedlich blinkenden, freundlichen Sternen überm Kopf. Und es gibt kalte, platzangstmachende, brustbeschwerende, Tonnen-von-Erde-die-nur-darauf-warten-dich-zu-begraben-beinhaltende, keine-Ahnung-wo-du-landen-wirst-oder-was-dich-erwartet-wenn-du-je-wieder-rauskommst-verheißende Dunkelheit. Das ist nicht gleiche Ware für gleiches Geld. Und dies hier ist eindeutig die kleiner-blauer-Mais-Sorte.

Rauch wehte über den Mesarand nach oben. Holzfeuerrauch, nach Fleisch duftend. Essenszeit da unten. Es erinnerte sie an ihren eigenen Hunger, der beachtlich war.

Sie gönnte sich einen Augenblick des Selbstmitleids.

Stimmen. Begay, grollend oder sich über irgendwas beschwerend, sauer und leicht angetrunken. Und eine andere Stimme ... vertraut ... jung. Natürlich, Jimmy Goodnight. Es überraschte sie eigentlich nicht. Jimmy Goodnight war die Sorte Junge, die — nicht allzu schlau, stets auf Gefälligkeit aus, leicht zu schmeicheln — immer von den größeren Jungs ausgenutzt wird. Eingespannt, um die Dreckarbeit zu machen und den schwarzen Peter zu ziehen, wenn sie erwischt werden. Alles, um nur dazuzugehören.

Was sie jedoch überraschte, war, daß er an Gwens Entführung beteiligt war. Falls er das war. Er hatte den Eindruck gemacht, als fände er sie toll, auf diese schüchterne, linkische Art, wie die meisten heranwachsenden Jungen sie anscheinend verehrten. Was, wie Gwen sagte, ganz günstig war, selbst wenn es manchmal ziemlich auf die Nerven ging. Denn wenn du nicht auf die eine oder andere Art Gefühle in pubertierenden Knaben auslöst — sei es nun Furcht oder Verehrung –, dann können sie deinen Unterricht in die Hölle auf Erden verwandeln. Das Schlimmste, was einer Lehrerin passieren kann, sagte Gwen, ist die Kontrolle über einen pubertierenden Knaben zu verlieren.

Stoner dachte, das gälte nicht nur für Lehrerinnen.

Also, warum tat Jimmy Goodnight dies? Beziehungsweise, wußte er überhaupt, was vorging? Vielleicht nicht. Vielleicht wußte er nicht mehr darüber, als was er ihr erzählt hatte, daß nämlich Larch Begay ihn mit auf Schatzsuche nahm.

Dann wiederum war Jimmy Goodnight ein potentieller Verbündeter. Allerdings keiner, auf den sie sich unbedingt verlassen mochte.

Schließlich hatte er die Puppe gestohlen.

Dies ist wohl kaum der rechte Zeitpunkt, um nachtragend zu sein, sagte sie sich. Inzwischen glühten die hellsten Planeten kalte Löcher in den Nachthimmel, und rings um sie formierten sich langsam die Sternbilder.

Es wurde Zeit.

Sie tastete an den Mesquitesträuchern entlang und fand nur allzu leicht den Eingang wieder. Sie ließ sich auf die Knie nieder und steckte den Kopf und die Schultern hinein.

Sie paßte hindurch, verdammt, und zwar knapp.

Sie warf einen letzten Blick auf ihren Freund Burro.

Er warf den Kopf auf und nieder, irgendwie zufrieden und sehr optimistisch.

Es war eigentümlich tröstlich.

Sie streckte sich auf dem Boden aus, schloß die Augen und kroch in die Öffnung hinein.

Nach einer Weile machte sie die Augen auf. Die Dunkelheit war massiv. Und es war still. Absolut lautlos. Totenstill.

Sie holte tief Luft und kroch vorwärts, dankbar für den leichten Zug, der über ihre Haut strich und sie daran erinnerte, daß es hier Luft gab.

Der Tunnel neigte sich allmählich abwärts, wie eine Kohlenrutsche. Wenn sie die Schultern bewegte, konnte sie die Wände spüren. Aber es war gar nicht so schlimm. Tatsächlich war das einzig Schlimme bisher, daß, falls sie sich umdrehen mußte ...

Sie entschied, daß dies eine von den Unternehmungen war, die sie besser tat, ohne zu denken.

Das Problem war, es fiel ihr schwer, nicht zu denken.

Vielleicht sollte sie versuchen, ihre Umgebung kurz mit

ihren Instinkten abzutasten. Sie war nicht sicher, wie das ging, aber ...

Sie widmete sich dem Knoten aus Energie, den sie immer noch in ihrem Magen herumtrug. Vielleicht war er hierfür gedacht.

Andererseits, vielleicht war es auch etwas, was sie dringend untersuchen lassen sollte, wenn sie nach Hause kam.

Sie sammelte ihre Konzentrationsfetzchen ein und legte sie um den Knoten.

Okay, jetzt verteilt euch.

Nichts tat sich, außer daß sie feststellte, daß sie mit Kriechen aufgehört hatte.

Nicht gut. Der Sinn dieser kleinen Übung ist, deine *Gedanken* ruhigzustellen, damit du weiterkommst.

Sie setzte sich wieder in Bewegung.

Schön, nochmal von vorn. Zieh die Energie in dich rein ...

Aus den Fingern und Zehen und Händen und Armen und Beinen und Schultern.

Und schick sie runter zum Energiepunkt.

Bleib in Bewegung.

Jetzt laß sie frei. Sende sie aus wie ein Sonar. Warte auf die Echos.

Sie nahm etwas schräg rechts vor sich wahr. Ein leichtes, antwortendes Kribbeln.

Gwen.

Von geradeaus vor ihr kam nichts – was bedeutungslos sein mochte oder verhängnisvoll. Wenn es hieß, daß da vorn nur undurchdringlicher Fels war, und der Gang nicht vorher abbog, und sie mit Gestein überall um sich herum und ein paar Tonnen Erde über sich festsaß und keine Möglichkeit hatte, sich umzudrehen, und die Luft knapp wurde, und vielleicht jemand auf die Höhe der Mesa stieg und den Esel fand und zwei und zwei zusammenzählte und den Eingang versperrte, mitten im Nirgendwo, weit und breit niemand, der sie hören könnte, wenn sie schrie ...

Eine urplötzliche Schockwelle aus Energie von links verschlug ihr den Atem. Es schlug in sie ein wie Blitz, dann erschütterte es sie in widerhallenden, pusierenden Wellen.

Himmel!

Es streckte sie flach auf den Boden, rollte über sie hinweg und zerstreute sich zu wellenartigen Kräuseln, die den Gang rauf und runter tobten.

Was war *das?*

»Was zum Henker?« grunzte Larch Begay, als die Druckwelle der Schwingungen ihn traf.

Jimmy Goodnight gab ein entsetztes Quietschen von sich.

Das Lagerfeuer sank in sich zusammen, explodierte dann zur turmhohen Stichflamme. Begay griff nach seiner Whiskyflasche.

Gwen hörte auf, an den Fesseln zu zerren, die in ihre Handgelenke und Fußknöchel schnitten, und starrte in die Finsternis. »Stoner?« flüsterte sie.

Der kleine Burro trat vom Tunneleingang zurück, um die Schockwelle vorbeizulassen, und fraß weiter.

Siyamtiwa lächelte in sich hinein. So. Grünauge hat also das Bündel gefunden.

13. Kapitel

Sie glaubte, vor sich ein Licht zu sehen. Entferntes, flackerndes, gelbes Licht.

Vielleicht war es eine Halluzination. Es kam ihr vor, als wären Stunden vergangen, seit sie in den Tunnel gekrochen war. Es konnten auch Minuten sein. Sie hatte jedes Gefühl für Zeit und Raum verloren.

Da war tatsächlich Licht. Und es wurde heller. Sie hielt an, um zu horchen. Eine männliche Stimme, tief, grollend. Das Licht kam von Larch Begays Lagerfeuer.

Wenn der Tunnel weiter schnurgerade verlief, würde sie direkt vor seinen Füßen landen.

Was unter den gegebenen Umständen eine schreckliche Vorstellung war.

Mit sehr langsamen Bewegungen, kaum atmend, die Ohren gespitzt nach Anzeichen, daß sie entdeckt worden war, schob sie sich zentimeterweise vorwärts.

Sie konnte das Feuer jetzt sehen. Und Begay. Und Jimmy Goodnight. Mit dem Rücken zu ihr lehnten sie träge zu beiden Seiten des Höhleneingangs und schauten in die Wüste hinaus. Wenn sie sie erwarteten, dann erwarteten sie, daß sie von unten kommen würde.

Larch Begay spielte mit einer Waffe herum, einer Pistole. Sie sah aus wie die sechsschüssigen Revolver in den meisten Cowboyfilmen.

Zwischen ihrem Tunnel und dem Lagerfeuer lag ein kleiner, vorzimmerartiger Raum. Wenn einer von ihnen sich umdrehte, würde er sie mit Sicherheit sehen. Aber mit ein bißchen Glück konnte sie vielleicht unentdeckt in die Dunkelheit im hinteren Teil schlüpfen.

Sie beschloß, eine Wolke aufzurufen. In dem schattendurchsetzten, flackernden, reflektierten Licht des Feuers würde sie nicht weiter auffallen und ihr vielleicht ein bißchen zusätzlichen Schutz geben.

Diesmal war es leicht, obwohl sie gegen das Verlangen ankämpfen mußte, sich zu beeilen. Gwen war da irgendwo. Sie war vielleicht verletzt oder Schlimmeres. Bevor sie sich auf die Suche nach dem Bündel machte, würde sie Gwen finden, koste es, was es wolle.

Die Wolke umschloß sie wie Nebel. Es machte die Sache schwieriger, weil sie versuchen mußte, durch den dichten Dunst hindurchzusehen, aber sie fühlte sich dadurch auch sicherer. Im Moment war sicherer genau das, was sie brauchte.

Ihre Knie waren wackelig, als sie aufzustehen versuchte. Zu viel Gekrabbel. Sie dehnte ihre Beine, machte ein paar Kniebeugen. Ihre Gelenke hörten sich an wie Popcorn.

Sie hielt den Atem an, aus Angst, daß Begay sie gehört hatte, aber sein dumpfes Gemotze ging ununterbrochen weiter. Jimmy Goodnight antwortete mit furchtsamer, weinerlicher Stimme. Begay bellte etwas Obszönes.

Alles beim alten da draußen.

Sie sah sich in der Kammer um. Weitere Tunnel, Dutzende von Tunneln. Einige hoch genug, um aufrecht hindurchzugehen, einige sogar zu eng zum Kriechen. Kein Wunder, daß er das Bündel noch nicht gefunden hatte. Es würde Wochen und Monate dauern, all diese Gänge zu erkunden. Die Pikyachvi Mesa war wie ein gigantischer Ameisenhaufen.

Mit dem Rücken zur Wand tastete sie sich durch das Halbdunkel, die Augen auf den Höhleneingang gerichtet.

Weit drüben auf der rechten Seite öffnete sich der Vorraum in eine zweite Höhle, eine winzige Kammer mit niedriger Decke, nicht größer als ein Wandschrank.

»Stoner?«

Sie strengte die Augen an, um etwas zu sehen. »Wo bist du?« flüsterte sie.

»Hier unten. Tritt nicht auf mich.«

Sie fiel auf die Knie und befühlte den Boden wie ein Hund, der nach verräterischen Gerüchen schnüffelt. Eine Tasse. Ein Blechteller, ein Durcheinander von Seilen. Ein Fuß.

Ein Fuß. Sie tastete sich an Gwens Bein hoch.

Etwas Riesiges und Enges in ihrer Brust fiel von ihr ab. »Gwen, bist du in Ordnung?«

»Bring mich nur hier raus«, flüsterte Gwen.

Sie fuhr mit den Händen an Gwens Armen, ihren Beinen hinunter und fand die Knoten ihrer Fesseln. Sie waren eng. Sehr eng. Gwens Handgelenke und Knöchel waren angeschwollen, das Seil schnitt in ihr Fleisch. Ihre Haut war kalt.

Stoner fluchte leise. Sie holte das Messer aus ihrer Hosentasche und sägte an den Knoten herum.

Gwen gab einen leisen Schmerzenslaut von sich.

»Tut mir leid«, flüsterte Stoner. »Hab' ich dir wehgetan?«

»Es geht schon.«

Schließlich bekam sie sie frei und warf die Stricke wütend beiseite. Sie rieb Gwens Hände, spürte ihr Zusammenzucken, als das Gefühl zurückkam.

»Oh Gott«, sagte Gwen mit vor Angst brüchiger Stimme, »ich glaube nicht, daß ich gehen kann.«

Stoner legte ihr einen Arm um die Schultern. »Das wirst du schon. Ich habe ohnehin noch eine Menge zu erledigen, bevor wir soweit sind.«

Gwen tastete nach ihrer Hand.

Sie saßen einen Moment lang schweigend da und betrachteten das Flackern des Feuers auf der Wand.

»Das ist alles ein ziemlicher Schlamassel, nicht wahr?« fragte Gwen schließlich.

»Könnte man sagen.«

»Was machen wir jetzt?«

Stoner rieb sich mit der freien Hand über das Gesicht. »Ich schätze, als erstes muß ich das Ya-Ya-Bündel finden ...«

»Das was?«

Mein Gott, sie weiß nicht einmal, worum es hier überhaupt geht. »Ich erklär' dir alles später.« Sie richtete sich auf. »Bleib hier. Tu so, als ob du noch gefesselt bist. Das gibt mir vielleicht noch ein bißchen Zeit, bevor Begay merkt, daß ich hier bin.« Sie ertastete die zerschnittenen Stricke und gab sie Gwen. »Was macht Jimmy Goodnight hier?«

»Ich weiß nicht.«

Der Widerschein des Feuers warf einen rostfarbenen Schimmer auf Gwens Gesicht. Trotz der unechten rötlichen Farbe sah sie müde und elend und verängstigt aus. Sie sah aus wie Stell in der Nacht, als sie ins Krankenhaus gekommen war.

Oh Himmel, dachte Stoner. Er zapft ihre Energie ab, wahrscheinlich um seine Kojoten-Seite aufzutanken, die ihm helfen soll, das Bündel zu finden.

Sie lehnte sich hinüber, gab Gwen einen raschen Kuß und stand auf. »Kann sein, daß ein paar seltsame Sachen passieren. Bleib locker, okay?«

»Klar. Brüll, wenn du Hilfe brauchst.«

Sie brachte ein schnelles und — wie sie hoffte — beruhigendes Lächeln zustande und schlüpfte wieder hinaus in den größeren Raum, in den die Tunnel mündeten. Begay stand aufrecht, mit dem Rücken zu ihr. Sie konnte Jimmy Goodnight nicht sehen.

Während sie Begay im Auge behielt, tastete sie an der Wand hinter sich nach ihrem Eingangstunnel.

Es war leicht ersichtlich, warum er ihn nicht gefunden hatte. Sie konnte ihn selbst nicht finden. Es war natürlich dunkel ...

Ihr kam der beunruhigende Gedanke, daß es nicht an der Dunkelheit lag, daß sie ihn selbst mit einem Scheinwerfer nicht finden würde, weil der Tunnel sich selbst verschlossen hatte und verschwunden war.

Sie sagte sich, daß das lächerlich war, aber sie konnte den Gedanken nicht abschütteln.

Sie glitt an der Wand entlang, fühlte die Öffnungen anderer Tunnel, von denen jeder wahrscheinlich zu wieder anderen Tunneln führte und anderen Tunneln und anderen ...

Die Chancen, sich zu verirren, potenzierten sich.

Sie hatte eine Heidenangst, in die Dunkelheit zurückzukehren.

Komm schon, sagte sie sich streng, hör auf rumzublödeln und bring die Sache ins Rollen.

Sie holte tief Luft und wappnete sich gegen das Eintauchen in Finsternis.

Der vertraute hupenähnliche Schrei klang vom Höhleneingang herüber.

Sie blickte hinaus. Jimmy Goodnight war da, mit dem Burro an einem Seil.

»Seh'n Sie, Mr. Begay. Niemand da draußen, außer dem alten Esel hier.«

»Laß mal seh'n.« Begay riß dem Jungen das Seil aus der Hand und zerrte den Esel zu sich heran.

Das kleine Tier rollte mit den Augen vor Angst.

Stoner erstarrte.

»Halt das Mistvieh fest«, schnauzte Begay den Jungen an. Er warf ihm das Seil zu, packte den Hals des Esels und versuchte aufzusteigen.

Burro tänzelte zur Seite und entzog sich ihm.

»Halt still, Gottverdammtnochmal.« Er versuchte es noch einmal.

Das Tier schlug mit den Hinterbeinen aus.

Begay fluchte und langte nach einem schweren Knüppel Feuerholz. Er schwenkte ihn drohend. »Wenn ich sage, halt still, dann meine ich, halt still.« Er hob den Arm, um zuzuschlagen.

Blinde Wut löschte alle anderen Gedanken aus ihrem Bewußtsein. »Schluß damit!« brüllte sie und warf sich gegen seine Beine.

Begay war langsam, halb betrunken und schlecht in Form. Er ging zu Boden wie eine Palme in einem Hurrikan.

Jimmy Goodnight sprang zurück und bedeckte sein Gesicht mit den Händen. Er ließ das Seil fallen.

Der Esel wirbelte herum und galoppierte den Weg hinunter und in die Wüste hinaus.

Stoner rappelte sich hoch. Sie schätzte, daß sie ungefähr fünf Sekunden Vorsprung hatte.

Sie sprang in die Höhle zurück und tauchte in den erstbesten Tunnel. Sie hörte, wie Begay sich hochwuchtete, fluchte und ihr nacheilte.

Sie wagte nicht zu rennen. In der pechschwarzen Finsternis würde sie vielleicht gegen eine Wand knallen oder sich den Kopf an einem tiefhängenden Felsen aufschlagen. Wenigstens war es leicht, sich in der Dunkelheit zu verstecken. Bis er auf die Idee kam, zurückzugehen und sich seine Stablampe zu holen.

Das Geräusch seines Atmens erfüllte schwer und wütend die Stille. Sie hielt den Atem an. Sie konnte ihn in Gedanken fast vor sich sehen, seinen schweren Kopf, der vor und zurück schwankte, während seine Augen versuchten, das Dunkel zu durchdringen. Wenn er sich entschloß, zu seiner Kojotenseite überzuwechseln ...

»Goodnight!« hörte sie ihn grölen, »hol die Lampe.«

Sie war beinahe erleichtert. Solange er Mensch blieb, hatte sie eine Chance. Hatte Gwen eine Chance. Aber er hatte nur Stunden gebraucht, um Stell bis an den Rand des Todes zu erschöpfen. Und Gwen war schon auf halbem Weg dorthin.

Sie verstand jetzt. Den ganzen Sommer hindurch hatte er von der Energie der Frauen gelebt, hatte sie wie Batterien benutzt, um seine Verwandlungen zu ermöglichen, seinen Tier-Geist zu nähren. Ohne die Energie von Frauen war er hilflos, seine Magie auf ein paar Zaubertricks reduziert. Aber wenn er erstmal das Bündel hatte, konnte ihn nichts mehr aufhalten.

Sie sah jetzt das Gleichgewicht. Weibliche Lebenskraft erhielt ihn. Weibliche Lebenskraft mußte dem ein Ende machen. Sie mußte dem ein Ende machen. Weil sie Frau war. Weil sie eine Frau war, deren Lebenskraft kein Mann je benutzt hatte. Das war der Grund, warum Siyamtiwa — oder ihre Geister — sie erwählt hatten. Kein Mann hatte je den Weg zu ihrer Seele gefunden. Ihre Türen waren ihnen verschlossen.

Ihre Hand griff hoch und umschloß ihren Medizinbeutel. Oh, Großmutter, hilf mir, das richtige Muster zu weben. Hilf mir, das Gleichgewicht wiederherzustellen. Und wenn ich versage, bitte wisse, daß ich mein Bestes getan habe.

Licht tanzte über die Wand des Tunnels, kam in ihre Richtung. Sie drückte sich tiefer in die Schatten. Das Licht hielt inne.

»Komm schon raus, Süße.«

Sie wartete.

»Du willst doch nicht, daß ich hinter dir her komme«, sagte Begay. »Das willst du doch wirklich nicht.«

Sie schob sich an der Wand entlang, fand einen weiteren Eingang und schlüpfte hinein. Der Lichtstrahl huschte über die Stelle hinweg, an der sie gerade noch gewesen war.

»Wir können uns das hier leicht machen«, rief er. »Oder wir können es uns schwer machen. Es hängt ganz von dir ab, Süße.«

Langsam, vorsichtig ging sie rückwärts, tiefer in den schmalen Korridor hinein.

»Ich hab' deine Freundin. Du würdest nicht wollen, daß ich ihr was tue, oder?«

Sie erstarrte.

Sie mußte ihn von diesem Gedankengang ablenken, ihn dazu bringen, sie weiter zu verfolgen. Sie bückte sich hinunter und tastete nach einem Stein. Sie fand einen und warf ihn blind in seine Richtung.

Sein Lichtstrahl folgte dem Geräusch.

»Ich brauch' dir gar nicht nachzurennen. Ich brauch' einfach bloß anzufangen, die Schlampe da draußen ein bißchen zu pieksen.«

Stoner knirschte mit den Zähnen. »Fick dich ins Knie, Begay. Ich wußte doch, daß du die Hosen voll hast.«

Sie kratzte schnell ein Handvoll Kiesel zusammen und warf einen nach dem anderen nach rechts. Sie hoffte, daß sie sich wie laufende Füße anhörten.

Der Lichtstrahl wanderte von ihrer Seite weg. In der Sekunde, bevor er wieder zurückkam, tauchte sie in den Tunnel zu ihrer Linken ab.

Sie holte tief Luft. Sie lockte ihn tiefer in die Mesa hinein. Wo sie sich so vollständig verlaufen konnte, wie es einem Menschen nur möglich war. Wo es vielleicht Fledermäuse und Skorpione und andere unerfreuliche Dinge gab. Wo sie verhungern oder verdursten konnte. Wo sie nie wieder Tageslicht sehen würde.

Aber, bei Gott, er auch nicht.

Begay kam zurück.

Das Wichtigste zuerst. Sie zwang sich weiterzugehen, ließ ihre Hände an den Wänden entlanggleiten, fühlte oben nach herunterhängenden Felsstücken, bewegte sich vorsichtig und lautlos.

Ihr kam der Gedanke, daß es sehr lange dauern würde, hier in der Dunkelheit zu sterben.

Sie konnte Begay hören, wie er stolperte und fluchte, während er die dunklen Korridore und ausweglosen Gänge absuchte.

Er hörte auf zu fluchen, fing an, langsam aber stetig in ihre Richtung zu gehen. Hielt inne, bewegte sich weiter vorwärts, hielt inne. Als ob er einer Fährte folgte.

Was?

Sie beugte sich hinunter und befühlte den Boden. Staub. Sie war durch Staub gegangen und hatte eine Spur hinterlassen, der selbst ein Baby folgen konnte, und er hatte sie gefunden.

Sie konnte weiterlaufen, und er konnte ihr weiter folgen. Endlos.

Vielleicht würde es dazu kommen, aber jetzt noch nicht. Erst würde sie Stellung beziehen und kämpfen.

Aber nicht hier, nicht in einem harten Felskorridor, wo es kein Versteck gab und Begay das einzige Licht bei sich trug.

Sie tappte weiter durch die Schwärze.

Wenn sie nur sehen könnte.

Plötzlich erinnerte sie sich an die Nacht, in der Siyamtiwa ihr die *kiva* gezeigt hatte. Es war auch dunkel gewesen, zuerst. Aber sie hatte die Größe und Form des Raumes gefühlt.

Sie blieb stehen und beruhigte ihren Herzschlag, richtete dann ihre Aufmerksamkeit auf die Oberflächen ihrer Haut, wartete auf Eindrücke.

Sie nahm Abgeschlossenheit vor sich und zu ihrer Rechten wahr. Wände. Aber zur Linken ...

Sie spürte eine Öffnung. Nein, zwei ... drei Öffnungen.

Ihr Bewußtsein sagte ihr, daß das irrsinnig war. Es war nicht möglich zu sehen, ohne sehen zu können. Nicht mit solcher Genauigkeit. Nicht ohne jahrelange Übung.

Ihr Instinkt sagte ihr, sie solle ihren Eindrücken vertrauen.

Ihre praktische Seite entschied, daß sie keine große Auswahl hatte.

Sie streckte die Hand aus und fühlte Luft, dann Fels, dann wieder Luft, wieder Fels, Luft.

Etwas zog sie auf die mittlere Öffnung zu. Sie verschwand darin.

»Was zur Hölle?« Begays Stimme klang verwirrt.

Von ihrem Standort aus konnte sie den Strahl seiner Lampe sehen, der zu Boden zeigte.

Unter ihren Füßen war nur massiver Fels.

Er hatte ihre Spur verloren. Er begann, den Lichtstrahl über die Wände zu schwenken.

Sie nahm sich die Lehre von Bruder Schlange zu Herzen und stand ganz still.

Begay und sein Licht verschwanden im linken Tunnel. Na gut, und jetzt?

Wenn sie das Werkzeug dafür hätte, könnte sie diesen Korridor verschließen und ihn für immer im Innern der Pikyachvi Mesa einsperren. Aber natürlich hatte sie das Werkzeug nicht.

Sie versuchte nachzudenken, wurde von einem Gefühl der Wärme über ihrem Brustkorb abgelenkt. Hitze, die von ihrem Medizinbeutel ausging. Sie umklammerte ihn mit einer Hand.

Vielleicht war es Einbildung. Vielleicht nahm sie nur ihren eigenen Pulsschlag in den Fingerspitzen wahr. Aber es fühlte sich an, als ob der Medizinbeutel wie ein Herz schlug.

Sie hielt den Atem an und versuchte, die Bedeutung auszumachen.

Irgend etwas machte, daß sie tiefer in diesen Tunnel hineingehen wollte. Ein sanftes Zupfen an ihrem Bewußtsein, eine Ahnung. Eine Botschaft, die durch das *kopavi* kam.

Sie folgte ihr. In die Dunkelheit hinein. Tiefer und tiefer, bis jenseits aller Rückkehr.

Jetzt hatte sie sich hoffnungslos verirrt.

Sie ging weiter, ins Herz der Mesa hinein, wo nur Zauber sie je wieder herausholen konnte.

Sie trat gegen etwas, stolperte, blickte nach unten. Eine stumpenartige Felsformation, ein Stalagmit.

Sie ging weiter.

Moment mal. Es gab nur eine Möglichkeit, wie sie wissen konnte, daß es ein Stalagmit war. Indem sie ihn sah.

Sie schaute sich um. Es war heller hier. Weicher, die Dunkelheit weniger spröde.

Sie ging schneller.

Jetzt wurde das Licht grau. Es muß ein anderer Eingang sein. Sie war auf der anderen Seite herausgekommen.

Irgend etwas stimmte daran nicht.

Mitten in der Nacht kommt kein Licht durch Höhleneingänge. Mitten in mondlosen Nächten. Es konnte natürlich schon die Dämmerung sein. Aber irgendwoher wußte sie, daß es etwas anderes war.

Sie ging weiter, auf das Licht zu ...

Die Schockwelle warf sie gegen die Wand und wälzte sich durch den Tunnel davon.

Ihr Herz hämmerte.

Was geht hier vor?

Langsam arbeitete sie sich vor, kam näher und näher an die Lichtquelle heran, auf eine weitere lautlose Explosion gefaßt.

Sie durchschritt eine türähnliche Öffnung ...

... und hielt den Atem an.

Sie war in einer geräumigen Kammer, breit und hoch wie eine Kathedrale. Stalaktiten rannen von der gewölbten Decke hinab. Stalagmiten bildeten Reihen von Drachenzähnen um den gesamten Umfang des Raumes herum. Steinerne Vorhänge schmückten die Wände. Blumenähnliche Formationen in weiß und blau und blaßgrün blühten auf dem Höhlenboden.

Und in der Mitte des Raumes lag phosphorartig glühend die Quelle des Lichts.

Ein Haufen Stöcke und Stoff und undefinierbare Gegenstände.

Das Ya-Ya-Medizinbündel.

Sie starrte es an.

Wenn das Licht nicht wäre, wäre es nur eine Ansammlung Müll, staubig und mottenzerfressen, etwas, woran man vorüberging und es dem Straßenkehrer überließ.

Sie ließ sich auf die Knie nieder, um sich das genauer anzusehen.

Das zerfallende Tuch, das darüber lag, ließ durch Löcher und Risse Körbe aus Yuccablättern erkennen, die Mais in vielen Farben enthielten. Geschnitzte Fetische mit der Gestalt von Bären und Wild und Vögeln ruhten verstreut zwischen den Maiskörnern. Perlen und Türkise. Gebetsstäbe. Aus Pappelholz geschnitzte *kachina*-Puppen. Kleine Knochen und Federn und Tonschüsseln. Eine hölzerne Maske, groß genug, um über den Kopf eines Mannes zu passen. Ein kiltartiger Rock aus Tierhaut. Rasseln und Muschelarmbänder. Eine Halskette aus Bärenkrallen.

Sie erschauerte und griff in ihren eigenen Medizinbeutel, nahm eine Prise Maismehl heraus und streute sie auf das Bündel.

Das Licht wurde stärker.

Sie stand auf und schritt in einem Kreis um das Bündel herum und versiegelte es mit Maismehl.

Dann setzte sie sich an die Wand, um zu warten.

Nichts geschah.

Sie senkte den Kopf auf die Arme und zog all ihre Konzentration in den Energieknoten in ihrem Magen.

Er begann zu wachsen.

Helligkeit breitete sich aus und durchströmte sie, erfüllte ihren Körper und ihre Arme und Beine. Sie fühlte sich stark und ganz und furchtlos.

Kraft strahlte von ihr aus.

Komm schon, Begay. Wir haben etwas zu begleichen.

Sie schaute zur Decke hoch und sah ...

Bewegung.

Keine Objekte, die in Bewegung waren, sondern reine Bewegung. Bewegung, die aus dem Augenwinkel wahrnehmbar ist. Bewegung wie schmelzendes Eis, wie aufsteigender Dampf, Wolken, die sich ballen und wieder neu ballen, dahintreibender Nebel, der Wechsel der Gezeiten.

Jetzt schienen die Stalagmiten, die die Kammer umringten, zu zerfließen, sich zu verbreitern, in die Höhe zu wachsen, Farbe anzunehmen. Während sie zuschaute, wurden sie zu ...

Masken.

Riesige, hölzerne Masken, überlebensgroß und eine jede verschieden.

Gesichter, die bemalt waren in schwarz und rot und weiß und gelb und blau.

Gesichter mit Nasen, mit Schnäbeln, mit hundeartigen Schnauzen.

Gesichter, gekrönt mit Federn und Wacholderzweigen.

Gesichter, umgeben von sonnenähnlichen Strahlen.

Gesichter mit Haaren aus Garn und aus Maisstroh und Menschenhaar.

Die Masken der Geister.

Und plötzlich war das Bündel keineswegs ein Haufen zerfallenden Abfalls, sondern Farbe. Klare, vibrierende, lebendige Farbe. Maisgelb und Türkisblau. Das Orange der Flamme. Rot, das strahlender war als die strahlendste Rose und tiefer als Blut. Frühlingsgrün und Herbstbraun. Das Weiß des Schnees und des Hermelins. Farben, so leuchtend, daß sie ihre Augen versengten.

Dann begannen die Klänge. Trommeln. Rasseln. Glöckchen. Das rhythmische Stampfen tanzender Füße auf festgetretenem Erdboden. Ihr Herz schlug im Takt der Trommeln. Kraft durchströmte sie im Takt ihres Herzschlags.

Die Masken begannen sich zu bewegen, Bewegung, die nicht mehr eingebildet war, sondern wirklich. Sie stiegen in die Luft auf, zogen Nebel von Farbe hinter sich her. Reichten höher, höher in die riesige Deckenkuppel empor. Das Trommeln wurde lauter und die Masken kreisten, hüpften und wirbelten im Tanz.

Stoner sah ihnen mit offenem Mund zu, wie versteinert.

Ein Strahl aus gelbem Licht durchschnitt den Raum.

Sie blinzelte.

Die Masken waren fort, die Stalagmiten bloße Stalagmiten, das Bündel ein staubiger Haufen Müll.

»Schön, schön«, sagte Larch Begay. Er leuchtete mit der Lampe auf das Medizin-Bündel. »Hast mich direkt hergeführt, stimmt's?«

»Laß es in Ruhe, Begay.«

Er sah sie an und lachte.

»Sie wissen nicht, womit Sie es hier zu tun haben.«

»Falsch, kleine Lady. *Sie* wissen nicht, womit *Sie* es zu tun haben.«

Sie rührte sich und stellte sich zwischen den Mann und das Bündel. »Ich meine es ernst. Ich kann nicht zulassen, daß Sie es nehmen.«

»Ist das wahr?« Er ging einen Schritt auf sie zu.

Sie wich nicht zurück. »Das ist wahr.«

Er kam näher. »Ich frag' mich, was ich da machen soll.« Er lächelte.

Stoner beobachtete seine Augen. Sie wurden größer, flacher. Die Pupillen erweiterten sich. Die Iris wurde zinngrau.

Seine Hand schoß vor und umklammerte ihr Hemd. Er zerrte sie zur Seite, schleuderte sie gegen die Höhlenwand. Schmerz durchzuckte sie wie ein Blitzschlag, als ihre Schulter und ihr Kopf auf den Fels prallten. Er hielt sie dort fest, die Hand an ihrer Kehle, und richtete die Stablampe direkt auf ihr Gesicht.

Geblendet versuchte sie, sich wegzudrehen.

Er zog sie vor und schlug sie wieder gegen die Wand.

»Das hier wird mir 'nen Heidenspaß machen«, zischte er. Sein Atem stank widerlich nach schalem Bourbon. Seine Augen trafen ihren Blick und hielten ihn fest.

Sie konnte fühlen, wie sie schwächer wurde, wie ihre Energie hinwegrann wie Wasser. Sie versuchte sich zu wehren, konnte aber kaum ihre Arme bewegen. Entsetzt versuchte sie, nach ihm zu treten. Ihre Beine weigerten sich.

Durchbrich seine Gewalt über deine Augen, sagte sie sich. Aber sie war gelähmt. Begay nährte sich von ihrem Geist, saugte sie aus wie ein Vampir.

Sie fühlte sich wie Sand, den der Wind verweht.

Reise, sagte etwas zu ihr.

Aber sie konnte nicht loslassen, hatte Angst, loszulassen. Wenn sie aufhörte, sich zu wehren, wenn sie zuließ, daß ihr Bewußtsein sich nach innen kehrte, würden diese Hände den letzten Atemzug aus ihr herauspressen.

GROSSTOCHTER!

Siyamtiwas Befehl packte ihren Geist.

Der Schmerz in ihrer Schulter und ihrem Kopf klang ab. Begays Hand verließ ihre Kehle. Sie atmete Luft, frische Luft. Sie schluckte sie gierig und fühlte, wie Energie in ihren Körper zurückfloß.

Sie schaute sich um. Sie lag in dem Canyon, in dem Kreis am Ort des Aufstiegs. Warme Sonne liebkoste ihre Arme und ihr Gesicht. Der Wasserfall sang. Der Fluß warf runde Steine gegeneinander und brachte sie zum Sprechen. Hoch oben segelte ein Habicht.

Sie lag im Sonnenlicht, bis ihr Körper warm war, bis ihr Blut wieder leicht floß. Bis ihr Herz stark und sicher schlug.

Zu stark.

Stark und laut wie Trommelschläge.

Es ängstigte sie. Sie versuchte, es zu beruhigen.

Die Schläge wurden stärker, schneller. Sie dröhnten in ihrem Kopf und hämmerten gegen ihren Brustkorb.

Mein Herz wird zerspringen, dachte sie. Er hat irgendwie meinen Herzschlag gefangen, und er wird es einfach zerspringen lassen.

Hilf mir, Großmutter!

Es kam keine Antwort.

Da war nur der Habicht, der über ihr kreiste.

Plötzlich legte er die Flügel zusammen und stieß hinunter auf sie zu. Schneller als ein Pfeil kam er näher.

Sie duckte sich. Keine Zeit, zur Seite zu treten.

Der Vogel spreizte seine Krallen. Ihre Spitzen funkelten scharf wie Rasierklingen.

Ihr Herz hämmerte schneller.

Zentimeter über dem Boden unterbrach der Habicht seinen Sturzflug und stieg wieder auf. Eine Klapperschlange wand sich in seinen Krallen. Höher und höher kreiste er. Die Krallen öffneten sich. Die Klapperschlange fiel. Der Körper zerschmetterte auf einem Felsen.

Sie schaute zu Boden, wo Krallen und Flügelspuren ein Muster im Staub hinterlassen hatten.

Zentimeter von ihrem Bein entfernt. Sie hatte die Schlange nicht gesehen. Sie hätte sie getötet.

Jetzt wußte sie, was sie zu tun hatte.

Angreifen wie der Habicht angegriffen hatte. Sie schloß die Augen und dachte sich in den Höhlenraum zurück.

Ein elektrischer Schlag durchfuhr sie, als sie in ihren Körper zurückschnellte.

Begay lachte und schloß die Finger enger um ihre Kehle.

Greif an.

Sie bündelte ihre Energie auf sein Gehirn. Dachte Feuer hinein. Dachte kriechende Würmer hinein. Sandte Gedanken-Explosionen und Messer und Rasierklingen und Hände, die sein Bewußtsein packten und drückten und drückten und drückten ...

Er ließ sie los und trat zurück, ein Ausdruck von Bestürzung zog über sein Gesicht.

Sie fiel zu Boden. Ihr Atem kam keuchend, ihre Lungen und ihre Kehle brannten wie Feuer, ihr Brustkorb schmerzte. Sie lag auf Händen und Knien und hechelte mit hängendem Kopf, wie ein Hund.

Sie blickte auf. Er kam wieder auf sie zu.

Und etwas kam auf ihn zu.

Es stand hinter ihm, ein Riese, bedeckt mit den Fellen von Tieren, sein Kopf schwarz und blutig. Ein Hand trug eine brennende Fackel. Die andere streckte sich nach Begay aus.

»Hinter Ihnen«, warnte Stoner.

Larch Begay öffnete den Mund, um zu lachen.

Das Wesen berührte ihn. Sein Hemd und seine Haare gingen in Flammen auf.

Er schrie und versuchte, aus dem Raum zu laufen.

Die *kachina* versperrte ihm den Weg.

Begays Augen traten vor Entsetzen hervor.

Von hoch oberhalb des Medizinbündels trieben die Masken auf ihn zu.

Die Lampe fiel ihm aus der Hand. Sie kroch vor und riß sie an sich.

Er drückte sich an die Wand, schlug mit bloßen Händen nach den Flammen.

Die Masken kamen lautlos näher.

Er fiel auf die Knie und begann, auf den Eingang zuzukriechen.

Die Masken kreisten ihn ein.

Sein ganzer Körper schien zu brennen. Sie konnte die verkohlten Kleider riechen, das versengende Fleisch.

Er sah sie an. »Mach, daß sie aufhören!« flehte er. »Um Gotteswillen ...«

Seine Worte wurden abgeschnitten, als ein Rinnsal von Blut aus seinem Mund sprudelte. Er wischte es mit dem Handrücken weg. Seine Augen begannen sich zu trüben.

Die Masken schlossen sich enger um ihn.

Ein Schwall dunkler Flüssigkeit drang aus seinem Ohr.

Er schrie wieder.

Sie wußte, daß etwas in seinem Gehirn zerbrochen war.

»Er stirbt«, sagte sie leise. »Bitte, laßt ihn gehen.«

Die Masken zogen sich zurück.

Begay kämpfte sich auf die Füße und stürzte in den Tunnel davon. Sie lief ihm nach. Er war eine flammende Silhouette, stolperte, fiel von Wand zu Wand, taumelte und ging dann weiter, getrieben von Furcht und Schmerz.

Seine Geschwindigkeit und Ausdauer waren erstaunlich.

Stoner rannte ihm hinterher. Idiotin. Du hast ihn gehen lassen. Er hat eine Pistole, und du hast ihn gehen lassen!

Er stürmte aus dem Tunnel hinaus in den Schein des Feuers am Höhleneingang. Jimmy Goodnight stand dort, hielt die Pistole in der Hand.

»Schieß«, befahl Begay mit von Blut spritzenden Worten.

Der Junge zögerte. Seine Hand zitterte.

»Wichser!« kreischte Begay. »Bring sie um.«

Jimmys Hand hob sich. Das Licht des Feuers flackerte auf dem Pistolenlauf.

Sie schaute sich nach irgendeinem Versteck um. Da war nur der Tunnel, und sie würde es nie schaffen ...

Jimmy Goodnight holte tief Luft und zielte.

Stoner erstarrte.

»Hey!« bellte Gwen neben ihr.

Der Junge sah sie an, fassungslos. »Wie sind Sie ...?«

»Geh zurück!« flüsterte Stoner verzweifelt.

»Komm schon«, forderte Gwen den Jungen heraus. »Mach deinen besten Schuß, du kleiner Scheißer.«

»Schieß, verflucht nochmal!« brüllte Begay. Er ging auf ihn los.

Jimmy Goodnight feuerte. Flammen schossen aus der Mündung des Revolvers. Sie hörte ein hohes Wimmern, als die Kugel an ihrem Ohr vorbeisauste und von der Höhlenwand abprallte.

»GWEN!« Sie schaute sich um. Gwen war fort.

Sie sah den Ausdruck von Entsetzen auf Jimmys Gesicht. Seine Augen hingen wie gebannt an einem Punkt über Stoners Kopf. Alle Farbe wich aus seinem Gesicht. Er ließ die Pistole fallen.

Stoner hechtete danach.

Der Junge drehte sich um und rannte den Weg hinunter und in die Nacht hinaus.

Sie zielte mit der Waffe auf Begay.

Er stand da wie gelähmt, seine Kleider brannten immer noch, seine Augen traten vor Grauen aus den Höhlen, starrten auf etwas hinter ihrer Schulter.

Sie fühlte Bewegung hinter sich.

Begay stolperte rückwärts.

Das Lagerfeuer brauste in einer Fontäne von Funken.

Begay wirbelte herum und stürzte sich vom Rand der Mesa.

Etwas folgte ihm. Etwas Großes und Schwarzes und Menschenähnliches. Etwas, das mit roher Tierhaut und einer blutgetränkten Maske bedeckt war. Es schwebte für einen Augenblick über dem Feuer.

Das Feuer stieg hoch und fiel in sich zusammen.

Stieg und fiel.

Stieg und fiel.

Das Ding aus der Höhle war verschwunden.

Sie hörte ein leises, dumpfes Geräusch, als Begays Körper weit unten auf dem Boden aufschlug.

Sie packte einen brennenden Knüppel, um Licht zu haben, und ging zurück in den Raum, wo sie Gwen zurückgelassen hatte.

Jimmy Goodnight hatte sie wieder gefesselt.

»Ich hatte ja schon gehört, daß astrale Projektion Spaß macht«, sagte Gwen, während Stoner die Stricke löste. »Sie haben mir aber nie gesagt, daß es auch praktisch sein kann.«

Sie hielten sich lange fest.

14. Kapitel

Die aufsteigende Dämmerung jagte die Nacht hinter den westlichen Horizont.

Stoner küßte Gwen auf den Kopf und stand auf. Es gab noch etwas zu tun.

»Hast du es gesehen?« fragte Gwen.

»Was gesehen?«

»Dieses ... Ding, was es auch war.«

Stoner nickte. »Ich denke, wir sollten mit niemandem darüber sprechen. Vielleicht nicht mal miteinander.«

»Aber was *war* es?«

»Nur Masau«, sagte Stoner. »Es wird nicht wiederkommen.«

Sie ging zum Höhlenausgang und pfiff. Burro hupte eine Antwort.

Sie wandte sich wieder Gwen zu. »Wie geht es dir?«

»Ich habe mich schon besser gefühlt. Stoner, ich glaube nicht, daß ich laufen kann.«

Sie kniete sich hin und befühlte Gwens Beine und Fußknöchel. »Nichts gebrochen. Wahrscheinlich ist es die fehlende Durchblutung. Es wird schmerzen wie sonstwas, wenn sie wiederkommt.«

»Vielen herzlichen Dank«, sagte Gwen mit einer Grimasse.

Stoner hörte Burro schnobern — homf, homf, homf — als er den Pfad zur Höhle heraufgetrottet kam. »Hier kommt dein Transportmittel.« Sie legte Gwens Arm um ihre eigenen Schultern und zog sie auf die Füße.

Gwen japste. Tränen sprangen in ihre Augen.

»Siehst du?« sagte Stoner. »Du bist schon auf dem Weg der Besserung. Der menschliche Körper ist doch etwas Wunderbares.«

»Ich halt's nicht aus. Laß mich sterben.«

»Niemals.« Sie küßte Gwen erneut.

Das kleine Pferd der Canyons wartete geduldig. Sie half Gwen an Bord zu klettern, dann nahm sie Gwens Halsschmuck von ihrem eigenen Hals ab. »Hier«, sagte sie, während sie ihn Gwen umlegte. »Wenn ich dir das nächste Mal etwas schenke, versuch doch bitte, es nicht zu verlieren.«

Gwen gelang ein schmerzliches Lächeln. »Können wir jetzt gehen? Ich bin nicht gerade verrückt nach diesem Ort.«

»Gleich.« Sie drehte den Esel Richtung Pfad und gab ihm einen Stups. »Wartet unten auf mich, und mach dir keine Sorgen, wenn du mich schießen hörst. Ich muß diese Kammer versiegeln.«

»Was für eine Kammer?«

»Erkläre ich später.« Sie lachte. »Ich habe später noch viel zu erzählen. Das meiste wirst du wohl nicht glauben.«

✳ ✳ ✳

Das Bündel zu finden war diesmal leichter. Sie ließ sich von der Kammer vorwärtsziehen, durch die Gänge, tief in die Erde hinein. Sie staunte, wie weit sie zuvor gekommen war, wie weit Begay mit seinen brennenden Kleidern und seinem davonblutenden Leben noch gerannt war. Jetzt fühlte es sich an, als wanderte sie ewig zwischen Felswänden dahin.

Schließlich war sie da.

Das Ya-Ya-Medizinbündel lag in graues Licht gebadet da. Rings an den Wänden der Kammer hielten die Masken Wache. Der Kreis aus Maismehl war unangetastet.

Sie stand eine Weile davor und spürte die Energie.

»Gut«, sagte sie schließlich, »ich weiß ja nicht so ganz

genau, was sich hier abgespielt hat, aber es scheint gut ausgegangen zu sein.«

Der Energieknoten in ihrem Magen erglühte kurz und ging aus. Sie nahm den Medizinbeutel von ihrem Hals und legte ihn auf den Boden. »Nur zur Sicherheit«, sagte sie lächelnd, »ein bißchen *pahana*-Zauber.« Sie schaute in die Runde, sah die *kachinas* an. »Ich danke euch für eure Hilfe. Zu schade, daß ihr bei den '84er Wahlen nicht in der Gegend wart.«

Begays Stablampe lag noch auf dem Boden. Sie hob sie auf und schüttelte sie. Der Lichtstrahl ging an. Sie ging aus dem Raum, ohne sich umzusehen.

Draußen im Gang leuchtete sie die Decke ab, bis sie fand, was sie suchte, einen schwachen Punkt, Steine, die übereinanderlagen, aus denen schon Sand rieselte. Sie zog sich zurück so weit es ging, ohne die Stelle aus den Augen zu verlieren.

Sehr sorgfältig zielte sie und schoß.

Die Explosion machte sie für einen Moment taub. Dann hörte sie es, das zischende Wispern fallenden Sandes, das tiefe Rumpeln in Bewegung geratenden Felses.

Sie warf die Waffe in den Steinrutsch und rannte los.

Zum letzten Mal durch die Gänge und Tunnel, gefolgt von einer Wolke aus Staub und herabfallenden Steinen. Es war, als stürzte die gesamte Mesa hinter ihr ein.

Sie rannte und rannte und rannte.

Endlich Tageslicht.

Sie erreichte den Pfad und schlitterte, kaum daß sie draußen war, hinab bis dorthin, wo Gwen und Burro warteten.

Aus der Ebene der Wüste sahen sie zu, wie Schwaden von Sand aus dem Höhleneingang quollen. Das Krachen und Donnern einstürzender Tunnel hallte an den Wänden des Hisatsinom Canyon wider, die Echos sprangen von Felswand zu Felswand und rollten schließlich in den Himmel und in die Wüste davon.

Als die Töne verhallt waren, tauchten am östlichen Horizont die ersten Sonnenstrahlen auf. Die Umrisse von Bergen kamen zum Vorschein, dann Felsfinger und Mesas, Kakteen und Mesquite. Und schließlich die Umrisse von Begays Gestalt, leblos und verkrümmt wie eine Baumwollpuppe zwischen den Felsen am Fuß der Mesa.

Neugierig ging Stoner hin, um ihn zu betrachten.

Er war mit offenen Augen gestorben, die Lippen zum Schrei verzerrt. Schon waren die Insekten an ihm zugange. Aber es war seine Haut ... seine Haut war pergamentartig und zerknittert und braun, wie altes Leder, wie die Haut einer Mumie.

Larch Begay war sehr, sehr alt gestorben.

So alt wie Siyamtiwa.

In diesem Moment wußte sie, daß Larch Begay eine Figur in diesem Spiel gewesen war, ebenso, wie sie selbst eine Figur gewesen war, und Siyamtiwa, und alle, deren Leben diese Geschichte berührt hatte. Sie alle hatte ihren Part gespielt in einem geheimnisvollen Stück, das vor langer, langer Zeit geschrieben war. Lange vor der Zeit, in die irgend jemandes Erinnerung zurückreichte.

Es war Begays Rolle gewesen, das Gleichgewicht zu stören, und jetzt war das Gleichgewicht wiederhergestellt.

Weiße und Navajo und Hopi, die Kulturen überkreuzt.

Männlich und weiblich.

Schwarze Magie und weißer Zauber.

All dies wußte sie da, und noch etwas ...

... Daß sie Siyamtiwa nie wiedersehen würde.

Sie schaute auf und sah Gwen warten und das kleine Pferd der Canyons. Bereit, sie nach Hause zu bringen.

Kwahu, die Adlerin, saß neben der alten Frau und schaute hinunter in ihr schlafendes Gesicht. Sie lächelte. Im schwachen Licht der Morgendämmerung glühte ihr Begräbnisgewand weiß wie eine Sommerwolke. Ihr eisengrau-silbernes Haar war frisch gewaschen und in vollkommener Weise gekämmt und geflochten. Sie war bereit.

Ihre Brust hob und senkte sich, sanft, leise, langsam. Dann noch langsamer. Dann nicht mehr.

Masau, riesig, stolz und schön, stand hoch oben auf der Spitze des Daches und schwenkte einen Arm zum Willkommen.

Kwahu, die Adlerin, wartete bis zur goldenen Dämmerung. Behutsam entfernte sie vier ihrer Schwungfedern und bot sie den vier heiligen Himmelsrichtungen dar.

Kwahu, die Adlerin, sang ihr Lied.

Alte Frau, meine Freundin,
schon in den Tagen des Feuers warst du hier.
Als das Donnern von Riesen Mutter Erde erbeben ließ,
du warst hier.
Den Nächten des Wassers zum Trotz
Den Jahren des Eises zum Trotz
Als das Volk kam, um sein Wandern zu beginnen
du warst hier.
Als sie nach Haus kamen zu den Mesas
du warst hier.
Während der spanischen Soldaten und Missionare
Während der Kriege und des langen Marsches
Als der Riesenpilz blühte
du warst hier.
Immer bist du hier gewesen
Immer wirst du hier sein.
Mit Schönheit hinter dir
mit Schönheit vor dir
mit Schönheit über dir

mit Schönheit unter dir
in Schönheit wanderst du
in Schönheit geht es zu Ende.

Sie faltete ihre Flügel, stieg in Siyamtiwas Armbeuge und schloß ihre Augen.

✳ ✳ ✳

Der Tag näherte sich dem Ende, als sie den Rauch aus dem Schornstein der Handelsstation aufsteigen sahen.

»Gütiger Himmel«, sagte Gwen, »ich hoffe, das bedeutet nicht, daß Ted Klapperschlange zum Abendessen macht.«

»Nach drei Tagen mit nichts als *piki* und Tee«, sagte Stoner, »klingt sogar Klapperschlange köstlich.«

Gwen hielt den Burro an und ließ sich auf den Boden rutschen. »Nach drei Tagen mit Larch Begay als Koch will *ich* das Beste oder gar nichts.« Sie prüfte ihre Knie und Knöchel. »Ich glaube, von hier an laufe ich.«

»Besser?«

»Nicht viel, aber wir sehen einfach zu sehr wie die heilige Familie aus.«

Der Esel schnaubte laut und feucht.

»Habe ich ihn beleidigt?« fragte Gwen.

»Mit weißer Theologie hat er nichts am Hut.« Und er war im Begriff, seiner Wege zu gehen. Sie spürte es. Sie legte ihm die Arme um den Hals. Danke, Freund. Es war ... na, du weißt es ja.

Burro stupste sie an der Schulter.

»Wir könnten ihn mitnehmen«, schlug Gwen vor. »Stells Cousin würde ihn bestimmt mögen.« Sie deutete Richtung Wüste. »Es ist ein hartes Leben da draußen.«

Stoner schüttelte den Kopf. »Es würde ihm nicht gut gehen. Er hat den kleiner-blauer-Mais-Weg gewählt.«

Gwen rieb die graue Nase. »Na ja, falls du es dir anders überlegst ...«

Der Burro drehte sich um und trottete zurück zu seinen Canyons.

Der Chevy stand vor der Tür. Und der Jeep und Laura Yazzies klappriger Toyota. »Sieht aus, als würden wir erwartet«, sagte Stoner. »Ob Stell schon aus dem Krankenhaus zurück ist?«

»Es würde mich nicht wundern«, sagte Gwen und probierte ihre Fußknöchel aus. »Sie hat so eine störrische Ader, nicht unähnlich gewissen anderen Wesen, die ich kenne.«

Stoner grinste. »Wie geht's dir inzwischen?«

Gwen stapfte ein bißchen hin und her. »Ich werde es überleben. Wenn es sich so anfühlt, von den Toten zurückzukehren, dann hoffe ich wirklich von Herzen, daß es keine Auferstehung gibt.«

Jetzt, wo das Entsetzen vorbei war, jetzt, wo Gwen hier war, in Sicherheit, verspürte Stoner wenig Drang danach, wieder zur alltäglichen Tagesordnung mit ihren Pflichten und Lasten und Großmutterproblemen überzugehen. Sie wünschte, sie hätte Mrs. Burton gesagt, daß Gwen verschwunden war. Dann hätte sich gezeigt, wer wen wie liebte.

Gwen legte die Hand auf Stoners Schulter. »Ich werde mich nicht um sie kümmern. Ich suche mir eine Wohnung und lebe mein Leben und finde mal heraus, wie es ist, für mich selbst zu denken. Wenn sie sich versöhnen möchte, werde ich drüber nachdenken. Aber ich werde nicht mehr der Vergangenheit nachweinen.«

Stoner sah sie an. »Hast du meine Gedanken gelesen?«

»Das war nicht schwer«, sagte Gwen. »Wenn du mit den Zähnen knirschst, kann es nur um eines gehen.«

Die Hintertür der Handelsstation öffnete sich. Jemand kam heraus und schaute die Straße hinunter.

Stell. Sie schirmte die Augen gegen die Sonne ab und sah in ihre Richtung.

»Stell!« rief Stoner.

Gwen gab ihr einen kleinen Schubs. »Na, geh schon.«

Sie zögerte. »Du kannst nicht allein ...«

»Ich kann durchaus, Stoner. Los, geh.«

Sie stolperte den Hügel hinab, rutschend und schlingernd, kleine Lawinen lösten sich unter ihren Tritten. Sie erreichte die Straße, bekam festen Boden unter die Füße und stürmte im Spurt weiter.

Stell fing sie in ihrem Armen auf. »Du verfluchte Spinnerin«, sagte sie mit erstickter Stimme. »Du bist der Nagel zu meinem Sarg.«

»Zieh ihn raus«, sagte Stoner und mußte lachen und sie ganz fest umarmen.

Stell ließ sie nicht los. Sie umklammerte sie eisern. Ihr Körper war schweißgebadet, und sie atmete in von Schluckauf unterbrochenen Stößen.

Stoner wurde klar, daß Stell weinte. »Hey, ist schon gut, Stell. Alle sind wohlauf, alles bestens.«

»Ich liebe dich, kleine Bärin«, murmelte Stell und versuchte ihre Beherrschung wiederzufinden. »Wir müssen aufhören, einander diese Dinge zuzumuten.« Sie lachte und wühlte in ihrer Tasche nach einem Schneuztuch, während sie mit dem anderen Arm Stoner weiter fest an sich drückte.

»Ich verstehe, daß ich dir das Leben schwergemacht habe«, sagte Stoner, »aber ist das Grund genug, mich zu erwürgen?«

Stell lockerte ihren Griff eine Spur. »Hör mal, Kleine, ich hab' leider traurige Neuigkeiten. Siyamtiwa ist tot.«

Sie lehnte ihren Kopf an Stells Schulter. »Ich dachte es mir.«

Irgendwie hatte sie es gewußt, in dem Augenblick, als sie die Höhle verschloß, als es vorüber war, daß es auch für Siyamtiwa vorbei war.

»Es tut mir so leid«, sagte Stell.

Stoner schüttelte den Kopf, wußte nicht, wie sie es erklären sollte. »Sie war müde. Sie sagt, sie kommt wieder, so oder so.«

Stell legte ihre Hand an Stoners Wange. »Ich habe den Verdacht, daß sie das dann auch tut.« Sie strich Stoners Haar auf die Seite. »Rose Lomahongva hat es übernommen, zu tun, was zu tun ist. Weiße werden bei diesen Dingen rausgehalten, aber du wärst sicher willkommen.«

»Nein.« Was immer im Dorf-das-seinen-Namen-vergessen-hat jetzt vor sich ging, es hatte mit Aufgaben zu tun, mit dem Weitergeben von alten Geheimnissen. Ihre Rolle darin war zu Ende.

Sie betrachtete Stell, ihren starken, muskulösen Körper, ihre ernsten blauen Augen, die grauen Sprenkel in ihren Haaren und Brauen, die Lachfältchen um ihre Mundwinkel ... und spürte, wie sich in ihr ein gewaltiger Ballon aus schierer Zärtlichkeit aufblähte, so ein Schub von großer Liebe zu der echten, bodenständigen, lebensgroßen, gewöhnlichen, alltäglichen Stell, daß sie fast zu bersten glaubte.

Sie umarmte sie nochmal. »Ich hoffe, du lebst ewig.«

»Na, jedenfalls lange genug, um dir auf den Wecker zu gehen, Kerlchen.«

Schließlich kam Gwen angehumpelt. »Geht hier etwas vor, worüber ich mir Sorgen machen muß?«

»Teufel, nein«, sagte Stell und breitete ihren anderen Arm für sie aus. »Noch jede Menge Platz hier. Du hast uns wirklich Schrank und Nerven gekostet, Kollegin.«

»Ich hätte ja angerufen, aber ich wurde aufgehalten.«

Stoner stöhnte.

»Übrigens«, bemerkte Gwen, »Larch Begay ist tot.«

»Himmel, du hast doch nicht noch einen umgelegt, oder?«

Gwen lachte. »Nein, diesmal nicht. Es war ... ich bin nicht sicher, was es war.«

»Tja«, sagte Stell. »Also werden künftig jede Menge blöde Touristen mit leerem Tank hier in der Gegend stranden, aber das dürfte auch schon das betrüblichste an diesem Verlust sein.« Sie zog Gwens Arm um ihre Schulter und zog los Richtung Haus.

Stoner begab sich an die andere Seite. »Sieht aus, als hättest du das Haus voll.«

»Nur Ted und Laura Yazzie. Jimmy Goodnight war da,

aber er ist gleich wieder gegangen. Hat diese Puppe zurückgebracht, die dir die alte Frau geschenkt hat. Erzählte mir irgendeine wilde Gespenstergeschichte von wegen Begay habe sie für Voodoo-Kram haben wollen.« Sie zuckte die Achseln. »Zu hoch für mich. Wie auch immer, jedenfalls kriegte er wohl ein schlechtes Gewissen, daß er sie geklaut hatte, und gab sie Begay doch nicht.«

Stoner verfiel in Schweigen. Sie fragte sich, ob alles anders ausgegangen wäre, wenn Begay die Puppe gehabt hätte. Wäre dadurch das Gleichgewicht der Kräfte in seine Richtung verschoben worden? Wäre sie jetzt tief in der ewigen Nacht der unterirdischen Gänge von Pikyachvi Mesa gefangen und würde darauf warten, daß sie starb? Oder hatte Jimmy Goodnight, der die Puppe stahl und es sich dann anders überlegte, damit auch nur seine Rolle erfüllt?

»Was gibt's zum Abendessen?« hörte sie Gwen fragen.

»Truthahn.«

Gwen seufzte ekstatisch.

»Truthahn?« fragte Stoner. »Im August?«

»Ja, Truthahn im August, du sittenhöriges Sumpfhuhn.«

»Aber woher hast du gewußt, wann wir kommen?«

»Hab' ich nicht. Truthahn hält sich.«

Stoner grinste und merkte, wie erleichtert sie war, wieder in der Welt der alltäglichen Gründe und praktischen Lösungen zu sein, wo Leute nur das wußten, was sie mit ihren fünf Sinnen wahrnehmen konnten, und Truthahn kochten, weil er sich hielt.

✳ ✳ ✳

In der Nacht wachte sie auf, und einen Moment lang dachte sie, sie sei wieder in ihrem Raum in Siyamtiwas Dorf. Hätte sogar schwören können, eben noch vom Klang der Trommeln und Rasseln geweckt worden zu sein. Aber die Nacht war ganz still.

Und kalt. Sie tastete nach einem Flanellhemd, zog ihre Stiefel über und schlüpfte aus der Tür.

Die Wüste lag leer und schweigend da. Kein Adler kreiste über ihr oder hockte ruhelos auf dem Gipfel des Big Tewa. Kein Kojote durchstreifte die Schatten von Long Mesa. Die heiligen Berge schliefen. Nur die Sterne hielten Wache.

Sie setzte sich auf die Stufen. Es ist wirklich vorbei, dachte sie. Irgendwo in ihr gab es eine tiefe Traurigkeit, eine Sehnsucht nach der dieser dickköpfigen, schwierigen alten Frau, die sie kaum gekannt hatte. Wir haben uns nicht mal vertragen, dachte sie und lächelte, weil sie spürte, daß für Siyamtiwa sich vertragen die geringste Bedeutung von allem hatte.

Tja, Großmutter, du hast mir ja einen schönen Haufen Chaos hinterlassen. Alles, was ich sicher zu wissen glaubte, steht auf dem Kopf.

Zauber, *pahana*. Bloß Zauber.

Sie schaute schnell auf, doch dann wurde ihr klar, daß sie die Worte nicht gehört hatte, sondern gefühlt. Tief drinnen gefühlt, an einem leisen, unerforschten Ort ohne Grenzen und Regeln, einem Ort, wo keine Uhren tickten und es kein Silvester gab, einem Ort, wo sie sich mit der Adlerin emporschwingen und mit dem Maulwurf eingraben konnte, einem Ort, wo es Licht gab und Sicherheit ...

... und Zauber.

Sie nahm eine Bewegung wahr und schaute zu Boden. Eine kleine graue Spinne, so bleich, daß sie zu glühen schien, kroch über den Sand auf sie zu. Sie erreichte ihren Stiefel und erkletterte ihn, schwang sich durch die Luft, um den Saum ihrer Schlafanzughose zu erklimmen. Dann krabbelte sie auf ihr Knie, blieb dort sitzen und sah sie an.

Sie hielt ihre Hand hin.

Die Spinne kroch in ihre Handfläche.

Sie hob sie in Augenhöhe.

Wir haben es geschafft, Großmutter.

Ja, Stoner, wir haben es geschafft.

Sie senkte ihre Hand zum Boden. Die Spinne verschwand in einer kleinen Erdspalte.

Zauber.

Talavai, der Geist der Morgendämmerung, schüttete Quecksilber über die Wüste.

Welcher Ariadne Krimi darf's denn sein?

Ariadne 1023
ISBN 3-88619-523-6
448 Seiten, DM 16.-

Stoner läßt sich als Agentin in eine psychiatrischen Klinik einschleusen. Und Gwen war von Anfang an dagegen.

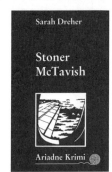

Ariadne 1011
ISBN 3-88619-511-2
368 Seiten, DM 16.-

In der Naturkulisse der Rocky Mountains versucht Stoner, Gwen vor ihrem mörderischen Ehemann zu retten.

Ariadne 1041
ISBN 3-88619-541-4
224 Seiten, DM 13.-

Detektivin Caitlin Reece wollte den Auftrag nicht annehmen. Als sie es doch tut, gerät sie in tödliche Gefahr.

Ariadne 1042
ISBN 3-88619-542-2
272 Seiten, DM 15.-

Patience McKenna schreibt Schnulzenromane und schnüffelt zu viel in anderer Leute Angelegenheiten herum.

Ariadne 1044
ISBN 3-88619-544-9
304 Seiten, DM 15.-

Ros Howard vertritt einen verunglückten Kollegen und gerät in eine Serie mysteriöser Unglücks- und Todesfälle.

Ariadne 1045
ISBN 3-88619-545-7
208 Seiten, DM 13.-

Houston 1936: Kriminalreporterin Hollis Carpenter stolpert über eine Intrige, die ihr über den Kopf wächst.

Welcher Ariadne Krimi darf's denn sein?

Ariadne 1046
ISBN 3-88619-546-5
304 Seiten, DM 17.-

Ingrid hat mal wieder einen neuen Job. Doch leider liegt die Chefin zwölf Stockwerke tiefer auf dem Gehweg.

Ariadne 1047
ISBN 3-88619-547-3
304 Seiten, DM 17.-

Kaum hat Emma Victor den Umzug nach Kalifornien überstanden, macht sie die Bekanntschaft einer üblen Sekte.

Ariadne 1048
ISBN 3-88619-548-1
448 Seiten, DM 17.-

Ostberlin, August 1989. Kurz vorm Mauerfall erbt Cora wertvolle Puppen, für die sich auch andere interessieren.

Ariadne 1049
ISBN 3-88619-549-X
256 Seiten, DM 15.-

Pam Nilsen gabelt nachts zwei junge Mädchen auf. Nur eine überlebt, und Pam sucht fieberhaft den Mörder.

Ariadne 1050
ISBN 3-88619-550-3
208 Seiten, DM 13,-

Claudia Valentine glaubt nicht, daß Mark Bannister am technischen Versagen seines Herzschrittmachers starb.

Ariadne 1051
ISBN 3-88619-551-1
230 Seiten, DM 15,-

Bei Bauarbeiten wird eine Leiche gefunden. Handelt es sich um die vor 17 Jahren verschwundene Natalie?

Welcher Ariadne Krimi darf's denn sein?

Ariadne 1052
ISBN 3-88619-552-X
304 Seiten, DM 17.-

Eine wehrhafte alte Dame will nicht aus dem verkauften Haus ausziehen. Dann findet Maggie dort eine Leiche ...

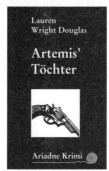

Ariadne 1053
ISBN 3-88619-553-8
224 Seiten, DM 13.-

Als Macklin vor Jahren in den Knast mußte, schwor er Rache. Nun ist er wieder frei. Harte Zeiten für Caitlin!

Ariadne 1054
ISBN 3-88619-554-6
224 Seiten, DM 13,-

Durch ihren Aushilfsjob an der High School gerät Buchhändlerin Claire Malloy in gefährliche Bedrängnis ...

Ariadne 1055
ISBN 3-88619-555-4
416 Seiten, DM 19,-

Privatdetektivin Michelle Knight legt sich mit der Südstaaten-Geldmafia an, was ihr überhaupt nicht bekommt!

Ariadne 1056
ISBN 3-88619-556-2
192 Seiten, DM 13,-

Als Hilke mit zwei Freunden zu später Stunde im Meer taucht, geschieht etwas furchtbares.

Ariadne 1057
ISBN 3-88619-557-0
288 Seiten, DM 15.-

Globetrotterin Cassandra Reilly widerfährt Mysteröses in einem transsylvanischen Kurhotel!

Agathas Lieblingsdetektivin

Argument-Sonderband Neue Folge, Band 206
ISBN 3-88619-206-7
128 Seiten. 19,00 DM

»Miss Marple blieb Agatha Christies Lieblingsdetektivgestalt, während Poirot ihr irgendwann langweilig wurde und sie mehrmals versuchte, ihn umzubringen. Als alte Jungfer, eine verachtete und beiseitegeschobene Gestalt der patriarchalen Gesellschaft, ist Miss Marple eine bescheidene Amateurdetektivin, mit der wir uns leicht identifizieren oder der wir uns sogar überlegen fühlen können: Bestimmt könnten auch wir ohne weiteres das tun, was sie tut, könnten wir selbst die Detektivin sein und Ordnung in eine Welt bringen, die sich zeitweise im Chaos aufzulösen droht ...«
Die Autorinnen erzählen literarische Hintergrundgeschichten und spüren die Widersprüche der Miss-Marple-Gestalt auf: Einerseits Vorreiterin kultureller Frauenemanzipation, ist sie andererseits ganz und gar Repräsentantin der alten Ordnung! – Folgen wir Miss Marples Spuren vor dem Hintergrund zweier Weltkriege, der Entwicklung des Detektivroman-Genres und Agatha Christies eigener Biographie, von *Mord im Pfarrhaus* bis zu modernen feministischen Krimis.

Argument